韓国の読者の皆さまへ
YOROZU HAL を
よろしくお願いいたします！

恩田陸

한국 독자 여러분께
요로즈 할을
잘 부탁드립니다!

- 온다 리쿠

spring

스 프 링

스프링

초판 1쇄 발행 2025년 2월 3일
초판 2쇄 발행 2025년 2월 18일

지은이 온다 리쿠
옮긴이 이지수

편집 김윤하
편집팀장 조은혜
디자인 데일리루틴
일러스트 주유진
마케팅 한민지, 신동익
제작 ㈜공간코퍼레이션

펴낸이 윤성훈 **펴낸곳** 클레이하우스㈜
출판등록 2021년 2월 2일 제2021-000015호
주소 경기도 파주시 회동길 363-21, 2층
전화 070-4285-4925 **팩스** 070-7966-4925 **이메일** clayhouse@clayhouse.kr

ISBN 979-11-93235-44-7 (03830)

온다 리쿠
장 편 소 설

스프링

클레이하우스
CLAYHOUSE

『스프링』에 등장하는 곡이 담긴 플레이리스트입니다.
이름에 만 개의 봄을 지닌 발레 천재 소년, 하루.
발레의 신에게 바치는 그의 무대를 음악으로 감상해보세요.

일러두기

* 이 작품은 픽션입니다. 실재의 인물, 사건, 단체, 기업 등과는 일절 관계가 없습니다.

* 모든 주석은 옮긴이주입니다.

* 단행본과 희곡은 『 』로, 발레 공연, 미술, 영화, 음악은 〈 〉로 표시했습니다.

spring

I
뛰어오르다

하늘의 이치? 운명? 뭐라고 불러도 상관없어.

아마 너희들은 따로따로라도 언젠가는 나타났겠지만,

둘이 동시에 나타났다는 데 의미가 있지.

〈2001 스페이스 오디세이〉야. 그래서 'U'는 없어.

"이거, 스펠링 잘못됐네. 'HALU'나 'HARU'라고 써야 하는 거 아
니야?"

이름표를 보고 지적했더니 녀석은 그렇게 툭 내뱉었다.

"뭐?"

무슨 소리인지 곧바로 알아들을 수 없었다.

"영화 제목이야."

녀석은 익숙한 일이라는 듯이 말을 이어갔다.

"그 영화에 등장하는, 우주선에서 인간과 대적하는 인공지능 컴퓨
터의 이름에서 따왔으니까 할HAL. 당시 세계 최대의 컴퓨터 회사였
던 IBM의 사명에서 알파벳을 한 글자씩 앞으로 당겨 이름을 지었

다는 이야기가 유명하대."

실제로 나중에 여권을 본 적이 있는데, 역시 거기에도 '할'이라고 'U'가 없는 철자로 적혀 있었다.

그러고 보면 녀석은 성도 특이했다.

처음에 워크숍 명부에서 '만춘萬春'이라는 글자를 봤을 때는 중국계인가 싶었지만, 자기소개 때 "요로즈萬 하루春입니다"라고 이름을 대는 것을 듣고 그제야 글자와 이름이 머릿속에서 합쳐졌다.

무슨 뜻이냐고 묻는 초청 강사 에릭에게(에릭은 늘 모든 학생에게 이름의 뜻을 묻는다), 녀석은 "텐 사우전드 스프링스ten thousand springs"라고 대답했다. 에릭은 놀란 눈으로 "그것 참 멋진 이름이구나" 하며 재미있다는 듯이 웃었다.

다들 거리낌 없이 녀석의 이름을 부른다. 입에 익으면 꽤 부르기 좋은 이름이다.

에릭은 '할'이라고 부른다. 물론 그의 머릿속에 있는 건 영문명 'HAL'이다. 리샤르는 프랑스인이라서 H 발음이 어려운지 '알'. 친구들은 '하루はる'라고 히라가나 이름으로 부른다. 그리고 내가 녀석을 부를 때는 '하루ハル'. 내 안에서 녀석은 가타카나 '하루'다.

그렇다. 인간에게는 기껏해야 백 개의 봄밖에 찾아오지 않는데, 녀석은 이름에 만 개의 봄을 지니고 있다. 그리고 이름 말고 녀석이 무엇을 가지고 있는지 알아차린 사람은, 녀석에게 발레를 가르친 선생님이야 그렇다 치고 외부 사람 중에서는 아마도 내가 처음이지 않을까.

물론 워크숍 강사들도 금세 눈치챘겠지만, 나는 그분들보다 먼저 녀석을 만났으니 발견자라는 칭호를 얻어도 되겠지.

다른 아이들은 녀석을 "눈에 띄지 않았다"고 표현했지만 나는 처음부터 녀석에게 시선이 머물렀다.

워크숍이라고는 해도 사실상 오디션이다. 싹이 보이는 학생은 여기서부터 하나씩 포획되어 곧장 해외의 발레 학교로 유학을 간다(그런 경우도 있다). 과거에 그런 학생이 몇 명 연달아 스타가 되기도 해서, 예전에는 누구나 참가할 수 있었지만 요즘은 오직 이 워크숍에 참가하기 위해 받는 레슨(다시 말해 이 또한 실제로는 오디션이다)이 따로 존재할 정도다.

대형 콩쿠르에 입상해서 해외의 명문 발레 학교에 입학 허가를 받는 패턴은 이미 잘 알려져 있지만, 항상 스타의 원석을 찾고 있는 전 세계의 발레단은 그 밖에도 다양한 루트로 무용수를 스카우트한다.

나 역시 그 부분을 은근히 노리고 있었다. 분명 콩쿠르는 배우는 게 많고 유익한 경험이 될지도 모르지만, 처음부터 해외 발레단에 들어가는 것이 목표라면 최단 루트로 좋은 발레 학교에 들어가 프로가 되는 길로 향하고 싶다는 것이 솔직한 심정이다.

무용수가 무대에 설 수 있는 시간은 짧다. 그것은 부모님을 비롯해 선생님들께도 늘 듣는 말이고, 나도 어릴 적부터 선배들을 보면서 뼈저리게 느껴왔다.

사실 나는 이미 추천으로 워크숍 참가가 결정되어 있었지만 사전 오디션인 레슨도 자발적으로 참가하기로 했다. 전국에서 모여드는 다른 학생들(의 기본 실력)이 어느 정도 수준인지 보고 싶기도 했고,

사전 오디션조차 돌파해내지 못한다면 워크숍에서 스카우트되는 것은 꿈도 꿀 수 없을 테니까.

이런 이유로 레슨 참가자 수는 꽤 많았다. 최근 남자 발레 인구가 늘어나고 있다는 것이 피부로 와닿았다. 성장기에 갓 들어선 어린애도 있었지만, 명백히 프로를 지향하는 듯한 참가자도 상당한 비율로 눈에 띄었다.

프로를 목표로 하는 이들이 누구인지는 금방 알 수 있다.

다들 다른 참가자를 유심히 관찰하기 때문이다. 그 눈빛에서 그들이 무엇을 간파해내려 하는지, 무엇을 얻으려고 하는지가 엿보인다.

무용수로서의 기량. 무용수로서의 가능성. 자신의 라이벌이 될 것인가 아닌가.

보는 것은 무용수의 습성이자 일이다. 어린 시절부터 매일 구석구석 응시해온 거울 속 자신의 모습. 선생님의 손끝, 발끝, 표정. 안무가의 포즈. 그리고 다른 무용수.

본다. 바라본다. 꿰뚫어 본다. 살펴본다.

웬만한 무용수라면 아주 작은 동작으로도 기량이 어느 정도인지 금세 파악할 수 있다. 싸움은 벌써 시작되었고, 각자의 마음속에 마크해야 할 무용수의 리스트가 순식간에 완성된다. 실력이 좋은 데다 안무까지 빨리 외우는 아이가 있으면 자연스럽게 시야 한구석에 둔다. 동작이 아름답고 교과서 같은 포즈를 취하는 아이를 보면서 춤추면 자신과의 차이를 알 수 있고, 더욱 좋은 이미지도 추구할 수 있다.

어휴, 이 애도 저 애도 프로 지망생인가.

그렇게 생각하면서 머릿속으로 체크할 때였다.

어?

갑자기 시야 한구석에서 위화감을 느꼈다. 왼쪽 뒤에 있는 무언가.

뭐지?

그 위화감은 말로 잘 표현할 수 없었다.

무언가 다른 질감을 가진 것. 무언가 주위와 다른 것. 그런 존재를 왼쪽 대각선 뒤에서 느꼈던 것이다.

나는 뒤돌아봤다.

그러자 거기에 녀석이 있었다.

그 밖에 다른 참가자들이 우글우글했는데 신기하게도 나는 한눈에 스튜디오 맨 뒤에 서 있던 녀석을 찾아냈다.

그 모습이 눈에 확 들어온 건 어째서인지 주변보다 색이 짙게 보였기 때문이다.

나중에 몇 번이나 기억을 곱씹어봤지만, 분명 그때 주위 아이들은 회색빛이 살짝 도는 옅은 색으로 보였는데 녀석만 거무스름해서 목탄으로 휘갈긴 데생처럼 윤곽이 또렷하게 보였다.

호리호리한 인상이었다.

그러나 가냘프지는 않고, 뼈대는 굵다. 서 있는 모습은 낭창낭창한 스프링을 연상시켰다. 아직 성장하는 중이지만 그 나이 나름의, 그 시점의 신체 나름의 가장 좋은 상태로 연마되어 있다. 그렇게 느꼈다.

머리가 작고 목과 팔, 무릎 아래가 길어서 비율이 좋다. 축복받은 체형이다. 키도 크다. 나보다 조금 작은 정도. 177, 178센티쯤일까. 아니, 얼굴이 작아서 그렇게 보일 뿐 약간 더 클지도 모른다.

앞으로 좀 더 자랄 것 같다고 생각했다. 나도 그때 벌써 180센티가 넘었지만 아직도 크는 중이었으니까.

아마도 동갑. 아니면 기껏해야 한 살 위나 아래.

찰랑거리는 새까만 머리칼. 자라도록 내버려둔 것인지 일부러 기른 것인지 모르겠지만 머리가 조금 길었다. 서늘하고 곱상한 옆얼굴.

하지만 녀석의 그런 전체적인 상은 나중에 파악했고, 내가 처음 녀석을 발견해 강렬한 인상을 받은 것은 그런 부분이 아니었다.

나에게 위화감을 안기고 뒤돌아보게 만든 것은 다른 부분이었다.

그건, 녀석의 눈이었다.

녀석도, 보고 있었다.

가만히 집중해서, 눈앞의 수많은 햇병아리 무용수를 보고 있었다.

그 눈을 본 순간 어째서인지 나는 심하게 동요했다. 소름이 돋았다고 말해도 좋다.

동시에 녀석이 보고 있는 것은 무용수들이 아니라고 직감했다.

확실히 녀석의 시선은 무용수들을 향해 있었다. 시야 속에서 그들을 포착하고 있었다. 하지만 그러면서도 시선은 그들이 아니라 그들을 통과해 무언가 다른 것을 보고 있었다. 그렇게 느꼈다.

녀석의 기묘한 시선을 어떻게 설명하면 좋을까.

여태까지도 녀석에 대한 질문을 받을 때마다 몇 번이나 말로 표현해보려 했지만 여전히 망설이고 끙끙대며 생각에 빠져들고 만다.

예컨대 내가 다른 무용수를 관찰한다고 치자. 당연히 주목하는 무용수는 한 명뿐이다. 나는 그 사람의 움직임을 읽고 세부를 살피며 춤의 기량이나 타입을 짐작하려 할 것이다. 파트너가 될 상대라면 관찰은 더더욱 디테일해진다. 포즈를 위한 숨의 길이, 프레이징•의 간격, 동작의 버릇 등등 상대가 가진 춤의 템포나 리듬의 특징을 파악하려고 할 것이다.

어쨌거나 시선은 한 사람에게 집중되며, 그 한 사람을 계속 따라다닐 터다.

하지만 녀석은 다르다.

시선은 별로 움직이지 않는다. 이따금 문득 누군가를 눈으로 좇을 때도 있지만, 기본적으로 그저 물끄러미 주변 전체를 보고 있다. 아니, 그것을 '보고 있다'라고 해도 될까……? 굳이 표현하자면 전체를 느끼고 있는 듯한 분위기다.

게다가 생각하고 있다.

물끄러미 주위를 보면서도, 그저 고요히 깊게 생각하고 있는 느낌이다.

좀 이상한 녀석인데.

나는 그렇게 생각했다.

그 뒤 이야기를 나누게 되어 조금 친해졌다 싶을 때 내가 가장 먼저 물어본 것도 그 부분이었다.

• (무용에서) 춤의 동작이나 표현을 음악적 또는 감정적 흐름에 따라 조직적으로 구성하고 표현하는 것.

"너 말이야, 항상 뭘 보고 있어?"

"응?"

녀석은 깜짝 놀란 얼굴이었다. 당황했다, 라고 말해도 좋다. 녀석이 그렇게까지 동요하는 얼굴을 보인 것은 그때가 처음이자 마지막이었던 듯하다.

"아니, 딱히 뭘 보는 건 아닌데."

그렇게 내뱉고 녀석은 우물우물 말을 삼켰다.

"아니, 그게 아니잖아."

나는 말을 이었다.

"늘, 언제나, 이상한 눈초리로 뭘 빤히 쳐다보고 있잖아. 왠지 우리랑 다른 걸 보고 있는 것 같아."

그러자 녀석은 뜨끔한 표정으로 입을 꾹 다물었다.

나는 다그쳐 물었다.

"대체 뭘 생각하는 거야? 뭔가를 물끄러미 쳐다보면서 맨날 생각에 잠겨 있던데."

기필코 대답을 듣고 싶었다. 녀석에게 흥미를 느꼈기 때문이다.

"곤란하네."

녀석은 머리를 마구 긁적였다. 나는 문득 그 손에 넋을 잃었다. 엄청나게 예쁜 손가락. 머리를 긁적이는 동작도 무슨 마임 같았다.

"그런 질문 받는 거, 처음이야."

눈이 허공을 바라본다.

"그런가. 분명 보고 있는지도 몰라……."

녀석은 나를 보며 곤혹스러운 표정으로 입을 열었다.

바 레슨이 시작되면 각자의 역량과 기량이 어느 정도인지 금세 드러난다.

문자 그대로, 몸 안쪽에서 무언가가 빛을 내서 그곳만 반짝이는 것처럼 보인다.

나는 그 '이상한 녀석'이 시야에 들어오는 위치를 확보했다.

그리고 녀석도 프로 지망생이라는 사실을 곧바로 알아차렸다. 녀석이 뛰어난 신체 능력과 기술을 가지고 있다는 것이 움직임 하나하나에서 여실히 드러났기 때문이다.

하지만 한편으로 역시 어딘가 이상했다.

녀석은 종종, 아주 살며시 고개를 갸웃거렸다. 무언가 납득이 안 가는 움직임이라도 있었나 했지만, 축도 흔들리지 않았고 어깨와 무릎 역시 유연해서 옆에서 보기에는 홀딱 반할 정도로 더할 나위 없는 포즈다.

혹은, 가끔 녀석은 엉뚱한 방향으로 불쑥 시선을 던졌다. 천장을 향해, 바로 옆을 향해. 그것이 너무나 느닷없는 나머지 녀석을 보고 있던 강사가 따라서 시선을 돌리는 경우도 있었다.

결코 주의가 산만한 것은 아니다. 오히려 그 반대다.

춤에 집중하는 사람의 주변은 그곳만 쑥 가라앉은 것처럼 보인다. 움직임이 무겁다는 뜻이 아니라, 그곳에 구심력이 있어서 주변 공기 속의 에너지가 모여들어 질량이 늘어난 듯이 느껴지는 것이다.

녀석에게는 그 구심력이 있었다.

천천히 몸을 움직이기만 해도 녀석에게로 시선이 쏠렸고, 녀석의 안으로 공기가 자꾸만 빨려들어갔다.

강사도 녀석을 신경 쓰고 있다는 것이 느껴졌다.

에릭이 신기해하는 얼굴로 녀석 곁에 서서 뭐라고 말을 걸었다.

녀석은 고개를 끄덕이더니 더욱 깊게 허리를 숙였다.

에릭은 거들어주듯이 녀석의 등에 손을 올리고 다시 무언가 말을 걸었는데, 고개를 약간 갸우뚱한 뒤 살며시 웃는 것이 보였다.

그때 나에게는 에릭의 목소리가 들리는 듯했다.

재미있는 아이구나.

나는 그렇죠, 하고 속으로 에릭의 마음의 소리에 동의했다.

그 녀석 좀 이상하죠.

물론 나는 나 자신의 움직임에 집중하고 있기도 했다. 무엇보다 워크숍에 꼭 참가해야 했고, 워크숍에서 한 걸음 더 나아가 그쪽 발레 학교에 입학 허가를 받아야 했다.

준비에 부족함은 없었다. 여태까지 우직하게, 그러면서도 끈기 있게 오랜 계획을 세워 노력해왔다. 타고난 조건을 십분 활용하기 위해 나는 온몸을 컨트롤하고 있었다.

'알고 있단다'라고 말하는 양 에릭이 생긋 웃으며 바로 옆으로 다가와 "준, 굿.JUN, good." 하고 말을 걸었다.

하지만 그 미소는 금세 날카로운 눈빛으로 바뀌었다.

무용수로서의 내 가능성을 평가하듯이, 그 눈이 나의 온몸을 머리끝부터 발끝까지 스캔했다.

부탁이에요, 들어가고 싶어요, 당신이 있는 발레 학교에. 그리고 발레단에.

나는 속으로 에릭에게 그렇게 간청했다.

사실 에릭과는 처음 만나는 것이 아니었다. 에릭은 우리 부모님과 아는 사이였고, 예전에 내가 다니는 발레 학원에도 레슨을 하러 와 줬다. 지난번에 만난 것은 꽤 어릴 적이었지만, 그때도 "네 이름의 뜻이 뭐야?" 하고 물었다. 나는 어설픈 영어로 "퓨어pure"라고 답했던 것 같다.

레슨은 긴장된 분위기 속에서 진행되었고, 처음부터 끝까지 기본 동작만 했다.

대체 그 스튜디오에 몇 명이나 있었을까. 남자부 수업만 해도 하루에 2회로 나뉘어 있었으니 남학생만 여든 명 가까이 되지 않았을까?

그 밖에도 눈에 띄는 학생이 여러 명 있었지만 역시 가장 인상적인 것은 녀석이었다.

물론 워크숍에는 녀석도 참가하게 되었다.

당연히 나도.

지금도 이따금 떠올려본다.

그때 당황하던 녀석의 얼굴을. 머리를 마구 긁적이던 아름다운 손을.

"그런가. 분명 보고 있는지도 몰라……."

그렇게 말한 다음, 똑바로 나를 보던 녀석의 눈을.

그때 나는 처음으로 깨달았다.

녀석의 눈은 좀 신기한 빛깔을 띠고 있었다.

"뭘 보고 있는 건데?"

녀석이 멍하니 입을 벌린 채 좀처럼 말을 이어나가지 않아서, 기다리다 지친 나머지 조금 짜증을 내고 말았다.

그러자 녀석은 고개를 살며시 갸웃하더니 천진하게 대답했다.

이 세상의 형태, 일까.

녀석은 스케치가 취미였다.

늘 조그만 회색 크로키 노트를 가지고 다니면서 쉬는 시간이나 자유 시간에 콧노래를 흥얼거리며 연필을 놀리던 모습을 기억한다.

"하루, 뭘 그리고 있어?"

당연히 모두가 흥미를 느끼며 녀석의 어깨 너머로 노트를 들여다 봤다.

하지만 다음 순간, 모두의 얼굴에는 물음표가 떠오르고는 했다.

녀석이 몇 번이나 고개를 들어가며 무언가를 '보고, 그리는' '스케치'를 하는 것은 확실했지만, 그런데도 녀석의 노트에는 눈앞의 광경과는 사뭇 다른 그림이 그려져 있어서 다들 어리둥절해하는 것이었다.

그림이라면 나도 싫어하지는 않는다. "미적 감수성을 키워라", "교양을 길러라"라는 말을 듣기 전부터 미술 수업을 좋아했고 전시회나

패션쇼, 영화와 연극에도 매력을 느꼈다. 하지만 그것만큼은 불편했다. 그, 이른바 추상화라는 것.

처음 피카소의 그림을 봤을 때는 '뭐야, 되게 못 그렸네' 하고 생각했다.

〈게르니카〉도 전혀 이해되지 않았고, 〈우는 여인〉 같은 건 정말이지 이게 뭔가 싶었다.

하지만 지금은 안다. 〈우는 여인〉이 실은 추상적이기는커녕 무척이나 사실적으로 묘사된 작품이라는 것을. 처음에는 남자에게 보여주기 위해 여봐란 듯 울기 시작했지만, 그러다 보니 울고 있는 자신에게 도취되어 이윽고 너무나 노골적으로, 그저 울부짖는 것 자체가 목적이 되어버린 여자. 그런 모델의 심경 변화와 시간의 경과까지 한 장 속에 묘사되어 있어서 역시 피카소는 천재라고 감탄하게 된다.

하지만 당시에는 그런 그림이 거북했기 때문에 녀석의 크로키 노트를 봤을 때도 흠칫했다.

여하튼 선과 도형 같은 것밖에 없었기 때문이다.

어떤 장에는 다양한 방향으로 날아가는 크고 작은 화살표만 잔뜩 그려놓았고, 다른 장에는 삼각형이나 사각형 같은 걸 어지럽게 포개어 그려놓았다. 가끔 가다 나뭇가지나 빌딩 창문처럼 사실적인 그림도 나왔지만(그것은 그것대로 매우 치밀하고 정확하게 묘사되어 있었다), 대부분은 아메바 같은 모양과 소용돌이를 빼곡하게 그렸거나 숫자와 문장 따위를 적어놓은 등 조금도 '사실적'이지 않은 그림이 대부분이었다.

어차피 설명해달라고 해도 이렇다 할 대답은 돌아오지 않을 테고, 들어봤자 그 뜻을 이해하지 못할 것이라서 얼마 못 가 '하루가 또 이상한 걸 그리네'라고만 생각하게 되었다.

아이에게 그림을 그리라고 하면 흥미가 있는 대상을 커다랗게 그린다. 다른 것과의 조화 따위는 신경 쓰지 않는다. 실제로 아이에게는 그 대상이 그 크기로 보일 것이다.

달이 예뻐서 사진을 찍으면 항상 사진 속의 달이 훨씬 작아 보여서 놀라고는 한다. 주위의 풍경은 내가 보는 것과 같은 크기인데 오직 달만 엄청나게 작다.

사람은 보고 싶은 것만 보고, 흥미가 있는 것은 자기도 모르게 강조한다.

그러니 녀석이 그린 '이상한 것'은 녀석이 실제로 보고 있던 대상이겠지.

그렇게 생각하면 "이 세상의 형태"라는 녀석의 대답은 결코 거짓말이나 되는대로 내뱉은 말이 아닐 것이다. 고작 열네다섯 살짜리 꼬맹이가 입에 담음직한 말이라고는 도무지 생각할 수 없지만, 녀석은 나의 질문에 솔직하게 대답했던 것이다.

워크숍은 닷새 동안이었다.

고작 닷새, 라고도 할 수 있고 닷새씩이나, 라고도 할 수 있다.

확실한 건, 닷새면 강사가 학생들의 실력과 가능성을 간파해내기에 충분하다는 점이다.

워크숍 남자반 수업에는 스물세 명이 참가했다. 열세 살부터 열여덟 살까지, 문자 그대로 정예 부대. 에릭을 비롯한 강사진이 그들의 발레 학교에 입학시킬 가능성이 있다고 인정한 스물세 명이다.

참가한 멤버들을 보고 조금 의외였던 점은, 테크닉이 뛰어나서 명백하게 '프로 지망생이구나' 하고 느꼈던 아이가 몇 명이나 사라졌다는 것이다. 개중에는 국내 콩쿠르에서 수상해 이름을 알던 아이도 있었다.

참가 허락은 받았지만 사정이 생겨 사양했을 가능성도 있었다. 그렇지만 강사들이 어떤 부분을 눈여겨보는 건지 알 수 없어 조금 불안하기도 했다. 그만큼 기술이 있어도 반드시 선택받는다는 보장은 없는 것이다.

남은 멤버 중에는 당연히 놀랄 만큼 잘하는 아이도 있었지만, 굳이 표현하자면 아직 위태로워 보이는, 덜 다듬어진 아이도 많았다.

잘 크고 있으면 그걸로 됐잖아. 딱히 내가 가르치지 않아도.

한참 뒤에 그 워크숍은 어떤 기준으로 선발했느냐고 에릭에게 물었더니 이렇게 무심하게 대답했다.

엇, 그럼 전 잘 크고 있지 않았다는 뜻이에요?

그렇게 되묻자 에릭은 "아냐, 아냐" 하고 쓴웃음을 지으며 손사래를 쳤다.

분명히 말하자면 나는 나 자신을 위해서 오디션을 하니까. 내가 이 아이를 키우고 싶은지, 내가 이 아이를 키우면서 즐거울지, 재미있을지만 생각하거든. 내가 참견할 부분이 없어서 시시할 것 같은 아이는 선택하지 않지.

명쾌한 설명이지만 생각하기에 따라서는 무서운 말이다.

그럼 리샤르는요?

그렇게 묻자 에릭은 또다시 쓴웃음을 지으며 손을 내저었다.

그 녀석은 완전히 달라. 발레단의 미래를 심사숙고하고, 앞으로 10년 뒤의 레퍼토리까지 염두에 두기 때문에 발레단에 필요한 무용수들의 이미지가 항상 머릿속에 있거든. 리샤르는 거기서 역산해서 그런 무용수로 성장할 것 같은 아이를 고르지. 그래서 나와 리샤르 사이에도 나름대로 논쟁이 있고, 서로가 희망하는 아이를 조율하는 게 힘들기도 해.

그것 역시 대단한 일이네요. 나는 감탄했다.

메이저 리그 같은 거야, 하고 에릭은 미국인답게 덧붙였다.

보충과 보강은 다르거든. 터무니없이 큰 계약금을 주고 다른 팀의 스타를 데려오는 건 보충. 스즈키 이치로처럼 긴 안목으로 봤을 때 진정으로 팀에 공헌할 만한 인재를 불러오는 게 보강. 리샤르는 늘 보강을 최우선으로 여기니까.

그렇군요, 하고 나는 고개를 크게 끄덕였다.

털털하고 의사소통 능력이 뛰어나며 학생들이 형처럼 따르는 에릭. 그리고 언제나 그로부터 한 걸음 떨어져 전체를 가만히 굽어보고, 조금도 웃는 얼굴을 보이지 않으며 담담하게 조언하는 리샤르.

그들은 마치 드라마에 나오는 '좋은 경찰과 나쁜 경찰' 같다.

에릭이 어디까지나 칭찬으로 키우는 타입이라면, 리샤르는 논리적으로 엄격하게 결점과 개선점을 지적하는 타입이다. 리샤르에게는 좀처럼, 아니 솔직히 말해 한 번도 칭찬받은 적이 없다.

아, 아니다. 딱 한 번 있었다.

발레 학교의 졸업 공연 때였던가.

너에게는 뭘 하든 전부 다 자신의 매력으로 만들어버리는 면모가 있구나.

리허설을 마친 뒤였나, 리샤르가 혼잣말처럼 나직이 중얼거렸다.

나는 퍼뜩 발걸음을 멈추고 리샤르의 얼굴을 들여다봤다.

앗, 지금 칭찬해주신 거예요? 리샤르, 지금 절 칭찬해주셨어요? 네? 네? 그거 칭찬 맞죠?

내가 흥분해서 까불거리자 리샤르는 순간적으로 '아뿔싸' 하는 기색을 내비쳤지만, 금세 평소의 엄격한 무표정으로 되돌아와 말했다.

준, 너의 명랑함과 씩씩함은 장점이지만 가끔 그렇게 바보처럼 촐싹대는 면은 좀 그렇지 않니.

바보라니, 우리 부모님한테도 들은 적 없는 말인데. 심하다.

아무튼 그해는 재미있었지.

에릭은 추억을 떠올리듯이 미소 지었다.

준과 할이 있었으니까. 그런데 신기하게도 그런 존재는 혼자서가 아니라 동시에 나타나더구나.

그런 존재라니, 어떤 존재 말이에요?

내가 되묻자 에릭은 "재미있는 애" 하며 눈알을 한 바퀴 굴렸다.

하늘의 이치? 운명? 뭐라고 불러도 상관없어. 아마 너희들은 따로따로라도 언젠가는 나타났겠지만, 둘이 동시에 나타났다는 데 의미가 있지.

의미?

나는 고개를 갸웃거렸다. 우연히 같은 나이로 같은 워크숍에 참가해 같은 발레 학교에 들어갔을 뿐인데, 의미랄 게 있을까.

에릭은 두 손의 집게손가락을 맞대었다.

두 사람이 그곳에 때마침 함께 있으면, 둘이 의식하건 말건 서로에게 어떤 힘이 작용하거든. 그야 눈앞에 있으니 무시할 수 없잖아. 준비된 보완 관계랄까.

보완 관계란 말이죠. 라이벌이랑은 다른가요?

나는 불만스럽게 되물었다.

응, 너희들은 라이벌 느낌이 아니야. 보완 관계라는 말도 지금 어쩌다 보니 떠올랐을 뿐이지, 그것 말고 더 어울리는 단어가 있을 듯해. '쌍을 이루다'도 아니고 말이야.

에릭은 하늘을 올려다봤다.

딱히 제가 하루랑 파트너 관계를 맺은 것도 아닌데요.

에릭이 집게손가락을 흔들었다.

아니, 한 번 췄잖아. 〈야누스〉.

갑자기 어두운 무대 위에 섰을 때의 감각이 되살아났다. 언제나 등 뒤에 있는, 조용하고 불온하며 농밀한 기운. 항상 등 뒤에 딱 붙어 있는…….

아, 그렇군요. 하지만 그때뿐이었어요.

나는 정신을 차리고 당황하며 대답했다.

〈야누스〉.

녀석이 안무를 짜고, 나와 둘이서 췄던 작품.

앞뒤로 두 개의 얼굴을 가졌다는 로마 신화 속 문의 수호신. 그것을 본떠 한 번도 마주서는 일 없이 끝까지 서로의 얼굴을 보지 않은 채 춰야 하는 어려운 춤이었다.

항상 등 뒤에 딱 붙어 있는…….

"요로즈 하루입니다."

일본인이었나. 희귀한 성이네.

워크숍 첫날 자기소개 시간에 녀석의 얼굴과 이름이 머릿속에서 합쳐졌다.

이름표에도 'HAL'이라고 적혀 있어서 스펠링이 틀린 게 아닐까 싶었고, "텐 사우전드 스프링스"로 에릭이 웃는 모습도 봤지만 나의 신경은 그다음 자기소개로 쏠려 있었다.

"다나다 마코토입니다."

사실 라이벌 의식이 끓어오르는 대상은 녀석 같은 캐릭터가 아니라 나와 타입이 겹치는 무용수다.

요컨대 다나다 마코토 같은.

다나다도 원래부터 알고 있었다. 부모님끼리 아는 사이니까.

오사카의 대형 발레 학원 소속이고 나보다 한 살 많다. 역시 부모님이 발레 학원을 운영해서 어린 시절부터 발레 외길을 걸어왔다. 재능과 노력이 조화를 이루고, 훤칠한 키에 얼굴도 잘생긴 정통파 왕자 타입. 즉 나와 같은 카테고리에서 승부할 무용수다.

나와 겹치지 않는 부분은 착실하고 성격이 좋다는 점일까. 필시 고뇌하는 왕자 역할이 어울릴 것이다. 아니, 나 역시 고민 많은 십대였지만.

"마코토, 네 이름의 뜻은?"

에릭이 물었다.

"아너스티honesty."

마코토가 조금 부끄러워하며 대답했다.

곧바로 빌리 조엘의 노래가 머릿속을 스쳤다.

"서치 어 론리 워드such a lonely word" 하며, 수줍어하면서도 그 뒤의 가사를 이어 말한 데서 마코토의 싹싹한 성격이 드러났다. 에릭도 같은 농담을 던지고 싶었겠지만 마코토의 '아너스티'에 경의를 표하는 것인지 생글거리며 고개만 끄덕였다.

리샤르는 이럴 때조차 전혀 미소 짓지 않은 채 에릭의 옆에서 팔짱을 끼고 아이들을 쳐다보고 있었다.

아이들도 리샤르의 존재감과 압박감이 신경 쓰이는 눈치였지만 어쨌거나 에릭과의 자기소개에 집중했다.

자기소개가 담담하게 이어졌다.

지금 돌이켜보면 분명 그해의 워크숍 참가자들은, 에릭처럼 말하자면 '재미있었다'.

그해 에릭네 발레 학교에 갈 수 있었던 사람은 나와 녀석뿐이었지만, 마코토와 다카시는 그 뒤 로잔 발레 콩쿠르에서 상을 받았고 그 밖에도 국내외에서 프로가 된 아이들이 아주 많다.

다카시는 그때 갓 열네 살이 된 자그마한 소년이었다.

눈이 동글동글하고 애교스러웠는데, 특히 뾰족뾰족한 머리카락이 무척 인상적이었다. 고슴도치 같기도 하고 수세미 같기도 한, 공포 영화를 보고 비명을 지르는 것처럼 바짝 곤두선 희한한 헤어스타일이었다.

다카시, 그 머리는 대체 어떻게 한 거야?

평소에 미용실에서 뭐라고 말하면서 잘라달라고 해?

나와 녀석은 신기한 마음에 다카시의 머리를 만져봤는데, 왁스 같은 걸 전혀 바르지 않았다는데도 엄청나게 뻣뻣하고 딱딱해서 엉겁결에 손을 움츠리고 말았다.

그 억센 머리카락 때문에 지금도 여전히 고생이 많다고 한다.

하지만 그보다 다카시가 뇌리에 또렷이 박힌 건 강렬한 자기소개 때문이었다.

"마쓰나가 다카시입니닷!"

직립 부동, 마치 응원 단장처럼 다카시는 소리를 내질렀다. 몸집은 작아도 목소리는 쩌렁쩌렁했다. 그 운동부원 같은 분위기는(실제로 중학교 응원단이기도 했던 모양이다) 발레계에서는 보기 드문 것이었다.

"기운이 넘치네."

에릭이 싱글벙글 웃었다.

"네 이름의 뜻은?"

다카시는 직립 부동 자세 그대로 진지한 얼굴로 외쳤다.

"보이즈 비 암비샤스, 입니다."

"뭐라고?"

모두가 놀라서 눈을 동그랗게 떴다.

나중에 듣자 하니, 에릭이 영어로 이름의 뜻을 물어본다는 사실이 널리 알려져 있었기 때문에 다카시는 자기 나름대로 미리 열심히 생각해온 것이라고 했다.

다카시는 삿포로에서 왔다. 그렇기 때문에 본인의 이름인 '높은 뜻高志'에서 구 삿포로 농학교 초대 교감이었던 클라크 박사의 유명한 명언 "소년이여, 야망을 가져라boys be ambitious"를 떠올렸다는 것은 쉽게 상상이 되었다.

하지만 설마 그 말을 고스란히 그대로 쓸 줄이야.

게다가 다카시가 외친 것은 세련된 "보이즈 비 앰비셔스"가 아니라 구수한 "보이즈 비 암비샤스"였다.

에릭과 리샤르가 얼굴을 마주봤다. 일본어 통역과 레슨 서포터를 겸하는 여성이 웃음을 꾹 참으며 달려가 에릭과 리샤르에게 통역과 해설을 해줬다.

다카시는 여전히 직립 부동인 채 입을 한일자로 다물고 있었지만, '혹시 내가 우스운 말을 했나?'라고 생각했는지 순식간에 얼굴이 붉어졌다.

그 모습이 너무나 심각해 보였던 나머지, 또 발음이 너무나 구수했던 나머지 나는 무심코 크게 웃고 말았다.

놀란 눈으로 해설을 듣고 있던 두 사람은 다시 한번 얼굴을 마주 봤다.

나는 리샤르의 얼굴에 미소가 떠오르는 것을 그때 처음으로 목격했다. 그는 곧바로 웃음기를 거두고 우리에게서 등을 돌렸지만 어깨는 들썩거리고 있었다.

반면 에릭은 끝까지 참아내지 못했다. "풋" 하고 목구멍 안쪽에서 긁힌 듯한 소리를 낸 뒤 몸을 크게 접고 웃기 시작했다. 배를 감싸 쥐고 웃는다는 건 바로 그런 상태를 일컬을 것이다.

잘 기억해뒀다가 나중에 콩쿠르에서 마임으로 쓰자고 생각했다.

그나저나 전설이 된 무용수는 그 무용수를 상징하는 포즈가 이미지로 남는 법이다.

니진스키라면 가지런히 모은 손가락을 앞으로 내밀고 선 〈목신의 오후〉 속 그 포즈. 호르헤 돈이라면 무릎을 굴신하듯이 넉넉하게 구부린 〈볼레로〉의 그 포즈. 실비 기옘이라면 '여섯 시 포즈'라고 불리는 그것이다. 고급 손목시계의 광고에도 쓰인, 치켜든 다리와 몸을 지탱하는 다리가 180도를 이루어 문자 그대로 '여섯 시'가 되는 포즈. 기타 등등.

역사에 이름을 남긴 무용수가 아니라도, 친한 무용수나 잘 아는 무용수 역시 왠지 늘 같은 포즈가 떠오른다.

녀석의 경우, 먼저 "이 세상의 형태"라고 말했을 때 보여준, 고개를 살며시 갸웃거리는 모습이 떠오른다.

아마 그건 하루의 버릇이겠지. 그 모습은 이후 녀석의 안무에도 종종 등장했다.

자신의 몸을 껴안듯이 왼손을 오른쪽 쇄골 위에 두고, 다소 오프밸런스로 몸을 기울이고, 허리를 아주 조금 뒤로 젖힌 상태에서 턱을 들고 고개를 갸웃거린다.

쇄골에 손을 얹는 동작은 〈지난해 마리앙바드에서〉라는 영화 속 여주인공의 포즈에서 따왔다고 했던가. 자신의 이름 때문인지 녀석은 상당한 시네필이기도 했다.

또 하나, 두 손으로 뺨을 감싸고 턱을 괴는 듯한 포즈도 기억에 선명히 남아 있다. 얼굴을 사이에 두고 상하좌우로 손을 움직이는 안무는 몇 번이나 봤다. 가면을 쓰려는 것으로도, 벗으려는 것으로도 보이는 그 포즈.

녀석의 그 포즈에서 나를 항상 놀라게 만드는 건 길고 예쁜 손가락이다.

하얗게 젖혀져 휜 상태로 뺨을 감싸고 있는 그 손가락에 시선을 빼앗기지 않는 사람은 거의 없을 것이다.

애초에 녀석이 머리카락을 헝클어트리는 동작에 '당한' 것은 손가락 때문이었다고도 말할 수 있다.

무용수에게 손가락은 무척 중요한 아이템인데, 녀석의 손은 크지만 결코 투박하지 않고 낭창낭창해서 '섬섬옥수'라는 건 이런 손이구나 하는 생각이 절로 든다.

그리고 무엇보다 손톱의 모양이 엄청 예쁘다고 화장품 덕후인 내 여동생도 말했다. 실제로 녀석의 손톱은 나중에 프랑스의 고급 브랜드에서 매니큐어 광고에 썼을 정도다. 처음 그 광고를 봤을 때 굉장히 길고 예쁜 손가락이네, 그런데 어디선가 본 적이 있는데, 하고 생각했던 것을 기억한다.

그거, 하루 오빠잖아. 하루 오빠의 손톱을 눈여겨보다니 과연 ×××(브랜드 이름)야, 하고 여동생이 흥분해서 말했었다.

그 광고는 크게 화제가 되어 지금도 인터넷에서 찾아볼 수 있다. 에메랄드그린색 의상을 입은 녀석이 춤추는 장면이 나오고(분명 콘셉트도 상품 이름도 '넵튠'이었던 것 같다) 군데군데 손가락이 스톱 모션으로 클로즈업되는 식이었는데, 마치 부처님 불상 같다느니 신비롭다느니 하는 말을 들을 만큼 그 손가락 하나하나가 아름다운 형태를 이루고 있었으며, 차가운 색깔의 그러데이션으로 칠한 손톱마저 야릇하게 빛났다.

정말이지 그렇게 예쁜 타원형에 매니큐어까지 잘 받는 손톱은 여자 중에서도 웬만해선 없을 거야. 그렇게 말하며 여동생은 황홀한 표정으로 한숨을 내쉬었다.

나도 어디 가서 빠지진 않는데, 하며 내 손가락을 봤지만 손가락이 길고 손이 큰 건 마찬가지여도 뼈가 툭 튀어나와 투박했고, 손톱도 네모나고 면적이 너무 넓었다. 왕자 캐릭터인 나조차 녀석의 손가락은 역시 인정할 수밖에 없다.

그렇다. 녀석에게는 중성적인, 더 정확히 말하자면 양성적인 면이
다분했다.

매니큐어 광고 모델을 한 것도 그렇고, 불상 같다는 말을 듣는 것
도 그 때문이겠지(불상은 남자도 여자도 아니니까).

내친김에 말하자면 나라奈良에 있는 주구지中宮寺라는 절의 보살
반가사유상을 봤을 때는 녀석과 분위기가 비슷하다는 생각이 가장
먼저 떠올랐다.

몸을 아주 살짝 앞으로 기울이고 부드러운 미소를 띤 모습. 포근
한, 그야말로 봄바람을 두른 것처럼 모든 것을 포용하는 분위기.

애초에 불상 자체가 신앙이나 생각의 형태를 구체화한 것이니만
큼 '이 세상의 형태'를 찾는 녀석과 통하는 데가 있을지도 모른다.

그렇지만 나의 이런 이미지는 다른 사람들이 녀석에 대해 품고 있
는 이미지와 반드시 일치하지는 않는 모양이다.

분명 양성적이라는 것은 어느 쪽 역할이든 맡을 수 있다는 뜻이
다. 하루는 키도 크니까 마음만 먹으면 야성미와 사나움도 드러낼
수 있었다. 정통파 왕자도 가능하거니와 캐릭터 댄스*를 추는 역할
도 소화할 수 있는 능력을 갖추었는데, 그건 뒤집어 말하자면 무엇
이든 할 수 있기 때문에 오히려 이렇다 할 고정된 역할이 없는 무용

● 특정 국가나 민족의 전통적인 춤 동작을 예술적으로 해석하여 발레 작품에 삽입한 것.

수라는 뜻이기도 했다.

실제로 녀석의 포즈 중 기억나는 것은 본격적으로 안무를 시작한 이후 하루가 직접 짠 동작뿐이다.

다시 말해 지금까지도 녀석을 생각하면 나는 반드시 그곳으로 되돌아간다. 닷새 동안의 워크숍, 그리고 '이 세상의 형태'로.

그런 이유로 워크숍에서 녀석의 모습을 발견했을 때는 마음이 놓였고, 일종의 경쟁심도 모락모락 피어올랐던 것을 지금까지 선명하게 기억한다.

자기소개가 끝나고(드디어 에릭의 폭소가 잦아들었다) 다시 바 레슨이 시작되었다.

간격을 벌려서 몇 줄이나 늘어놓은 바.

벽을 둘러싸고 서 있던 학생들이 움직이기 시작했다.

나는 다나다 마코토와 녀석이 시야에 들어올 듯한 자리를 물색했다. 마크해야 할 대상을 이 두 사람으로 점찍어뒀기 때문이다.

흥미롭게도 사람마다 좋아하는 자리가 전부 다르다.

선생님들은 이럴 때 적극적으로 앞으로 나가야 한다고 했고, 사실 어느 자리에 서든 그곳을 자신의 자리로 만들어야 하지만, 왠지 모르게 섰을 때 마음이 편안해지는 자리가 있는 법이다.

게다가 어차피 잘하는 녀석은 어디에 있든 눈에 띌 테고, 춤추다 보면 그 존재감이 드러날 것이다.

다나다 마코토는 첫째 줄 왼쪽 끝을 좋아하는 듯했다. 이 워크숍

전의 오디션 때도 그 부근에 있었다.

그리고 녀석은 늘 가장 뒤쪽 가운데쯤에 섰다. 처음 녀석의 존재를 알아차렸을 때도 그랬고, 그 뒤로도 대체로 마찬가지였다. 선생님이라면 적극성이 없다고 타박할 것이다. 하지만 아무래도 녀석은 모두를 볼 수 있는 자리를 좋아한다고 느꼈다.

실은 내가 좋아하는 자리는 한가운데다. 키가 커서 뒤쪽 놈들에게는 미안하지만 어쨌거나 한가운데가 좋고, 어디서 보든 간에 정중앙이라는 점이 마음 편하다.

다나다 마코토는 그렇다 치고, 한가운데를 좋아하는 나로서는 녀석의 모습이 보이지 않는 것이 곤란했다. 물론 앞쪽 거울을 보면 녀석이 눈에 들어오지만 나는 거울을 통해서가 아니라 시야 속에 두 사람을 넣어두고 싶었다.

자칫하면 첫날 서는 자리가 마지막 날까지 고정되기 때문에, 나는 망설임 끝에 녀석이 가장 뒤에 있다면 기껏해야 나란히 서는 것이 최선인 데다 그래봤자 녀석은 보이지 않을 거라고 생각해 좋아하는 한가운데로 자리를 잡았다. 녀석은 가장 뒷줄이긴 해도 한가운데에서 살짝 벗어나 있었기 때문에 거울로 춤추는 모습을 볼 수 있었다.

물론 남의 춤을 보지 말고 자신의 춤에 집중해야 한다는 점은 잘 알지만, 나는 남의 춤을 보는 것이 그저 좋다. 특히 나와 다른 타입의 춤이나 매력적인 움직임을 가진 무용수의 춤을.

무용수의 매력.

나는 춤을 시작했을 때부터 그것에 대해 줄곧 생각해왔다.

외모도 훌륭하고 테크닉도 충분한데 눈길을 끌지 못하는 것은 어째서일까.

반대로 대단한 테크닉도 없고 외모가 결코 뛰어나지도 않은데 눈을 뗄 수 없는 것은 어째서일까.

춤의 무엇이 사람을 매료시키고 눈길을 잡아끄는 것일까.

어린 시절부터 부모님의 발레 학원에서 다양한 학생들을 보면서, 춤을 제대로 추기 이전부터 언제나 그 의문을 품고 있었다.

나는 여하튼 흉내를 냈다. 내가 매력적이라고 생각하는 무용수의 움직임을 연구했다. 다들 알다시피 남을 흉내 내려면 나름대로 기술과 관찰력이 필요하다. 그 점에서 나는 천재적이었다(이 말을 한 사람은 내가 아니므로 결코 자만이 아니다. 선생님들이 하신 말씀이다. 혹시나 싶어 덧붙여둔다).

비교적 처음부터 춤을 출 수 있었고, 흉내를 낼 수 있었다.

부모님은 그것을 무척 경계했다. 춤을 출 수 있는 아이는 싫증도 쉽게 내고 기초를 곧잘 소홀히 하기 때문이다.

그래서 그분들은 칭찬할 때는 칭찬해주셨지만, 당근과 채찍을 번갈아 주듯이 매우 엄격하고도 끈질기게 기초를 주입시켰다. 넌 덜렁거리고 촐싹대는 면이 있으니까 주의해야 해, 하고 성격과 마음가짐에 대해서도 귀에 딱지가 앉을 만큼 말씀하셨다.

그렇다, 리샤르도 말했듯이 분명 나는 촐싹거리는 면도 있지만 사실 꽤나 신중하고 세심한 타입이다. 촐싹거리는 면은 내가 긴장을 풀기 위해, 혹은 내 기운을 북돋우기 위해 반쯤 그렇게 연기하는 것이라는 사실을 어릴 적부터 자각하고 있었다. 그런 부분을 과장해서 내보임으로써 존재감을 더욱 드러내고 친해지기 쉽도록 만들 수 있다는 사실을 알았던 것이다.

실은 그런 면을 부모님도 선생님도 꿰뚫어 보았지만, 구태여 나의 연기에 속아준다는 것도 서로가 알고 있었다.

그래서 워크숍 첫날 무척이나 행복했다. 주변에 여러 가지 타입의, 여러 가지 매력을 지닌 내 또래 무용수가 있어서 몹시 즐거웠던 것이다.

그런 한편 스튜디오는 긴장, 불안, 투지, 흥분으로 억눌려 있던 열기가 모두의 온몸에서 넘쳐흘러 얼얼함과 두근거림이 뒤섞인 공기로 터질 듯했다.

그 열기를 에릭과 리샤르는 시치미 뗀 얼굴로 받아내고 있었다.

조용히 시작되는 바 레슨.

선다. 호흡한다. 늘린다. 뻗는다.

이 순간이 좋다. 몸속 실이 팽팽하게 당겨지는 듯한, 고요한 빛으로 채워지는 듯한 이 순간이.

시선을 받는 것도 좋다. 내가 시선을 받는 존재가 된다는 것. 던져지는 시선 속에 내가 존재한다는 것. 나를 둘러싼 세계가 반전되고, 나의 내장이 획 뒤집혀 세상을 감싸는 듯한 감각에 잠기는 순간이 좋다.

그럴 때 나는 늘 행복을 느낀다.

집중한 상태로 행복을 느끼면서도 나는 주위의 무용수들을 보았다.

이 또한 레슨이다. 무대에서는 혼자만이 아니다. 함께 춤추는 사람의 움직임과 거리감을 항상 느껴야 한다.

역시 눈에 확 띄는 것은 다나다 마코토다.

이 남자는 긴장과 자신감이 딱 알맞게 균형을 이루고 있다. 게다가 시간이 지날수록 고요한 자신감이 더 커지는 것이 눈에 보인다.

보고 있으면 흔들리지 않는 축의 강인함과 탄탄한 기초가 뒷받침하는 포즈 하나하나의 아름다움이 두드러진다.

으음, 역시 잘하는구나, 하고 속으로 신음했다.

눈에 들어온 또 한 사람은 마쓰나가 다카시. "보이즈 비 암비샤스"의 주인공이다.

다카시는 내 대각선 앞에 있었다.

오호, 이 녀석은 운동신경이 출중하구나.

움직임이 날카롭고 좌우간 탄력이 있다. 그래서 윤곽이 무척 또렷하다. 아마 발도 빠르고 점프력도 좋을 것이다.

과연 야망을 가지는 것도 허세가 아니군. 이 녀석도 체크해야겠어, 하고 중얼거렸다.

그리고 나는, 또다시 어깨 근처에서 기묘한 위화감을 느꼈다.

낯익은 위화감. 지난번 오디션에서 느꼈던 것.

무언가 이상한 존재가, 혹은 물체가 뒤에 있다…….

나는 거울 속 내 뒤쪽으로 시선을 던졌다.

그러자 거기서 눈이 마주쳤다.

예상은 했지만 역시 녀석의 눈이었다.

눈이 마주쳤다, 라고만 해도 될지 모르겠다.

내 기억 속 녀석의 눈은 멀리 떨어져 있는데도 무척 크게 보였다.

나는 움찔해서 엉겁결에 뒤를 돌아보고 말았다.

하지만 그때는 이미 녀석이 나에게서 시선을 거두고 몸을 천천히 앞으로 구부리는 중이었다.

에릭이 나의 시선을 알아차리고 따라서 녀석을 봤다.

나는 당황하며 고개를 앞으로 돌렸다.

뭐야, 그 눈은.

나는 조금 동요하며 생각했다.

지난번에도 생각했지만 역시 저 시선이랄지 눈은 독특해. 뭔가 달라. 뭔가 엄청 신경 쓰여.

아까는 정말로 눈이 마주쳤던 걸까? 녀석은 실제로 나를 보고 있었던 걸까?

그 의문은 바를 치우고 센터 레슨*이 시작되었을 때 또다시 떠올랐다.

위화감과 혼연일체를 이룬 존재감.

나는 어쩔 수 없이 녀석을 보고 마는 것이다.

그리고 그 기묘한 인상을 주는 눈을 목격한다.

나를 보는 것인지, 보지 않는 것인지, 어째서 이다지도 신경 쓰이

---

* 발레에서 바를 벗어나 스튜디오 중앙에서 하는 연습.

는 것인지. 그걸 알 수 없어서 답답함을 느꼈다. 안 돼, 안 돼, 하며 레슨에 집중했다.

예상대로 마쓰나가 다카시의 점프력은 차원이 다르게 대단했다. 키가 20센티 가까이 차이 나는 아이와도 거의 같거나 그보다 높게 뛰는 모습을 보고, 무심결에 "우와" 하고 탄성이 나왔다.

저 안정적인 점프와 바닥에 찰싹 달라붙는 착지를 보아하니 분명 턴도 특기겠지.

그런 생각을 하면서 보던 중, 또다시 무언가 이상한 것이 휙 날아드는 게 보였다.

이상하다고 느낀 것은 분명 나뿐만이 아니었을 터다.

그때 흘러나온 것은 다카시 때와 같은 탄성이 아니라, "어?" 하는 경직된 중얼거림이었기 때문이다.

그것은 녀석이었다.

모두가 얼빠진 얼굴로 허공을 바라봤다.

한 줄로 늘어서서 다 함께 뛰었는데도 녀석만 공중에 남아 있었다.

녀석의 점프는 높으면서도 동시에 이상하리만치 느긋해서 그곳만 느리게 재생한 영상처럼 느껴졌다. 정말로 스톱 모션으로 촬영한 것처럼 한 순간 한 순간이 공중에 멈춰 있는 듯이 보였고, 그런 다음 한 호흡 늦게 유난히 조용히 착지했다.

모두가 얼굴을 마주봤다. 에릭과 리샤르도 입을 떡 벌렸다.

하지만 내가 이상하다고 느낀 것은, 녀석의 긴 체공 시간보다 역시 녀석의 눈이었다.

그 눈. 여러 빛깔로 보이며 그곳만 어렴풋이 안개가 낀 듯한 눈.

그 눈과 비슷한 것을 보고 녀석을 떠올린 건 꽤 오랜 시간이 지난 뒤였다.

교토의 어느 절에 가서 거대한 용이 그려진 천장화를 올려다보며 설명을 들을 때였다.

저 용의 눈은 법당 어디서 봐도 우리를 마주보고 있어요. 우리와 눈이 마주친다고 느끼도록 그려놓았거든요.

나는 충격을 받았다.

그것이다.

등줄기로 식은땀이 흘렀다.

이건 그야말로 녀석의 눈이다. 녀석의 눈은 어디에 있든 전부를 보고, 녀석을 보는 모든 이와 시선을 마주친다. 그 눈이 우리를 보는 게 아니라, 그 눈에서 나오는 무언가가 우리를 쬐고 있다. 그래서 그렇게 이상한 느낌이 들었던 것이다. 그것을 깨달았기 때문이었다.

워크숍에서는 매일 마지막에 컨템퍼러리 발레 수업이 있었다.

지금이야 컨템퍼러리 수업이 드물지 않지만 이 워크숍에는 꽤 오래전, 아직 일본의 발레 학원에서는 컨템퍼러리를 낯설게 느끼던 시절부터 전문 수업이 있었다. 에릭네 발레단은 급진적인 컨템퍼러리의 명작과 신작을 수두룩하게 탄생시켜온 전통이 있으니 당연하다면 당연한 일인지도 모른다.

지금은 프로 발레 무용수가 되려면 컨템퍼러리를 필수적으로 출 수 있어야 한다. 콩쿠르에서의 비중도 해가 갈수록 높아지고 있다.

사전을 찾아보면 '현대적', '동시대적'이라는 뜻풀이가 나오는 컨템퍼러리. 컨템퍼러리 발레는 클래식 발레와 구분되어 일컬어지지만 실제로는 정의하기가 어렵고, 솔직히 말해 나는 아직까지도 잘 모르겠다.

하지만 워크숍 첫 컨템퍼러리 수업에서 에릭은 모두에게 물었다.

클래식과 컨템퍼러리의 차이는 뭐라고 생각해?

다들 얼굴을 마주보며 "토슈즈를 신지 않는 게 컨템퍼러리", "20세기 이전에 만들어진 작품이 클래식" 등의 대답을 조그만 목소리로 우물우물 내놓았다.

마쓰나가 다카시는 조금 고개를 갸웃한 다음 간결하게 대답했다.

"클래식 이외의 것이 컨템퍼러리입니다."

어째서인지 다카시가 말하면 다들 웃음을 터트린다. "보이즈 비 암비샤스"의 영향은 엄청나서 이번에도 화기애애하게 웃음이 일었고, 에릭은 "그렇군" 하며 고개를 끄덕였다.

이 녀석은 알기 쉽구나, 하며 싱글벙글 웃는 것이 보였다.

마코토는?

다나다 마코토를 떠보자 그는 이미 생각해뒀는지 또렷하게 대답했다.

"저는 컨템퍼러리 안무가가 짠 작품이 컨템퍼러리라고 생각합니다. 더 자세히 말하자면 안무를 의뢰하는 사람이 컨템퍼러리로 부탁한 작품이 컨템퍼러리가 아닐까 합니다."

"오호, 그것도 명쾌한 설명이구나. 그럼 이 작품은 컨템퍼러리가 아니라고 안무가가 단언하면 컨템퍼러리가 아닌 건가?"

"네, 그렇게 생각합니다."

"그렇구나. 준은?"

에릭은 공을 나에게 넘겼다.

클래식과 컨템퍼러리의 차이.

사실 이 질문은 나도 어릴 적부터 이따금 생각해온 주제였다. 어떤 때는 '이거다' 싶다가도 또 시간이 조금 지나면 '아니야, 틀린 것 같아'라는 생각이 든다. 내 안에서도 정의는 고정되지 않고 늘 흔들렸다.

"관객이 중력을 못 느끼게 하는 발레가 클래식, 관객이 중력을 느끼게 하는 발레가 컨템퍼러리."

리샤르가 '오호' 하는 표정을 짓는 것이 느껴졌다.

살짝 기뻤지만 내 안에는 여전히 안개가 끼어 있었다.

"……그렇게 생각했었는데요."

내가 머뭇거리자 리샤르와 에릭이 '응?' 하는 얼굴이 되었다.

"생각했었다, 그런데?"

에릭이 다음 말을 재촉했다.

나는 언어를 찾았다.

"그러니까, 요즘은 좀 아닌 것 같기도 해서요……. 관객이 중력을 못 느끼게 하는 발레가 클래식이라는 생각은 변함없지만, 관객이 아니라 무용수가 중력을 느끼면서 추는 게 컨템퍼러리가 아닐까 합니다."

"그건 어떻게 다른 거야?"

에릭이 흥미를 보이며 몸을 앞으로 내밀었다.

"방금 다나다도 말했지만, 우리 무용수들은 '지금부터 컨템퍼러리를 춥니다' 하면서 춤을 추기 전에 정의부터 하잖아요? 다시 말해 우리가 '컨템퍼러리다'라고 의식하면서 추는 것이 컨템퍼러리라고 생각합니다. 제가 컨템퍼러리를 추고 있다고 생각할 때 가장 의식하는 부분이 중력이거든요. 반면 클래식을 출 때는 전혀 의식하지 않아요. 오히려 중력은 잊어버리고, 의식하지 않으려고 하죠. 여하튼 가볍게, 가볍게, 마치 체중이 없는 것처럼 1센티라도 하늘에 더 가까이 다가가려고 하고, 자주 듣는 말처럼 하늘에 실 한 줄로 매달려 있는 이미지를 중시해왔어요."

나는 손가락으로 천장을 가리켰다.

"그래서 컨템퍼러리에서 중력을 느끼는 건 오히려 무용수 쪽이 아닐까 합니다."

"과연, 그렇다면 '무용수가 중력을 의식하지 않고 추는 것이 클래식, 중력을 의식하면서 추는 것이 컨템퍼러리'라고 정의해도 되지 않을까?"

에릭이 나의 얼굴을 들여다봤다.

"흐음, 그것도 좀 달라요."

내 안의 안개는 여전히 걷히지 않았다.

나는 머리를 마구 긁적였다.

"클래식의 경우 중력이 있고 없고를 느끼는 결정권은 관객에게 있어요. 저는 그렇게 생각합니다. 하지만 컨템퍼러리는 그 결정권이 무용수 쪽에 있는 게 아닌가 싶어요."

"흐음, 비대칭이로군."

에릭은 잠시 생각에 잠겼다가 생긋 웃었다.

"재밌네. 준은 그렇게 생각했구나."

물론 에릭은 정답을 바라는 것이 아니고, 정답을 가르쳐주지도 않는다. 그저 학생이 어떻게 생각하는지를 알고 싶을 뿐이다.

알고는 있었지만 답이 없다는 갑갑함은 쉽게 사라지지 않았다.

에릭은 차례차례 물어보았고, 마침내 하루의 순서가 되었다.

"할은?"

어쩐지 모두가 주목했다.

녀석에게는 어딘가 사람을 기대하게 만드는 면이 있었다. 뭔가 다른 것을 해주지 않을까 하는 근거 없는 기대를.

녀석은 또다시 고개를 아주 조금 기울였다. 살며시 몸을 뒤로 빼고, 턱을 들어 사선이 되었다.

불현듯 가부키의 어원이 '기울다傾く*'라는 것이 떠올랐다.

몇백 년이나 된 전통과 확고한 '형태'가 있다. 그것은 문자 그대로 그 세계에 '의심할 여지없이 올바른 것'으로서 우뚝 솟아 있다.

그 똑바르고 흔들림 없는 것을 '기울이는傾げる' 것이다.

그것은 이른바 정통파와 그렇지 않은 모든 것 사이에서 공통적으

● 현대 일본어로는 '가타무쿠'로 발음하지만 고어에서는 '가부쿠'라고 발음한다.

로 나타나는 현상이라는 느낌이 든다. 발레도 마찬가지다. 중력을 거스르며 똑바로 서 있는 것을, 컨템퍼러리는 오프 밸런스로 만든다. 기울인다. 더 말하자면 무너트린다. 부순다. 납작하게 만든다.

사실 나는 피아노 연주도 즐기는데(이쪽에도 나름대로 소질이 있다. 뭐든지 재능이 있다니 곤란하기도 하지), 클래식 피아노는 등을 곧게 펴고 손가락도 건반에 수직으로 내려놓는 반면 재즈 피아노를 칠 때면 어째서인지 등을 구부리고 싶어지고 손가락도 왠지 모르게 납작해진다. 몸의 윤곽과 음이 모두 납작해지고, 세계와의 경계선에 침을 문질러 번지게 만들고 싶어진다.

정통파를 기울인 것. 그것이 새로운 세계를 열어젖힌다.

그건 그렇고, 녀석은 뭐라고 대답했던가.

조금 시간을 두고 녀석은 입을 열었다.

"클래식 발레는 꽃다발이에요."

또다시 모두의 눈에 물음표가 떠오르는 것이 보였다. 물론 나도 포함해서.

전혀 생각지 못한 방향의 대답에 에릭과 리샤르도 얼이 빠졌다.

"그건 무슨 뜻이니?"

역시 조금 시간을 두고 에릭이 물었다.

녀석은 어렴풋이 미소 지었다.

"그렇잖아요. 꽃다발은 그때 가장 예쁘게 피어 있는 꽃을 중심으로, 가령 장미라면 그걸 한가운데 두고 그 주위에 국화나 거베라를 늘어놓은 다음 안개꽃 같은 걸로 빙 둘러싸겠지요. 정면에서 봤을 때 가장 예쁘게 보이도록 만들어서 종이랑 셀로판지로 포장하고, 리본을 묶고, 자아, 하고 건네죠."

놀랍게도 녀석은 그걸 마임으로 해 보였다.

꽃을 조금씩 뽑아 배치하고, 셀로판지로 감싸고, 리본을 묶었다. "자아, 하고 건네죠"라고 말했을 때는 정말로 커다란 꽃다발을 건네받은 듯한 착각이 들어서 나는 엉겁결에 눈을 끔뻑이고 말았다.

"싱싱한 꽃가지를 꽃다발로 만들고, 상품으로 만드는 것. 근사한 꽃병에 꽂아서 감상하는 것. 그게 클래식 발레입니다. 그리고 컨템퍼러리는……."

녀석은 한순간 먼 곳으로 시선을 던졌다.

"나무, 수목이에요. 저 애도 말했지만(녀석은 나를 흘끗 쳐다봤다) 그야말로 지면에 뿌리를 뻗고 있죠. 다름 아닌 묵직한 중력을 느끼면서요. 대지를 느끼는 수목."

문득 녀석의 눈이 무언가를 포착했다.

모두가 반사적으로 녀석의 시선 끝으로 고개를 돌렸다.

그곳에 나무가 서 있는 듯한 느낌이 들었다. 하늘 가득히 가지를 뻗은 거대한 나무가.

"……꽃다발 예시는 잘 알겠다만."

그렇게 말하며 끼어든 것은 여간해선 참견하지 않는 리샤르였다.

"수목의 예시가 잘 와닿지 않는구나. 그걸 좀 더 구체적으로 설명해줄 수 있겠니?"

녀석은 의아해하는 표정으로 리샤르를 쳐다봤지만, "구체적으로……" 하고 중얼거리며 또다시 얼마간 생각에 잠겼다.

"으음" 하고 예쁜 눈썹을 살짝 찌푸리며 왼쪽 집게손가락을 빙글빙글 돌렸다.

이윽고 뭔가 생각났는지 '아' 하는 얼굴이 되었다.

"발레는 꽃집이에요."

그렇게 말하고 리샤르를 돌아봤다.

"예전에는 꽃집의 상품이 꽃다발뿐이었죠. 아, 한 송이짜리도 있네요. 솔로로 추는 건 한 송이짜리. 전막 공연은 그야말로 장미나 백합 같은 아름다운 꽃을 꽃다발로 만들어서 파는 거예요. 꽃을 사는 사람도 그걸 보고 꽃이구나, 예쁜 꽃다발이야말로 꽃집의 간판 상품이구나, 하며 장미나 백합을 사러 가죠."

녀석은 다시 환상의 꽃다발을 재빨리 껴안아 보였다.

팔 안에서 셀로판지가 바스락바스락 소리를 내며 무거운 꽃다발이 휘어지는 것이 보이는 듯했다.

"하지만."

녀석은 손을 쫙 펼쳤다.

그 아름다운 손가락을 가진 큰 손을.

환상의 꽃다발이 곧바로 사라졌다.

"예쁜 것의 정의는 자꾸자꾸 바뀌어가고, 꽃집에서 다루는 상품도 점점 늘어납니다. 양치류나 이끼류를 즐겨 감상하는 사람도 있고, 꽃이 없는 나뭇가지라도 아름답다고 여기는 사람이 있으면 상품이 돼요. 이윽고 꽃집은 가게 바깥으로 확장됩니다. 가레산스이* 정원도, 폐허의 정원도, 풍광 그 자체도 상품이 돼요. 꽃집의 취급 범위가 넓어진 거죠. 그러므로 당연히 수목도 그 대상이 됩니다. 상품이 되지요. 그리고 이 상품은 감상법도 꽃다발과는 좀 달라요."

녀석은 다시 한번 허공으로 시선을 던졌다.

그의 시선 끝에 거대한 환상의 나무가 우뚝 솟아 있었다.

"감상하는 부분은 가지의 생김새나 잎사귀가 달린 모양이죠. 나아가 그 나무가 어느 곳에 자랐는지, 어떻게 자랐는지도 감상 포인트가 되고요. 아, 여기는 바람이 세게 부는 해변이라서 가지가 모두 한 방향으로 뻗어 있구나, 이곳 토양은 메마른 모래라서 이보다 더 크게는 자라지 않는구나, 하는 식으로요."

"흠."

리샤르가 작게 콧소리를 냈다.

"요컨대 컨템퍼러리는 그 작품의 배경이나 안무가의 출신, 생각 같은 걸 감상한다고?"

"으음."

녀석은 신음 소리를 냈다.

그리고 천천히 좌우로 고개를 흔들었다.

"그렇게까지 깊게 생각하지는 않았어요. 그저 컨템퍼러리는 관객이 바라는 것, 무용수에게 요구하는 것이 클래식과 다르다고 생각합

● 물을 사용하지 않고 다양한 크기의 돌과 자갈, 모래만으로 산수를 표현하는 일본 정원 양식의 하나.

니다."

이로써 이야기가 끝났다는 양, 녀석은 서 있던 위치를 살짝 옮겼다.

주위가 고요해졌다.

리샤르와 에릭이 얼굴을 마주봤다.

"야아, 깜짝 놀랐네."

에릭이 눈을 동그랗게 떴다.

"할, 언제부터 그런 걸 생각했니?"

"언제부터랄 것 없이 그냥 쭉 생각해왔어요."

"그냥 쭉, 이라고……."

에릭은 고개를 저었다.

"클래식 발레는 발레라는 꽃집의 꽃다발인가. 게다가 이 꽃다발은 꽃집 입장에서는 기준이 되는 간판 상품이라는 거로군. 일리 있는 말이구나, 할. 이거 나도 다른 데서 써먹어도 될까?"

에릭은 진심인 듯 진지한 얼굴로 물었다.

녀석은 천진하게 생긋 웃었다.

"그럼요."

"고맙다."

에릭은 가슴에 손을 대고 감사를 표했다.

여기까지의 대화를 모두가 입을 딱 벌리고 듣고 있었다.

물론 나도 포함해서.

어쩌면 그로부터 상당한 세월이 흘렀기 때문에 기억이 덧씌워졌을 수도 있다. 과연 중학교 3학년이었던 녀석이 그렇게 어려운 단어를, 어른스러운 표현을 썼던 게 맞을까.

그 대화가 영어였는지, 통역을 사이에 둔 일본어였는지조차 확실하지 않지만 녀석이 논리정연하게 컨템퍼러리를 수목에 비유하고 클래식 발레를 꽃다발에 비유했던 것만은 선명하게 기억한다.

에릭도 그때의 대화가 뇌리에 또렷이 박혔는지, 나중에 "그 비유 다른 데서 써먹었어요?"라고 물어보자 "아니, 몇 번쯤 생각했지만 이나이 먹고 열다섯 살짜리 학생의 말을 내 생각인 양 말하는 건 좀 그렇잖아? 결국 아직 한 번도 못 써먹었어" 하고 드물게 부끄러워하는 표정을 지었던 것이 웃겼다.

하지만 그때 이미 확신했어.

에릭은 그렇게 털어놓았다.

뭘요?

어렴풋이 눈치채고는 있었지만 나는 굳이 되물었다.

이 애는 우리 발레 학교에 들어올 거라고.

흠, 저에 대해서는 언제 그렇게 생각하셨고요?

녀석에게 경쟁심을 불태우는 것처럼 보이는 건 짜증나는 일이지만 묻지 않을 수 없었다. 에릭은 쓴웃음을 지었다.

너는 워크숍에 불렀을 때부터 우리 학교로 오게 할 생각이었어.

그것참 다행이네요, 하고 나는 대답했다. 어쩌면 에릭의 립서비스일 수도 있겠다는 생각이 문득 들었지만.

그리고 또, 미래 이야기는 웬만해선 하지 않는 리샤르가 드물게 말했지.

에릭이 중얼거렸다.

하루에 대해서요?

응, 하고 에릭은 고개를 끄덕였다.

저 애는 안무가가 될 거야, 라고 말이야.

간혹 "후카쓰 씨는 안무는 안 하시나요?"라는 질문을 받을 때가 있다.

안 해요, 하고 딱 잘라 대답하면 "아, 그렇군요" 하며 보통은 상대도 더 묻지 않는다.

그런 질문을 하는 사람은 녀석을 떠올리고 있을 것이다.

세계적인 안무가가 된 녀석과 오랫동안 함께 지냈으니 영향을 받지 않았느냐고 생각하는 모양이다.

확실히 영향은 있었다. 에릭의 말처럼 '때마침 함께 있었던' 탓도 있을 것이다.

하지만 뒤집어 말하자면 녀석과 가까이 있었고, 녀석이 작품을 만드는 모습을 봐왔기 때문에 오히려 나는 '이런 거 나하고는 안 맞아' 하며 안무는 일찌감치 포기했다.

속마음을 털어놓자면 안무에 흥미는 있었다. 컨템퍼러리를 추는 것을 좋아했고 안무 수업도 들었다. 직접 안무를 짜서 추면 재밌겠는걸, 하고 단순하게 생각했던 것이다.

안무 수업에서, 안무 비슷한 걸 해본다.

어떤 면에서는 수동적인 존재인 발레 무용수에게는 안무가의 사고방식을 상상하고 간접 체험해보는 것이 앞으로 춤을 춰나가는 데도 큰 도움이 된다.

하지만 그건 예컨대 피아니스트가 음대 수업에서 작곡 수업도 받아보는 것이나 마찬가지다. 클래식 피아니스트가 "당신은 작곡은 안 하나요?"라는 질문을 받는 일은 없을 것이다. 그렇다, 그것은 완전히 별개의 일이다.

안무가는 자신이 출 수 있는 범위를 뛰어넘는 작품은 만들지 못한다고들 한다. 그래서 일정 수준 이상의 안무가가 되기 위해서는 무용수로서도 상당한 기술을 가지고 있어야 한다.

그럼 탁월한 기술을 가진 무용수라면 안무가가 될 수 있는가 하면, 꼭 그렇지도 않다.

그건 완전히 별개의 일이기 때문이다.

(나를 포함해) 탁월한 무용수는 추는 것에 관해서라면 안무가보다 안무를 더 잘 이해하고 있다. 짜여진 안무 이상의 것을 무대 위에서 만들어낼 수 있다. 그들은 춤을 통해 자신을 깊게 이해하고, 동시에 자신을 매개 삼아 춤을 깊게 이해한다. 자신과 춤을 중첩시켜 얼마나 깊게 파고들 수 있는가. 그렇게 파고들 수 있는 자가 탁월한 무용수라고 불릴 것이다.

하지만 안무가는 그렇지 않은 듯하다.

그들은 무용수 너머, 춤 너머로 무언가 드넓은 풍경을 본다.

무용수에게는 춤추는 것 자체가 목적이지만 안무가에게 춤은 어디까지나 수단이며 목적은 그 너머에 있다.

그에게는 우연찮게 춤이 수단이었을 뿐, 다른 기술을 가지고 있다면 그것이 또 다른 수단이 되어 목적을 이룰 것이다.

워크숍 첫날이 끝나고, 원래 안면이 있었던 나와 다나다 마코토가 어쩌다 보니 가까운 전철역을 향해 나란히 걸어가고 있었다. 그러자 "오사카에서 온 다나다 마코토 형이죠? 후쿠오카 발레 콩쿠르에서 2위였고요" 하고 마쓰나가 다카시가 말을 걸어왔다.

봤더니 다카시의 옆에서 요로즈 하루가 평온한 얼굴로 우리를 보고 있었다.

녀석은 갑자기 "후카쓰, 잠깐 괜찮아?" 하며 나에게 총총 걸어와 코앞에서 멈춰 섰다.

"뭐야?"

정면에서 눈이 마주쳐서 당황했다.

갸름한 눈매라고 생각했는데 가까이에서 보자 의외로 눈이 컸고, 푸른빛을 띤 흰자와 새까만 검은자가 거기에 있었다.

나보다 조금 작을 줄 알았는데 키가 엇비슷하구나, 하고 생각했을 때 녀석은 내 어깨를 톡톡 두들기고, 조금 뒤로 빠져서 내 얼굴을 바라보고, 내 목덜미와 등을 찬찬히 살폈다.

"뭐 하는 거야, 하루."

그 모습이 너무나 스스럼없고 자연스러워서 나도 모르게 성이 아닌 이름으로 불렀다.

"어, 잠깐만. 으흠, 고마워."

그렇게 말하더니 녀석은 어안이 벙벙해진 마코토와 다카시에게 고개를 끄덕 숙인 뒤 함께 걷기 시작했다.

이상한 녀석.

"진짜 작정하고 컨템퍼러리를 하네요. 저, 제대로 된 컨템퍼러리 수업을 받는 건 처음입니다."

다카시는 말투도 어딘가 운동부원 같았다(아무래도 상관없지만 '저自分'라는 인칭이 동일본에서는 1인칭으로, 서일본에서는 2인칭으로 쓰인다는 사실을 나는 이 워크숍에서 다카시와 마코토에게 듣고 처음 알았다).

"나도."

다나다 마코토가 고개를 끄덕였다.

"컨템퍼러리스러운 거라면 우리 학원 레슨에서도 조금 했지만, 세계 수준의 프로한테 배우는 건 완전히 다르네."

"하루는 어디서 왔어? 도쿄 사람이야?"

내가 묻자 녀석은 "나가노" 하고 대답했다.

듣고 보니 어쩐지 그런 느낌이 드는 게 신기했다.

"혹시 부모님이 발레 학원 하셔? 나랑 마코토는 그렇거든."

녀석은 느릿느릿 고개를 저었다.

"아니, 우리 집은 아냐."

"그럼 왜 발레를 시작했어?"

남자아이가 발레를 시작하는 대부분의 계기는 여자 형제가 시작해서, 혹은 부모님이 발레 학원을 운영해서다.

녀석은 순간적으로 곤혹스러운 표정을 지었다.

"왜냐고? 글쎄, 왜일까."

"그게 고민에 빠질 만한 대목인가?"

나는 어이가 없었다.

"형태가 재미있어서, 일까."

"그게 뭐야, 형태라니?"

마코토가 신기하다는 듯이 물었다.

"어, 재밌잖아? 발레에서 사람 몸이 만드는 형태는 완성도가 높고, 예쁘기도 하고."

모두의 얼굴에 물음표가 떠올랐다. 하지만 녀석의 말투는 늘 독특하기 때문에 다들 곧 익숙해졌다.

"그보다 갑자기 작품을 만들라니, 어떻게 하면 좋을지 저는 하나도 모르겠습니다."

다카시가 불만스럽게 말했다.

첫날의 컨템퍼러리 수업 막판에 에릭이 싱글거리며 말했던 것이다.

마지막 날 수업에서 1분 동안 각자 주제를 정해 자유롭게 춤춰봐. 모두 발표할 거야.

1분 동안. 제대로 추기에는 충분히 긴 시간이다.

"본인이 자신 있는 테크닉을 쓰면 되지 않나? 분명 턴을 잘하는 녀석은 '팽이' 같은 걸 하겠지."

내가 그렇게 말하자 다카시는 깜짝 놀란 표정으로 얼굴을 붉혔다.

"우왓, 방금 저, 그거 생각했습니다."

"자유롭게 춤추라니, 말이야 쉽지만 가장 어려운 거잖아."

마코토가 한숨을 내쉬었다.

그때 녀석이 갑자기 발걸음을 멈춰서 나는 당황했다.

돌아보니 녀석은 물끄러미 무언가를 주시하고 있었다.

그 시선의 끝을 좇아가자 가로수 잎사귀 한 장이 천천히 떨어지는 참이었다.

허공에서 오른쪽으로, 왼쪽으로 흔들리면서 느릿느릿 커다란 호를 그리고, 그걸 반복하며 땅에 떨어졌다.

그러자 녀석은 팔을 흔들기 시작했다.

오른쪽으로, 왼쪽으로, 천천히 커다란 호를 그렸다.

방금 떨어진 나뭇잎의 움직임을 따라 하고 있다는 걸 깨달았다.

여유롭게, 커다랗게 흔들리던 팔이 불현듯 멈췄다. 그 손끝은 새끼손가락과 약손가락, 가운뎃손가락과 집게손가락이 딱 붙은 채 아름답게 뻗어서 근사한 형태를 이루고 있었다.

"아, 미안."

갑자기 자신만 뒤처졌다는 사실을 깨달았는지, 녀석은 뒤돌아보고 있던 우리 세 사람을 향해 종종걸음으로 다가왔다.

"하루 형은 참 재밌네요."

다카시가 중얼거렸다.

"재밌달까, 이상하달까."

나도 중얼거렸다.

"뭔가 우리랑 다른 걸 보고 있네."

마코토가 정리했다.

워크숍 마지막 날 발표회.

예상대로 테크닉이 특기인 남자애들이 생각하는 건 대충 비슷했다. 자이로 팽이, 풍력 발전기, 롤러코스터, 폭풍, 번개 등 회전력과 스피드를 살린 작품이 대부분이었다.

다카시의 작품은 '종이비행기'.

종이비행기를 손에 들고 날리는 장면에서 시작하여, 곧바로 종이비행기로 변신해 빙글빙글 점프했다. 그리고 가볍게 착지했다가 다시 날아올랐다. 불안해하던 것치고는 마임도 깔끔하고 동작도 다채로워서 완성도가 상당히 높아 보였다.

마코토는 '시험'.

시험 전의 시점부터 시작해 달력을 신경 쓰며 필사적으로 공부한다. 이미 늦어버린 게 아닐까 하는 불안, 초조, 피로. 그리고 맞이한 시험 당일. 찰나의 해방감, 결과를 기다리는 동안의 안절부절, 결과에 대한 낙담, 후회 등등 어지러울 정도로 빠르게 변하는 감정을 아름다운 동작으로 표현했다.

역시 마코토는 고뇌하는 왕자가 어울리고, 드라마틱한 발레를 좋아하는구나 싶었다. 본인도 자신의 취향을 고려해 감정 표현 중심으로 작품을 짠 듯했다.

내가 만든 작품은 '우리 집 고양이'였다.

우리 집에서는 암컷 러시안 블루를 기르고 있었다. 이름은 '마도'*.

● 일본어로 창문이라는 뜻.

완벽한 집고양이여서 밖으로 나간 적은 없다. 우리 집에 온 첫날부터 거실의 내닫이창 앞에 오도카니 앉아서 바깥을 구경하는 것을 좋아했기 때문에 자연스레 이름이 마도가 되었다.

고양이의 움직임은 재미있다.

하품을 하고, 세수를 하고, 털을 곤두세우고, 뒹굴면서 기지개를 켠다.

마도를 흉내 내는 건 전부터 좋아했기 때문에 이번에 그걸 춤으로 만들어서 보여주기로 한 것이다.

러시안 블루의 살짝 거드름을 피우는 듯한 하느작거리는 걸음걸이.

밥을 달라고 조르고, 차갑게 굴다가도 살갑게 다가온다.

몸을 활처럼 굽혀 위협하고, 불만을 드러낸다.

꽤나 박진감 있는 움직임을 만들어냈다고 생각한다.

학생들 사이에서도 웃음이 터져서 유머가 받아들여졌던 것도 기뻤다. 뭐 춤으로서, 작품으로서는 유치했겠지만.

그리고 녀석의 차례가 되었다.

"할의 주제는?"

에릭이 물었다.

"겨울나무입니다."

어지간히 자연을 좋아하는 녀석이구나 싶었다.

말을 마친 녀석이 나를 휙 쳐다봤다.

"후카쓰, 잠깐 괜찮아?"

"응?"

나는 어리둥절했다.

"좀 도와줘."

녀석은 손짓으로 나를 불렀다.

"후카쓰한테 도와달라고 해도 되죠?"

녀석이 에릭에게 묻자, 에릭도 놀란 눈을 끔뻑거리기는 했지만 "뭐, 상관없지" 하며 고개를 끄덕였다.

도와달라고? 갑자기 뭘? 사전에 들은 말도 없는데?

주뼛거리며 중앙으로 나가자 하루는 "여기서 거울을 향해 4번 포지션*으로 서 있어줘" 하고 지시했다.

"손은 이렇게" 하며 양쪽 팔의 안쪽을 아래쪽으로 비스듬히 마주보게 만들었다.

"이대로 꼼짝하지 마. 내가 너한테 휘감기거나 달라붙을 건데, 뭘하든 계속 단단히 버티고 서 있어줄래?"

고개를 끄덕이는 수밖에 없었다.

"시작하겠습니다."

녀석은 차분한 목소리로 말한 뒤, 내 목에 손을 두르고 어깨에 이마를 붙이며 기댔다.

주위가 쥐 죽은 듯 고요해졌다.

녀석이 서서히 움직이기 시작했다.

● 발레의 기본 발동작 중 하나로 두 발을 턴 아웃(발끝을 바깥쪽으로 회전시킨 자세)한 상태로 앞뒤로 평행하게 두되, 그 사이로 발 하나만큼의 간격을 벌리고 서 있는 것.

나는 정면에 있는 거울로 내 얼굴을 보면서, 동시에 녀석의 동작과 모두의 반응을 느꼈다.

녀석의 팔이, 다리가, 아름답게, 크게 휘어졌다.

그 손가락 끝으로, 손톱 끝으로 모두의 시선이 쏠리는 것이 느껴졌다.

녀석의 움직임이 때로는 직선을, 때로는 곡선을 허공에 그려나갔다.

과연, 나는 나무줄기구나.

나를 나무줄기 삼아 녀석은 나뭇가지와 그 나무를 둘러싼 기상 현상을 표현하고 있었다.

잎을 떨구고 벌거벗은 겨울나무. 불어오는 찬바람과 쏟아지는 진눈깨비와 눈을 그저 가만히 견디고 있는 겨울나무.

문득 첫날 함께 집에 갈 때 녀석의 손이 그린 나뭇잎의 움직임이 뇌리를 스쳤다.

그리고 그때 이미 이 춤의 구상이 녀석 안에 있었음을 깨달았다.

불쑥 내 앞으로 다가와 나의 몸을 뚫어져라 살펴봤던 것도, 그때 벌써 내 몸을 이용하려고 생각했기 때문일 것이다.

이 자식, 대체 뭐야.

식은땀이 나는 것이 느껴졌다.

실은 그때 〈야누스〉가 떠올랐어.

먼 훗날 녀석이 나에게 말했다.

등 돌리고 서 있던 너한테 기댄 순간, 〈야누스〉의 씨앗이 어딘가에서 불쑥 떠올랐어. 그때부터 쭉 마음속에 품고 있었지. 〈야누스〉는 네가 있었기에 완성된 거야. 또 〈숲은 살아 있다〉도 그날 춤출 때 번 뜩 떠올랐고.

〈숲은 살아 있다〉는 녀석이 어린이를 대상으로 만든 발레인데, 보는 것도 추는 것도 즐거운 잘 만들어진 작품이다. 널리 상연되고 있으니 녀석의 작품 중에서도 유명한 축이 아닐까 싶다. 그 작품의 원형도 그날 발표회에서 춤출 때 떠올랐다니, 정말이지 상상을 초월하는 놈이다. 이 사실을 그때 알았다면 애초에 안무 수업 같은 건 안 들었을 텐데.

여하튼 그때의 나는 나에게 체중을 싣고 팔을 휘감는 녀석의 몸을 식은땀을 흘리며 느끼고 있었다.

거울 속 녀석의 움직임은 아름다웠다. 무엇보다 그것이 '춤'이며 하나의 작품으로 완성되어 있다고 느꼈다.

모두 숨을 죽인 채 홀린 듯이 녀석의 움직임을 바라보고 있었다.

고작 1분, 모두와 같은 1분일 텐데도 전혀 다른 농밀한 1분이었다.

문득 녀석의 몸에서 힘이 빠져나가더니, 나무줄기에서 한 번도 떨어지지 않았던 '나뭇가지'가 떨어졌다.

녀석이 머리를 숙이자 와르르 박수가 쏟아졌다.

에릭과 리샤르가 왠지 모르게 창백해진 얼굴로 박수를 치고 있는 모습이 눈에 들어왔다.

"고마워, 후카쓰."

그 목소리를 듣자 비로소 정신이 들었다.

녀석은 내 손을 잡고 들어올렸다.

나는 황급히 녀석과 함께, 다시 한번 모두를 향해 깊게 머리를 숙였다.

휴, 둘 다 그때 로잔 콩쿠르나 유스 아메리카 그랑프리YAGP 같은 데 안 나가고 우리 워크숍에 와줘서 정말 다행이었지 뭐야. 그런 대회에 나갔다면 무조건 다른 데서 채갔을 테니까.

에릭은 지금도 가슴을 쓸어내린다. 나도 이제는 그 심정을 이해한다.

열다섯 살 무렵에 작품이 될 만한 안무를 짤 수 있는 무용수는 좀처럼 없다. 하물며 온 세계가 혈안이 되어 차세대 안무가를 찾고 있는 시대다. 본인의 발레단에 그런 전도유망한 무용수가 있다는 것은 어마어마한 강점이 된다.

아무튼 발레 학교 시절에는 사람들이 수시로 녀석을 찾아왔던 기억이 있다.

그것도 녀석이 발레 학교에 입학한 해부터 여러 학생에게 안무를 짜줬기 때문인데, 그 소문이 서서히 주위로 퍼지고 녀석의 안무가 화제에 오르자 학생들 쪽에서 안무를 만들어달라고 부탁하러 오게 되었다.

그중에서도 인상적이었던 건 바네사 갤브레이스라는 한 학년 위의 여학생이다.

근사한 빨강 머리에 초록색 눈동자를 지닌 미국 미인, 20세기의 유명 배우 리타 헤이워스를 요즘 스타일로 업그레이드한 듯한 화려한 외모로 키도 컸지만 존재감도 그에 못지않았다. 외모로 보나 성격으로 보나 전형적인 여왕님 캐릭터였고, 발레 학교 재학 중에 YAGP에서 그랑프리를 수상하기도 했다.

바네사는 "저기, 할은?" 하며 마치 자신의 하인을 부르는 것처럼 늘 찾아왔다(실제로 바네사의 집은 대부호라서 고용인이 몇 명이나 되는 엄청난 대저택에서 자랐다고 한다).

녀석과 기숙사에서 같은 방을 썼던 탓에 틈만 나면 누군가가 찾아와 "할은?" 하고 물어댔고, 그때마다 나는 "내가 매니저도 아니고, 몰라" 하고 대꾸하는 것이 일상다반사였다.

바네사는 졸업 공연 작품의 안무를 녀석에게 부탁했다.

녀석이 만든 건 〈파뉴키스〉.

프랑스의 시인 앙드레 셰니에가 동갑 사촌 남매를 주제로 쓴 시를 모티프 삼아, 쇼팽의 〈즉흥곡 3번〉을 사용해 만든 6분 길이의 작품이다.

곡의 시작과 함께 어두운 무대 안쪽에서 손을 잡은 두 남녀가 그림책을 껴안고 나타난다.

바닥에 털썩 앉고, 엎드려 눕고, 턱을 괴고 함께 그림책을 보는 두 사람.

사이좋은 동갑내기 사촌, 분별없는 놀이, 강아지 같은 장난.

이윽고 유아기를 지난 두 사람은 무릎을 꿇어 서고, 조금씩 행동반경이 넓어진다.

어느덧 그림책은 펼쳐진 채로 무대 구석에 방치된다.

자타의 구분이 거의 없는, 사촌이라는 동질감.

녀석과 바네사는 외모도 인종도 전혀 다르지만 함께 있는 모습이 너무나 자연스러워서, 무대 위에서는 정말로 혈연관계 같은 동질감이 느껴졌다. 바네사의 키가 커서 녀석과 별로 차이가 나지 않는 것도 그 인상을 한몫 거들었다.

두 사람은 무럭무럭 성장해 이윽고 일어서서 춤을 춘다.

오늘도 사이좋게 함께 춤춘다. 멋지게 쌍을 이루는 움직임. 춤은 점차 어려워지고 격렬해진다.

하지만 얼마 못 가 나이가 찬 두 사람은 서로의 성性을 의식한다.

조금씩 거리를 두는 두 사람.

함께 춤을 춰도 쌍을 이루던 움직임은 자취를 감추고 서로 다른 동작이 되어간다. 머뭇거림이, 망설임이, 조심스러움이 늘어간다.

이제 두 사람은 따로 떨어진다.

길이 나뉘어 각자의 인생을 걷게 된 것이다.

무대 위의 서로 떨어진 장소에서 각각 다른 솔로를 춘다.

오랜 세월이 흐른 뒤 노년에 들어선 두 사람은 다시 만난다.

서로 안에서 어린 시절을 찾아낸 두 사람은 차분하게, 위로를 담아 그 옛날의 춤을 함께 춘다.

멀어진 나날을 포개며, 그리운 신뢰감과 동질감을 곱씹는다.

그리고 마지막에 두 사람은 손을 잡고 천천히, 무대 끝에 펼쳐진 채로 놓여 있던 그림책이 있는 곳으로 돌아온다.

녀석이 그림책을 살며시 덮은 뒤 집어들어 겨드랑이에 끼운다.

두 사람은 손을 잡은 채 처음과는 반대로, 어둠 속으로 사라진다…….

묘한 그리움과 희열, 아련한 쓸쓸함이 있는 작품이었다.

나조차 그걸 보고 눈물이 차올랐을 정도다(꽤 오랜 시간이 지난 후 내가 일본 발레단 공연에 객원 무용수로 출연해 그 발레단 소속인 여동생과 함께 〈파뉴키스〉를 췄을 때는 감개무량했다).

우레와 같은 박수. 두 사람은 손을 잡은 채 무대로 돌아와 머리를 깊숙이 숙였다.

바네사가 감격한 나머지 녀석의 얼굴에 열정적인 키스를 퍼부었다. 녀석은 그저 쩔쩔매는 모습이었지만.

〈파뉴키스〉는 큰 반향을 불러일으켰다.

얼마나 화제가 되었느냐면, 발레 학교의 공연을 본 발레단 수석 무용수가 "저 작품을 추고 싶어요" 하고 예술 감독에게 직접 말해서 발레단의 정식 공연 목록에 올라갔을 정도다. 녀석에게는 〈파뉴키스〉가 처음으로 안무비를 받은 작품이었을 것이다.

다음 시즌에서 더욱 가다듬어진 〈파뉴키스〉가 '초연'되었고, 이 또한 매우 호평받았다. 녀석이 안무가 '할 요로즈'로 이름을 올린 첫 번째 작품이었다.

바네사가 어찌나 분통을 터트리던지. 어째서인지 내가 화풀이 대상이 되었다.

공연을 다 본 바네사가 "준~" 하며 나에게 달려와서는 갑자기 주먹으로 내 몸 여기저기를 퍽퍽 때리기 시작했다. 진심으로 아파서 한마디 하려고 했지만, 봤더니 분노의 눈물을 글썽이는 게 아닌가.

"진짜 초연은 나랑 할이 한 거야. 이건 할이 나를 위해 만들어준 작품인데."

공연에 붙은 '초연'이라는 단어가 어지간히 분했던 모양이었다.

게다가 당연한 일이지만, 프로 선배들의 춤은 작품을 깊이 있게 표현해서 차원이 다르게 훌륭했다.

"나중에 자랑거리가 될 거야."

나는 얼른 벗어나고 싶은 마음에 여왕님을 위로하기로 했다.

"게다가 〈파뉴키스〉는, 언젠가는 바네사 갤브레이스를 위해 만들어진 작품으로 남게 될 게 분명해."

실제로 그렇게 되었다. 그로부터 몇 년 뒤, 바네사는 발레단에서 녀석의 신작 〈아그니〉의 주연으로 발탁되어 단번에 전 세계에 이름을 떨쳤으니까.

바네사가 놀란 듯이 고개를 들고 내 얼굴을 물끄러미 바라봤다.

"준, 너는 무신경하고 막돼먹은 것 같지만 실은 생각보다 훨씬 좋은 녀석이었네."

'무신경'과 '막돼먹은'과 '생각보다'는 사족이 아닌가 싶었다.

그러고 보니 핫산 사니에라는 놈도 있었다.

"야, 할, 너 이 새끼, 장난하지 마. 이런 개같이 어려운 안무를 정상적인 인간이 출 수 있겠냐."

늘 이런 욕지거리를 퍼부으며 방으로 뛰어드는 통에 시끄럽기 짝이 없었다.

게다가 녀석이 없으면 나한테 끝도 없이 불평을 쏟아냈다.

아무래도 녀석의 안무를 복습해서 익히다 보면 잘 안 되어서 화가 치미는지, 매번 그 울분을 풀기 위해 달려오는 듯했다.

"어느 부분이 어려운데?"

핫산의 욕지거리에 완전히 이골이 난 녀석은 태연한 얼굴로 그렇게 물어보고는 했다.

"여기가 이런데 다음 동작이 요런 게 말이 되냐?"

그러면 핫산은 불쑥 몸을 움직였다.

그는 우리와 같은 학년이지만 엄청난 신체 능력을 가진 남자였다.

프랑스 국적에 오묘한 피부색을 지녔다. 검다고 잘라 말할 수도 없고, 갈색도 아니며, 은색이나 회갈색 어느 것에도 딱 들어맞지 않는다. 녀석은 '벨벳 피부'라고 불렸다. 커다랗게 빛나는 눈에 이목구비가 또렷하고, 속눈썹이 마스카라를 칠한 것처럼 엄청나게 길고 풍성하다.

핫산이 춤추는 모습을 보면 도무지 같은 종 같지가 않다. 마치 기린이나 그리폰처럼 여러 종이 합체된 신기한 생물을 보고 있는 듯한 착각에 빠진다.

그러고 보면 녀석은 이따금 "표범을 대상으로 안무를 짜보고 싶어" 같은 말을 했다. "인간에게도 꼬리가 있었다면 분명 '파$_{pas}$'•도 바

● 무용의 한 단위. 체중이 한쪽 발에서 다른 쪽 발로 이동하는 움직임을 기본으로 하여 몇 가지 움직임의 복합으로 이루어지는 것.

꿰었겠지? 꼬리 끝의 위치나 높이 같은 걸 고려해서 꼬리까지 포함한 파가 만들어졌을지도 몰라. 안무도 바뀔 테고" 하며 꽤나 진심으로 '꼬리가 있는 인간'용 안무를 짜서 모두가 기막혀했던 적도 있다.

녀석은 발레 학교에 입학했을 때부터 인생의 작품으로서, 바흐의 인벤션에 1번부터 차례대로 안무를 붙여 〈토르소〉 시리즈를 개인적으로 만들어왔다. 미술 소묘에서 쓰는 인체 모형인 토르소를 제목으로 삼은 데서도 알 수 있듯이, 인체의 비주얼과 움직임을 철저하게 연구해 그것을 춤으로 만든 추상 발레다. 에도 시대의 '한지에繪゜ じ゜'를 참고하여 서로 얽히는 인체를 그림에 빗댄 것도 있었다.

녀석은 발레 학교의 학생들을 빠짐없이 체크해 관찰했다. 그 가운데 특히 신체 능력이 뛰어나 안무를 짜보고 싶은 학생을 골라냈던 것이다. 바네사도 그렇고 핫산도 그렇고, 녀석이 발레 학교 시절 안무를 짜준 학생들은 모두 대단한 스타가 되었다.

핫산은 녀석이 처음 말을 건 학생으로, 〈토르소〉 시리즈 초기부터 참가했다.

"아, 거기는 틀렸어. 여기서 일단 멈추고, 그런 다음 이렇게 돌아야 해."

"그렇구나. 그럼 여기는?"

"응, 아직 앙 드 당゜゜으로."

● 일본의 에도 시대 말기에 서민들 사이에서 유행했던, 그림으로 표현한 수수께끼.
●● 롱 드 장브(한쪽 발로 마루 위에 반원을 그리는 고전 발레의 기본 동작)에서 다리를 안쪽으로 돌리는 것.

"과연."

그렇게 둘이서 여러 가지 포즈를 시도하는 모습을 보는 것은 나한테도 도움이 되었다.

핫산이 근육을 쓰는 방식을 보면 인간이라는 생물에게는 한계가 없는 듯한 기분이 들었다.

둘이서 동작을 주고받다 보면 순식간에 핫산의 움직임이 갈고닦여 춤이 완성되었다.

"그것 봐. 핫산, 너라면 할 수 있잖아."

동작을 이해한 핫산에게 녀석은 언제나 그렇게 다정하게 말했다.

"나는 그 사람이 못 추는 안무는 안 넣으니까."

그러면 핫산은 어린애처럼 고개를 끄덕이고는 안심한 표정으로 돌아가곤 했다.

핫산은 부모님의 얼굴을 모르는 채 매우 가혹한 환경에서 나고 자란 탓에, 근본적으로 항상 자신감이 없는 데다 강한 인정 욕구를 품고 있었다.

핫산은 길거리 축구를 하던 중 우연히 근처에 와 있던 발레 선생님 눈에 띄어, 그 뛰어난 신체 능력과 근사한 팔다리 덕에 장학금까지 받으며 발레 학교에 입학한 신데렐라 스토리의 주인공이다. 그럼에도 언제나 외면당하면 어쩌지, 버림받으면 어쩌지 하는 두려움을 느꼈는데, 그때마다 녀석은 핫산에게 신경 안정제 같은 역할을 해주었다.

그런 핫산도 지금은 세계 최고의 무용수 중 하나다. 녀석이 만든 전막 발레 〈어새슨〉에서도 암살자들을 이끄는 고대 교단의 두목이라는, 어렵지만 엄청나게 멋있고 카리스마 넘치는 역할을 맡아 호평받았다.

그렇다고는 해도 지금까지 녀석의 실험 대상이 된 무용수들 가운데 그 횟수가 가장 많았던 사람은 단연 나일 것이다.

기숙사 방에 있을 때 녀석은 음악을 듣거나, 스케치를 하거나, 책이나 잡지를 읽는다.

그러다 갑자기 그걸 딱 내려두고 가만히 생각에 잠긴다.

그러면 대체로 20분쯤 뒤에 나를 휙 쳐다보며 이렇게 말하는 것이다.

"후카쓰, 잠깐 괜찮아?"

생각해보면 처음에 녀석이 나에게 한 말도 이것이었다.

솔직히 말해 귀찮을 때도 있었지만, 녀석이 손짓으로 부르면 결국은 "네, 네, 갑니다요" 하며 일어서는 처지가 되었다. 사실 레슨 외의 연습은 엄격하게 제한되어 있지만 나도 모르게 몸이 반응했다.

녀석은 불쑥 먼저 일어서서 안무를 할 때도 있었고, "이런 포즈 해봐" 하며 말로 지시할 때도 있었다.

또 "이거 해봐" 하며 손에 든 책이나 잡지의 사진을 들이미는 경우도 있었다.

그야 못할 것은 없었다.

나무에 달라붙은 비단구렁이, 초원을 달리는 가젤, 캐나다 선주민족의 토템 폴 정도라면.

하지만 고급 브랜드의 세 줄 목걸이나 최신형 무선 청소기 같은 건 좀 힘들었다.

한번은 "이거 해봐" 하며 내 앞으로 내민 사진을 보고 저절로 말문이 막혀버렸다.

"이거 말이야?"

"응, 이거."

"나한텐 이게 크라이슬러 빌딩으로 보이는데."

"맞아, 맨해튼에 있는 거."

건물이라니, 엉뚱한 것도 정도가 있지.

하지만 녀석은 태연한 얼굴이었다.

"안 되겠어? 마천루의 역사와 흥망성쇠 같은 건 발레로 만들 수 없나 해서."

나는 기가 막혔다. 정말이지 이상한 걸 생각하는 놈이다.

"빌딩을 의인화하는 거야?"

"응."

"그럼 일단 엠파이어 스테이트 빌딩은 바네사겠네."

녀석은 키득키득 웃었다.

"분명 바네사라면 그것 말고 다른 역할은 수락해주지 않겠지."

장승처럼 우뚝 선 바네사가 눈에 아롱거렸다. 맨해튼 최고의 고층 빌딩. 아랫것들을 내려다보는 건 역시 여왕님이겠지. "흥, 당연하잖아" 하는 그녀의 목소리까지 들리는 듯했다.

"크라이슬러 빌딩은 핫산한테 시키면 괜찮지 않겠어? 곡선 모양이

뭔가 핫산스럽기도 하고."

핫산이 크라이슬러 빌딩 꼭대기의 물고기 비늘 모양을 본뜬 특이한 의상을 입고 있는 모습이 머릿속에 떠올랐다.

"그러면 우리 둘이서 쌍둥이 빌딩을 할까. 마침 설계자가 일본계 미국인이니까."

"9·11 테러로 없어졌지만 말이야."

"타임스 스퀘어는 군무로 표현하면 되겠지."

"자유의 여신상은?"

"아, 그걸 까먹고 있었네. 바네사는 자유의 여신상도 어울릴 것 같은데."

"그대로 서 있기만 해도 되겠네."

그런 어처구니없는 이야기와 농담도 어지간히 많이 주고받았다.

녀석이 구상한 작품은 당시부터 수두룩했는데, 후에 실현시킨 것도 있지만 그대로 묻힌 것도 있다(참고로 〈마천루의 역사와 흥망성쇠〉는 현재로서는 아직 세상의 빛을 보지 못하고 있다).

녀석은 "안무를 줄 무용수가 정해지지 않았을 때 머릿속에 떠오르는 건 후카쓰"라고 했다.

워크숍에서 처음 봤을 때부터, 왠지 모르게 늘 너를 떠올리며 안무를 만들었던 것 같아.

〈겨울나무〉에서 거울 앞에 4번 포지션으로 서 있던 네 두 팔의 안쪽을 아래쪽으로 비스듬히 마주보게 했지. 그게 내가 다른 사람한테 짜준 첫 안무였어.

그건 아마 매우 영광스러운 일일 것이다. 사람들이 녀석과 나를 왠지 세트로 보는 것에는 녀석이 나를 떠올리며 안무를 짠 탓도 있지 않을까.

그렇다 해도 실제로 녀석이 나에게 만들어준 작품은 〈야누스〉뿐이지만.

지금도 이따금 녀석의 목소리가 들리는 듯한 때가 있다.

무언가 갈피를 못 잡고 있을 때. 제자리걸음을 하면서 앞으로 나아가지 못하는 느낌이 들 때.

그럴 때 문득, 녀석의 목소리가 들린다.

후카쓰, 잠깐 괜찮아?

맞아, 준도 할도 서포트를 엄청 잘해주지. 아무튼 둘 다 춤추기 편하고, 같이 추면 마음이 놓여. 쓸데없는 스트레스가 없다는 건 정말 고마운 점이야.

왜, 그런 사람 있잖아. 미묘하게 스트레스 주는 상대 말이야. 춤추는 내내 어딘가 항상 신경이 곤두서 있는 느낌. 싫잖아. 그것도 일부러 말을 꺼낼 정도는 아니라는 게 가장 스트레스 쌓이는 부분이지.

왠지 모르게 같이 춤추기 힘든 상대, 있지, 있어.

그건 기술의 문제만은 아닌 것 같아. 파장이 안 맞는달까, 텐션이 안 맞는달까.

서포트를 잘해주면 나까지 실력이 향상된 느낌이 들고, 사실은 몸 상태가 별로였을 때도 기분 좋아지기도 하잖아. 춤추고 나면 컨디션이 회복되는 경우도 있고.

준은 같이 있기만 해도 분위기가 밝아지니까, 함께 춤추면 거기에 이끌려서 기분이 좋아져.

할은 진정 효과가 있다고 해야 하나? 안심이 된달까, 치유가 된달까.

거기까지 기운차게 활발히 떠들던 여자애들이 문득 조금 망설이는 표정을 지었다.

그런데, 두 사람은 타입이 전혀 달라.

그치, 하며 얼굴을 마주보는 여자들.

어떻게 다른데? 서포트를 잘하면 결과는 마찬가지 아니야?

내가 묻자 다들 하나같이 단어를 찾으며 생각에 잠겼다.

남성 발레 무용수는 여자에게 이골이 난 타입과 전혀 그렇지 않은 타입의 두 부류로 나뉜다. 전자는 대체로 여자 형제가 있기 때문이고, 후자는 여자 형제가 없는 데다 파트너 여성을 공주처럼 대접하는 것밖에 배우지 않았기 때문이다.

나는 당연히 전자여서 여자애들이랑 와자지껄 떠드는 데 익숙하다. 여자들에게도 그 익숙함이 전해지는지, 나의 태연자약한 성격도 한몫 거들어 나한테는 뭐든 스스럼없이 털어놓을 때가 많다.

있지, 준은 파트너라는 느낌이야.

누군가가 그렇게 말해서 나는 "으응?" 하고 반문했다. "그야 당연하잖아, 파트너니까" 하고 대꾸하자 그 아이는 고개를 가로저었다.

준과 춤을 추면 난 지금 준이랑 춤추고 있다, 서포트를 잘하는 준이랑 춤추고 있다, 상대가 준이라서 다행이야, 하고 계속 느끼거든.

하지만 할은 그렇지 않아. 뭐라고 하면 좋을까, 분신?

맞아! 하고 동의하는 목소리가 터져나왔다.

바로 그거야, 마치 나 자신이랑 춤추는 것 같아. 아냐, 잠깐만. 그것도 좀 달라. 그게 말이지, 할이랑 춤추면 내가 확장되는 느낌이거든. 내가 할의 몸까지 확장돼서 둘 다 내가 되어버린 것 같다고 해야하나.

응. 몸의 세포가 내가 아닌 존재로 인식하지 않는달까? 할도 나 자신이라는 느낌이야. 그러니까 서포트하는 것도 나고, 서포트받는 것도 나라는 느낌.

그 감각, 참 신기하지. 어, 나 지금 누구랑 추는 거지? 하고 생각할 때가 있어.

하지만 할 본인은 빙의하는 타입도 전혀 아니고, 상대에게 철저하게 감정이입하는 타입도 아니잖아?

응, 엄청난 마이페이스에다 오히려 냉정한 타입이라고 봐.

아주 상냥하지만 몹시 쿨하지. 발레에서는 다들 왕자님 역할을 하니까 신사적인 건 당연한데, 할은 그런 포즈만 취하는 게 아니라 정말로 파트너를 사려 깊게 대해주는데도 동시에 굉장히 냉담한 면이 있어.

고집부리는 구석은 전혀 없지만 개성적이고.

이렇게 말로 표현해보면 여러 면에서 모순을 품고 있는데도, 할이라는 사람을 전체적으로 보면 모순되지 않아.

그녀들의 답답해하는 표정이 이해가 갔고, 하고 싶은 말이 무엇인지도 알 것 같았다.

녀석은 파트너의 춤을 자기 쪽으로 끌어들이는 타입도 아니고, 강렬한 캐릭터로 다른 사람을 자신의 색깔로 물들이는 타입도 아니다. 지금 이 자리에 있는 재료로 최고의 요리를 만든다고나 할까. 물론 좋은 재료를 음미하기는 하지만, '할'표 소스를 진하게 뿌리지는 않는 것이다.

아니, 나는 녀석의 클래식 발레에 대해 이야기하고 싶다. 하지만 그녀들과 마찬가지로 잘 설명할 수 없을 것 같아서 정말 답답하다.

녀석의 클래식은 근사하다. 기술도 탁월해서 아마 신체 능력으로 치자면 핫산과 비교해도 뒤지지 않을 것이다.

하지만 녀석에 관해 말할 때 그 엄청난 기교를 언급하는 사람은 그다지 없는 듯하다.

워크숍 당시에도 이미 점프든 피루엣*이든 분명 출중하게 해냈지만, 그보다 녀석의 춤 자체가 더 인상적이었기 때문에 기술은 별반 화제에 오르지 못했던 것이다.

이건 놀라운 일이기도 하다. 젊은 무용수는 이래저래 기교만 주목받고, 실제로 그 부분만 눈에 띈다. 그러나 녀석은 처음부터 녀석다운 동작과 뉘앙스가 더욱 눈에 띄었고, 이미 녀석다운 춤을 추고 있었다. 그렇다고 버릇이 있다거나 기초가 부족한 것도 아니었다. 좌우

● 발레에서 한 발을 축으로 팽이처럼 도는 동작.

간 시선을 끄는 독특한 분위기를 자연스레 갖추고 있었던 것이다.

나와 녀석은 발레 학교 공연에서 〈잠자는 숲속의 미녀〉 중 파랑새 역할을 맡은 적이 있다. 이때는 핫산도 날마다 바뀌는 파랑새 무용수 중 하나였고(이런 놈이랑 같은 역할을 맡다니 참을 수 없다), 졸업생 게스트로 왔던 프란츠(이런 전형적인 왕자랑도 비교당하고 싶지 않다. 이 녀석에 대해서는 나중에 다시 말하겠다)도 함께 무대에 섰다.

알다시피 〈잠자는 숲속의 미녀〉에서 파랑새라 하면 인기 상승세에 있는 젊은 남자 무용수의 등용문과도 같은 배역이다.

내가 보기에 가장 높이 뛴 것은 사실 하루였지만, 아무래도 관객에게는 그런 인상을 남기지 않았던 모양이다.

솔직히 발레에는 과장도 필요하다. 높이 뛰고 있는 것처럼 보이게끔 하는, 굉장한 걸 하고 있는 것처럼 보이게끔 하는 요령이 존재한다.

핫산과 나한테는 원래 가진 신체 능력과 기술에 더해 그 요령도 있다.

하지만 녀석에게는 그런 면모랄지 의식이 없는 듯하다. 너무도 자연스럽게 해치우는 탓에 테크닉의 굉장함이 그다지 눈에 띄지 않는 달까.

그래서 녀석을 제외한 세 사람은 "대단해", "신체 능력이 장난 아니네" 같은 경탄을 들은 반면, 녀석에게는 "근사해", "아름다워", "춤 스타일이 좋아"라는 평이 쏟아진 것이다.

녀석에 대해서는 리샤르가 언제나 신기해하는 표정을 지었던 것이 생각난다.

알(앞서 말했듯이 리샤르는 H 발음을 잘하지 못한다)은 대체 이걸 어떻게 해석해서 추는 거야?

파랑새 때도 진심으로 신기하다는 듯이 물어봤다.

으음, 새가 되었다고 생각하고 추는데요.

녀석의 대답은 지극히 단순했다.

그나저나 잘 뛰네, 할은. 체공 시간이 엄청 길어. 진짜 파랑새가 나는 것 같아.

에릭은 반쯤 어이없어했다.

그러자 오히려 녀석이 이상하다는 듯한 표정을 지었다.

엇, 그야 새니까, 높이 나는 건 당연하잖아요?

그 대답, 역시 할이야, 하며 에릭이 쓴웃음을 지었다.

요컨대 녀석은 '파랑새'라는 왕자 역을 연기하는 게 아니라 '새' 자체를 연기하는 모양이었다.

플로리나 공주 역을 맡았던 여자애도 "할이랑 추면 희한하게 높게 뛰어져" 하며 신기해했다.

"우리가 마치 새로 변한 것 같아"라나.

녀석이 〈지젤〉의 알브레히트 왕자 역할을 맡았을 때도 리샤르는 신기해했다.

그렇다, 녀석의 알브레히트 또한 독특했다.

2막에서 지젤을 잃은 비탄의 표현이 몹시 정적이어서, 비탄이라기보다 허무함이 더 크게 느껴졌다.

나도 무심코 물어보고 말았다.

그 알브레히트는 무슨 생각을 하는 거야?

녀석은 "무슨 생각이라니?" 하며 나를 쳐다봤다.

뭔가 묘한 알브레히트였어. 마치 지젤이 아니라 알브레히트가 망령 같았거든.

내가 그렇게 말하자 녀석은 잠시 그때를 떠올리는 듯한 표정을 짓더니 이렇게 말했다.

알브레히트는 지젤이 죽음으로써 비로소 지젤을 사랑하기 시작한 거야. 그전까지는 그냥 '귀여우니까 만나고 싶어', '함께 있으면 즐거워' 정도밖에 생각하지 않았지.

하지만 지젤을 잃은 후 그녀에 대한 자신의 사랑이 시작되었다는 걸 깨달아. 알브레히트는 잃어보지 않으면 이해할 수 없는 게 존재한다는 사실을 깨닫고 절망해. 그건 알브레히트 자신의 무구함과 천진난만함, 첫사랑 그 자체 같은 거였어. 잃은 뒤에야 비로소 깨닫는 것, 그러나 전부 돌이킬 수 없는 것뿐이지.

그래서 알브레히트가 2막에서 비탄하는 건, 지젤 자체를 상실했기 때문이 아니라 그런 모든 것을 총체적으로 잃었기 때문일 거야. 그는 지젤에게서 자신을 보고 있어. 사랑을 잃어서가 아니라, 자신의 무구한 시절과 결별해서 비탄하는 거지. 그러니 절망과 허무가 깊어질 수밖에. 반대로 말하자면 알브레히트는 지독하게 자기애가 강한 남자고, 마지막까지 자기밖에 생각하지 않는 거야. 작품 제목은 〈지젤〉이지만 이건 철두철미하게 알브레히트의 이야기지.

녀석다운 해석이라고 생각했다.

클래식 발레에 대해서도 그의 견해는 독특했다. 예전에 클래식을 꽃다발에, 컨템퍼러리를 수목에 빗대기는 했지만, '이 세상의 형태'를 표현 혹은 재현한다는 목적으로 말하자면 녀석 안에서는 별다른 구분이 없는 듯하다.

녀석은 과장이 전혀 없었고 자신을 근사하게 내보이는 것에도 흥미가 없었다. 하지만 '형태'를 보여주는 데는 엄청난 고집이 있었다.

그런 면모가 가장 잘 드러난 작품이 먼 훗날의 명작, 〈카·논KA·NON〉일 것이다.

나는 녀석의 작품 가운데서 1, 2위를 다툴 만큼 〈카·논〉을 좋아한다.

〈카·논〉이라는 제목은 작품에 사용한 곡인 요한 파헬벨의 〈카논CANON〉과 천수관음KAN-NON*을 동음이의어로 활용해 지었다.

느긋한 템포의 곡에 맞춰 한 줄로 늘어선 열 명의 무용수가 여유롭게 춤을 춘다. 그저 그뿐인 단순한 춤이다. 점프나 피루엣도 하나 없이 느린 동작으로 무대 위를 나아간다.

무용수들의 대열은 마지막까지 변하지 않고, 각각의 의상 색은 그러데이션을 이룬다.

승려복과 비슷한, 오른쪽 어깨부터 팔을 드러낸 의상.

● 일본어로 천수관음(千手観音)은 '센주칸논(せんじゅかんのん)'이라고 발음한다.

선두의 무용수는 산뜻한 주홍색 의상이고, 그 뒤로 조금씩 진홍색에 가까워지다가 마지막 열 번째 무용수에서 짙은 자주색이 된다 (의상에 대해서는 그러데이션으로 한다는 것만 지정되어 있어서, 이후 공연에서는 화이트 톤이나 파스텔 톤 등 다양한 그러데이션의 의상으로 춤췄다).

곡의 시작과 함께 가로 한 줄로 늘어선 무용수들이 천천히 무대로 등장한다. 무대를 한 바퀴 빙 돈 다음, 곧이어 정면을 보며 중앙으로 다가온다.

각도를 서서히 비틀며, 열 명의 무용수가 무대를 돌아다니면서 팔을 휘두른다.

그걸 선두에서 보면 정말로 천수관음 같다. 팔의 움직임은 단순하면서도 실로 아름답고, 의상의 그러데이션이 잔상 같은 효과를 자아내, 보고 있으면 점점 정신이 혼미해지는 듯한 착각에 빠진다.

무대에서 보면 백이면 백 관객들의 얼굴에 점차 희열의 빛이 떠오르는 것이 느껴져 재미있고, 춤을 추는 쪽도 왠지 기분이 좋아진다. 한편으로는 발레의 기초가 노골적으로 드러나는 춤이기 때문에 어떤 면에서는 엄청나게 어렵다. 템포가 느려서 포즈를 계속 유지하는 것도 힘들다.

기초가 없는 사람, 움직임이 아름답지 않은 사람이 추면 어정쩡해지는 춤이고 그러면 얼빠진 행렬이 어설프게 움직이는 것으로밖에 보이지 않는다.

〈카·논〉은 남성 열 명 버전과 여성 열 명 버전이 있는데 지금까지

나도 몇 번이나 췄고 선두에 선 적도 있다.

춤의 성격상 선두가 가장 중요하다는 점은 명백하다.

하지만 내가 가장 좋다고 느낀 버전은 초연 때 선보인, 녀석이 선두에 서고 나머지 아홉 명을 여성으로 채운 것이다. 이 버전은 현재까지는 녀석을 제외하면 춘 사람이 없는데, 녀석의 중성적인 매력이 가장 잘 발휘된 역할인 데다 뒤쪽이 모두 여성이라는 점도 관음보살의 특성과 딱 맞아떨어져 말로 표현할 수 없는 관능적 아름다움이 있었다.

초연 때 녀석을 필두로 장신의 여성 무용수들이 천천히 팔을 휘두르며 움직이는 장면을 보고 관객석에서 한숨 같은 탄성이 일었던 것을 또렷하게 기억한다.

그야말로 이 세상에 나타난 천수관음.

이 또한 녀석이 보여주고 싶었던 '이 세상의 형태' 중 하나구나, 하고 생각했다.

〈카·논〉의 초연이라 하면, 남성 열 명 버전의 초연은 누가 선두를 맡을지로 옥신각신했던 것도 기억난다.

녀석의 초연을 본 핫산과 프란츠가 둘 다 선두를 맡겠다며 고집을 부렸던 것이다.

프란츠 힐데스하이머 헤어초겐베르크는 오스트리아 국적의 한 학년 선배인 남자다. 말하다가 혀를 깨물 것 같은 이 긴 이름은 부모님의 성을 양쪽 다 물려받은 것이라고 한다(그쪽에서는 성을 둘 중 하나 골라도 좋고 둘 다 써도 되는 모양이다). 하여간 양가가 다 유서 깊은 집안이라니 옛날 같았으면 정말로 왕자님이었을지도 모른다. 게다가 프란츠는 외모마저 동화 속 왕자님이었다.

2미터에 가까운 큰 키, 금발에 푸른 눈, 산뜻한 미모(바네사가 리타 헤이워스의 업그레이드 버전이라면 프란츠는 세기의 미소년으로 유명했던 스웨덴 배우 비에른 안드레센의 업그레이드 버전이다). 보통 왕자님 하면 떠오르는 바로 그 용모다. 발레 학교의 만년 우등생에, 일찍부터 미래의 수석 무용수 후보라는 말을 들었다고 한다.

프란츠는 성실하고 좋은 녀석이지만(내 안의 이미지로는 다나다 마코토와 약간 겹친다) 다소 까다로운 면이 있고, 특히 핫산과는 하나부터 열까지 맞지 않았다. 자라난 환경이 너무나 달라서 콤플렉스를 자극하는지 핫산이 툭하면 프란츠에게 달려드는 탓도 있었다. 하지만 핫산의 싸움닭 같은 면이 불안과 자기 보호 본능의 발로라는 사실을 알아차리지 못하고 그저 우악스러움으로만 받아들인 프란츠가 경멸을 감추지 않았던 것도 그러한 경향에 박차를 가했다. 그 산뜻한 얼굴로 경멸 어린 시선을 내뿜는다면, 나는 엉엉 울면서 달아날 것이다.

녀석은 두 사람이 선두를 맡고 싶다며 매일 밤낮으로 맹렬하게 압박을 가하는 통에 매우 곤혹스러워했다. 예술 감독과 선생님들도 마찬가지였다.

오디션도 했지만 무엇보다 두 사람 다 우열을 가리기 힘든 기술력과 표현력을 가지고 있었다. 게다가 스타일이 전혀 달랐다. 예술 감독과 선생님도 "못 고르겠어" 하며 머리를 감싸 쥐는 판국이었다.

후카쓰, 선두 역할 네가 안 할래?

언젠가 고민에 잠긴 얼굴로 녀석이 말하기에, 나는 "말도 안 돼" 하며 부들부들 떨었다.

그 두 사람한테 원한을 사는 건 싫어.

핫산의 땡그란 눈과 프란츠의 얼음 같은 눈이 나를 노려보는 상상을 하면, 역시 엉엉 울면서 도망가고 싶어진다.

결국 핫산과 프란츠의 더블 캐스팅이라는 안이한 선택을 하게 되었고, 누가 첫날에 출지는 동전을 던져서 정했다(어째서인지 동전을 던진 건 나였다).

첫날 선두 역을 빛낸 것은 핫산이었다.

양쪽의 〈카 · 논〉을 다 보고 나니 선두 역이 바뀌면 전혀 다른 춤이 된다는 사실을 깨달았다. 그게 흥미로워서 더블 캐스팅으로 결정한 것이 정답이었구나 싶었다.

핫산은 그 '벨벳 피부'에 주홍색 의상이 잘 받아서 태양신처럼 보였고, 프란츠는 프란츠대로 춤 자체가 그리스 신화처럼 보였다. 사람에 따라 보이는 '신'이 달라지는 것이다.

그래도 역시 나한테는 녀석이 선두에서 췄던 〈카 · 논〉이 단연 최고다. 선두 역할은 맡고 싶지만 나머지가 전부 여성 무용수인 그 버전으로 추고 싶지는 않은 건, 녀석의 버전이 가장 좋다는 확신이 지금도 흔들리지 않기 때문일 것이다.

안무라 하면 이쯤에서 녀석이 자신의 유일한 안무 스승으로 우러르는 예술 감독, 장 자메의 이야기를 하지 않을 수 없다.

알제리 출신의 프랑스인 장 자메는 일찍부터 천재 무용수로 이름을 떨치며 세계 각지의 발레단에서 춤추다가, 이 발레단을 전 세계에서도 일류로 끌어올린 전설적인 예술 감독이자 안무가인 테오 바르비제의 부름을 받고 이적했다. 이후 사고로 요절한 그의 뜻을 이어받아 제일선에 서서 발레단을 이끌었다. 우리가 입단한 무렵에는 근사한 은발의 조용한 노인이었지만 눈빛은 날카로워서 모든 것을 꿰뚫는 듯한 그 시선에 잔뜩 움츠러들었던 기억이 있다.

장 자메 자신도 안무가로서 대가이고 숱한 명작을 남겼지만, 그 이상으로 큰 공적은 우수한 신진 안무가를 키운 것이다.

녀석은 장의 만년 중에서도 마지막 쪽 제자인 셈이다.

처음에 장은 녀석을 무용수로서 마음에 들어했던 모양이다.

발레단에서 녀석은 안무가로 먼저 데뷔했지만, 무용수 데뷔작은 장이 만든 신작 〈다우트〉였다.

발탁된 녀석이 맡은 역할은 놀랍게도 잔 다르크였다.

〈다우트〉는 잔 다르크를 어린 시절부터 알고 지낸 사제, 전장에서 함께한 잔 다르크의 호위대장, 그리고 샤를 7세까지 세 남성이 주요 배역으로 등장하며 신을 향한 '의심'을 둘러싼 갈등을 춤으로 표현한 작품이다(여기에 쓰인 프랑스 작곡가 올리비에 메시앙의 오르간 곡이 엄청나게 소름 돋는다). 잔 다르크는 극을 이끌어나가는 진행자 같은 역할로 중간중간 등장한다.

어쨌거나 역할이 잔 다르크고, 뭉툭한 라인의 하얗고 소박한 원피스를 입고 있어서 보이시한 여자애가 춤춘다고 생각한 사람도 많았던 듯하다.

주요 배역 세 사람이 중후하고도 고뇌에 찬 춤을 추는 반면, 잔은 어디까지나 천진난만하다고도 할 수 있는 춤을 추며 등장한다. 도중에 헐렁헐렁한 투구를 쓰고 검을 휘두르며 오를레앙의 해방을 나타내는 장면에서조차 어린아이가 노는 것으로밖에 보이지 않는다.

의심을 품는 것은 끝까지 잔이 아니라 그 주위에 있는 사람들이며, 여기서 잔은 그들의 의심을 투영하는 대상일 뿐이다.

하지만 유일하게 색다른 빛을 내는 장면이 있었으니 바로 잔이 신의 목소리를 듣는 대목이다.

구부정한 자세로 움직임을 멈추고, 두 손바닥을 크게 펼치고, 삐걱거리는 스톱 모션 같은 움직임으로 뒤를 돌아 하늘을 올려다본다.

이 장면이 시간을 두고 몇 번이나 반복되며, 계시의 순간 짓는 표정은 최초의 당혹스러움에서 공포로, 이어 환희로, 마침내 절망으로 변해간다.

신의 목소리를 들어버린 자의 비극.

그 표정을 통해 〈다우트〉는 그런 이야기로도 해석할 수 있다.

이 계시 장면의 동작과 표정은 녀석이 발레단 내 오디션에서 연기해 보인 것이라는데, 그 외에도 잔의 춤에는 상당 부분 녀석의 제안이 채용되었다고 들었다. 그것을 보고 장은 녀석의 안무가적 재능을 인정했다 한다(나중에 장은 〈다우트〉의 안무 크레디트를 녀석과 이름을 나란히 올리는 것으로 바꾸었다).

그 후로 녀석은 장에게 일대일 안무 지도를 받게 되었다.

하지만 장은 녀석이 안무에 열중하는 것을 좋아하지 않았다.

너는 무용수로서도 훌륭하니까 춤을 출 수 있는 동안에는 춤추는 것에 전념해야 해. 이것이 장의 주장이었고, 장에게 그런 말을 듣지 않았다면 녀석은 더 빨리 안무에 전념했을 것이다.

장이 그렇게 말한 것도 이해가 간다.

장이 키운 안무가 중에는 무용수로서는 막다른 곳에 이르렀거나 제자리걸음을 하던 사람도 있었다(그렇다 해도 상당한 수준에서의 이야기지만). 장의 권유로 안무가로 전향한 뒤 재능을 꽃피운 사람도 많다.

하지만 녀석의 경우 무용수로서도 엄청난 발전 가능성이 있었다. 녀석에게 안무가로서의 재능이 있다는 것은 명백했지만 나도 녀석의 춤을 더 많이 보고 싶었다.

나는 녀석의 춤을 좋아한다.

그 양성적인 아름다움, 독특한 분위기와 움직임, 무엇보다 속세와 다소 동떨어진 듯한 녀석의 자연스러운 인격이 배어나는 춤.

녀석을 보면서 깨달은 건, 안무에 재능이 있는 무용수가 클래식 작품이나 다른 사람이 만든 작품을 추면 독특한 설득력이 생겨나 재밌다는 점이다. 그들은 기존 안무에 대한 해석을 자신의 언어로 빈틈없이 재구축할 수 있다고나 할까.

〈지젤〉의 그 알브레히트처럼.

그렇게 생각한 사람이 나뿐만은 아니었는지, 녀석은 클래식을 비롯해 통상 솔리스트나 수석급 무용수라면 웬만해서는 추지 않는 온갖 역할을 제안받았다. 녀석 하면 떠오르는 고정된 역할이 없는 것도, 다들 "할이 그걸 추면 어떻게 될까?" 하며 순수한 호기심으로 이 역할 저 역할 맡기고 싶어했기 때문인지도 모른다.

애초에 프로로 데뷔한 잔 다르크부터 그랬지만, 여성 무용수의 역할을 맡는 경우도 드물지 않았다.

설마 남자애랑 리라의 요정 역을 두고 경쟁하리라고는 생각도 못했어.

여자 선배들의 원망 섞인 불평이 떠오른다.

새롭게 연출한 〈잠자는 숲속의 미녀〉에서 있었던 일인데, 이때 녀석은 여러 명의 여자 선배들과 오디션을 본 끝에 리라의 요정 역으로 발탁되었다(물론 토슈즈는 안 신었고 춤도 조금 바꾸었지만). 요정이라는 상상 속 생명체 역시 녀석이 추면 전혀 위화감이 없으니 어찌 보면 좀 무서운 일이다.

이렇게 하루는 여러 가지 역할을 녀석답게 경험해나갔다. 파트너링과 마찬가지로, 결코 자신의 색깔로 물들이지는 않지만 역할을 확장해 본인에게 융화시키면서.

녀석은 스승 하면 장 자매의 이름을 말하지만, 장은 "나는 할에게 딱히 아무것도 가르치지 않았어"라고 했다.

"할에게 가르칠 건 아무것도 없었어"라고도.

그런데도 다른 곳에서는 녀석을 만년의 애제자로 인정하고 있으니, 사제 관계란 정말이지 겉보기로는 알 수 없는 것이다.

두 사람의 사제 관계는 담백해 보인 겉모습보다 훨씬 강고했던 듯하다. 이 점은 장이 예술 감독으로서 은퇴한 후 녀석의 전막 발레 작품 〈어새슨〉에 게스트로 출연했다는 사실에서도 명확하게 드러난다.

이단 교단을 배후에서 조종하는 전설의 암살자 '숨 쉬지 않는 자'.

가운을 두르고 오른쪽 벤치에 걸터앉아 얼굴을 보여주지 않고 손발의 미세한 움직임만으로 공포감과 존재감을 표현해야 하는 이 역할은, 처음에는 녀석이 직접 할 예정이었지만 "더 좋은 사람한테 부탁했어"하며 공연 직전까지 캐스팅을 감추고 있었다.

초연 첫날, 무시무시한 존재감과 으스스함을 표현한 '숨 쉬지 않는 자'에게 압도당한 관객들은 "대체 누가 연기한 거야?" 하며 막간에 여기저기서 웅성거렸지만 커튼콜 때 가운을 벗은 장 자메의 얼굴을 보고 모두가 "앗" 하고 놀라며 납득했다.

실제로 두 사람의 관계는 확실히 장의 말대로, 장이 안무를 지도해줬다기보다 녀석이 짠 안무를 장에게 보여주고 조언을 듣는 식이었다.

딱 한 번 그 과정을 본 적이 있다.

〈야누스〉 때다.

〈야누스〉는 녀석이 나에게 맞춰 안무를 짜준 작품인데, 녀석으로서는 드물게 창작에 고전하는 모습을 보였다.

평소라면 술술 나왔을 안무가 몇 번이나 도중에 뚝 끊겨서 이어지지 않았다. 프레이즈 중간에 딱 멈춰버렸다.

으음, 왜 그럴까.

녀석은 그렇게 말하고는 천장을 올려다보며 머리를 긁적였다.

"후카쓰, 장한테 같이 가자" 하며, 어느 날 녀석이 나를 데리고 장에게 갔다.

장은 의자에 걸터앉아 안경 너머로 물끄러미 우리를 쏘아봤다.

나는 몹시 긴장했지만 녀석은 익숙한 모습이었다. 꽤 오래전부터 몇 번이나 이렇게 장 앞에 서왔다는 것이 느껴졌다.

녀석과 나는 그때까지 완성해놓은 부분을 장 앞에서 춰 보였다.

갑자기 끊기는 춤.

장은 내내 말없이 보다가 나직이 중얼거렸다.

안 보이는걸. 뭘 하고 싶은 건지, 조금도.

"아, 역시" 하며 녀석은 머리를 감싸 쥐었다.

장은 나를 흘끗 쳐다보고, 다음으로 녀석을 봤다.

너는 준을 잘 알고 있을 텐데, 어째서인지 그렇게 보이지 않는구나. 준에게 잘 맞춰서 안무를 짜면 준은 자기 안에서 나온 춤처럼 느끼겠지. 하지만 지금 준은 그렇게 느끼는 것 같지 않아.

녀석은 드물게 풀이 죽어 머리를 끄덕였다.

으음, 준은 뭐랄까, 가족 같은 느낌이라서 되레 짜기 힘들어요. 오히려 평소에 안무를 생각할 때 항상 준을 머릿속 모델로 삼고 있어서, 실제로 준에게 안무를 짜주려고 했더니 이미지랑 현실 사이에 미묘한 갭이 생겨 위화감이 든달까요, 객관적으로 볼 수 없달까요.

얼굴을 찌푸리며 띄엄띄엄 대답하는 녀석을, 장은 "호오" 하고 재밌다는 듯이 쳐다봤다.

준은 너의 뮤즈인가?

그렇게 물어서 깜짝 놀랐다.

녀석도 놀란 표정으로 고개를 갸웃거렸다.

원래 의미로의 뮤즈라면 핫산이나 프란츠 쪽이 더 맞는 느낌이기는 한데요.

녀석이 신기하다는 듯한 얼굴로 쳐다봐서 심장이 쿵 떨어졌다.

후카쓰는 뭘까.

그 눈에는 어디까지나 순수한 물음표가 떠 있어서 왠지 모르게 마음이 놓였다.

과연, 알겠어.

장은 안경을 벗었다.

그럼 지금 네가 추는 역할을 '머릿속 모델 준'으로 생각하면 돼. 머릿속 모델 준과 현실의 준이 둘이서 춤추는 모습을 떠올리면서 안무를 짜는 거야. 실제로 야누스는 그런 뜻이잖아? 한 인물이 가진 두 가지 얼굴, 그게 야누스니까.

아아, 그런가.

녀석은 잠시 생각에 잠겼지만, 다음 순간 고개를 홱 들었을 때는 납득한 미소를 띠고 있었다.

그런가. 그렇군요. 정말이네, 그거라면 떠올릴 수 있어요.

녀석은 초조해하기 시작했다. 장이 말한 이미지로 아이디어가 떠오른 거겠지.

장, 고마워요.

녀석은 갑자기 달려들어 장을 껴안고 진심을 담아 감사의 인사를 했다.

장이 가볍게 녀석의 등을 두드린 뒤 나를 향해 엷게 쓴웃음을 지었다.

자네도 참 고생이 많겠군, 할을 잘 부탁하네, 책임이 막대하구나, 등등 여러 가지 뉘앙스를 담아 건넨 쓴웃음이었다.

반사적으로 고개를 끄덕인 나에게 장도 조그맣게 고개를 마주 끄덕여 보였다.

후카쓰, 가서 뒷부분 만들자.

돌아본 녀석은 이미 완전히 평소의 망설임 없는 얼굴로 변해 있어서, 오늘도 밤늦도록 혹사당할 것이 틀림없었다.

녀석의 '추고 싶어'는 우리의 '추고 싶어'와는 좀 다른 듯하다.

녀석의 '추고 싶어'는 녀석이 '추고 싶다'고 생각하는 대상을 '보고 싶어' 하는 것인데, 그걸 볼 수 있다면 추는 게 누구라도 상관없다.

그래서 녀석이 자신을 위해 만든 작품은 매우 적고, 그중에서도 솔로 작품은 손에 꼽을 정도다. 내가 아는 바로는 〈태풍〉 〈꽃 아래서〉 〈봄의 제전〉 정도일까. 게다가 솔로로 발표하더라도 그다음부터는 거의 추지 않는다. "추고 싶어"라고 말하는 다른 무용수에게 금방 넘겨버린다.

좀 더 거만하게 "이건 아무한테도 안 넘길 거야"라든가 "내가 인정한 무용수에게만 허락할 거야"라고 말해보는 것도 본인 작품의 부가가치를 높일 테니 좋지 않을까 싶지만, "추고 싶어"라고 하는 무용수에는 나도 포함되어 있으니 그렇게 말하기도 참 쉽지 않다.

장의 엷은 쓴웃음, 녀석의 눈에 떠오른 물음표.

나는 대체 얼마나 운이 좋았던가, 하고 생각할 때가 있다.

에릭의 말처럼 녀석과 때마침 함께 있었던 것, 녀석의 말처럼 첫 안무의 대상이 나였던 것, 나를 머릿속 모델로 삼아준 것.

나의 자만일 수도 있지만, 나와 때마침 함께 있었던 것은 녀석에게도 행운이었다고 생각하고 싶다.

지금도 선명히 떠오르는 밤이 있다.

아직 발레 학교 학생이었던 시절, 주머니가 가벼워서 좀처럼 나가 놀 수 없었다.

그런데 어느 날 밤, 근처에서 시카고 교향악단의 공연이 열리는데 음대생 형제인지 누구인지가 못 가게 되었다던가 해서 값싼 학생 티켓이 돌고 돌아 우리 둘에게로 온 적이 있었다.

우리는 음악을 무척이나 좋아했기 때문에 신바람이 나서 함께 나갔다.

머리가 천장에 닿을 듯한 시야 제한석이었지만 버르토크는 충격적이었고, 너무나도 훌륭해서 감격과 흥분으로 돌아오는 길에 한동안 입을 열 수 없을 정도였다.

우리는 곧장 기숙사로 돌아갈 마음이 들지 않아 오랫동안 같은 장소를 빙글빙글 맴돌며 감상을 나눴다.

늦가을 밤이어서 옅은 입김이 새어나왔다.

그 순간 갑자기 인적 없는 캄캄한 광장에서 녀석이 춤을 추기 시작했다.

녀석은 외쳤다.

나, 조금 알 것 같은 기분이 들어.

야, 이런 돌바닥에서 춤추면 발 다쳐, 하는 말이 튀어나오려 했지만 녀석이 충동에 몸을 맡기고 완벽하게 즉흥으로 춤추는 모습을 보는 것은 처음이었기에, 거기에 정신이 팔려서 결국 목소리는 나오지 않았다.

보였어, 후카쓰.

녀석은 큰 소리로 웃으며 나를 돌아봤다.

무시무시한 점프.

나는 눈을 의심했다. 녀석의 몸은 어떻게 봐도 내 시선보다 위쪽에 있었다.

녀석의 춤에서는 압도적인 삶의 환희가 넘쳐흘렀다.

녀석의 머릿속에, 그리고 녀석을 보고 있는 나의 머릿속에도 버르토크가 쩌렁쩌렁하게 울려퍼졌다.

아니, 녀석은 버르토크를 추고 있었다. 우주를 움켜쥐고 있었다.

그리고, 그가 보고 있는 '형태'가 나에게도 보이는 듯했다.

나는 터무니없이 행복했다. 동시에 터무니없이 분했다.

녀석의 눈부신 춤을, 지금 이때뿐인 요로즈 하루의 감동과 창조의 순간을 목격하는 행운을 독차지하는 기쁨과 어째서 이런 기적적인 녀석과 같은 시대에 태어나 같은 무용수가 되었을까 하는 분함을 음미하며 우두커니 서 있었던 것이다.

칠흑 같은 무대에서 후카쓰 네가 나를 향해 서 있고, 나는 조금 떨어진 곳에서 등을 돌리고 서 있는 장면이 떠올랐어. 너는 딱 달라붙는 은회색 의상, 나는 진청색의 같은 의상. 거울을 보는 것처럼 같은 포즈로 말이야.

녀석이 나에게 처음으로 '안무'를 짜줬을 때 녀석의 머릿속에 떠올랐다는 장면이다.

그것이 나중에 녀석이 나에게 만들어준 〈야누스〉가 되는데, 이 〈야누스〉를 한 번도 재공연하지 않은 것은 춤이 매우 어려운 탓도 있지만 초연의 연출 때문이기도 하다.

〈야누스〉는 남성 무용수 둘이서 추는 작품이다. 녀석이 만든 작품 중에서는 아마도 1, 2위를 다툴 만큼 아크로바틱한 부분이 많은 작품인데, 두 무용수가 엇비슷한 키에 엇비슷한 기량을 가지고 있지 않으면 출 수 없다. 게다가 녀석과 내가 백지 상태에서 함께 만들어낸 작품이기에, 완전히 새로운 두 사람이 이 춤을 외우는 건 타이밍을 포함한 여러 지점에서 매우 어려울 터다. 나조차 지금 다시 한번 추라고 하면 설령 녀석과 함께라도 어지간히 연습하지 않고서는 끝까지 춰낼 자신이 없다.

게다가 독특한 연출도 재공연을 어렵게 만든다.

무대 감독은 이 과도한 난제에 애를 먹었다.

녀석의 작품은 단순한 연출이 많지만, 뭔가 하나 거대한 세트를 쓰는 것도 적지 않다. 세트는 하나라도, 단순한 만큼 작품의 근간을 이룬다. 그래서 무대 감독은 늘 녀석의 신작에 전전긍긍했고, 연출 계획을 들을 때마다 하늘을 올려다봤다(안도할 때는 신에게 감사하기 위해, 패닉에 빠질 때는 신을 저주하기 위해).

세 단짜리 계단 모양의 거대한 단상에서 춤추는 〈아그니〉나 세 종류의 커다란 액자가 천장에서 내려오는 〈전람회의 그림〉이 그런 경우였다.

〈전람회의 그림〉은 러시아 작곡가 무소르크스키의 곡을 그대로 사용한 작품이다. 각 곡을 이어주는 프롬나드 부분에서는 모든 출연자가 무대를 자유롭게 돌아다니고, 액자가 내려오면 그와 동시에 해당 그림의 출연자만 무대에 남아 액자 앞에서 포즈를 취하며 춤추는 형식이다.

액자는 테두리만 있고 디자인은 다른 세 종류로 준비되며, 그 위에 비추는 조명의 색깔을 바꿔 그때그때 다른 액자로 보이게끔 연출한다.

문제는 천장 부근에 액자 세 개가 항상 매달려 있다는 것인데, 액자와 액자 사이가 비어 있어서 무슨 액자를 내리느냐에 따라 무대의 넓이가 미묘하게 달라진다. 당연히 등장인물이 적은 그림일 때는 앞쪽 액자를 내리고 등장인물이 많을 때는 가장 뒤쪽 액자를 내린다. 그 미묘한 넓이의 차이가 (나를 포함한) 무용수들에게 위화감을 주는지, "뭔가 묘하게 어긋나는데", "춤추기 어려워" 하는 불평이 나왔다.

액자 그림을 배경으로 비추자는 의견이 있었지만 녀석이 '리얼한 실물 액자'를 고집해서 채택되지 않았다. 다음으로 하나는 천장에 매달고 나머지 두 개는 무대 양쪽 끝에 넣어뒀다가 옆에서 꺼내는 건 어떠냐는 의견도 나왔다. 그렇게 하면 액자는 항상 같은 위치에 온다.

하지만 이번에는 예술 감독이 "항상 안쪽 같은 위치에 액자가 있으면 밋밋해서 관객이 보기에는 재미가 없어. 액자의 위치가 앞뒤로 바뀌는 편이 비주얼적으로 재미있단 말이야" 하고 지적했다.

그런 이유로 오히려 매달아놓은 세 액자의 간격을 처음보다 훨씬 넓게 벌려서 리듬감을 주기로 했다. (나를 포함한) 무용수들도 "이 정도로 차이가 나는 편이 되레 편해" 하고 납득했다.

세트에 관해서는 이것 말고도 연출가나 안무가에게 하고 싶은 말이 산더미 같지만, 여하튼 이건 〈야누스〉 이야기다.

〈야누스〉는 나의 발레단 수석 무용수 승급 축하 선물로 녀석이 만들어준 작품이다.

왠지 모르게 그즈음 몇 년 동안, 발레 학교에서 함께 지낸 누군가가 승급하면 녀석이 오리지널 작품을 선물하는 관습 같은 것이 생

99

겨났다.

내가 승급할 때도 만들어주는 걸까 하고 어렴풋이 기대는 했지만, 실제로 그렇게 되자 쑥스럽긴 해도 무척 기뻤다. 그때까지 걸핏하면 실험 대상이 되었으나 정작 나를 위해 만들어준 작품은 없었고(솔직히 말해 실험 대상이 되는 것만으로도 틈만 나면 얼굴을 맞대왔기 때문에 서로 이만하면 됐다는 느낌은 있었을 것이다), 다른 사람들도 "할, 왜 준한테는 안 만들어줘?" 하고 입을 모아 말했기 때문이다.

후카쓰, 어떤 걸 하고 싶어?

녀석이 그렇게 물었을 때 "으음" 하고 생각해봤지만 아직 딱히 떠오르는 이미지는 없었다.

추상적인 테마도 좋고, 누군가 연기해보고 싶은 인물이라도 좋아.

녀석은 그렇게 덧붙였다.

으음.

그래도 내 머릿속은 정리가 되지 않아서 구체적인 상이 떠오르지 않았다.

네가 생각해둔 건 없고?

반대로 내가 물어봤다.

바네사의 〈파뉴키스〉처럼 나한테 시켜보고 싶은 거 없어?

이번에는 녀석이 생각에 잠기는 바람에 둘이서 "으음" 하고 끙끙거렸다.

하지만 나한테는 딱 하나, 아이디어가 있었다. 당시 언젠가 이걸로 춤추고 싶다고 생각해온 앨범이 있었던 것이다.

있잖아, 음악은 이걸 쓰고 싶어.

녀석에게 앨범을 건네고 함께 들었다.

이스라엘의 재즈 베이시스트 아비샤이 코헨의 피아노 트리오 앨범이다. 그가 만드는 곡은 음계가 독특한데(일본 민요의 요나누키 음계* 같은 느낌이다), 아마도 그의 뿌리인 포크송이 바탕을 이루는 듯하다. 우리에게 익숙한 곡으로는 학교의 포크 댄스 시간에 추는 〈마임 마임〉을 떠올리면 얼추 감이 올 것이다(애초에 왜 이스라엘 민요 〈마임 마임〉이 머나먼 일본의 의무 교육 수업에서 춤곡으로 쓰이는 걸까. 이렇게 생각하면 희한한 일이다). 컨템퍼러리에 익숙한 사람이라면 이스라엘 바체바 무용단의 공연 목록에 있는 곡을 떠올려보기 바란다.

나는 직접 안무를 짜지는 않지만 음악을 듣다가 문득 나 자신이 춤추는 이미지가 떠오를 때가 있다. 나도 모르게 몸이 움직여 포즈를 취할 때가 있다.

나는 이 곡으로 춤출 수 있어, 하는 생각이 들 때가 있다. 이 곡이라면 무언가가 내 안에서 끓어올라, 하고 확신하는 때가 있다.

녀석에게 건넨 앨범에서는 특히 그것을 강렬하게 느꼈는데, 같은 뮤지션이라도 다른 앨범에서는 그런 느낌이 없었다.

녀석은 가만히 앨범을 듣다가 이윽고 퍼뜩 놀란 것처럼 나를 보며 "이거닷" 하고 외쳤다.

● 메이지 시대 이후 일본에서 쓰인 5음 음계의 일종.

"뭐야."

그 얼굴이 너무도 심상치 않아서 나도 모르게 몸을 뒤로 뺐다.

"이거야, 이거. 내가 옛날에 떠올린, 춤의 조각 같은 거. 그건 이 춤의 일부였어."

녀석은 흥분해서 내 두 어깨를 움켜쥐고 흔들었다.

"대체 무슨 소리야?"

얼떨떨했다. 녀석의 종잡을 수 없는 언동에는 익숙해져 있었지만, 역시 이때만큼은 조금도 이야기를 따라갈 수 없었다.

"사실은 말이야."

녀석은 이때 처음으로, 나에게 첫 '안무'를 짜줬을 때 미래에 춤을 출 우리 두 사람의 모습이 떠올랐다는 것을 털어놓았다. 그로써 겨우 무슨 이야기인지 파악했지만, 그것은 그것대로 그런 일이 가능한가 싶어서 아연실색했다. 열다섯 살에 참가한 워크숍에서 장래 나와 녀석이 둘이서 춤추는 장면, 게다가 의상까지 떠올랐다는 것이다. 그런 이야기를 믿으라고 한들, 아무리 녀석이라도 거짓말 같은 에피소드다.

"좋아, 이 곡으로 너랑 나 둘이서 춤출 거야."

녀석은 단호하게 말했다.

"둘이서?"

그건 예상치 못한 제안이었다. 바네사에게 만들어준 〈파뉴키스〉를 제외하면 녀석이 안무를 짜준 누군가와 함께 춤추는 건 드문 일이었기 때문이다.

그리고 생각해보면 나와 녀석이 프로가 된 이후 무대에서 함께 춤추는 것도 처음이었다.

"제목도 알겠어."

"알겠다고? 제목을?"

녀석은 싱긋 웃으며 고개를 끄덕였다.

생각났어, 가 아니라 알겠어, 라는 말이 녀석다웠다.

야누스. 우리가 출 건 야누스야.

그렇게 말하는 녀석의 반짝이는 눈을 본 순간, 나도 '그렇군, 야누스구나' 하고 생각했다. '확실히 그건 둘이서 춰야 할 테마네' 하고 순순히 납득했다.

하지만 동시에 이건 위험하겠다는 직감도 들었다. 여하튼 상대는 나다. 녀석의 요구는 인정사정 봐주지 않고 한없이 높아질 테고, 난 도 역시 끝없이 높은 춤이 되겠지. 그런 꺼림칙한 예감이 들었던 것이다.

그리고 그 예감이 적중했다는 사실은 금세 판명되었다.

일단 앞서 이야기한 대로, 녀석은 실제의 나를 대상으로 안무를 짜는 것에 갈피를 잡지 못해 이미지의 갭을 느끼며 혼란에 빠졌다. 마찬가지로 나도 녀석이 초장부터 된통 어려운 안무를 짜와서 전에 없이 애를 먹었다. 도입부의 기술에만 정신이 팔려서 마음이 춤에 잘 몰입되지 않았다. 내가 핫산은 아니지만 "야, 하루 너 이 새끼, 까불지 마, 이런 개같이 어려운 춤을 인간이 출 수 있겠냐?" 하고 욕지

거리를 내뱉고 싶어질 정도였다. '이 상태로 계속 추면 몸이 못 견디 겠군' 하며 안무 연습 첫날부터 가시밭길 같은 앞날이 예상되어서, 역시 내가 무대 감독은 아니지만 하늘을 올려다보고 싶어졌다.

〈야누스〉에 관한 소문은 금세 퍼졌다. 녀석과 둘이서 춘다는 이야 기를 듣고 모두가 우리의 연습을 구경하러 자주 왔다.

녀석이 만드는 작품은 인기가 좋기 때문에 자신도 추고 싶은 작 품인지 살펴보러 오는 무리도 있었다(주로 수석 무용수급). 그 무리조 차 "어? 이거 어떻게 추는 거야?", "저런 걸 잇달아 출 수 있어?" 하며 눈을 동그랗게 뜰 정도였고, "저게 과연 완성될까?", "승급 기념 작품 인데 준이 다쳐서 못 추게 되는 건 아닌지 몰라" 하며 뒤에서 수군거 렸다는 사실도 알고 있었다.

선생님들도 다들 궁금했던 듯 누구라 할 것 없이 지도를 겸해 찾 아와서 이런저런 조언을 해줬다.

에릭은 도입부의 5분 정도를 보고 "괜찮은 거야?" 하며 새파랗게 질렸다.

"이거, 몇 분쯤 되는 작품이야?"

"30분이 좀 안 될걸요."

녀석과 내가 얼굴을 마주보고 숨을 몰아쉬며 대답하자 에릭은 할 말을 잃었다.

나와 녀석은 앨범에서 여덟 곡 정도를 뽑은 뒤 일부를 편곡해서 사용하기로 했던 것이다.

"점프를 너무 많이 넣었어."

에릭이 드물게 엄한 얼굴로 말했다.

"그런 리프트를 계속하면 허리 다쳐. 할, 아무리 준이 요구하는 대로 출 수 있다 해도 한계까지 밀어붙이는 건 조금도 아름답지 않아. 무엇보다 보고 있는 관객이 지칠 뿐이야."

네에, 하며 녀석은 표정을 흐렸다.

나도 '네, 말씀하신 대로 이미 한계가 왔어요'라고 말하고 싶었지만 헐떡거리느라 말하지 못했다.

다음 날, 이번에는 리샤르가 왔다.

전날 에릭에게 이야기를 들었던 모양이다. 역시 눈물 쏙 빠지게 혼나려나 했는데 리샤르 쪽이 오히려 담담했다.

"준의 축하 선물이니까 야심이 잔뜩 들어간 것도 알겠고, 무용수로서 엄청나게 어려운 기교를 실험해 성공시키고 싶은 마음도 알겠어."

드물게 녀석 입장에 선 코멘트였다.

"하지만 준의 축하 선물이라면 준이 계속 출 수 있고, 나아가 후세에 다른 무용수들도 출 수 있는 작품을 만들어서 남겨야지."

네에, 하며 녀석은 더더욱 표정을 흐렸다.

나는 '아니, 저기, 녀석한테는 이게 제 축하 선물이라는 사실이 이미 안중에 없어요. 본인이 상상한, 본인이 보고 싶은 〈야누스〉를 만드는 것밖에 머릿속에 없다니까요'라고 말하고 싶었지만 숨을 몰아쉬고 있었던 탓에 역시 말하지 못했다.

이럭저럭하여 며칠 뒤 녀석에게서 나오던 춤이 뚝 끊겨버려서 장 자매에게 가는 상황에 이르렀던 것이다.

 장의 조언을 받고 부활한 녀석은 나에게 말했다.

 "미안해, 후카쓰. 지금까지의 안무는 일단 잊어줄래?"

 나는 "하아"라고도 "아아"라고도 할 수 없는 신음소리 같은 대답을 했다.

 그 어마어마한 기교의 어려운 춤. 도입부부터 엄청나게 긴장되는, 된통 애를 먹었던 그 춤. 그걸 싹 지워버리라는 말에 "장난하지 마"와 "아아, 다행이다"가 뒤섞인 대답이었다.

 "그래서 어쩔 거야? 처음부터 다시 짤 거야?"

 그다음에 내 입에서 나온 건 녹초가 되어 너덜너덜해진 목소리였다. 녀석은 담백하게 고개를 끄덕였다.

 "응, 다시 만들 거지만 콘셉트는 남길 거야."

 "콘셉트?"

 "응. 에릭이랑 리샤르가 하는 말도 이해가 되지만, 난 말이야, 이걸 나랑 너 말고는 아무도 못 춰도 상관없어. 그러니까 어려워도, 후세에 남지 않아도 돼."

 아니, 저기, 나는 어렵지 않은 편이 좋고, 가능하면 후세에 남는 작품으로 만들어줬으면 하는데. 이미 잊어버렸을지도 모르지만 이건 사실 '내' 축하 작품이고 말이야. 그렇게 말하고 싶었지만 녀석이 너무도 상쾌한 얼굴로 단언해서 입을 열지 못했다.

 "하지만 관객이 보고 지치거나 난해하다고 느끼는 건 싫어."

녀석은 허공을 바라봤다.

"분명 난 어깨에 힘이 들어가 있었는지도 몰라. 오래전의 비전이 실현된다는 것에 흥분해서, 보는 사람의 입장에서 기분 좋은 형태인지는 생각하지 않았어. 하지만 이제야 겨우 전체의 이미지를 살펴볼 수 있게 됐어."

이때 녀석의 시선이 향한 곳을 보고, 녀석 안에서 〈야누스〉의 이미지가 확고해졌음을 느꼈다.

"회전 무대로 할 거야."

녀석이 불쑥 중얼거렸다.

"뭐?"

순간 잘못 들었나 싶었지만, 녀석은 생긋 웃으며 "회전 무대로 할 거야"라고 다시 한번 말했다.

"야누스인걸. 앞뒤로 두 개의 얼굴을 가진 신이잖아. 우리의 야누스는 회전 무대 위에서 출 거야."

그때 내 머릿속에도 녀석의 이미지가 떠올랐다.

어두운 무대, 빙글빙글 돌아가는 원형 무대 중앙에 나와 녀석이 등을 맞대고 서 있다.

두 사람은 눈을 감은 채 등을 딱 맞대고 움직이지 않는다.

나의 얼굴과 녀석의 얼굴이 교대로 무대 정면에 나타난다.

아비샤이 코헨의 곡이 흐른다.

우리는 눈을 뜨고, 한 걸음씩 앞으로 걸어나오다가 원의 테두리에 닿기 직전에 발을 멈춘다.

무대는 돌아간다.

원의 가장자리 양 끝에 선 나와 녀석은 빙글빙글 돌고, 나와 녀석의 얼굴이 또다시 교대로 무대 정면에 나타난다.

나는 은회색 의상. 녀석은 진청색의 같은 의상.

양과 음 같은 두 개의 얼굴.

그렇다, 이 이미지가 그대로 〈야누스〉의 도입부 장면이 된 것이다.

바네사 갤브레이스에게는 〈에코〉.

핫산 사니에에게는 〈도끼〉.

프란츠 힐데스하이머 헤어초겐베르크에게는 〈도리언 그레이〉.

녀석이 수석 무용수 승급 축하 선물로 각각에게 만들어준 작품이다. 어느 것이나 모두 솔로로 춘다.

나 때는 드물게 갈팡질팡했지만 녀석은 대체로 헤매지 않는다. 녀석이 안무를 짜는 모습을 보고 있으면 그 사람의 본질을 직감적으로 꿰뚫어 작품을 만든다는 것을 절실히 느낀다.

바네사는 누가 봐도 당당한 여왕님 타입인데도 녀석은 그녀 안의 천진한 소녀 같은 부분에 반응한 듯하다. 처음으로 안무를 짜준 〈파뉴키스〉도 그랬지만, 〈에코〉는 남의 말을 반복하기만 하는 애처로운 메아리가 되어버린 그리스 신화 속 요정을 서정적인 춤으로 표현했다. 바네사도 드뷔시의 〈아마빛 머리의 소녀〉에 맞춰 옅은 파스텔 톤의 커다란 스카프를 손에 들고 덧없는 정취를 훌륭하게 묘사해 〈파뉴키스〉 때보다도 한층 더 성장했다는 것을 증명했다.

핫산에게는 미국의 재즈 피아니스트이자 작곡가인 텔로니어스 멍크의 곡 〈미스테리오소〉를 사용해 샤프하고 모던한 발레 작품을 선물했다. 연못에 빠트린 도끼를 건지려고 하자 산신령이 나타나 "금도끼냐, 은도끼냐" 하고 묻는, 바로 그 옛날이야기를 모티프로 삼은 작품이다. 핫산의 신체 능력을 최대한으로 보여주면서도 그의 내면에 묻혀 있는 역설적인 유머까지 이끌어냈다.

그리고 프란츠에게는 〈도리언 그레이〉. 녀석도 참 용감하다고 해야 할까, 넉살이 좋다고 해야 할까.

물론 이 작품은 오스카 와일드의 소설 『도리언 그레이의 초상』이 바탕에 깔려 있다. 본인의 젊음과 아름다움에 기대어 사는 한 청년이, 숭배자가 그린 자신의 초상화를 보고 "초상화가 나 대신 나이를 먹으면 좋을 텐데" 하고 읊조린다. 그 소원이 이루어져서 본인은 계속 젊고 아름다운 모습으로 살아가는 반면 그림 속 청년은 점점 추하게 늙어간다. 그야말로 도리언 그레이를 닮은 희대의 미청년, 동화 속 왕자님 프란츠에게 이걸 시킬 줄이야.

게다가 녀석이 고른 곡은 존 콜트레인이 소프라노 색소폰으로 연주하는 〈마이 페이버릿 싱스〉다.

내가 좋아하는 것. 이 곡은 원래 뮤지컬 넘버인데, 가사는 제목 그대로 아이가 '내가 좋아하는 것'을 순서대로 열거하는 내용이지만 왠지 모르게 애상적인 분위기가 감돈다. 좋아하는 것이나 아름다운 것에는 늘 상실의 예감이 깃들어 있기 때문이다.

테마도 그렇고 곡도 그렇고, 정말이지 프란츠에게 직구로 정중앙에 꽂히는 작품이다.

프란츠 쪽에서도 녀석의 도전이랄지 기대랄지(하기야 기대했던 건 주위 사람들과 팬들이고 도전으로 받아들인 건 프란츠뿐이겠지만, 녀석은 늘 그렇듯이 전혀 그럴 작정은 없었고 그저 직감에 따라 주제와 곡을 골랐을 뿐이다)에 빈틈없이 정면으로 응답했다. 압도적인 아름다움을 가진 자만이 느낄 수 있는 황홀함과 거만함, 그리고 그런 것들을 잃는 데 대한 초조함과 공포를 소름 끼치는 리얼리티로 표현해낸 것이다.

이미 충분한 실력과 인기를 겸비하고 있었던 프란츠지만, 선생님들도 그가 〈도리언 그레이〉를 춤으로써 한 걸음 더 나아갔다고 평가했다. 물론 가장 보람을 느낀 사람은 프란츠 본인이었을 테고.

내 안의 추악함이나 완고함 같은, 여태까지 눈감아왔던 부분을 정면으로 마주한 기분이 들어.

수석 무용수가 되는 마음가짐, 나아가 녀석이 선사한 작품을 추는 마음가짐 같은 것을 물어보려고 프란츠와 이야기를 나누었을 때 그는 불쑥 그렇게 말했다.

무용수를 성장시키는 작품, 만나야 할 타이밍에 만나는 작품은 분명 존재한다.

그렇다면 나의 〈야누스〉, 내가 선물받은 〈야누스〉는 어떤 작품일까? 녀석이 직감한 나의 본질이 이 작품이라는 뜻일까? 그 본질이란 대체 뭘까?

도입부의 이미지가 확실히 정해져 둘이서 그것을 공유한 다음부터 〈야누스〉의 안무는 술술 풀리기 시작했다.

회전 무대의 중앙에서 눈을 감은 채 등을 맞대고 선다. 곧이어 눈을 뜨고 원 가장자리로 이동한다. 회전 무대가 멈추면 원 바깥으로 걸어나가 붙었다 떨어졌다 하며 춤을 춘다. 그것을 한 세트로 삼아 여러 차례 반복하는 패턴이 완성되었다.

기본적으로 얼굴을 마주보고 춤추는 순간은 한 번도 없다. 기껏해야 옆으로 나란히 서는 장면이 있는 정도다.

반면 등을 맞대는 순간은 많다. 때로는 등을 맞댄 채 옆돌기나 뒤돌기에 가까운 동작을 하고, 원 안으로 되돌아왔을 때는 빙글빙글 돌면서 그야말로 표리일체로 여러 가지 포즈를 취하며 한몸으로 얽힌 야누스가 된다.

내가 전면에 나와서 출 때도 있고, 녀석이 앞으로 나오는 경우도 있다.

단, 아비샤이 코헨의 베이스 솔로 부분에서는 대체로 내가 앞쪽에서 춤췄다(그 장면이 유일하게 나에게 주는 축하 선물다웠을지도).

이미지를 공유하고부터이긴 해도, 녀석이 다음에 어떤 지시를 할지 대충 알게 되었다.

아니, 더 자세히 말하자면 신기한 일체감, 그야말로 파트너링 이야기에서 여자애들이 말한 "내가 아닌 존재로 인식하지 않는" 느낌이 생겨났달까.

바로 저기에 나의 분신이 있다. 같은 울림에 공명하는 존재가 있다.

이건 뭐지? 녀석은 대체 뭐야? 그렇게 자문자답하는 내가 계속 존재했고, 그 사실에 온몸의 피부가, 마음이 항상 동요했다. 그 동요는 결코 불쾌하지 않았다. 매우 스릴 넘치는 동시에 서로의 기량이 맞서서 톱니바퀴처럼 빈틈없이 맞물리는 게 기분 좋았고, 이 작품이 올바른 흐름 속에 있으며 필시 가닿아야 할 곳을 향해 흘러가리라는 안도감을 느꼈다.

기묘하게도 〈야누스〉를 만들고 연습하는 동안 우리는 서로의 얼굴을 보지 않았다.

하기야 평소에도 가족처럼 지내왔으니까. 가족의 얼굴이라면 보통은 그리 새삼스레 쳐다보지 않는다.

하지만 특히 이 시기에는 야누스인 우리가 얼굴을 마주보는 데 터부 같은 것이 생겨났다. 가끔 무심코 눈이 마주치면 '아차', '미안' 하는 기분이 들어서 허겁지겁 시선을 피하는 나날이 이어졌다.

연습 때도 말을 주고받는 경우가 거의 없어졌다. 아니, 그보다 딱히 언어를 사용할 필요가 없어졌다.

여하튼 우리는 야누스니까, 자연스레 선대칭의 움직임이 몸에 붙어서 녀석이 안무를 하면 반사적으로 그걸 뒤집은 동작을 내가 하게 되었다.

작품에는 몇 분에 걸쳐 둘이서 나란히 선대칭으로 동기화된 춤을 연달아 추는 장면이 있는데, 마치 옆에 거울이 있는 듯해서 무척 기묘한 느낌이었다.

그 때문인지 완전히 똑같은 동작, 싱크로된 동작을 하는 발레단의 다른 작품에 위화감이 들어서 견딜 수 없었다. 무의식중에 선대칭 동작이 튀어나와 '아냐, 아냐' 하고 스스로에게 일러줘야 할 정도였다.

회전 무대 세트도 완성되었다.

회전 무대는 주변 바닥과 같은 높이여야 해서 무대 위에 한 단 더 높은 무대를 설치했는데, 딱 알맞은 높이로 조정하는 것이 뜻밖에 어려웠다.

옆에서 보기에는 회전 무대가 천천히 도는 것 같았지만 실제로 그 위에 올라가보니 상당히 빠르게 느껴져서 놀랐다. 그래서 멈췄을 때 재빨리 원 밖으로 나가는 동작이 어지간히 몸에 익지 않아 고생했다.

회전 무대에 섰을 때 어떻게 보일지 생각하면서 몇 번이나 동영상을 촬영했고 둘이서 포즈를 조정했다.

"의외로 별거 없네."

"아, 하지만 이 동작은 재밌어."

"피겨 스케이트의 스핀 같아."

"맞네."

"둘이서 비엘만 스핀이라도 할까."

질릴 만큼 반복해서 본 탓에 동작이 좋은지 나쁜지조차 알 수 없었다.

녀석은 손가락 끝의 각도와 팔의 각도, 얼굴의 방향에 엄청나게 신경을 썼다. 끝도 없이 지적받아서 손끝에 쥐가 날 정도였다.

의상도 완성되었다.

반짝이는 실이 드문드문 섞인 광택 있는 부드러운 의상. 은회색도 진청색도 생각했던 대로 우아한 빛깔로 나와서 녀석도 만족스러운 듯했다.

의상팀과 몇 번이나 회의를 해가며 네크라인 깊이와 소매 길이 등을 세세하게 수정했다.

조명과 음원 회의도 매일같이 있었다. 신작에 들어가는 수고는 여하튼 끝이 없다. 하나부터 열까지 백지에서 정해나가야만 한다. 들이는 노력과 시간만으로도 나한테 안무가나 연출가는 무리라고 새삼 생각했다.

작품이 얼추 완성되어 선생님들과 장 자매, 홍보 스태프에게 보여주는 날이 왔다.

딱히 긴장되지는 않았다. 지겨우리만치 연습했고, 둘이서 할 만큼 했다는 만족감도 있었으며, 완성해야 할 작품이 완성되었다고 납득했기 때문이다.

"자, 그럼 갈까."

나는 몸을 비틀며 스트레칭을 했다.

옆에 녀석이 서 있다.

나는 은회색 의상. 녀석은 진청색의 같은 의상.

녀석이 기묘한 표정으로 우두커니 서 있는 것이 보였다. 방심한 듯한 얼굴이다.

"가자, 하루."

내가 말을 걸자 녀석은 퍼뜩 놀란 듯한 표정이 되었다.

"왜 그래?"

"이상한 느낌이야. 그때 본 장면이 지금 실제로 여기에 있는걸."

녀석은 살며시 고개를 갸웃거렸다.

나도 녀석의 기분을 알 것 같았다.

워크숍에서 처음으로 함께 춤췄을 때 녀석이 예감했다는 장면.

"그래, 신기하지. 이렇게 둘이서 여기에 있다니."

"고마워, 후카쓰."

그 목소리에 담긴 것을 느끼고 녀석을 봤다.

녀석은 고요한 눈으로 나를 바라보고 있었다.

요즈음 눈을 마주치지 않았지만 오늘은 주저하는 기색이 없었다.

"네 덕분에 형태로 만들어졌어."

문득, 세월을 되감기한 듯한 기분이 들었다.

후카쓰, 잠깐 괜찮아? 고마워, 후카쓰.

처음 만난 곳으로부터 멀리 떨어진 장소에서, 열다섯 살 여름과
같은 대화가 오간다.

"나야말로 고마워."

나도 녀석의 눈을 보며 말했다.

"네가 날 여기까지 데려와준 것 같아."

"아니, 그건 아니야."

녀석은 곧바로 부정했다.

그리고 갑자기 허공을 올려다봤다.

늘 그랬듯이 저 아득한 어딘가를 보고 있는 눈.

"아마 반대일 거야. 후카쓰, 네가 날 데려와줬어. 응, 그런 거야. 그래서 〈야누스〉지."

"응?"

다시 물어보려고 했을 때 "5분 전이에요" 하는 목소리가 들렸다.

실제 공연에서 춘 춤보다 이때의 춤이 내 마음에 더 깊게 남아 있다.

에릭과 리샤르의 은근히 달아오른 얼굴.

장 자매의 미소.

그런 광경을 시야 한구석에서 보며, 녀석이 무대 뒤에서 했던 "그래서 〈야누스〉지"라는 말의 의미를 춤추는 내내 생각했던 것 같다.

등을 꼭 맞대고 뒤에 있는 존재.

이때 우리는 야누스였다. 앞뒤로 얼굴이 있는 신.

열다섯 살 여름부터 이날이 올 것이 정해져 있었던 두 사람.

그 여름부터, 쭉 함께.

녀석은 안무가가 되고, 나는 최고의 무용수가 된다.

이때를 떠올리면 에릭의 말이 들려온다.

하늘의 이치? 운명? 뭐라고 불러도 상관없어. 아마 너희들은 따로따로라도 언젠가는 나타났겠지만, 둘이 동시에 나타났다는 데 의미가 있지.

두 사람이 그곳에 때마침 함께 있으면, 둘이 의식하건 말건 서로에게 어떤 힘이 작용하거든. 그야 눈앞에 있으니 무시할 수 없잖아. 준비된 보완 관계랄까.

웅, 너희들은 라이벌이라는 느낌이 아니야. 보완 관계라는 말도 지금 어쩌다 보니 떠올랐을 뿐이지, 그것 말고 더 어울리는 단어가 있을 듯해.

에릭이 무슨 말을 하고 싶었는지 이제야 알 것 같다.

녀석이 했던 말의 의미도.

나의 말도, 녀석의 말도 맞다. 우리는 서로가 서로를 데리고 여기까지 왔다. 보완 관계도 라이벌 관계도 아니고, 하물며 운명 같은 것도 아니다.

그렇다, 때마침 우연히 함께 있었던 것이다.

여름날 오후의 환한 스튜디오에서 서로가 서로를 발견했다.

문자 그대로, 우리는 보았다. 나는 녀석을 찾아내어 보았고 녀석은 나를 찾아내어 보았다. 찾아내어 보지 않았다면 흥미를 가지는 일도 없었을 테고, 녀석이 나에게 '첫 안무'를 짜주는 일도 없었을 것이다.

어쩌다가 만났고, 접촉했고, 뛰어올랐다. 서로가 서로를 스프링보드로 삼았던 것이다.

아비샤이 코헨의 곡이 흐르고 있다.

어쿠스틱 베이스의 긴 솔로.

나는 앞으로 나가 춤춘다.

아크로바틱한 솔로. 뒤에서는 녀석이 나에게서 등을 돌리고 다른 솔로를 추고 있다.

등을 맞대는 두 사람.

회전 무대의 중심에서 눈을 감는다.

세계가 돈다. 돈다.

눈을 뜬다. 발걸음을 내딛는다. 돈다. 돈다.

녀석은 나고, 나는 녀석이다.

나란히 서서 춤춘다. 마치 거울이 옆에 있는 것처럼, 거울 너머에서 또 하나의 내가 춤추고 있다.

무대에 혼자 있는 것 같기도 하다.

그러면서도 분신을, 나에게서 떨어져나온 조각 같은 존재를 어딘가에서 느끼고 있다.

문득 정신이 돌아오자 나는 스스로를 내려다보고 있었다.

어느 높은 곳에서 이 세계를 굽어보고 있었다.

나와 녀석이 춤추고 있다. 기적 같은 우연으로 같은 시간, 같은 장소에 때마침 함께 있었던 두 사람이, 기적처럼 둘이서 춤추고 있다.

그렇군, 이것이 이 세상의 형태인가.

곡이 끝났다.

나와 녀석은 등을 맞대고 원의 중심에 서 있다.

눈을 감는다.

빙글빙글 계속 돌아가는 무대.

그대로 무대는 암전된다.

조명이 켜지고, 갈채와 환호성이 들려온다.

환한 빛에 눈을 가늘게 뜨면서 나는 녀석이 무엇을 보고 있었는
지, 무엇을 보려고 했는지 아주 조금 알 것 같은 기분이 들었다.

spring

II
싹트다

다음 순간, 나는 기묘한 감각에 빠졌다.
문득 그가 있던 곳이 불을 끄기라도 한 듯이
갑자기 어두워진 느낌을 받았던 것이다.

마치 그가 사라져버린 것처럼.

그는 아름다운 아이였다.

어린아이에게 '아름답다'라는 단어를 쓰는 것은 다소 위화감이 들지만, 내 조카이긴 해도 아름답다라는 형용사가 그토록 잘 어울리는 아이는 그 말고 본 적이 없다(아니, 아주 나중에 그와 함께 유학했다는 후카쓰 준을 봤을 때 '앗, 이 친구도 분명 아름다운 아이였겠구나' 하고 생각했던 것은 기억이 난다).

하긴 나한테는 자식도 없고 평소에 그리 많은 아이들을 보는 것도 아니므로, 샘플 수로 말하자면 상당히 빈약한 모집단 내에서의 비교이긴 하지만.

그리고, 그는 아직 아장아장 걸어다닐 때부터 '그'라는 호칭이 어울렸다.

'그 애'도 아니고 '하루'도 아닌 '그'.

그런 사람은 나뿐만이 아니어서, 누나 부부도 본인들의 자식인 하루에 대해 어른들과 이야기할 때는 '그'라고 불렀다. 무언가 그렇게 만드는 면모가 그 안에 있었던 것이다.

그는 얌전한 아이였다.

어린 시절의 그를 떠올려보면 말을 했던 기억은 드물고, 늘 혼자서 덩그러니 있었다는 인상밖에 없다.

얌전함에는 두 가지 종류가 있다.

하나는 낯을 가리고 부끄러움을 타는 경우, 또는 내성적이고 섬세한 경우. 이런 아이들은 말을 걸면 누군가의 뒤로 재빨리 숨거나 달아나버린다.

다른 하나는 무언가에 정신이 팔려서 커뮤니케이션을 할 여유가 없는 경우. 자신이 얌전하다는 말을 듣는 줄은 꿈에도 모르고, 그런 기준이 있다는 사실조차 모르는 채 무언가에 마음을 빼앗기고 있는 경우.

그는 명백히 후자였다.

다만 그가 무엇에 정신이 팔려 있는지 주위 사람들은 오래도록 알지 못했다.

"저 녀석, 유치원생인데도 늙은이 같지 않아?"

매형의 남동생이 반쯤 질려서 그렇게 말한 적이 있다.

그때 그는 우리 집 마당의 벚나무 아래에서 내 반려견(이나리라는 이름의 시바견. 털 색깔이 유부초밥*을 연상시켰다)과 나란히 앉아 우리로부터 등을 돌리고 있었다.

우리 집 벚나무는 수양벚나무라서 왕벚꽃이 다 떨어질 무렵에야 비로소 하나둘 꽃을 피우기 시작한다.

벚꽃의 성격은 저마다 다르다. 매년 부정 출발하듯이 가장 먼저 피는 꽃이 있는가 하면, 항상 느긋해서 다른 벚꽃이 떨어지기 시작하는 무렵에야 겨우 피는 꽃도 있다. 우리 집 수양벚나무는 그렇지 않아도 개화가 느린 종인데, 원래라면 그보다 더 늦게 피는 겹벚꽃과 같은 시기에 꽃을 피우는 느림보였다.

"대체 무슨 생각을 하는 걸까. 세계 평화 같은 거라면 무서운데."

매형의 남동생은 조금 징글맞게 여기는 듯했다.

그가 벌써 한 시간 가까이 그렇게 앉아 있었기 때문이다.

대체로 어린아이는 참을성이 없어서 5분도 도무지 가만히 있지 못한다는 점을 생각하면 그 차분함은 이상하기까지 했다.

하지만 본인의 말에 따르면 딱히 참는다거나 얌전히 있어야겠다는 생각은 전혀 없었고, 오로지 관찰하는 데 바빠서 눈 깜짝할 사이에 시간이 지나버렸다고 한다.

어떤 광고였는지는 까먹었지만 예전에 이런 광고를 본 적이 있다.

한 남자아이가 열심히 검은색 크레용으로 도화지를 시커멓게 칠하고 있다. 그다음 날도, 그 다음다음 날도 도화지를 시커멓게 색칠

---

* 일본어로 '이나리즈시'.

한다. 어른들은 그 그림을 보고 걱정한다. 이런 시커먼 그림을 계속 그리다니 마음 어딘가가 병든 게 아닐까. 하얀 가운을 입은 의사들이 찾아와 남자아이에게 말을 걸지만, 남자아이는 대답도 없이 오로지 시커먼 그림만 계속 그린다. 어른들이 이러쿵저러쿵 원인을 분석한다. 어느 날 간호사 하나가 남자아이의 그림에서 변화를 감지한다. 그림 한가운데에 선이 그어지고 여백이 나타난 것이다. 비슷한 그림이 차례차례 그려진다.

의사는 지금까지 남자아이가 그린 그림들을 늘어놓는다. 그림이 너무 많아 둘 곳이 부족해서 학교 체육관 바닥에 늘어놓는다. 그 옆에서 남자아이가 "다 됐다!" 하고 외치며 크레용을 내려놓는다.

어른들은 체육관 2층 통로에서 바닥에 늘어놓은 그림들을 내려다보고 말문이 막힌다.

거기에는 거대한 고래 그림이 있었다. 그 아이는 커다란 고래 그림을 그리고 있었던 것이다.

그 광고 같군.

나는 그때의 그를 보며 그렇게 생각했다.

그는 가만히 진지하게 자신을 둘러싼 세계의 모습을 바라보는 중이며, 머릿속에서는 눈이 핑글핑글 돌 정도로 생각이 빠르게 회전하고 있겠구나. 그렇게 느꼈던 것이다.

그 뒤 이따금 그가 무언가를 바라보고 있을 때의 눈을 보고, 그 느낌은 확신으로 바뀌었다.

그의 안에서는 무언가가 맹렬한 스피드로 움직이고 있었다. 고정된 슈퍼컴퓨터 안에서 소리도 없이 엄청난 양의 연산이 처리되고 있는 것처럼.

나는 첫 발표회부터 그의 춤을 계속 봐왔기 때문에 다른 무용수들도 볼 기회가 많았는데, 탁월한 무용수는 모두 그랬다.

그저 거기에 서 있기만 해도 그 안에서는 무언가가 맹렬히 움직이고 있다. 육체 자체가 가진 스피드가 말도 안 되게 빠른 것이다.

그에게는 어린 시절부터 그 스피드가 있었다.

가만히 앉아 있을 때도, 무언가를 관찰할 때도.

"너, 뭘 보는 거야?"

누나가 신기하다는 듯이 나에게 물어본 적이 있다.

그가 오면 내가 무심코 그의 일거수일투족을 물끄러미 쳐다보기 때문이다.

"아니, 재미있는 애구나 싶어서."

그렇게 대답하자 누나는 더더욱 신기하다는 듯이 "어디가?" 하고 물었다.

"그냥 왠지"라고밖에 대답할 수 없었지만, 그를 보는 건 질리지 않았다. 다른 아이를 보고 그렇게 느낀 적은 없다. 그에 한해서만 무언가 특별한 것, 재미있는 것을 보고 있다는 느낌이 들었다.

그는 얌전한 아이였지만 눈길을 끄는 아이이기도 했다.

예쁘장한 생김새 때문이기도 했으나 독특한 존재감도 있었다.

언젠가 집에 가는 길에 우연히 그가 다니는 초등학교 근처를 지나간 적이 있다. 초등학교네, 하고는 생각했지만 그가 다니는 학교라는 사실은 깨닫지 못하고 있었다.

수업이 다 끝난 후라서 많은 아이가 교정에서 놀고 있었다. 축구나 술래잡기를 하는 등 저마다 뛰어다니며 환성을 지르고 있었다.

별 생각 없이 아이들을 바라보던 중 갑자기 한 아이에게 눈길이 갔다.

이유는 모르겠다.

하지만 다음 순간, 그 아이가 그라는 것을 알아차리고 퍼뜩 놀랐다. 그제야 비로소 그 초등학교는 그가 다니는 곳이라는 사실이 떠올랐던 것이다.

덩그러니 혼자 있었다.

가장 낮은 철봉 위에서 팔짱을 끼고 물끄러미 다른 아이들을 바라보고 있었다.

나는 멀리 떨어져 있었는데도 어째서인지 그 모습에 움찔하고 말았다.

외톨이로 있는 아이라면 그 눈에 떠오르는 것은 선망이나 쓸쓸함이어야 할 터다. 하지만 그의 눈에는 그런 기색이 손톱만큼도 없었고, 떠올라 있는 건 냉철함조차 느껴지는 무언가였다.

대체 저건 무슨 시선일까? 흥미? 관찰?

열의는 있다. 무엇에 열중하고 있는 걸까?

나는 혼란스러웠다. 뭔가 봐서는 안 되는 것을 봐버린 듯한 죄책감이 들었다.

죄책감? 이건 또 어째서?

허겁지겁 그 자리를 떠나며 그의 눈에 떠올라 있던 것과 나의 감정을 언어화해보려고 시도했지만 성공하지 못했다.

그저 묘한 아이구나, 하고 새삼 생각했다.

역시 그는 재미있다.

그는 활발한 면이라고는 전혀 없는 아이였기 때문에 주변 사람들은 그가 운동을 싫어한다고 생각했다.

하지만 아버지는 단거리 육상 선수였고 어머니는 체조 선수였다(애초에 두 사람이 만난 장소가 전국 고등학교 종합체육대회의 개회식 회장이었다고 한다). 주위에서는 운동신경은 분명 나쁘지 않을 거라고들 했다.

실제로 체육 성적은 '수'였다.

그의 초등학교 담임선생님이 흥미로운 이야기를 들려줬다고 한다.

그는 뜀틀에서도, 매트에서도, 구기 종목에서도, 여하튼 시범 동작을 물끄러미 바라본다고 한다. 다른 아이들이 몸을 움직이기 시작해도 여전히 꼼짝 않고 그들의 움직임을 가만히 보고 있다. 그리고 무언가를 납득하면 그제야 움직이기 시작한다. 그렇게 일단 움직이기 시작하면 금세 뭐든 완벽하게 해낸다고 한다.

요컨대 관찰력이 특출하다는 뜻이다. 무언가를 하기 전에 머릿속에서 시뮬레이션을 되풀이하고 어떻게 움직이면 좋을지 분석한다. 운동신경도 매우 우수하다. 머릿속 시뮬레이션을 곧바로 신체에 전달해 그대로 움직이게 할 수 있을 정도니까.

누나는 한때 그에게 체조를 시키려고 했던 모양이다. 체조에는 그런 능력이 필요하니 분명 적성에 맞으리라고 생각했을 것이다.

그것이 실현되지 않았던 이유가 또 흥미롭다.

누나는 지인이 운영하는 체조 클럽에 견학 삼아 그를 데려갔다.

그러자 그는 늘 그랬듯이 한동안 물끄러미 다른 아이들의 움직임을 보고 있었다. 역시 평소처럼 열심히 관찰을 계속했던 듯하다.

그가 특히 흥미를 보인 것은 마루 운동의 연기 연습이었다. 가만히 연기를 지켜보던 그는, 갑자기 점프를 하더니 공중에서 한 바퀴돌아 착지했다고 한다.

당연히 입이 떡 벌어진 코치들은 반드시 클럽에 들어오라고 열심히 권했고 누나도 그럴 마음이었다. 하지만 집으로 돌아오는 길에 누나가 "어때? 그 클럽에 들어갈래? 엄마도 하루가 체조를 잘할 것 같은데"라고 묻자 그는 단호하게 고개를 저었다.

"아냐. 그게 아니야."

누나는 깜짝 놀랐다고 한다.

그는 얌전한 아이였기 때문에 자기주장을 내세우거나 좋고 싫음을 말로 표현하는 경우가 좀처럼 드물었다. 그런 그가 일말의 망설임도 없이 분명하게 거절했던 게 의외였던 것이다.

게다가, 그게 아니라니?

"그게 아니라는 게 무슨 뜻이야?"

누나가 그렇게 묻자 그는 잠시 생각에 잠겼다.

그리고 누나의 얼굴을 보며 호소하듯이 좌우로 고개를 흔들었다.

"모르겠어. 하지만 그게 아니야."

그 필사적인 얼굴을 보고 누나는 그를 체조 클럽에 등록시키는 것을 포기했다고 한다.

그때의 일을 기억하느냐고 그에게 물어본 적이 있다.

응, 기억해.

그는 고개를 끄덕였다.

그게 아니라는 건 무슨 뜻이었어?

그렇게 물었더니 그는 쓴웃음을 지었다.

으음, 지금도 표현을 잘 못하겠네. 딸깍 소리가 안 났기 때문일까.

딸깍 소리?

내가 되묻자 그는 "응, 딸깍 소리"라고 다시 말했다.

난 말이야, 뭔가가 납득이 되면 여기가 딸깍 하고 울리거든.

그는 자신의 가슴에 손을 댔다.

사실 그 체조 클럽에서 공중회전을 했을 때는 딸깍 하고 울렸어. 그건 신기했지. 그때 뭔가 예감은 했던 것 같아. 하지만 집에 가는 길에 엄마가 물어봤을 때, 그 장소는 아니라고 본능적으로 느꼈어.

흐음. 그럼 그때는 아직 발레가 머릿속에 없었던 거네.

내가 묻자 그는 고개를 끄덕였다.

응. 발레의 'ㅂ'도 없었어. 내 사전에는 아직 '발레'가 없었지. 본 적도 없었으니까.

그는 문득 먼 곳을 바라봤다.

어릴 때는 딱히 아무것도 생각하지 않았어. 언제나 내가 사는 세계를 이해하고 싶어서 관찰했고, 그렇게 세계를 내 안에 입력하는 것만 해도 벅찼거든.

그가 모든 것을 열심히 관찰하고 머릿속으로 시뮬레이션을 거듭했던 건, 계속 찾고 있었기 때문인지도 모른다.

자신이 해야 할 무언가. 자신이 이해하고 싶은 무언가.

그걸 너무나 열심히 찾다 보니, 보통 사람에게 보이지 않는 것까지 보고 마는 것이다.

그와 일본화 화가 간다 닛쇼의 전시회를 보러 간 적이 있다.

도쿄에 살던 친척분이 돌아가셔서 다 함께 장례식장에 갔을 때의 일이다.

그때는 그가 발레를 시작한 뒤였는데, 아직 첫 발표회까지는 시일이 남아서 그가 춤추는 모습을 본 적은 없었다.

왜 둘이서 전시회에 가게 되었는지는 기억나지 않지만 아마도 누나 부부에게 볼일이 생겼던 것 같다.

나는 도쿄에 가면 전시회를 몰아 보는 습관이 있는데, 그 무렵 마침 보고 싶었던 전시회에 그를 데려간 것이다.

간다 닛쇼는 홋카이도의 화가인데 농사를 지으면서 유화를 그렸다. 그것도 캔버스가 아니라 베니어판에 직접.

중후한 그림을 그리는 작가로 농사일 그림과 말 그림이 유명하다.

그는 닛쇼의 그림이 마음에 드는지 흥미로워하는 표정으로 열중해 있었다.

전시회의 마지막 한 장.

그것은 닛쇼가 생전 마지막에 그린 작품이었고, 심지어 그의 작품 가운데 가장 유명한 것이었다.

닛쇼는 농민화가라고 불리는 것을 좋아하지 않았고 만년에는 도시와 실내 풍경을 많이 그렸다. 그러나 마지막에 고른 소재는 역시 그를 유명하게 만든 말이었다.

그 그림은 미완성이어서 배경도 없이 그저 말만 그려져 있었다. 그 말도 절반밖에 그려져 있지 않았다. 앞발과 머리, 그리고 절반뿐인 몸통.

하지만 그 절반뿐인 말이 몹시도 사실적이고 놀랍도록 육감적이어서 맥박 치는 고동까지 느껴지는 것만 같았다. 그 그림을 보는 순간 마치 그림 속에서 말이 뛰쳐나오는 장면을 목격하는 듯한 느낌을 받는 것은 나뿐만이 아닐 터다.

내가 그 그림에 푹 빠져 있을 때 그가 옆으로 다가온 것이 느껴졌다.

그는 "와아" 하고 조그맣게 탄성을 지르더니 내 곁에 나란히 서서 함께 그림에 빨려들어갔다.

"꼭 뛰쳐나올 것만 같아."

내가 그렇게 말하자 그는 크게 고개를 끄덕였다.

"정말 그러네."

그렇게 중얼거리고는 갑자기 오른발을 탁, 탁, 탁, 하고 뒤로 차는 듯한 동작을 했다.

"왜 그래?"

내가 수상히 여기며 묻자 그는 자신이 무엇을 했는지 알지 못하는 듯한 표정으로 "앗" 하고 자신의 발을 내려다봤다.

"이 말, 이렇게 하고 있어."

"응?"

그는 말에게로 눈을 돌렸다.

그것도 말의 몸이 그려져 있지 않은 부분으로.

"이 말, 이렇게 오른쪽 뒷발로 땅을 차고 있어."

그는 다시 한번 자신의 오른발로 바닥을 탁탁 차 보였다.

"맞지?"

나는 갑자기 소름이 돋았다.

그의 시선은 그림의 빈 부분에 정확히 멈춰 있었고, 농담을 하는 기색은 전혀 없었다.

보이는 것이었다.

나는 고요한 그의 옆얼굴, 그 아름다운 옆얼굴을 쳐다봤다.

그에게는 보이고 있었다. 그려져 있지 않은 말의 나머지 부분이, 정말로.

역시 그는 신기하다. 그리고 역시 재미있다.

나는 그의 옆얼굴을 보면서 새삼 그렇게 통감했다.

나중에 되짚어보니, 그가 간다 닛쇼 그림의 여백에서 말의 움직임

을 본 것은 실제로 그가 말과 친했기 때문인지도 모른다는 생각이
들었다.

매형의 본가는 말 목장을 운영했다. 예전에는 군용 말을 키웠다는
데, 그는 걸음마를 하던 시절부터 목장에서 말을 접했다고 한다. 초
등학교에 들어갈 무렵에는 이미 능숙하게 말을 탈 수 있어서 "경마
선수가 되는 거 아니야?" 하는 기대도 받았다고 한다.

하지만 우리 집은 껑충이 혈통이고 매형 쪽 집안도 다들 장신에
체격이 컸다. 그는 어릴 적부터 발이 큼직했기 때문에 장차 키가 크
리라는 것은 예측할 수 있었다. 가벼운 몸무게가 필수인 기수가 되
는 건 일찍부터 단념했던 모양이다(그렇다 해도 단념한 것은 그나 매형
이 아니라 조부모님이었다지만).

그의 이야기에 따르면, 좌우간 일찍부터 말과 친해져서 사람과 말
이 한몸이 되는 감각을 체득한 것은 훗날 파트너와 함께 춤출 때도
도움이 되었다고 한다.

말이 어디로 가고 싶어하는지, 어떻게 달리고 싶어하는지, 지금 어
떻게 느끼고 있는지, 말을 타면 그런 걸 손바닥 보듯이 알 수 있었어.

확실히 그와 춤추는 파트너들은 다들 더없이 편안해 보였다.

클래식 발레는 기본적으로 웃는 얼굴로 춰야 하는 모양인데, 춤
이 어려운 것인지 불안한 것인지 미소가 딱딱하게 굳어 있는 무용
수도 이따금 본다. 그와 춤추는 파트너는 웃는 얼굴이 자연스러워서
보는 쪽도 마음 놓고 감상할 수 있다.

그리고 말이야, 리프트에서 들어올려지는 쪽의 느낌을 알 것 같

왔어.

그는 그런 말도 했다.

말 위에서는 몸을 푹 퍼지게 하면 안 되고, 체간을 꼿꼿하게 유지하면서 몸을 끌어모아 말이 불필요한 무게를 느끼지 않도록 해야 해. 리프트에서 들어올려지는 쪽도 마찬가지라고 생각했어. 신체의 중심을 딱 잡고, 상대가 들어올리기 쉽도록 몸을 콤팩트하게 만들어서 드는 쪽에게 불필요한 부담을 주지 않는 거야.

발레 문외한이지만 그렇구나, 하고 고개가 끄덕여지는 말이었다.

아무튼 그의 첫 발레 발표회를 보러 간 것은 전시회보다 나중의 일이었다.

그가 클래식 발레를 배우기 시작했다는 이야기는 들었지만, '그렇구나' 하고 생각했을 뿐 딱히 흥미가 있었던 것은 아니다. 나는 어릴 적부터 클래식 음악은 즐겨 들었어도 클래식 발레를 본 적은 없었다.

하지만 누나가 티켓을 보내고는 "너, 하루 좋아하지? 보러 와줘" 하며 전화까지 하는 통에 가볼 마음이 생겼다.

하루, 아홉 살 겨울. 발레를 배우기 시작한 지 1년 남짓이었을 것이다.

푸른 의상을 입었던 것은 기억하지만 무슨 작품이었는지는 생각나지 않는다.

여하튼 강렬한 인상을 받았다는 것은 확실하다. 내가 무대 위의 그를 보고 생각한 것은 딱 하나.

춤추고 있다.

묘한 감상이었다.

아무튼 발레 학원의 발표회이니 무대 위의 모두가 춤추고 있는 건 당연하다.

물론 실력 차이는 있고, 어린아이는 포즈를 취하는 것이 고작이다. '춤'이 성립되지 않는 아이들이 대부분이다.

그러나 연령대가 높아지고 잘하는 아이가 늘어나도 하루만큼 춤추고 있다고 느껴지는 아이는 그리 많지 않았다.

발레 공연을 실제로 본 것은 이때가 처음이었지만 내가 받은 인상은 틀리지 않았을 것이다. 내가 그의 내부에 존재한다고 느꼈던, '맹렬한 스피드로 움직이는 무언가'는 '춤'이었던 것이다.

아직 그리 복잡한 테크닉을 펼친 것도 아니었지만 그는 춤추고 있었다.

서 있는 모습, 펼친 팔, 점프한 뒤 공중에서 뻗은 발, 그 모든 것이 노래하고 있었다.

한마디로 나는 처음 그의 춤을 봤을 때부터 요로즈 하루라는 무용수의 팬이 되었다.

아마도 발레를 시작한 순간, 그의 가슴에서는 딸깍 하는 소리가 났을 것이다. 체조에 대해 '아냐. 그게 아니야' 하고 생각했던 그는 분명 발레에 대해서는 '이거다' 하고 느꼈을 것이다.

그렇다면 그가 발레를 만난 계기는 대체 무엇이었을까?

그에게 직접 그 일화를 들은 것은 꽤 오랜 시간이 지난 후였다.

이것이 또 조금 신기한 이야기다.

그가 들려준 이야기를 바탕으로 재현해보겠다.

누나와 체조 클럽에 다녀와 "그게 아니야"라고 말한 뒤에도 그는 종종 공중회전을 반복했다.

가슴에서 딸깍 소리가 났다는, 점프한 뒤 공중에서 한 바퀴 돌아 착지하는 동작을 이따금 문득 생각난 듯이 해본 것이다.

그 이후로는 딸깍 소리가 나는 일은 없었지만 그때의 '딸깍'을 다시 체험해보고 싶었고, 바라건대 그것을 음미해보고 싶었다. 보다 더 높게, 보다 더 날카롭게, 보다 더 아름다운 착지로.

막연히 그런 것을 생각하며 팔의 위치나 뛰어오르는 각도 같은 것을 이렇게 저렇게 바꾸어봤다. 머릿속에서 그때 본 것을 거듭 되감기했다.

그런 식으로 뛰어오르고 싶어지는 것은 꼭 야외에서 걷고 있을 때였다.

예컨대 아름다운 저녁노을.

하늘이 암적색에서 진보라로 서서히 변해가는 무렵.

예컨대 밝은 대낮.

부드러운 바람이 나무들 사이로 빠져나가며 눈부시게 빛나는 이파리를 사사삭 흔드는 순간.

예컨대 폭풍이 오기 전.

저 멀리서 위험하고 커다란 것이 다가온다는 불온한 예감이 무시무시한 기세로 꿈틀대는 구름 속에 가득차 있을 때.

그런 풍경 속에 있을 때면 그는 종종 흉포한 충동과도 비슷한 무언가를 느끼며 휙 뛰어올라보고는 했다.

간헐천 같았어.

그는 그 무렵의 자신을 그렇게 표현했다.

모르는 사이에 펄펄 끓어오르는 무언가가 내 안에 쌓여서 나조차 예상치 못할 때 뿜어져나오는 느낌.

그런 시간이 두세 달쯤 이어졌을까.

계절은 가을에서 겨울로 변해가고 있었다.

누나네는 매주 일요일이면 가족 셋이서 느긋하게 집 근처의 강변을 산책하는 것이 습관으로 굳어져 있었다.

강변은 그 일대에 넓은 공원이 조성되어 시민들이 축구나 동네 야구 등 각자의 운동을 즐기고 있었다.

날씨는 점차 나빠졌다. 축축한 바람이 불어왔고 먹물을 탄 듯한 구름이 하늘을 서서히 어둡게 물들였다.

그는 평소처럼 담소를 나누며 산책하는 부모의 뒤를 따라 걷고 있었다.

탁 트인 공간. 넓은 하늘.

멀리서 다가오는 저기압을 느낀다. 바람 속에서 비의 기운을, 한바탕 폭풍우가 불어닥칠 징조를 느낀다.

그는 두 손을 펼치고 대수롭지 않게 빙글빙글 돌면서 강변을 걸었다.

이럴 때 그는 말로 표현할 수 없는 갑갑함을 느꼈다.

세계가 너무나 커서, 조그만 몸으로 있는 힘껏 손을 뻗어봤자 그 무엇에도 닿지 않고 아무것도 받아낼 수 없다는 무력감. 얼른 세상에 닿고 싶다, 내 주위의 모든 것을 이해하고 싶다는 초조함.

이런저런 것들이 그의 안에서 언제나 소용돌이치고 있었다.

대체 어떻게 하면 세상을 손에 넣을 수 있을까. 세상과 이어지려면 어떻게 해야 할까. 당시의 그가 그런 바람을 자기 안에서 언어화할 수 있었던 것은 아니다. 아직 그는 자신의 언어를 획득하지 못하고 있었다.

그는 분했다. 아무것도 할 수 없고 아무것도 모르는 스스로가 분했다.

그리고 정신을 차려보니 뛰어오르고 있었다.

자기도 모르게 힘차게 뛰어서 돌고 있었다. 아니, 너무 많이 돌고 있었다. 한 바퀴 반, 아니, 그보다 더.

너무 많이 돈 그는 착지에 실패했다. 그전까지는 깔끔하게 한 바퀴를 돌고 내려올 수 있었는데, 자세가 무너져서 이제 곧 넘어지려는 참이었다.

부모는 그런 그를 알아차리지 못한 채 훨씬 앞서가고 있었다.

갑자기 멀리 떨어진 곳에서 하얀 자동차가 멈춰 섰다.

강변의 길은 제방을 겸해 흙을 높게 쌓고 아스팔트를 깐 찻길로 조성되어 있었다.

차 문이 벌컥 열리며 호리호리한 여자가 내렸다.

검은 셔츠에 청바지.

하루는 자신을 향해 성큼성큼 걸어오는 여자를 어리둥절한 표정으로 바라봤다.

젊은 것 같기도 했고, 그렇지 않은 것 같기도 했다. 짧은 머리칼, 긴 목, 날카로운 눈빛.

처음 눈이 마주쳤을 때 무언가 강렬한 빛 같은 것이 비쳐들었다고 느꼈다.

여자는 당황한 모습이었다. 곧장 그에게 다가와서는 2미터쯤 떨어진 곳에서 걸음을 멈추고 그를 쳐다봤다.

낯익은 사람은 아니었다. 처음 보는 사람이었다. 얼굴이 조금 창백해져 있었다.

"애, 너, 어느 발레 학원 다니니?"

입을 열자마자 여자는 그렇게 말했다.

생각보다 낮은 목소리에 퉁명스러운 말투였다.

그는 여자가 무엇을 묻는 것인지 몰랐다.

발레 학원.

아마도 그때 처음으로 그 단어, 발레라는 단어를 들은 것이다.

그는 고개를 가로저었다.

"안 다녀요."

우물우물 기어들어가는 목소리로 중얼거렸다.

"뭐?"

잘 안 들렸는지 여자가 귀를 기울였다.

"안 다녀요."

그는 조금 더 크게 말했다.

여자는 놀란 얼굴이었다.

"안 다닌다고? 정말? 하지만 방금 돌았잖아?"

그는 여자의 화난 듯한 말투에 움찔하며 고개를 살짝 끄덕였다.

뭔가 하면 안 되는 짓이라도 했나 싶어서 불안해졌다.

여자는 그가 거짓말이라도 하는 건 아닌지 의심하는 듯한 눈초리로 바라봤지만, 곧이어 집게손가락을 세우며 말했다.

"있잖아, 한 번 더 해봐줘."

여자는 그렇게 말하더니 그의 앞에 딱 버티고 섰다.

이번에는 그가 놀랄 차례였다.

다시 한번? 그걸? 그런 걸 보고 싶나?

"부탁이야."

여자는 기도하는 것처럼 두 손을 맞댔다.

그는 당황했다. 하지만 여자가 진지한 표정으로 그가 도는 것을 기다리고 있었기에 해 보이기로 했다.

아까는 실패였다. 보다 더 아름답게.

그때까지 스스로 연구해낸, 가장 마무리가 괜찮은 팔 위치로 한 바퀴.

좋아, 아름답게 착지해냈다.

여자는 집어삼킬 듯이 보고 있다가 고개를 갸웃거렸다.

"아까 거랑은 다르네."

나무라는 듯한 말투였다.

그는 당황스러웠다. 분명 아까보다 아름답게 해냈는데.

"아까는, 너무 많이 돌아서요."

그는 우물거렸다.

그래, 너무 많이 돌았다. 요컨대 아까는 그런 거였다. 너무 많이 돌
았다는 것을 언어화할 수 있어서 그는 마음이 놓였다.

"너무 많이 돌았다고?"

여자는 또다시 놀란 듯한 목소리로 물었다.

"네. 잘 내려올 수 없었어요."

시야 한구석에서 훨씬 앞서 걷고 있던 부모가 그와 여자를 알아
차리고 허겁지겁 되돌아오는 것이 보였다.

"하루야?"

"무슨 일이시죠?"

뛰어오는 부모에게로 시선을 돌리며 여자는 "저분들, 네 아버지랑
어머니니?" 하고 물었다.

"네."

"그렇구나."

여자는 그때 매우 기쁜 표정을 지었다.

나중에 그때 어째서 기뻐했냐고 그가 묻자 '부모님도 키가 크시구

나. 됐다, 이 애도 분명 키가 클 거야'라고 생각해서 그랬다는 대답이
돌아왔다고 한다.

"처음 뵙겠습니다. 저는 모리오라고 합니다."

여자는 달려온 부모 앞에서 정중하게 머리를 꾸벅 숙였다.

그리고 그제야 비로소 자신이 무슨 짓을 했는지 깨닫고 놀라서
어색한 미소를 띠며 머리를 긁적였다.

"죄송합니다. 아드님께 난데없이 말을 걸어버렸군요. 그게, 아드님
을 우연히 보고 깜짝 놀라서 저도 모르게 그만."

부모는 얼굴을 마주봤다.

"저희 애가 왜요?"

'춤추는 사람'이라고 생각했어.

훗날 그녀는 그렇게 말했다고 한다.

처음 차 안에서 하루를 봤을 때 그렇게 생각했다고.

정말로 갑자기 눈에 들어왔다고. 멀리 있었지만 스포트라이트라
도 비춘 것처럼, 팟 하고 그곳만 보였다고.

"단도직입적으로 말씀드리겠습니다. 저한테 그의 지도를 맡겨주시
지 않겠어요? 저희 학원에서 그를 맡으면 안 될까요?"

여자는 조용하지만 강한 의지가 내비치는 목소리로 말했다.

그렇다, 이때 그녀는 '그'라고 말했다.

역시 하루는 '그'라는 호칭이 어울렸다.

춤추는 사람. 춤추는 아이가 아니라 춤추는 사람.

역시 하루는 하루다. 하루는 '그'다.

"지도요?"

부모는 여우에 홀린 듯한 표정이었다.

"네, 저는 클래식 발레를 가르치고 있습니다."

그녀는 명함 지갑을 꺼냈다.

모리오 쓰카사 발레 교실.

그것이 하루와 발레, 하루와 모리오 쓰카사의 첫 만남이었다.

처음으로 어머니와 함께 모리오 쓰카사의 발레 학원에 견학을 갔을 때 그가 보인 모습도 흥미로웠다.

늘 그렇듯 그는 어마어마한 집중력으로 바 레슨과 센터 레슨에 열중하고 있는, 자신과 또래이거나 나이가 좀 더 많은 아이들을 바라보았다.

그러다 이윽고 팔을 움직이기 시작했다.

아무래도 본인은 자신이 팔을 움직이고 있다는 사실을 자각하지 못하는 모양이었다. 그 움직임도 딱히 아이들의 동작을 따라 하는 게 아니라, 두 팔을 들고 와이퍼처럼 각도를 획획 바꾸며 움직이는 것이었다.

하루, 아까 뭐 했던 거야?

나중에 누나가 묻자 그는 '어?' 하는 얼굴로 누나를 봤다.

팔을 계속 움직였잖아.

누나가 그렇게 말하자 그는 고개를 갸웃거렸다. 역시 자신이 팔을 움직이고 있다는 자각은 없었던 모양이다. 그는 먼 곳을 바라보는 듯한 눈으로 불쑥 중얼거렸다.

벚꽃? 벚꽃이 아니야. 매화인가? 매화 봉오리.

누나는 그가 무슨 말을 하는지 알 수 없었다.

하지만 얼마 뒤 문득 자기 집 정원의 매화나무를 보던 중 퍼뜩 알아차렸다고 한다.

레슨실에서 아이들이 춤추는 모습, 성냥개비처럼 가느다란 아이들, 하나같이 머리를 틀어 올린 여자아이들이 열심히 포즈를 취하며 춤추는 모습.

그 모습은 매화 봉오리가 달린 잔가지를 꼭 닮았던 것이다.

이 이야기를 들었을 때 나는 새삼 '재미있네' 하고 생각했다. 그가 발레의 포즈 하나하나나 테크닉에 대해서가 아니라, 아마도 그 레슨실에 있던 아이들의 뭉쳐진 형태에 반응해 그것을 파악하고 있었다는 사실을 깨달았기 때문이다.

벚꽃이 아니야, 라고 고쳐 말했다는 점에도 감탄했다.

벚꽃 봉오리는 실은 여러 겹의 덩어리로 이루어져 있다. 이른바 체리의 형태로, 하나의 송이에서 여러 개의 꽃이 핀다. 반면 매화는 가지 자체에서, 또는 작게 갈라진 잔가지 끝에서 봉오리가 열린다. 아이들의 머리를 꽃송이에 비유했다는 점에서는 벚꽃도 매화도 마찬가지지만, 매화 봉오리가 아이들의 모습과 더 닮았다는 것을 간파해 낸 점은 그의 관찰력이 얼마나 정확한지를 뒷받침한다.

즉 그가 팔을 움직였던 건 아이들을 매화 봉오리에 비유해 매화 가지를 표현하는 동작이었다.

다른 집 아이들은 어떤지 모르겠지만 그런 시각을 가진 아이는 드물지 않을까 싶다.

실제로 그를 지도한 모리오 쓰카사도 "하루는 정말 신기한 아이였어요"라고 여러 차례 말했다.

"세상을 보는 방식이 독특했죠."

그녀의 말에 따르면, 본디 무용이라는 게 자연 속의 사물이나 인간 내면의 정서, 혹은 상상 속의 것을 몸으로 표현하는 행위라면, 하루는 반대로 인간이 무용으로 표현하는 것에서 그 표현 대상의 원형을 봤던 것이다.

모리오 쓰카사는 그와 만났을 때 마흔네 살이었다.

아마 그녀에게도 딱 좋은 타이밍이었을 것이다.

나가노에서 가장 큰 발레 학원의 딸로 태어나 미국 발레단에 입단해 춤을 췄지만 결혼을 계기로 일본으로 돌아왔다. 이후 학원 본부에서 발레 지도자 커리어를 쌓은 뒤, 말하자면 식당의 분점을 차리듯이 지부를 만들어 독립했다. 본부는 네 살 위인 언니가 물려받았고 그녀는 자신의 방식으로 지부를 운영하며 학생들을 가르쳤다. 그렇게 한 지 몇 년이 지나 자신감이 붙고 지도자로서도 물이 오르기 시작하던 참에 처음부터 키워나갈 수 있는 하루를 만난 것이다.

선생이라는 직업은 참으로 묘한 것이다.

나도 대학에서 영문학을 가르치기 때문에 일단은 선생 축에 들지만, 이쪽은 영문학에 뜻을 두고 진학한 학생이 대상이다. 한데 아직 무엇으로 자랄지도 모르는 아이를 보고 어떻게 재능을 간파해내는 걸까. 우연히 지나가다가 그를 발견했다는 쓰카사의 행운과 도박운(이건 하루에게도 그대로 똑같은 말을 할 수 있지만)에 경탄을 금할 수 없다.

하지만 재능이란 그런 것이 아닐까. 세상에는 수많은 선생과 제자가 있지만, 개중 이따금 거짓말 같은 만남에 관한 에피소드가 전해진다. 탁월한 재능은 그 자체가 선생을 부르는 것이다.

쓰카사 선생님과 세르게이는 내 두 번째 부모님 같은 존재야.

그는 가끔 그렇게 말한다.

발레는 대부분 그때까지 가르침을 받은 선생님의 언어로 이루어져. 내 고유한 부분 같은 건 아주 조금밖에 없지.

나도 본 경험이 그리 많지는 않지만, 확실히 레슨 광경을 보고 있으면 선생님들은 그야말로 입이 닳도록 같은 말을 반복한다. 어떤 면에서는 부자연스러운 움직임으로 이루어지는 발레를 가능케 하는 신체는, 어릴 적부터 누군가가 계속 지켜보면서 그런 식으로 백지부터 새겨넣지 않는 한 결코 만들어낼 수 없는 것이다.

그는 좋은 환경에서 발레를 만났다.

쓰카사의 남편, 세르게이 가제프는 러시아계 미국인으로 원래는 우수한 무용수였지만 잇따른 부상으로 은퇴한 후 대학에서 정형외과 전문의 자격증을 땄고, 솜씨 좋은 트레이너가 되어 쓰카사와 만났다.

쓰카사와 결혼해 일본에 온 뒤로는 주로 학원 본부에서 트레이너로 일하는 동시에 쓰카사의 지부에서 학생들을 가르치기도 했다.

그야말로 하루에게는 발레의 아버지와 어머니다.

하긴 엄격한 아버지는 쓰카사고 세르게이는 다정하게 지켜봐주는 어머니 역할이겠지. 세르게이는 일관된 지도는 쓰카사에게 맡기고 중요한 지점마다 어드바이스를 하는 방식으로 도움을 줬는데, 전적으로 생리학적 지식에 근거해 남성 무용수만이 할 수 있는 조언을 해줬다고 한다. 그에게 어릴 적부터 몇 년에 걸쳐 영어와 러시아어를 가르쳐준 것도 세르게이다. 두 사람은 하루를 그야말로 친자식처럼 아껴줬다.

편안한 분위기의 지부에서 발레의 부모에게 가르침을 받고, 본부로부터는 최신의 방식과 정보를 입수했던 것도 복받은 환경이었다.

우수한 학생이 있으면 본부에서 채어가거나 다른 발레 학원에서 빼가는 등 여러 가지 추악한 일도 있다지만, 쓰카사와 본부의 관계가 좋았던 덕분에 하루는 무럭무럭 성장할 수 있었다.

쓰카사가 현역 시절 컨템퍼러리가 특기인 무용수였다는 점도 그에게는 행운이었다. 그녀가 모은 수많은 컨템퍼러리 영상을 통해 컨템퍼러리라는 것을 일찍부터 접할 수 있었기 때문이다.

아마도 쓰카사 자신이 첫 만남에서 그의 컨템퍼러리에 대한 재능을 직감했던 게 아닐까. 하루라는 존재가 그녀 자신과 공명하는 부분이 있었기에 그처럼 선명한 반응이 나왔을 것이다.

내 발레의 몇 퍼센트쯤에는 미노루 삼촌도 들어 있어.

그가 그렇게 말했을 때는 너무나 뜻밖이었고, 동시에 자랑스러웠다. 그렇다, 미노루 삼촌이란 바로 나다.

훗날 그의 작품 〈파뉴키스〉를 봤을 때는 문득 그리운 시절로 되돌아간 듯한 기분이 들었다.

우리 집 서재 바닥에 털썩 주저앉아 엘리너 파전의 『왕과 보리밭』에 푹 빠져 있던 어린 그의 모습이 떠오른다.

내 아버지도 문학 교수였기 때문에 그에게는 조부모의 집이기도 한 우리 집에는 어중간한 도서관은 저리 가라 할 정도로 책이 많았다. 아버지가 누나와 나에게 사준 아동문학서도 잔뜩 있었다. 클래식과 재즈 음반도 아버지의 컬렉션을 내가 물려받은 것이다.

그는 한 달에 한두 번, 많을 때는 매주 우리 집에 와서 그 컬렉션을 감상했다.

『왕과 보리밭』은 그가 좋아했던 책인데, 한때 우리 집에 올 때마다 읽기에 "빌려줄 테니 가져갈래? 아니면 아예 줘도 되고"라고 하자 그는 단호하게 고개를 좌우로 흔들었다.

아니야, 여기서 읽는 게 좋아.

그게 좋아? 하며 나는 어깨를 으쓱했지만, 지금 와서는 그의 마음도 이해가 간다.

여덟 살 남짓에 발레를 시작해 학교와 발레 학원과 집을 오가는 것으로 세상이 완결되어 있었기에, 그에게 우리 집 서재는 말하자면 제3의 장소 역할을 하지 않았을까.

삼촌이나 이모는 수평도 수직도 아닌 비스듬한 관계라 조금 묘한 포지션이다. 하루처럼 대성하는 인물에게는 대체로 문화적인 면에서 영향을 주는, 독신의 특이한 삼촌이나 이모가 있는 법이다. 아무래도 나 또한 그런 역할로 그의 정서 교육을 담당했던 듯하다.

어릴 적에는 같은 책을 거듭 읽었던 그도 초등학교 고학년이 되자 아무 책이나 닥치는 대로 읽는 시기에 접어들었는지 손에 집히는 대로 책을 읽었던 것 같다.

훗날 잇달아 발표된 그의 신작을 보면 아아, 그때 읽었던 책이구나, 그때 자주 들었던 음악이지, 하고 떠오를 때가 있어서 종종 인과관계가 눈에 보이는 듯한 기분이 들었다.

특히 〈거미 여인의 키스〉를 한다고 들었을 때는 우리 집 책장에서 그 책이 있는 위치가 눈앞에 선명히 떠올랐고, 그런 책까지 봤구나 싶어서 깜짝 놀랐다.

그가 마누엘 푸익의 소설 『거미 여인의 키스』를 아스토르 피아졸라의 음악을 사용해 발레로 만들었을 때는 운 좋게 초연을 볼 수 있었다(그는 자신의 작품을 발표할 때면 매번 나를 초대해주지만 아쉽게도 웬만해선 유럽까지 갈 수 없으니, 현지의 초대에 응할 수 있는 것은 몇 년에 한 번 정도다).

감옥에서 당국의 명령을 받고 테러리스트 청년에게 접근하는 동성애자 남성. 그 테러리스트에 대한 청년의 비틀린 애정.

초연에서는 하루가 동성애자 역할을 직접 맡았기 때문에(이후 인기 작품이 되었지만 그는 한 번도 이 역을 다시 추지 않았다) 티켓이 금세 매진되었다고 한다.

무대 위의 그는 요염하달까, 처절하달까, 아무튼 무시무시한 아름다움을 내뿜고 있었다. 관객 전원, 그야말로 남녀노소 모두가 그에게 푹 빠져서 객석 전체가 발정난 듯한 기묘한 열기에 휩싸였던 것을 기억한다.

평소의 그는 중성적이고 담백한 성격이어서 성적인 분위기를 그다지 풍기지 않지만, 무대 위의 역할을 맡을 때면 딴사람 같은 색기가 배어나오니 춤이란 참 신기한 것이다.

『거미 여인의 키스』는 원래 영화감독을 꿈꿨던 푸익의 영화 사랑이 작품 전체에 넘쳐흘러서, 그가 만든 발레 작품에도 영화에 대한 오마주 장면이 잇달아 삽입되었다.

누나 부부가 둘 다 영화광이었기에 그 역시 어릴 적부터 부모와 함께 영화를 보러 다녔다. 그러니 이 오마주 장면들은 흥미롭게도 영화에 대한 그 자신의 오마주이기도 했던 것이다.

모리오 쓰카사는 발레뿐만 아니라 가부키나 분라쿠 등 일본의 전통 공연에도 그를 자주 데려갔다고 한다.

쓰카사 자신이 어렸을 때 일본 무용도 배웠던 모양으로, "춤의 영역이 넓어질 테니 봐두는 편이 좋아" 하며 적극적으로 권했다고 한다.

언젠가 그가 발레단에서 처음으로 배역을 맡은 〈다우트〉 이야기를 하며 "그건 가부키야"라고 말했던 적이 있다.

그의 이야기는 언제나 여러 부분이 생략되어 있어서 들었을 때 곧바로 이해가 안 되는 경우가 많다.

이때도 무슨 뜻이냐고 묻자 "가부키의 미에見得•야" 하며 두 손을 쫙 펼쳐보였다. 아무래도 가부키의 명작 〈권화장〉 속 등장인물인 벤케이를 흉내 내는 듯했다.

"어디가?"

여전히 무슨 소리인지 알아들을 수 없었다.

"내가 했던 잔 다르크."

그렇게 말하며 그는 양쪽 손가락을 펼치고 몸을 앞으로 구부려보였다.

"아아, 그거 말이지."

겨우 감을 잡았다. 그가 직접 안무를 짰다는, 잔 다르크가 신의 계시를 들었을 때의 포즈다.

"나 말이야, 처음 가부키를 봤을 때 미에란 게 대체 뭘까 했어. 괴상한 포즈잖아?"

• 가부키 중 극이 최고조에 달한 장면에서 배우가 유난히 눈에 띄는 표정이나 동작을 취하는 것.

"응, 맞아. 생각해보면 이상한 동작이지."

확실히 가부키란 처음 보면 이상한 것투성이다. 그 분장, 그 동작, 기묘한 형식.

"그렇지? 그래서 계속 생각했어. 그건 뭘까, 대체 뭘까, 하고 한동안 생각했지."

그가 생각했다고 한다면 그야말로 늘 그렇듯 꼼짝 않고 집중해서 생각한 거겠지. 그가 미에에 대해 계속 생각하는 모습을 상상하자 왠지 웃음이 터지려고 했다.

"그래서, 그건 슬로 모션이라는 사실을 깨달았어. 아니다, 스톱 모션이라고 해야 하나?"

"스톱 모션?"

"응. 사람은 뭔가 충격을 받거나 엄청난 일에 직면했을 때 동작이 멈춰버리잖아?"

"그렇지."

"어떤 사람이 교통사고를 당했을 때, '앗, 부딪친다' 하는 생각이 들자 자동차의 움직임이 엄청 느리게 보였대. 그야말로 스톱 모션같이, 조금씩 다가오는 것처럼 보였다나."

"그렇구나."

"또는 스트라이크 존에 들어간 상태? 그것도 마찬가지야. 야구 선수가 컨디션이 좋을 때는 공이 잘 보여서 슬로 모션처럼 느껴진다고 하잖아? 최상의 컨디션이었을 때는 공의 실밥까지 보였대. 그게 누구더라?"

"응, 나도 그 이야기 들어본 적 있어. 오 사다하루였나?"

아, 그랬던 것 같아, 하며 그는 고개를 끄덕였다.

"그래서 가부키의 미에는 그런 상태를 표현하는 거라고 생각했어."

"으응."

"엄청난 충격을 받으면 시간이 늘어나서 눈에 보이는 게 스톱 모션처럼 삐거덕거리잖아. 그 상태를 그런 손동작으로 표현하는구나 싶었지."

"과연."

"그렇게 생각했던 게 그 역할의 오디션을 볼 때 떠올랐거든."

"미에에 대한 거 말이야?"

"응. 장이 '너는 지금 신의 계시를 받았다'라고 말했을 때 갑자기 떠올랐어."

그는 허공을 올려다봤다.

그때의 일을 회상하는 거겠지.

"잔 다르크도 그런 상태가 되었겠구나 했지. 신의 계시잖아? 갑자기 머릿속에 신이 강림하는 거라고. 분명 굉장한 충격일 거야. 그 순간이 영원처럼 느껴졌을걸."

그는 다시 한번 양 손가락을 펼쳐 보였다.

"그렇게 생각했더니 손이 이렇게 움직였어."

스톱 모션 같은 움직임.

"그러니까 그 장면은 가부키의 미에랑 같아. 시간이 늘어나서 삐거덕거리는 스톱 모션."

"이야, 그랬구나. 재밌네."

"그렇지?"

그는 생긋 웃었다. 그 천진한 웃음은 어린 시절부터 조금도 변하지 않았다.

그를 아는 사람들 사이에서는 그가 늘 스케치북을 들고 다니는 것이 유명했던 모양인데, 나는 오랫동안 그가 그림을 그린다는 사실을 몰랐다.

우리 집에서는 시종일관 책과 음악에 푹 빠져 있었기 때문이다.

하긴 어린 시절의 그는 오로지 말만 그렸다고 한다. 요컨대 여름 방학 때 아버지의 본가 목장에 가서 말을 타고, 여름 방학 숙제로 말 그림을 그리는 루틴 같은 게 만들어졌던 것이다.

늘 그렇듯 관찰력이 날카로운 그가 그리는 말 그림은 처음부터 무척 정확하고 사실적이었지만, 해가 갈수록 선이 간략해져서 중학생 무렵에는 '이건 혹시 말인가?' 하고 겨우 알 정도인 추상적인 그림이 되었다고 한다.

이 일화는 쓰카사에게 전해들은 그의 독특한 시선을 나타내는 듯하다.

즉, 세부적인 관찰에서 시작해 전체적인 인상으로 향한다고 해야 할까.

처음 발레 학원에 갔을 때도 우선 아이들의 손발과 머리를 잔가지 끝에 비유하고, 그런 다음 전체의 구도와 배치를 나무나 숲에 비유했던 것처럼.

어쩌면 그는 그 작업을 늘 동시에 행하고 있지만, 그때그때 흥미의 중심이 서서히 세부에서 전체로 향해가는 중이었는지도 모른다.

나는 예전에 그 과정을 목격한 적이 있다.

그가 아직 어렸을 때, 우리 집에서 잔 다음 날 아침 함께 이나리를 산책시키러 나갔을 때의 일이다(발레는 이미 시작했고, 첫 발표회를 본 뒤였다).

이나리도 아직 어려서 기운이 넘쳤다. 그런 개가 곧잘 하는 행동인데, 산책 담당인 나는 당시 이나리의 말썽에 고생하고 있었다. 이 개는 느긋하게 산책하다가도 이따금 갑작스럽게 달려나가고는 했다.

달려나가는 이유는 가지가지다.

앞에서 팔랑팔랑 날아다니는 노랑나비에 정신을 빼앗겼거나, 앞서 걷는 여자가 들고 있는 편의점 봉지 속 음식의 냄새를 맡았거나, 또는 따릉따릉 벨을 울리며 달려가는 자전거를 봤거나.

아무튼 그런 일이 상당한 빈도로 일어났다.

그럴 때면 리드 줄을 잡고 있는 견주도 갑자기 휙 끌려가기 때문에 따라서 내달리는 수밖에 없다.

하지만 주의를 끈 대상 앞에 도착하면 금세 질려버리는지, 아니면 별것 아니라는 사실을 깨닫는 것인지, 순식간에 의욕을 잃고 딱 멈춰 선다.

이런 일이 반복되면 견주는 상당히 지친다. 실제로 견종에 따라서는 갑자기 달리거나 멈춰 서면 다리에 괜한 부담이 가는 개도 있다는 이야기도 들었다.

그날 아침에도 그런 일이 반복되어 나는 기진맥진해 있었다(게다가 이른 아침부터 몹시 무더운 날이었다).

그런데 충실하게 이나리를 따라 걷거나 뛰고, 또 옆에서 달리던 하루는 집중력을 잃지도 않고 이나리를 물끄러미 바라보고 있었다.

뭘 그렇게 열심히 관찰하는 걸까. 그전에도 그와 이나리는 사이가 좋았고, 꽤 오랫동안 함께 지내왔는데.

다시 이나리가 질리지도 않고 불쑥 달려나가기 시작했다. 오늘 아침은 이걸로 몇 번째 뜀박질일까, 하고 혀를 차는 나를 지나쳐 하루도 이나리에게서 눈을 떼지 않으며 달려갔다.

이번 달리기는 지겹게도 길었다.

원래 야외보다 실내를 선호하는 나는 진작부터 숨을 헐떡이고 있었다.

드디어 이나리가 발을 멈췄다.

아무 일도 없었다는 양 멀뚱멀뚱 나를 돌아보더니 다시 타박타박 걸어가기 시작했다.

적당히 좀 해, 이 멍청한 개야. 그렇게 속으로 욕을 하기 시작한 순간, 하루가 땅에 휙 엎드렸다.

"괜찮아?"

나는 무심코 그렇게 외쳤다. 순간적으로 그가 넘어진 줄 알았기 때문이다.

한데 넘어진 것은 아니었는지, 그는 느릿느릿 움직이기 시작했다.

봤더니 이나리의 걸음걸이를 따라 하고 있었다.

오른손과 오른발, 왼손과 왼발을 함께 앞으로 내민다. 이른바 '바보 걸음'이라고 하는 걸음걸이를 넙죽 엎드려서 흉내 내고 있었다.

"왜 그래?"

나는 입을 떡 벌리고 나란히 걷는 이나리와 그를 쳐다봤다.

이나리는 갑자기 옆에서 자신과 똑같이 어색하게 앞으로 가는 하루를 어리둥절한 표정으로 쳐다봤지만, 곧이어 기쁜 듯이 타닥타닥 걸음이 빨라졌다. 친구가 생겼다고 착각했는지도 모른다.

"으음."

하루는 혼란에 빠진 듯이 더더욱 어색한 발동작을 하다가, 갑자기 이나리에게서 떨어져 우두커니 멈춰 섰다.

"어라. 이다음에는 이렇게 해야 하나."

오른손과 오른발, 왼손과 왼발을 전후좌우 번갈아 움직이려다가 당혹스러워했다.

나는 발걸음을 멈췄고 그 김에 이나리도 멈춰 세웠다. 목이 당겨져 푹 고꾸라진 이나리가 앞에서 불만스럽게 짖었다.

"이나리 흉내야?"

"응."

그는 진지한 얼굴로 나를 올려다봤다.

"개는 지쳐서 천천히 걸을 때랑 달릴 때의 다리 움직임이 완전히 다르네."

"뭐?"

예상치 못한 말에 어안이 벙벙해졌다.

"아까는 이랬어."

그는 방금 전의 바보 걸음을 해 보였다.

"근데 빨라지면 전후좌우 다리가 엇갈려."

그는 그렇게 말하며 땅바닥에 털썩 주저앉아 팔다리를 들고 공중에서 번갈아 움직여 보였다.

오른손과 오른발이 떨어지고, 왼손과 왼발이 붙는다.

오른손과 오른발이 붙고, 왼손과 왼다리가 떨어진다.

"말은 걸을 때부터 항상 이렇거든."

"와, 그런 건 생각도 안 해봤어."

나는 늘 하품을 해가며 개가 잡아끄는 대로 몸을 맡기기만 했다.

"개는 더 빨리 달리면 이렇게 되더라. 두 뒷다리가 앞다리보다 앞쪽으로 와."

그는 양손을 땅에 붙인 채 두 무릎으로 팔을 감싸고 쪼그려 앉아 개구리 같은 자세를 취했다.

나는 무심결에 고개를 끄덕이고 있었다.

"아, 그렇지. 확실히 개는 전력 질주하면 공중에서 그런 포즈가 돼."

하루는 모래를 털고 일어난 뒤에도 이나리인지 말인지의 움직임을 계속해서 흉내 내며 손을 좌우로 움직였다.

"그럼 개가 전력 질주할 때는 뒷다리로 재빠르게 점프를 반복하는 거네! 아, 그래서 그런 소리가 나는 건가. 타닥타, 타닥타, 타닥타 하는 느낌?"

하루는 무언가를 떠올리는 듯한 표정을 지었다.

"말이 달릴 때는 발굽이 따그닥, 따그닥, 따그닥 하고 울리잖아. 리듬이 달라. 그건, 그러니까, 달릴 때는 쓰는 다리가 다르다는 뜻일까?"

이럴 때의 그는 딱히 나의 대답을 기다리는 게 아니다. 그저 자신의 사고 회로를 입 밖으로 꺼내어 자문자답하고 있을 뿐이라서 나도 따로 대답하지 않는다.

"으흠, 재미있네."

하루는 이나리에게 휙 뛰어가더니 쪼그려 앉아 머리를 쓰다듬었다.

"이나리, 재미있어."

이나리는 기쁜 듯이 꼬리를 흔들었다.

나는 망연히 그 모습을 바라보고 있었는데, 더욱 놀라운 일은 그 뒤에 일어났다.

그가 유유히 일어나 갑자기 기묘한 동작을 하기 시작한 것이다.

양발로 땅을 탁탁 걷어차며 뛰어올라 허공에서 쪼그려 앉은 개구리 포즈를 취하고, 사뿐히 착지했나 싶으면 곧바로 다시 땅을 탁탁 차며 뛰어올라 이번에는 공중에서 다리를 뻗어 비틀기까지 했다.

게다가 다시 한번 착지한 양발로 뛰어올라 공중에서 등을 크게 젖힌 채 몸을 뻗고, 다음 순간 양팔을 다리로 감싸 굽혔다 폈다.

나는 속으로 '앗' 하고 외쳤다.

이나리.

그건 이나리였다. 이나리가 뛰는 리듬. 이나리의 움직임에서 뽑아낸 핵심.

그렇게 느꼈다.

타닥타, 타닥타, 타닥타.

아까 그가 말한 의성어가 머릿속에서 울려퍼졌다.

개가 달린다. 전력 질주하며 뒷발로 점프를 반복한다.

하루는 아름답게 착지하더니 멍한 얼굴로 나를 돌아봤다.

눈이 마주쳐서 나도 모르게 물어봤다.

"방금 그거 뭐야?"

"응?"

그는 퍼뜩 놀란 표정으로 주위를 둘러보고는 고개를 갸웃거렸다.

"뭐냐니, 뭐가?"

놀랍게도 그는 자신이 방금 춤을 추었다는 사실을 모르는 듯했다.

거의 무의식중에, 그는 이나리의 움직임을 간파해 춤추고 있었던 것이다.

그렇다, 그의 시선은 세부에서 전체로 향했다.

그리고 생물에서 무생물로 향했다.

그의 스케치는 점차 말 이외의 것을 담기 시작했다.

곤충, 나뭇가지, 잎사귀, 꽃봉오리, 나무뿌리.

연못의 잔물결, 물방울, 얼음.

나뭇잎 사이로 새어드는 햇빛, 구름, 유리에 비치는 그림자.

"평소에는 그저 천진한 꼬마지만, 춤출 때만은 나보다 나이가 훨씬 더 많은 것처럼 느껴져."

누나가 그렇게 말하며 쓴웃음을 지었던 것이 생각난다.

그건 나도 마찬가지였다. 이나리 옆에서 춤추던 그를 떠올렸을 때 묘한 경외심을 느낀 것이다.

나는 그가 나오는 발표회라면 빼먹지 않고 찾아갔고, 그가 해마다 진화해나가는 모습을 역시 묘한 심정으로 바라보았다.

말로 잘 표현할 수 없지만, 나는 그를 지켜보고 감상하기 위해 이곳에 있는지도 모른다. 혹은 그의 성장을 증언하기 위해 여기에 함께 있는지도.

그 자리에 서 있는 것이 당연하고, 그 자리에서 춤출 것이 미리 정해져 있었다. 누군가에 대해 그런 식으로 느낀 것은 지금까지의 인생에서 처음이자 아마도 마지막일 것이다.

그의 진화는 그 후에도 나를 당황하게 만들고 매료시켰다.

또 다른 장소가 떠오른다.

그건 그가 초등학교 졸업을 앞둔 이른 봄 무렵이었다.

이나리 일을 이미 겪었는데도 나는 또다시 허를 찔리고 말았다.

그날도 그는 우리 집에 와 있었다. 서재에서 책을 읽고 음악을 들은 뒤 집에 가려던 참이었다.

그는 문득 복도에서 걸음을 멈추고 창밖으로 시선을 던졌다.

시야 한구석에서 빛나는 조그만 빨간 꽃.

"앗, 홍매화가 피었구나."

"올해는 좀 늦었어."

"그런 거야?"

"응. 보통은 좀 더 빨리 피거든."

나의 말에 그가 쿵, 하고 숨을 들이마셨다.

"매화는 향기가 먼저 오는구나. 향기로 존재를 알 수 있어."

그는 눈을 감고 다시 한번 숨을 들이마셨다.

"예쁜 향기네."

다음 순간, 나는 기묘한 감각에 빠졌다.

문득 그가 있던 곳이 불을 끄기라도 한 듯이 갑자기 어두워진 느낌을 받았던 것이다.

마치 그가 사라져버린 것처럼.

나는 눈을 깜빡였다.

설마, 그런 일이 있을 리 없지. 방금 전까지 이야기를 나눴으니까.

다음 순간 눈을 떴을 때, 물론 그는 그 자리에 있었다.

하지만 내 눈에 보이는 그는 그가 아니었다.

그는 거기에 서 있었다.

눈을 감고, 아주 살짝 고개를 숙이고.

왼쪽 팔꿈치를 살며시 구부려 허리 뒤에 댄 손가락은 각각 다른 각도로 자연스럽게 벌어져 있었다.

살며시 앞으로 기울인 자세.

목부터 등, 허리부터 그 아래는 잘 보면 삐딱한 지그재그 모양을 그리고 있었다.

오른팔은 팔꿈치까지 옆구리에 딱 붙였고, 팔꿈치부터 아래쪽은 앞으로 내밀었으며, 손바닥은 무언가를 움켜쥐듯이 벌렸고, 손가락은 팽팽하게 뻗었다…….

사방에 실이 쳐진 것처럼 아스라이 허공을 떠도는 매화 향기.

나는 오싹했다.

매화나무.

여기에 매화나무가 서 있다.

그런 생각이 들었기 때문이다.

창밖에서 실려 오는 매화 향기를, 그곳에 서 있는 그가 내뿜는 것으로 착각했다.

"하루."

현관에서 들려온 누나의 목소리에 나도 그도 정신을 차렸다.

"아, 응, 지금 나가."

한 박자 늦게 그가 아이다운 목소리로 대답하자, 그 즉시 거기에 서 있던 그는 열두 살 소년으로 돌아왔다.

"……깜짝 놀랐네."

나는 그렇게 감탄하지 않을 수 없었다.

내 얼굴에서 핏기가 가신 것이 느껴졌고, 식은땀도 났다.

"앗, 왜 그래, 미노루 삼촌?"

여전히 자신이 무엇을 했는지 알지 못하는 그가 걱정스럽게 나를 쳐다봤다.

나는 느릿느릿 그를 가리켰다. 내 손가락이 가늘게 떨리는 것이 보였다.

"방금 거기에 매화나무가 서 있는 줄 알았어."

닭살이 돋은 팔을 엉겁결에 쓰다듬었다.

"어, 나 말이야? 매화나무?"

하루가 자신을 가리키며 눈을 동그랗게 떴다.

"설마 나俺, 매화나무의 정령 홍천녀였어?"

"홍천녀라니 별걸 다 아네."

나는 쓴웃음을 지었다. 그리고 다른 부분에서 반응했다.

"야, 하루, 너 어느새 오레俺˙라는 말을 쓰게 됐구나."

● 남자 어린이는 보통 자신을 '보쿠(僕)'라고 칭한다. 하루가 쓴 '오레'는 대체로 남자아이들이 청소년기 때부터 쓰는 다소 거친 느낌의 1인칭 대명사다.

"헤헤, 이제 중학생이니까."

드물게 쑥스러운 웃음을 지으며 멀어지는 그의 등을 바라보면서 나는 자꾸만 내 팔을 문질렀다.

가부키든 발레든, 형식이 있는 예술의 힘을 뼈저리게 느낀다.

몸에 주입되고 스며든 형식이 존재하기 때문에 오히려 자유롭게 춤출 수 있는 것이다.

하이쿠와 단가短歌, 한시와 소네트. 전부 엄격한 속박과 규칙이 있다. 그 제약들 속에서야말로 역설적으로 이미지는 무한히 날아오를 수 있다.

말하자면 발레의 '파'는 음표 하나하나, 또는 단어 하나하나라고 할 수 있지 않을까. 그것들은 단독으로는 그저 음표와 단어일 뿐이다. 멜로디나 시로 만들려면 그것들이 노래한다는 하나의 의지로 뒷받침된 유기적인 연결 관계를 맺어야 한다.

빈틈없이 엄격하게 규정된 하나하나의 파를 보면, 여태까지 같은 포즈를 취해온 무수한 무용수들의 궤적이 보이는 듯할 때가 있다.

그 포즈의 의미, 손발의 각도부터 얼굴의 방향까지 철저하게 궁리했던 사람들이 있었고, 방대한 시행착오의 결과로 그 유일한 포즈가 정해졌다는 사실에 경외심이 든다.

그도 안무 센스가 어지간히 좋았으니 형식 너머로 자유롭게 춤출 수 있는 영역이 펼쳐져 있다는 사실을 일찍부터 깨달았을 것이다. 그래서 형식의 중요함을 본능적으로 감지했던 모양이다.

내 앞에서는 이나리의 움직임이나 매화나무 같은 파격적인 동작을 취했던 그였지만, 쓰카사와 레슨실에 있을 때는 언제나 기초, 기초, 기초뿐이었고 제멋대로 움직이는 경우는 전혀 없었다고 한다. 쓰카사도 그가 레슨실 밖에서 여러 가지 동작을 시도해본다는 사실은 어렴풋이 알고 있었지만, 여하튼 자신의 레슨실에서는 기초를 주입하는 것이 최우선이었으니 그 동작들이 어떤 것이었는지는 전혀 몰랐던 모양이다.

하루, 열한 살 여름.
학원 본부에서는 매년 강사를 초청해 다른 학원의 학생들도 참가할 수 있는 워크숍을 열었는데, 그가 참가한 해 워크숍의 초청 강사가 마지막 레슨 시간에 "자유롭게 춤춰봐"라고 지시했다고 한다.
쓰카사는 그가 틀림없이 평소 레슨실에서는 보여주지 않는 동작을 취할 거라고 기대했지만, 다른 학생들이 힙합이나 컨템퍼러리 같은 동작을 해 보인 반면 그는 우직할 정도로 기본적인 파 동작만 반복했다고 한다.
그 결과 초청 강사가 "거기 너, 자유롭게 추라고 했잖아. 더 마음대로 움직여도 돼"라고 타박했다.
뜻밖이라고 여긴 쓰카사는 돌아오는 길에 왜 그랬느냐고 물었다.
하루라면 얼마든지 흥미로운 동작을 할 수 있었을 텐데.
그는 으음, 하고 신음했다.
어쩐지 어두운 표정이었다.

그런 건 전혀 자유롭지 않고, 아직 자유롭게 춤출 수 없어요.

쓰카사는 '앗, 알고 있구나' 하고 생각했다.

물론 아직 기초도 다져지지 않은 아이들이다. 참된 의미의 자유로운 춤 같은 건 도저히 출 수 없을 게 뻔하다. 하지만 매일같이 엄격하게 기초를 주입당하다 보면 그것에 얽매여 다른 동작을 할 수 없게 되고, 자신을 해방시키지 못하게 된다. 초청 강사가 말한 '자유롭게'는 자신을 해방시켜라, 형식에서 벗어날 용기를 가져라, 하는 의미의 '자유롭게'인 것이다.

게다가 그는 이렇게 중얼거렸다.

아까 "자유롭게"라는 말을 들었을 때 늘 하는 파가 더 자유롭다고 생각했어요.

쓰카사는 또다시 '이 애는 알고 있구나'라고 생각했다.

그는 진지한 얼굴로 쓰카사를 쳐다봤다.

지금은 파 안에서 자유로워지고 싶어요.

쓰카사는 묘한 감격이 치밀어올라 왠지 순간적으로 눈물을 글썽이고 말았다.

그렇지, 그 말이 맞아.

쓰카사는 허둥지둥 눈물을 닦으며 그렇게 말하고는 그의 머리를 마구 쓰다듬었다고 한다.

그로부터 1년 뒤.

하루, 열두 살 여름.

또다시 본부에서 워크숍을 열었다. 같은 초청 강사가 와서 역시 마지막 날 "자유롭게 춤춰봐"라는 과제를 냈다.

올해는 과연 어떻게 할까, 하고 쓰카사는 생각했다.

요 1년 사이 어느덧 파는 그의 일부가 되었고, 아직 키는 별로 자라지 않았지만 무용수의 몸으로 착착 변해가고 있었다.

다른 아이들은 역시 컨템퍼러리스러운 동작이나 재즈 댄스 같은 춤을 시도했다.

하루로 말할 것 같으면, 그는 별안간 몸을 획 기울이더니 눈을 감고 쇄골의 움푹 들어간 부분에 우아하게 손을 얹었다.

쓰카사는 엇, 하고 놀랐다.

뭘까, 저 포즈는.

그의 포즈에 시선이 머무른 것은 쓰카사뿐만이 아니었다. 작년에 "더 마음대로 움직여" 하고 주의를 줬던 초청 강사도 퍼뜩 놀란 듯이 그를 주시하며 눈으로 좇고 있었다.

오직 그곳에만 정적이 흘렀다.

그가 있는 곳만 이상하게 조용했고, 게다가 스포트라이트를 비춘 것처럼 부각되어 보였다.

느긋한 동작. 눈을 감고 쇄골의 움푹 팬 곳에 손을 얹은 채 바닥에 작은 호를 그리듯이 발을 미끄러트리는, 물 위에서 살랑거리는 듯한 고요한 움직임이 이어졌다.

쓰카사도 초청 강사도 그에게서 눈을 떼지 못했다.

그 춤은 확실히 그를 무엇으로부터든 자유로워 보이게 했다.

그건 무슨 춤이었어?

돌아가는 길에 쓰카사가 물었다.

〈지난해 마리앙바드에서〉요.

그는 간결하게 대답했다.

영화니?

네, 요즘 좋아져서 몇 번이나 다시 봤어요.

하루는 취향이 어른스럽구나. 그래, 분명 그건 여주인공의 포즈지.

쓰카사는 영화 속 여주인공이 자주 반복하는, 교태를 부리며 쇄골의 움푹 팬 곳에 손을 얹는 장면을 떠올렸다.

오늘 "자유롭게"라는 말을 들었을 때 그 포즈를 떠올렸어요.

그는 쇄골에 손을 대 보였다.

그 영화, 좀 이상한 이야기죠. 마리앙바드는 온천 휴양지라면서요? 그곳에 온 여자한테 낯선 남자가 말을 걸며 우리 작년에 여기서 만났지요, 사귀는 사이였어요, 하고 몇 번이나 끈질기게 얘기했더니 여자도 점점 그랬을지도 모른다는 기분이 들어서, 마지막에는 거의 연인 사이처럼 되어 둘이 함께 떠난다는 이야기잖아요.

쓰카사는 쓴웃음을 지었다.

'자유롭게'라는 말을 듣고 왜 그 영화를 떠올렸니?

음, 저는 그 영화가 자유와 선택에 관한 이야기라고 생각했거든요.

"뭐라고?" 하며 쓰카사는 반사적으로 그의 얼굴을 쳐다봤다.

초등학교 6학년의 입에서 '자유와 선택'이라는 단어가 튀어나왔으니 무리도 아니다. 그는 이 무렵에는 우리 집에 진을 치고 지적인 면

171

에서도 눈부시게 성장하고 있었으니 나야 놀라지 않았지만.

그는 말을 이었다.

사람은 '나는 자유로워'라든가 '내 의지로 선택했어'라고 생각하지만 그건 환상이잖아요? 직접 선택했다고 생각하더라도 사실은 타인에 의해 선택된 것이다, 그런 이야기가 아닐까 해요. 그런 걸 생각했더니 오늘 '자유롭게'라는 말을 들었을 때 그 영화가 떠올랐어요.

쓰카사는 말문이 막혔다.

하루의 발상은 정말로 재미있네.

그렇게 덧붙이는 것이 고작이었다고 한다.

지난해에는 파 안에서 자유로워지고 싶다고 말했던 그가, 1년이 지나자 '자유롭게'라는 말을 듣고 최근 본 영화를 떠올리며 그야말로 자유롭게 그 영화를 재현해 보였다는 데 놀라움과 경외심을 느꼈기 때문이다.

그리고 이때 선보인 〈지난해 마리앙바드에서〉 속 여주인공의 포즈(쇄골의 움푹 팬 곳에 손을 얹고 몸을 기울이는)가 훗날 그의 특징적인 포즈 중 하나가 된 것을 생각하면, 처음부터 하루는 하루였다고 생각할 수밖에 없다.

그리고 다시 1년 뒤.

하루, 열세 살 여름.

또다시 본부 워크숍.

이번에는 작년의 강사에 더해 일본에 공연차 와 있던 해외 발레단에서도 두 사람을 초청 강사로 불렀다. 해마다 참가자가 많아져서 클래스를 과감하게 늘렸기 때문이다.

중학교에 들어간 하루는 어느 순간 갑자기 키가 쑥쑥 자라기 시작했다.

자고 일어나면 키가 커져 있는 것을 스스로 느낄 정도로 급격한 성장기에 돌입한 것이다. 그는 처음 겪는 성장통에 힘들어했고 날마다 변하는 신체 밸런스에 당황했다.

변성기가 와서 어느 날 아침 눈을 뜨자 별안간 목소리가 걸걸해진 것도 충격적이었던 모양이다.

쓰카사도 "죽순 같아. 매일 만나는데도 볼 때마다 키가 자라 있어" 하며 놀란 눈으로 말했고, 세르게이는 "당분간은 힘들겠지만 적응하는 수밖에 없단다" 하고 동정하며 여러 조언을 해줬다.

이 시기에는 하루라는 존재가 현県 내 발레계에 널리 알려졌다.

어린 시절부터 전도유망한 인재로 손꼽히기는 했지만 그것은 일부 사람들 사이에서였다. 하지만 이제는 누가 봐도 그의 재능이 명백히 빛났다.

용모도 타고났다.

어릴 때부터 싹을 보인 중성적인, 혹은 양성적인 아름다움이 활짝 피어나고 있었다. 늘 미소 짓는 듯한 상냥한 눈. 옆으로 길쭉해서 외꺼풀 같은 인상을 주지만 정면에서 보면 실은 쌍꺼풀 진 큰 눈이라 놀라웠다.

아름다운 눈썹 라인에 모양 좋은 입술, 그리고 고운 피부는 여자의 것이라고 해도 통할 터였다.

긴 목, 긴 팔다리. 무엇보다 특기해야 할 것은 그 아름다운 손이었다. 긴 손가락과 예쁜 손톱. 고급 외국 브랜드의 매니큐어 광고에 나온 것도 납득이 간다.

위협적이지 않은 아름다움.

그를 보면 늘 그런 생각이 든다. 아름다움의 종류는 여러 가지여서 타인을 굴복시키는 듯한 아름다움도 있고, 숭배받는 아름다움도 있다.

그러나 그의 아름다움은 마치 그의 이름과도 같이, 산들거리는 봄바람처럼 부드럽고 상쾌했다(삼촌답지 않은 노골적인 칭찬이지만 어쨌거나 나는 그의 골수팬이니 이 부분은 양해해주길 바란다).

성장통에 힘들어하면서도 열세 살의 그는 워크숍 마지막 날을 맞이했다.

그리고 매번 등장하는 과제가 이번에도 공표되었다.

자유롭게 춤추세요.

쓰카사는 이때 역시 레슨을 참관했다. 작년과 재작년에 같은 과제를 낸 강사도 영어로 지시하는 초청 강사와 함께 그 자리에 있었다.

모두가 동시에 움직이기 시작했다.

그러자 갑자기, 무시무시한 압력을 내뿜는 아이가 눈에 띄었다.

하루였다.

강사뿐만 아니라 주위에서 춤추던 아이들도 그 압력을 느끼고 동작을 멈출 정도의 에너지였다.

압력만 내뿜는 게 아니라 엄청나게 격렬하기도 한 움직임이었다.

성나서 날뛰는 것 같은 점프, 점프, 점프. 사납게 팔을 휘두르며 불규칙한 피루엣을 거듭하고, 울부짖는 표정으로 발을 구르는 듯한 날카로운 스텝.

마치 작은 폭풍처럼 예측 불가능한 움직임이 3분 가까이 이어졌고, 모두가 입을 떡 벌린 채 넋을 잃고 그 폭풍을 바라봤다.

춤을 마친 그는 숨을 몰아쉬며, 그제야 정신을 차렸는지 주위를 둘러봤다.

그리고 놀란 표정으로 얼굴을 들었다.

다들 눈을 동그랗게 뜨고 자신을 보고 있다는 사실을 깨달은 것이다.

그는 "어?" 하고 얼빠진 소리를 냈다.

아까는 뭘 생각했어?

늘 그랬듯 돌아가는 길에 쓰카사가 물었다.

이번에는 '자유롭게'라는 말을 듣고 뭘 떠올렸니?

어느덧 그는 쓰카사에게도 예측할 수 없는 제자가 되어 있었다.

음, 무언가를 떠올렸다기보다…….

쉰 목소리로 그는 고개를 갸웃거렸다.

변성기인 자신의 목소리가 아직 낯선지, 헛기침을 하며 목을 가다듬었다.

아 싫다, 이 목소리.

좀 더 지나면 안정될 거야.

쓰카사는 그의 어깨를 가볍게 두드렸다.

오늘 그건 자유롭게 춤추지 못한다는 분풀이였어요.

그는 불만스러운 목소리로 말했다.

분풀이였어? 그게?

쓰카사는 그의 얼굴을 들여다봤다.

네, 전 요 넉 달 사이에 키가 15센티 가까이 컸잖아요? 점프를 해도 제가 생각하는 것보다 훨씬 빨리 착지해버리고, 피루엣의 중심이 어디에 있는지 몰라서 흔들리고, 몸 여기저기가 미묘하게 아프고, 눈높이도 생각하는 거랑 달라서 춤추다 보면 속이 울렁거려요.

아, 그렇지. 정말 갑자기 컸으니까. 세르게이가 그만큼 급속도로 자라면 밸런스가 무너져서 힘들 거라고 하더구나.

그는 고개를 끄덕였다.

네, 세르게이 선생님이 이것저것 조언해주셔서 도움이 많이 돼요. 그래도 진짜 속이 안 좋거든요. 제 몸을 컨트롤할 수 없어서 전혀 생각대로 춤출 수 없어요. 사이즈가 안 맞는 커다란 인형 옷 속에 들어가서 춤추는 것 같아요.

말을 마친 그는 크게 한숨을 내쉬었다.

그랬구나, 사이즈가 큰 인형 옷 말이지. 좋은 비유네.

쓰카사는 작게 웃었다.

웃을 일이 아니에요.

그는 불평을 털어놓았다.

그래서 '자유롭게'라는 말을 듣고 울컥했어요. 자유롭게 춤출 수 없어, 내 몸조차 제어할 수 없는데, 얼른 자유롭게 춤출 수 있는 몸이 되게 해줘, 전혀 자유롭지 않아, 그런 마음의 외침이었어요, 그건.

으흠. 그렇구나, 마음의 외침이라.

쓰카사는 다시 한번 살며시 웃었다.

이 애는 점점 더 자유로워지고 있어, 하고 생각했기 때문이다.

그에게는 원하던 바가 아니었을지도 모른다. 자신의 이미지와 전혀 일치하지 않는, 컨트롤할 수 없는 몸이 성에 차지 않아 답답하고 화가 나는 상태라는 것도 이해가 갔다.

하지만 그래도 역시 그는 자유로웠다. 그는 무엇으로부터도 자유롭게, 자신의 마음이 향하는 대로 춤출 수 있는 무용수인 것이다.

쓰카사는 선생으로서의 기쁨, 좋은 무용수를 세상에 내보낸다는 기쁨을 음미했다고 한다.

그리고 이때 그의 '자유롭지 못한' 춤을 본 해외 발레단의 초청 강사가 "재미있는 아이가 있어" 하고 동료 무용수에게 이야기한 것이 하루가 유학하게 될 발레 학교의 워크숍에 참가하는 계기가 되리라는 사실을, 당시에는 두 사람 다 미처 알지 못했다.

그는 대체로 경쟁심이나 라이벌 의식 같은 것과는 거리가 먼 아이였다.

사물에 대한 흥미의 방향성이 남들과 전혀 달라서, 애초에 비교하려고 해도 같은 경기장 위에 서 있지 않았기 때문일 것이다.

그러나 이미 눈에 띄는 존재였던 그에게 적개심을 품는 아이는 적지 않았던 모양이다.

바네사를 봤을 때 문득 생각났어.

그가 쓴웃음을 지으며 말했던 적이 있다.

뭐가?

나는 바네사 갤브레이스의 팬이다. 고상하고 강하며 아름다운, 다이내믹하면서도 굳센 춤. 그야말로 발아래의 백성들을 굴복시키는 듯한 긍지 높은 미모의 여왕. 그럼에도 어쩌다 문득 엿보이는 천진한 내면.

하루에게서 이야기를 듣지 않았더라도 언젠가는 그녀의 팬이 되었을 것이다.

그와 바네사가 함께 춘 〈파뉴키스〉의 영상을 본 적도 있고, 그가 그녀에게 안무를 짜준 〈에코〉도 봤다. 지금도 일본에서 공연을 하면 반드시 보러 간다.

어딘가 비슷한 데가 있거든. 다키자와 미시오랑. 하지만 지금 생각해보면 바네사가 훨씬 더 다루기 쉬웠지.

이쪽을 노려보는 야무진 눈썹을 가진 소녀의 얼굴이 눈에 선하다.

아, 다키자와 자매 중에 언니 말이지. 하루는 둘 모두와 사이가 좋았잖아.

아니야, 안 좋았어.

그는 고개를 휙휙 내저었다.

동생은 꽤 재밌는 애였지만 언니는 나한텐 드문 천적이야.

엇, 그랬나?

정말 거북한 상대였지, 미시오는.

그는 그 이름을 중얼거리며 쓴 것이라도 삼킨 듯한 표정을 지었다.

다키자와 미시오는 그보다 한 살 어린, 본부에서 가장 뛰어난 학생이었다.

발표회를 보러 다니기 시작한 무렵에는 한동안 그 존재를 알아차리지 못했지만(어찌된 일인지 미시오가 출연하는 장면을 몇 년 연속으로 우연히 놓쳤다. 하루가 나오는 부분만 보고 돌아간 해도 있었던 탓인지도 모른다), 처음 봤을 때 '엇? 이 애, 엄청나잖아?' 하고 생각했던 것이 선명하게 떠오른다.

마쓰모토시에 있는 대형 병원의 딸이었던 것으로 기억한다. 두 살 아래인 여동생도 같은 학원에서 발레를 배우고 있었지만 언니가 훨씬 더 눈에 띄었다.

폭포瀧에 연못澤에 바닷물潮이라니 꽤나 촉촉한 이름이라고 생각했는데(참고로 여동생의 이름은 나나세七瀬로, 여울瀬이 들어가니 이쪽 역시 촉촉한 이름이다) 춤은 조금도 촉촉하지 않았다.

춤 자체는 아직 다듬어지지 않아서 거친 부분이 많았다. 그러나 뭐니 뭐니 해도 그 또렷한 윤곽과 강인한 분위기가 시선을 빨아들였다.

정말이지 말 그대로 미시오가 있는 곳만 진하게 보이는 것이다.

눈길을 확 잡아끈다는 점에서는 하루와 마찬가지였지만 주는 인상은 대조적이었다. 하루는 춤 자체로 눈이 쏠리는 아이였다. 춤과 그의 존재가 매끄럽게 일체화되어 있었다. 하지만 미시오의 경우 춤보다 온몸에서 뿜어져나오는 '춤추고 싶다'는 목소리가 더 앞으로 튀어나와 그 목소리의 크기에 눈길이 갔다.

미시오는 춤추고 싶다는 강렬한 의지가 너무나도 앞서 있었기 때문에 아직 기술이 그 의지를 전혀 좇아가지 못했다.

하루의 '춤추고 싶다'는 의지와 실제 추는 춤은 항상 일치해 있었다. 성장통을 겪긴 했지만 그래도 대체로 그의 키에 맞는 스피드로 진화하고 자라났다.

반면 미시오는 '춤추고 싶다'는 의지가 훨씬 앞서 있었다.

내가 듣기로 미시오는 '발레를 할 거야'와 '프로가 될 거야'를 거의 동시에 결심했다고 하니, 그 목소리가 왜 그토록 강했는지 납득이 간다.

처음 미시오를 봤을 때 목소리의 크기를 기술이 따라잡으면 엄청난 일이 일어나리라고 생각했고, 실제로 엄청난 일이 일어났다.

미시오에게는 목소리의 크기에 걸맞은 기술을 반드시 손에 넣어 보이겠다는 굳은 의지가 처음부터 넘쳐흘렀고, 매년 그것을 착착 실현해나가는 모습은 소름이 끼칠 정도였다. 그리고 그 목소리의 크기와 기술이 일체화된 무렵에는 당연히도 확고한 존재감이 생겨났다.

그런 미시오가 격렬하게 적개심을 불태운 대상이 다름 아닌 하루였다.

원래 미시오도 자신의 목표를 이뤄나가는 데 열심이어서 다른 무용수는 안중에 두지 않는 타입이었다. 지고는 못 사는 성격이기는 했지만 남과 자신을 비교하거나 경쟁심을 품는 타입은 아니었던 모양이다.

어쩌면 겨우 주변을 관찰할 여유가 생긴 시기에, 주위에서 학원의 유망주로 주목하기 시작해 자신과 마찬가지로 이름이 거론되는 하루의 존재를 본의 아니게 의식했던 것이 아닐까.

그리고 아마, 미시오도 충격을 받았을 것이다. 자신과 하루의 춤의 차이에 대해.

방향성이 전혀 다른 두 사람(내 생각에 미시오는 자신에게 춤을 싣는 타입이며 본인을 위해 춤춘다. 하루는 춤에 자신을 싣는 타입이며 춤을 위해 춤춘다). 미시오는 분명 그 점에 놀랐을 것이다. 미시오 정도로 춤출 수 있다면 하루가 춤에서 추구하는 것이 자신과는 다르다는 사실을 알아차렸을 게 분명하다.

그 사실은 미시오에게 충격적이었을 것이다.

어디가 다른가. 왜 다른가.

그리고 어째서, 자신과는 전혀 다른 방향성을 가진 하루의 춤이 근사한가.

그 이유를 찾으려고 안간힘을 썼던 게 아닐까. 그것이 하루 입장에서는 '쓸데없이 시비를 건다', '부딪쳐온다'는 거북함으로 다가왔을 것이다.

딱 한 번, 미시오와 하루가 나란히 우리 집에 온 적이 있다.

미시오의 여동생 나나세도 함께였는데, 현관 앞에 선 하루는 곤혹스러운 표정이었다.

미안해, 미노루 삼촌.

나에게 몇 번이나 머리를 숙였던 것이 생각난다. 분명 발표회에서 어린이를 대상으로 쉽게 만든 파 드 되°를 미시오와 추게 되어, 함께 연습하던 시기의 일이었다.

아무래도 미시오가 꼭 우리 집에 오고 싶다고 우기며 하루를 반쯤 협박해 안내하도록 시킨 모양이었다.

무대에서 받은 인상보다 몸집이 작았지만, 가까이에서 보는 미시오는 역시 윤곽이 짙고 기가 셀 듯한 얼굴의 소녀였다.

야무지고 진한 눈썹에 눈망울이 부리부리한 커다란 눈. 광대뼈가 높고 조그만 얼굴은 필시 화장이 잘 받으리라는 생각이 들었다. 아직 초등학생인데도 성인 여성 같은 위엄과 성숙함을 띠고 있다는 점에서는 그야말로 여왕님 타입이었고, 현관 밖에 말없이 서 있기만 해도 위압적인 분위기를 짙게 풍겼다.

여동생은 얼굴은 언니를 닮았지만 인상이 완전히 달랐다. 기본적인 이목구비는 비슷해도 천진하고 보이시한 분위기였다.

● 두 사람이 추는 춤.

182

실례합니다.

예의 바르게 고개를 숙인 미시오는 마치 우리 집에 숨겨진 보물이라도 찾으러 온 듯한 열정으로 집 구석구석을 꼼꼼하게 살폈지만, 하루가 늘 머무르는 서재에 이르자 충격받은 듯한 표정으로 입구에서 우두커니 멈춰 섰다.

여동생이 눈을 반짝이며 "우와, 굉장하다. 책이 엄청 많아. 아저씨, 이거 전부 읽었어요?" 하며 뛰어든 것과 대조적이었다.

전부 다 읽은 건 아니야. 이 책은 아저씨의 아버지, 그러니까 하루의 할아버지가 모은 책이거든.

와, 그렇구나.

나나세는 다른 벽으로 시선을 휙 돌리더니 눈을 더욱 빛냈다.

앗, 레코드도 잔뜩 있다! 저기, 이거 들어도 돼요?

응, 돼, 하고 대답한 것은 하루였다.

뭐가 좋아?

〈불새〉 들을래?

하루와 나나세가 레코드장 앞에서 이건 어때, 아니 그거 말고, 하고 이야기를 나누는 동안에도 미시오는 주눅든 모습으로 책장을 둘러보고 있었다.

춤만 춰서는 안 되는구나.

그렇게 불쑥 중얼거리는 소리가 귀에 들어와서 나는 미시오에게 물었다.

하루랑은 어때? 같이 뭘 추니?

미시오가 퍼뜩 놀란 표정으로 나를 쳐다봤다.

그 눈빛에는 뜻밖에도 수치심이 떠올라 있었다.

미시오는 내 시선을 피하듯이 고개를 숙이며 낮은 목소리로 대답했다.

〈호두까기 인형〉이요.

흐음.

나는 미시오의 수치심을 알아차리지 못한 척했다.

요로즈는 역사 같은 것도 잘 알더라고요.

미시오는 고개를 숙인 채 입속에서 우물우물 말을 삼켰다.

아하, 하고 나는 알아차렸다.

편파적인 시선으로 봐도 그 나이 또래에서 하루의 교양은 출중했을 것이다. 미시오는 그 사실을 눈치채고 그 교양의 원천이 우리 집에 있으리라고 짐작해 정찰에 나선 것이다.

하긴 이 서재를 보면 압도되는 것도 무리는 아니지.

그렇게 동정하려던 순간, 미시오는 고개를 홱 들고 노려보는 듯한 시선을 쏘았다.

요로즈가 그러던데요. 저는 너무 똑바르다고요.

너무 똑바르다니?

무심결에 되묻자 미시오는 입을 꾹 다물고 고개를 돌렸다.

그거, 칭찬은 아니잖아요? 전 화가 났어요. 그게 무슨 뜻인지 생각해봤지만 모르겠어요.

확실히 미시오의 춤에는 정통, 본격적, 엄격 같은 단어를 붙이고 싶어지는 면이 있다. 그건 발레에도, 발레리나에게도 중요한 점이다.

하지만 하루가 말한 '너무 똑바르다'는 건 뭘까?

나도 속으로 미시오와 함께 고개를 갸웃거렸다.

아, 그건 말이지, '나한테는 너무 똑바르다'는 뜻이었어. 깎아내릴 생각은 없었는데.

훗날 하루에게 물어보자 그는 당황한 듯이 그렇게 대답했다.

곤란하네. 미시오 녀석, 신경 쓰고 있었구나.

그렇게 말하며 한숨을 쉬고 머리를 긁적였다.

그러다 머리를 긁적이던 손을 멈추고 중얼거렸다.

그야 미시오의 똑바름은 미시오의 장점이니까. 혼신의 힘을 다해 발레의 똑바름을 믿고, 그 똑바름을 혼신의 힘으로 구현하는 게 그 애의 발레잖아. 그건 아주 근사한 일이야. 아니, 그것'이' 매우 근사한 일이지. 그것이야말로 미시오인걸. 다만 나한텐 그게 좀 답답했어.

그는 팔짱을 끼고 생각에 잠겼다.

그렇군, 처음에는 바네사랑 미시오가 겹쳐 보였지만 역시 전혀 달랐지. 가장 큰 차이라면, 바네사한테는 안무를 만들어주고 싶지만 미시오한테는 그런 생각이 안 든다는 점이랄까.

그건 재미없는 무용수라는 뜻이야?

내가 그렇게 묻자 그는 당황하며 손을 내저었다.

아니, 안무를 만들어주고 싶다는 생각이 안 드는 무용수가 꼭 나쁜 무용수인 건 아니야. 어떤 면에서는 칭찬이기도 하거든.

그런 거야?

응. 이미 존재 자체만으로 만족스러운 무용수가 있잖아? 그 무용수가 존재해주는 것만으로, 똑바르게 고전 작품을 춰주는 것만으로 충분합니다, 최고예요, 고마워요! 하고 말하고 싶은. 굳이 나누자면 나한테 미시오는 그쪽에 속한 무용수였어. 더 이상 없을 말은 없습니다. 미시오는 그쪽에서 언제까지나 똑바르게 존재해주세요, 하는.

그가 하는 말도 이해가 갔다.

하지만 나는 미시오의 눈을 기억한다.

그때 서재에서, 미시오는 한 번 더 얼굴을 돌려 나를 쳐다봤다. "너무 똑바르다"는 하루의 말에 분해서 입을 꾹 다물고 돌렸던 얼굴을, 딱 한 번 더.

그치만 요로즈뿐이었어요. 꽃향기가 난 건.

그렇게 말한 미시오의 눈에는 두려움 같은 것이 떠올라 있었다.

그건 무슨 뜻이니?

내가 묻자 미시오는 띄엄띄엄 이야기를 시작했다.

학원에서는 발레 말고도 한 달에 한 번 다양한 춤을 가르쳐주는데, 그때는 〈호두까기 인형〉 발표회도 앞두고 있어서 이른바 사교댄스, 그중에서도 주로 왈츠 레슨을 받았다고 한다.

레슨에서는 마지막으로 다 함께 〈꽃의 왈츠〉를 췄다.

그때 미시오는 몇몇 남자아이와 왈츠를 췄는데…….

처음에는 착각인 줄 알았어요. 아니면 누가 데오도란트라도 뿌렸나 했죠. 레슨을 받으면 땀범벅이 되니까요.

미시오는 조그맣게 중얼거렸다. 나에게 이야기한다기보다 자기 자신에게 들려주는 것 같았다.

미시오는 하루와 춤추기 시작하자마자 코앞에서 꽃향기를 느꼈다고 한다.

어머, 뭘까. 이 향기는 장미일까.

머리 한구석에서 그런 생각을 하고 있었다.

하지만 잠시 후 이상한 일이 일어나고 있다는 것을 깨달았다.

꽃의 향기뿐만 아니라 존재까지 느껴진 것이다.

어?

그건 존재라고밖에 표현할 수 없었다.

꽃이 만발하고 그윽한 향기가 가득했다. 미려하고 관능적인, 터질 듯한 꽃잎의 무게로 금방이라도 무너질 듯한 꽃 더미에 둘러싸여 있는 느낌.

하루는 미소 짓고 있었다. 그도 역시 꽃의 존재를 느끼고 있는지, '와, 예쁘네'라고 말하듯이 주위를 둘러보며 미시오에게 동의를 구하는 양 고개를 끄덕였다.

두 사람은 하늘을 나는 것처럼 춤추며 빙글빙글 돌았다.

미시오는 공포조차 느꼈다고 한다.

그런 체험을 할 수 있다는 건 그전까지 꿈에도 생각지 못했다. 적어도 지금까지는 하루 이외의 상대와 춤추며 그런 체험을 한 적은 없다.

하지만 그런 하루는 미시오에게 "너무 똑바르다"라고 말했다.

어쩌면 내 발레는 똑바르기는 해도 진짜는 아니지 않을까.

요로즈 하루의 춤에 발레의 진짜가 있는 게 아닐까.

미시오는 그런 의심을 품고 말았다.

의심이라는 단어를 꺼내지는 않았지만, 미시오의 이야기를 내 나름대로 해석하면 그런 뜻이었던 것 같다.

하지만 나는 꽃향기에 공포를 느꼈다는 미시오에게 오히려 소름이 돋았다.

그건 미시오가 그만큼 재능 있는 무용수이기에 체험할 수 있었던 일이며, 그렇기 때문에 자신의 춤에 의심을 품을 수 있었으니까.

다키자와 미시오는 중학교를 졸업한 뒤 자신의 똑바름을 추구하기 위해 러시아의 볼쇼이 발레 학교로 냉큼 유학을 떠났다. 어쩌면 그 계기가 된 사건이 하루와 왈츠를 춘 것, 혹은 하루의 춤을 접한 것이 아닐까. 결코 지나친 생각은 아닐 것이다.

다키자와 미시오와 하루는 서로에게 강렬한 인상을 남겼지만, 하루와 그 뒤로도 오랫동안 인연을 맺게 된 것은 미시오의 두 살 아래 여동생인 나나세 쪽이었다.

나나세는 소질로 보면 미시오에게도 절대 뒤지지 않을 정도였어요.

모리오 쓰카사가 그렇게 말한 적이 있다.

나나세는 천재적인 음감을 타고나서 음악을 춤으로 표현하거나 몸으로 노래하는 데 탁월한 센스가 있었어요. 이것만큼은 천부적인 자질이라서 발레를 계속했다면 엄청난 무기가 되었을 테고, 운동신경도 미시오랑 비슷하게 좋았으니 기술적으로도 뭐든 소화할 수 있었을 거예요. 다만……

다만?

쓰카사가 그 대목에서 멈칫거리기에 나는 엉겁결에 다음 말을 재촉했다.

쓰카사는 마지못해 웃음을 지었다.

다만 어찌 된 일인지 기본에서 벗어나는 면이 있었죠. 뭐든 조금씩 자기 식으로 한달까요. 의식해서 하는 건지 무의식중에 하는 건지 모르겠지만, 어느 틈에 춤을 변형해버리는 경향이 있었어요.

쓰카사는 한숨을 쉬었다. 그 부분에 관해서는 나나세를 가르쳤던 선생님들도 된통 애를 먹었던 모양이다.

발레는 기초가 생명이다. 파가 춤을 만드는 하나의 벽돌이라면 그

벽돌은 사이즈가 정확한 규격품이어야 한다. 벽돌 하나하나의 길이가 다르거나 모양이 찌그러져 있으면 쌓아올릴 수 없다.

나도 발표회에서 나나세의 춤을 본 적이 있어서 쓰카사가 무슨 말을 하는지 알 것 같았다. 아주 잘 춰서 눈길을 끌지만 어딘가 동작이 과도하달까, 묘한 움직임이었다.

언니 미시오가 사실적인 데생이라면 동생 나나세는 선이 추상적으로 변한 데다 장식적이기까지 한 아르 데코 같은 느낌이라고나 할까.

게다가 말이죠.

쓰카사는 원망스러운 표정을 지었다.

물이 높은 곳에서 낮은 곳으로 흐르듯이 사람은 자연히 편한 쪽으로 향한다는 말이 있잖아요. 그 말처럼 자기 식으로 풀면 보통은 생략해서 편한 방향으로 가는데, 나나세는 걸핏하면 오히려 어려운 방향으로 갔거든요. 그런 점에서도 그 애는 독특했지요.

선생님들은 나나세를 어떻게 다뤄야 할지 몰라 골머리를 앓았다고 한다.

나나세 본인도 춤을 좋아하는 듯했지만, 언니처럼 '무용수가 될 거야', '프로가 될 거야' 하는 의지는 뚜렷하지 않았던 모양이다. 나나세는 피아노와 기타, 타악기도 배우고 있었고 굳이 따지자면 음악에 중점을 뒀기 때문이다.

학교의 합창 콩쿠르에서도 나나세가 지휘를 맡았고, 심지어 지휘를 하면서 춤도 췄다고 들었다. 미시오는 "창피해 죽겠어" 하며 불만을 터트렸다고 한다.

언니가 똑바른 발레라면 동생은 전혀 똑바르지 않은 발레였는데, 하루가 그 동생을 두고 "꽤 재밌다"라고 말한 건 대체 무엇에 대해서 였을까.

프랑스의 발레 안무가 모리스 베자르는 춤이란 눈에 보이는 음악 이라고 말했어.

그는 그렇게 설명하기 시작했다.

아마도 나나세는 머릿속에서 다른 음악이 울리고 있었을 거야. 기억나? 나나세가 미시오랑 같이 삼촌 집에서 나랑 음악 들었던 거.

나는 고개를 끄덕였다.

응, 기억나. 뭐, 기억나는 건 미시오밖에 없지만.

그도 고개를 끄덕였다.

걘 정말 이상한 애라서 항상 기분 좋게 콧노래를 불렀거든.

그는 쓴웃음을 지으며 무언가를 떠올리는 듯한 표정을 지었다.

그 녀석은 절대음감이고 한 번 들은 곡은 금방 외워버리니까 얼마든지 정확하게 노래할 수 있었을 텐데, 콧노래는 다른 곡이 되어 버려.

무슨 뜻이야?

그때도 그랬어. 같이 〈불새〉를 듣고 있었는데, 다른 콧노래를 부르는 거야. 〈불새〉는 누구나 떠올릴 수 있는 후렴구의 멜로디가 있잖아? 그 유명한 악구를 따라 부르는 거라면 이해가 되지만.

그는 어깨를 으쓱했다.

요컨대 자기 자신은 의식하지 못하는 모양인데, 열심히 어떤 음악을 듣고 있어도 뭔가 다른 노래가 머릿속에서 울리는 거야. 그 애가 아예 새롭게 만들어내는 건지, 그때 듣고 있는 곡을 변형하는 건지는 모르겠지만.

어이쿠, 그렇게 하면 머리가 혼란스럽지 않을까?

글쎄. 본인은 익숙한 모습이었어.

하루는 팔짱을 꼈다.

나도 나나세의 춤이 이상하다거나 기본에서 벗어났다는 말을 듣는다는 사실은 알고 있었어. 확실히 녀석의 춤은 독특했고, 파에 꾸밈음표 같은 '쓸데없는' 동작을 붙이는 버릇이 있었지. 하지만 나나세는 자기 머릿속에서 울리는 음에 충실하게 춤을 췄던 게 아닐까 하고 나중에야 깨달았어.

머릿속에서 울리는 음에? 실제로 흐르는 음이 아니라?

응, 그렇게밖에 생각할 수 없어. 물론 실제로 흐르는 음도 제대로 들리고 거기에 맞춰 춤도 추지만, 녀석의 머릿속에는 그에 더해 다른 음악이 울리는 거야. 여하튼 '춤은 눈에 보이는 음악'이니까, 머릿속 음에도 춤을 맞추고 있다고 생각하면 앞뒤가 맞지.

그럴 수가.

나는 말문이 막혔다.

대체 어떤 식으로 음이 들리는 걸까?

나는 상상해보려고 했지만 길거리에서 들려오는 파친코의 짤랑거리는 동전 소리나 자동차의 경적 소리 등 여러 가지 소음과 음악이 겹쳐서 들리는 것밖에 떠올릴 수 없었다.

글쎄.

하루는 또다시 어깨를 으쓱했다.

그나저나 선생님들도 말했지만 나나세의 음감은 정말 대단했어.
녹음한 음원으로 춤출 때도 나나세가 추면 마치 음원이 나나세에게
맞춰지고 있는 것처럼 들렸거든. 라이브 오케스트라의 지휘자가 나
나세의 동작을 보면서 지휘하는 것처럼 말이야.

이야, 그것 참 굉장하네.

내가 감탄하자 그는 "나도 굉장하다고 생각해" 하며 수긍했다.

나나세랑 파 드 되 놀이를 한 적이 있거든.

그가 무언가를 떠올리는 듯한 표정을 지었다.

뭐, 그냥 놀이였지. 파 드 되는 사실 엄청나게 어려워. 하지만 프로
나 잘하는 선배들을 보면 동경하게 되잖아? 우리가 한 건 물론 그럴
싸하게 손깍지를 껴보거나 유명한 포즈를 취하거나 짝퉁으로 리프
트 흉내를 내는 정도였지만, 이 '짝퉁'도 도통 잘 되지 않는다고. 무
엇보다 절망적일 정도로 음악에 전혀 맞출 수 없어. 둘이서 하나, 둘,
셋 하고 함께 셀 수조차 없는 게 보통이야.

하지만 나나세는 짝퉁이긴 해도 처음부터 박자만은 맞췄거든. 그
녀석이랑 함께 추면 카운트나 시작 음 같은 게 딱 맞아. 그래서 짝퉁
이지만 분명히 파 드 되로 보이는 거지. 과연, 음악에 맞추면 어떻게
든 파 드 되로 보이긴 하는구나 싶었어.

미시오랑은 어땠어? 그 애랑은 파 드 되 놀이 안 했니? 같이 췄잖

아, 〈호두까기 인형〉.

내가 묻자 그는 쓴웃음을 지었다.

미시오는 말이야, 놀이 같은 건 절대로 안 해. 언제나 온 힘을 다해서 파 드 되를 똑바르게 마스터하려고 하는 애니까.

실례했습니다, 어리석은 질문이었군요, 하며 나는 머리를 숙였다.

미시오랑 춘 건 쉽게 만든 파 드 되였지만 꽤 힘들었어. 타이밍 맞추는 거라든지, 박자 맞추는 거라든지. 어쨌거나 누군가와 함께 춤추는 건 어렵다는 사실을 뼈저리게 느꼈지.

하지만 〈꽃의 왈츠〉를 출 때는 즐거웠다면서?

나는 미시오의 겁먹은 듯한 얼굴을 떠올렸다.

꽃향기. 꽃의 존재감.

요로즈뿐이었어요.

아아, 그건 즐거웠어.

그는 미소를 지었다.

역시 미시오는 잘 추네, 우리 어른처럼 추고 있어, 여자애랑 왈츠 추는 건 즐겁구나, 하고 생각했거든.

천진하게 생긋 웃는 그를 보니 미시오가 그때 그에게 두려움을 느끼고 자신의 발레에 의문을 품었다는 말은 꺼낼 수 없었다.

참, 그때 이어서 나나세랑 왈츠를 췄는데 그것도 재밌었어.

그는 나의(혹은 미시오의) 마음도 모르는 채 말을 이어갔다.

194

역시 나나세의 춤에는 어딘가 장식음이 붙거든.

하루는 삼각형을 그리듯이 손가락을 움직여 보였다.

왈츠는 하나, 둘, 셋, 하나, 둘, 셋, 이잖아.

나는 고개를 끄덕였다.

하지만 나나세의 왈츠는 하나, 두울셋, 하나, 두울셋, 이야.

그건 비엔나 왈츠잖아.

나는 소리를 질렀다.

맞아, 두 번째 박자를 늘이지. 그러면 과장이 약간 첨가돼서 춤에 리듬감이 생기거든. 박자를 어긋나기 직전까지 뒤로 미는 게 재미있었어. 미시오의 예쁜 왈츠도 좋지만 나나세의 쫄깃한 왈츠도 흥미로워. 그 녀석, 사교댄스인데도 팔다리 동작이나 아라베스크*를 여기저기에 넣더라고.

흠, 나나세는 천재 타입이구나.

내가 감탄하자 그는 시원스레 고개를 끄덕였다.

아마 그럴지도 몰라.

다키자와 자매를 보면 피를 나눈 자매라도 재능의 속성과 방향성이 이리도 다르구나 하고 놀란다.

양쪽 다 재기 넘치지만 언니 미시오는 목표를 명확하게 설정하고 그것을 향해 확고한 노력을 계속하는 재능이 뛰어나다. 나 스스로를 돌아봐도, 선생이라는 직업상 만나온 수많은 학생들을 봐도, 노력할

● 발레에서 한쪽 다리로 서고 다른 쪽 다리를 뒤로 높게 뻗는 기본자세.

수 있다는 것 자체가 재능이라는 생각이 절절하게 든다.

반면 동생 나나세는 사차원에 가깝다. 틀에 가둬지지 않는 그 독창성은 클래식 발레에는 어울리지 않을지도 모르지만 세상에 둘도 없는 것이다.

엉뚱하다는 점에서 나나세와 하루는 어쩐지 분위기가 비슷했다. 재능을 타고난 아이들만 공유하는 감각이 있다고 느꼈다.

미시오는 하루를 요로즈라고 불렀지만 나나세는 하루라고 불렀다.

난 하루의 춤을 좋아해. 늘 좋은 소리가 나거든.

언젠가 나나세가 진지한 얼굴로 그렇게 말했다고 한다.

어느 발레 공연을 보러 갔다가 돌아오는 길이었다.

쓰카사 부부와 몇몇 선생님, 학생들도 함께였다.

"그래?"

하루는 담백하게 대꾸했다.

"오늘 발레에서는 안 들리더라."

나나세는 불쑥 중얼거렸다.

"응? 뭐가?"

하루가 되물었다.

나나세는 고개를 갸웃거렸다.

"어째서일까. 그런 멋진 곡으로 추는데, 춤에서 아무 소리도 안 들리거든."

쓰카사는 뜨끔했다고 한다. 공연 목록에 들어 있던 컨템퍼러리 곡 이야기라는 것을 알아차렸기 때문이다. 컨템퍼러리는 어째서인지 재미있는 것과 그렇지 않은 것이 명백히 갈린다. 무용수 탓, 안무 탓, 곡 탓 등 원인은 다양하지만 그럭저럭인 작품은 없다는 게 신기하다.

그날 쓰인 건 재즈 스타일의 업 템포 곡이었는데, 날렵한 안무는 흥미로웠지만 아쉽게도 공연하는 무용수가 컨템퍼러리에 그다지 소질이 없었는지 시종일관 김빠진 것처럼 모든 동작이 다 느렸다.

"응, 그 곡 멋있었지."

하루는 인상적이었던 베이스 라인의 멜로디를 슬쩍 흥얼거렸다.

나나세도 곧바로 함께 흥얼거렸다.

두 사람의 목소리가 겹쳐졌다.

"딴따라, 땃땃땃, 딴따라, 땃땃땃, 딴따라, 땃땃땃, 땃땃땃땃, 땃땃땃."

나나세는 멜로디를 흥얼거리며 갑자기 항상 등에 메고 다니던 가방에서 손때 탄 드럼 스틱을 두 개 꺼냈다.

전철에서나 콘서트의 휴식 시간이면 이따금 자신의 무릎을 스틱으로 두드리는 나나세를 누구나 본 적이 있었다.

나나세는 풀썩 쪼그려 앉아 보도 옆 관목을 둘러싼 벽돌 가장자리를, 흥얼거리던 멜로디의 리듬에 맞춰 두드리기 시작했다.

그건 실로 정확하고 서정적인 '음악'이었다.

모두들 입을 떡 벌리고 나나세를 쳐다봤다.

"자, 하루, 춤춰!"

나나세는 생긋 웃으며 하루를 올려다봤다.

"좋아."

멍하니 나나세를 보고 있던 하루는 튕겨나가듯이 춤을 추기 시작했다.

"대단해, 안무를 외우고 있어."

다른 아이가 감탄을 터트렸다.

아까 무대에서 펼쳐진 날렵한 안무를 추는 하루.

"아하하, 맞아, 맞아, 이래야지."

나나세는 커다랗게 웃음을 터트렸다.

"역시 하루가 이겼어."

나나세는 더더욱 크게 벽돌을 계속 두들겼다.

망설임 없이 중간중간 필인*을 넣고, 베이스 드럼 대신 발을 쿵쿵 굴렸다. 도무지 아마추어라고 여길 수 없는 그 스틱 솜씨에 모두가 압도되었다.

곧 하루도 브레이크 댄스처럼 직접 즉흥 안무를 넣기 시작했다.

"굉장해, 멋있어."

"나나세도 잘한다."

나나세는 황홀한 표정으로 외쳤다.

"소리가 들려. 하루, 최고야."

쓰카사를 비롯한 선생님들도 어안이 벙벙한 채 두 사람의 공연을

● 연주에서 패턴의 마지막 또는 악곡 사이의 한두 소절에 즉흥 연주를 넣어 변화를 주는 것.

바라보았다.

"잠, 잠깐만, 하루, 너 다리 다쳐!"

쓰카사가 허겁지겁 제지할 때까지 두 사람은 마구 두드리고 마구 춤췄다.

그리고 그건 분명, 아까 본 프로의 무대보다 월등히 '음악적'이었다.

이 애들, 이제 감당이 안 되네.

쓰카사는 그때 뼈저리게 느꼈다고 한다.

나나세는 언니가 러시아로 유학 간 뒤에도 일단 발레를 계속했지만, 고등학교 졸업과 동시에 그만두고 음대 작곡과로 진학했다.

그리고 훗날 예기치 못한 곳에서 하루와 재회하여 〈어새슨〉을 시작으로 콤비를 결성, 그에게 음악을 제공해주게 된다.

그리고 하루, 열네 살 여름.

본부에서 개최하는 워크숍에 참가하는 것도 어느덧 네 번째였다.

이해에도 남자부 수업은 여러 개 개설되었고 작년과 같은 발레단에서 강사가 왔다. 작년보다 한 사람 늘었다.

이해의 강사진은 명백하게 독일의 유명 발레 학교에서 이듬해 주최하는 도쿄 워크숍에 참가할 것을 하루에게 권해 스카우트할 생각으로 왔다고 한다. "재미있는 애가 있어"라는 작년의 이야기를 듣고 추가로 온 강사는 그 발레 학교 사람이었는데, 다른 볼일도 있었을 테지만 워크숍에는 일부러 하루를 보러 왔다.

하루는 여전히 자라는 중이었으나 이때는 성장통이 진정된 상태였고, 벌써 키가 180센티에 가까워져 있었다.

강사진은 콕 집어 말하지 않아도 '재미있는 애'가 누구인지 레슨실에 들어온 순간 한눈에 알아봤다고 한다.

그야 그렇다. 아무튼 하루니까. 그 무렵에는 이미 독특한 분위기를 풍기고 있었고, 무엇보다 그는 아름다운 아이였으니 말이다.

정말로 하루를 보자마자 모두의 눈빛이 확 달라지는 걸 느꼈어요. 아, 역시 저 사람들은 수렵 민족이구나 싶었죠. 그건 그야말로 사납고 탐욕스러운 사냥꾼의 시선이었거든요. 무섭더라고요.

쓰카사가 반쯤 체념한 어투로 말했다.

쓰카사도 언젠가는 그를 해외로 보내야 한다고 생각했지만, 그 시기가 이처럼 빨리 오리라고는 예상치 못했던 것이다.

레슨이 시작되자 그들은 더더욱 흥분을 감추지 못했다.

타고난 용모에 월등한 테크닉. 게다가 이렇게 어린데도 벌써부터 오리지널리티가 느껴지는, 눈을 뗄 수 없는 매력적인 춤.

쓰카사와 세르게이는 손수 키워낸 제자가 좋은 평가를 받는 것이 자랑스러웠고, "우리 하루 대단하죠?" 하며 자랑하고 싶은 마음도 있었지만, 모처럼 키운 애제자를 누군가가 자신들의 품에서 낚아채 간다고 생각하니 쓸쓸하기도 했다.

그대로 데려갈 기세였어요. 정말이지 그 인신매매범들.

쓰카사는 쓸쓸하게 웃었다.

하지만 그때 워크숍에서 재미있는 일이 있었죠.

발레 학교에서 온 강사는 자신의 학교에서 한 소년을 데려왔다.

소년의 부모가 우연히 그 시기에 사업차 일본을 방문하게 되어서, 일본에 한번 가보고 싶어했던 소년이 함께 온 것이다. 소년은 강사 역시 일본에 간다는 이야기를 듣고 이 기회에 일본의 발레 학원도 구경해보기로 했다고 한다.

들어가기 어렵기로 유명한 그 발레 학교의 우등생인 데다 장래의 수석 무용수로 촉망받고 있다는 그 소년은, 그때 열다섯 살이었지만 이미 190센티에 가까운 장신에 보는 사람이 움찔할 정도로 굉장한 미소년이었다. 오스트리아 국적의 좋은 집안 자제인 듯했다. 성격은 고지식한 모양이었고 표정에 변화가 거의 없어서 왠지 다가가기 힘든 분위기를 풍겼다.

워크숍에 온 소년 소녀, 특히 그에 대한 소녀들의 열광은 격렬해서 다들 그를 보기 위해 레슨실을 찾아오는 소동이 일어났다. 하지만 그는 그런 것에 그야말로 무심했고, 미소 한번 보여주지 않아서 이윽고 다들 주뼛주뼛 보러 오는 상황이 되고 말았다.

그 소년도 하루가 신경 쓰이는 모양이었다. 처음에는 '일본의 발레 학원 수준이 어느 정도인지 슬쩍 구경해보자' 정도로 생각했겠지만, 그는 매일같이 학원에 와서 오직 하루만 집중적으로 관찰했다.

레슨 마지막 날.

이번에도 변함없이 자유롭게 춤추라는 과제가 나왔다.

그래서 쓰카사와 강사진은 '올해는 과연 어떻게 출까?' 하며 하루를 주시하고 있었다.

하루는 갑자기 춤추기 시작했다.

어라, 클래식이네. 의외군.

낯익은 발동작.

응?

쓰카사는 위화감을 느꼈다.

이거, 아는 춤이다. 오로라 공주의 베리에이션*이잖아.

모두가 동시에 그 사실을 깨달은 듯, 쓰카사도 강사진도 얼이 빠졌다.

하루는 미소를 지으며 〈잠자는 숲속의 미녀〉 중 제1막, 오로라 공주 등장 장면의 베리에이션을 추고 있었다.

오로라 공주의 무구함과 사랑스러움을 띠고, 토슈즈는 신지 않았지만 능숙한 발놀림으로 춤춰 보이고 있었다.

"자유롭게"라는 말을 듣고 올해는 또 왜 오로라야?

쓰카사는 따져 묻고 싶어서 견딜 수 없었지만, 하루는 우아하게 팔을 펼치고 청초하게 주위를 둘러보았다.

그때까지 벽 앞에 우뚝 서서 레슨 광경을 바라보던 그 미소년이, 갑자기 재빠르게 타다닥 달려가 하루의 손을 잡았다.

"앗."

● 발레에서 솔리스트의 독무 파트로, 무용수의 기술과 예술성을 보여주는 하이라이트.

이번에야말로 쓰카사도 강사진도 소리를 지르고 말았다.

두 사람은 양쪽 다 태연했고, 하루도 그에게 손을 맡기고 계속 춤을 췄다.

하루는 여전히 미소를 머금은 채 높게 다리를 들었다.

이건…… 로즈 아다지오*다.

쓰카사는 어안이 벙벙해서 춤을 이어가는 두 사람을 쳐다봤다.

뭐야 이건, 남자 둘이서 로즈 아다지오를 추는 거야?

로즈 아다지오.

〈잠자는 숲속의 미녀〉 중 제1막, 오로라 공주의 등장 이후 그녀의 첫 번째 하이라이트가 되는 느긋한 템포의 춤.

순서대로 네 왕자의 손을 잡고, 그러는 동안 한쪽 발을 뒤로 든 채 발끝으로 계속 서 있어야 하는, 기술적으로도 매우 난도 높은 춤이다.

미소년은 무표정한 얼굴로 하루의 손을 잡아서 받쳐주고 있었다.

자신이 왕자 역할이라는 사실을 정확히 인지하고, 손을 놓았다가 다시 잡으면 그다음 왕자가 되는 식으로 4인분의 역할을 맡고 있는 듯했다.

애티튜드**로 서 있는 하루의 손을 잡고 그 주위를 빙그르르 한

---

* 〈잠자는 숲속의 미녀〉 중 오로라 공주가 네 명의 왕자에게 청혼을 받는 장면.
** 발레에서 몸을 한 다리로 지탱하고 다른 쪽 다리는 무릎을 굽혀 90도 각도로 뒤로 들어올리는 동작.

바퀴. 하루가 손을 놓고 포즈를 취하면 다시 그 손을 잡고 빙그르르.

헉, 대단하네. 둘 다 꽤 그럴싸하잖아.

쓰카사는 혀를 내둘렀다.

아마 무용수로서의 역량도 엇비슷할 것이다. 둘이 함께 서 있어도 위화감 없이 잘 어울리니까. 게다가 둘 다 용모가 아름다워서 오로라 공주를 연기하는 하루가 정말로 공주처럼 보이는 게 아닌가.

올해 역시 모두가 춤을 멈추고 두 사람을 멍하니 바라보았다.

이윽고 하루는 춤을 끝낸 뒤 생긋 웃으며 한쪽 무릎을 꿇고, 가슴에 손을 대면서 우아하게 인사했다.

미소년도 진지한 얼굴로 가슴에 손을 대고 인사하며 공주의 감사에 화답했다.

박수가 절로 터져나왔다.

"당케."

하루가 그렇게 말하자 미소년은 조금도 표정을 바꾸지 않은 채 "비테"라고 대꾸한 뒤 척척 걸어 벽 앞으로 되돌아갔다.*

"그건 대체 뭐였어?"

돌아가는 길에 또다시 쓰카사는 하루에게 따져 물었다.

"네? 그게, 그 애가 저를 너무 빤히 쳐다보는 통에 춤추기 힘들어서요."

● 각각 독일어로 '고마워요'와 '천만에요'라는 뜻.

204

하루는 머리를 긁적였다.

"그리고 그 애는 그런 외모잖아요? 굉장하다, 완벽한 왕자구나, 이런 왕자가 상대역이라면 난 오로라 공주를 추고 싶은데, 하고 생각하던 참에 자유롭게 춤추라고 해서 정신 차리고 보니 그렇게 하고 있었어요."

쓰카사는 눈을 끔뻑거렸다

"'정신 차리고 보니'라니……. 그나저나 하루 너, 오로라 잘 추던걸? 깜짝 놀랐어."

하루는 기쁜 표정을 지었다.

"그랬어요? 저 오로라 춤 좋아하거든요. 춰보고 싶어서 예전부터 가끔 연습했어요."

"그렇구나. 그럼 로즈 아다지오도 연습했겠네. 그렇지 않으면 갑자기 그렇게 잘 출 수 없었을 테니까. 그런데 그 왕자님은 어째서 갑자기 너한테 달려온 걸까? 딱히 사전에 말을 맞추지도 않았지?"

"네, 하지만 제가 그 애의 얼굴을 보면서 춤췄으니까요. 그 애도 제가 본인을 향해 춤추고 있다는 걸 금세 눈치챘겠죠. 그 녀석, 뼛속까지 왕자였어요. 오로라 공주의 다음 장면이 로즈 아다지오고, 제가 그걸 추려면 왕자의 손이 필요하다는 사실을 금방 알아차리더라고요. 아마 무의식중에 그랬을걸요. 조건반사처럼 공주에게 달려온 거죠."

"와, 그거 참 대단하네."

"대단하죠, 그 애. 손 위치까지 완벽했어요. 평소에 키가 다양한 여러 상대와 춤추겠지만, 저는 공주치고는 장신이니까 당황할 줄 알았거든요. 근데 너무나 태연하더라고요. 제 주위를 돌 때의 속도도 정확히 계산하고 있었고요. 춤추기 편하더군요. 한 수 배웠어요."

"그렇게 말하는 너도 대단해."

쓰카사는 한숨을 내쉬었다.

"그래서, 내년에 그쪽 워크숍에 참가하는 걸로 해도 되겠어?"

쓰카사는 하루의 얼굴을 쳐다봤다.

"으음."

하루는 머뭇거렸다.

레슨이 끝나고 강사는 다시 한번 하루에게 이듬해 도쿄에서 열리는 자신들 주최의 워크숍에 와달라고 요청했다. 유학을 염두에 두고 준비해줬으면 한다고까지 말했다. 요컨대 이미 하루를 그 발레 학교에 입학시키기로 마음먹었다는 뜻이나 마찬가지였다.

"저쪽에는 그 녀석 같은 애들이 잔뜩 있겠죠."

하루는 무언가를 떠올리는 듯한 표정을 지었다.

강사들은 놀란 눈을 뜨고 이야기를 나누었다.

다른 사람도 아닌 프란츠랑 갑자기 그렇게 파트너가 되어 춤출 수 있다니 믿기지 않아.

깜짝 놀랐어. 설마 프란츠가 그런 행동을 할 줄이야.

그 미소년의 이름은 프란츠인 듯했다. 강사들의 말에 따르면 그는 엄청난 재능을 가지고 있긴 하지만 매우 진중하고 고지식한 데다 다소 까다로운 면이 있고, 표정이 별로 없는 점을 고치고 싶어한다고 했다.

그런 그가 오로라 공주를 추는 하루를 서포트하러 나서는 대담한 행동을 했다는 것이 어지간히 의외였던 모양이다.

재미있네. 정말로 넌 재미있는 애야.

강사들은 신기하다는 듯이 하루의 얼굴을 봤다.

"무섭니?"

쓰카사는 내키지 않는 기색인 하루에게 물었다.

그러자 그는 놀란 표정으로 쓰카사를 쳐다봤다.

"아니요, 무섭지는 않아요. 재미있을 것 같긴 한데요."

쓰카사의 말을 부정하면서 머리를 숙였다.

잠시 후 그는 머뭇머뭇 입을 열었다.

"하지만 전 아직, 쓰카사 선생님이랑 세르게이 선생님께 배워야 할 게 잔뜩 있는걸요."

쓰카사는 가슴이 뭉클했다.

쓰카사가 세르게이와 함께 심혈을 기울여 키워낸 하루. 하루 역시 자신들을 제2의 부모처럼 존경하고 사랑해준다는 사실은 알고 있었다. 부모와 자식 모두에게 이별은 역시 괴로운 법이다.

하지만 동시에 쓰카사는 직감했다.

아마 이 정도의 타이밍이 이 아이에게 딱 좋을 것이다. 이 아이의 성장은 나의 예상을 훨씬 뛰어넘고 있다. 나와 하루가 '충분히 가르치고 배웠다'고 느끼는 타이밍이면 너무 늦을 것이다.

"그럼 요 1년 동안 전부 다 가르쳐줘야겠네."

쓰카사는 단호한 어조로 말했다. 하루는 뜻밖이라는 듯한 얼굴이었다. 내심 쓰카사가 붙잡아주지 않을까 생각했을 것이다.

"그보다 부모님이랑 이야기를 해봐야겠어. 하루 너, 프로가 될 거지?"

"네."

이 질문에는 곧바로 분명하게 대답했다.

"좋아. 다음에 시간을 내달라고 부탁드려서 댁으로 찾아뵐게."

"알겠어요."

누나 부부는 꽤 오래전부터 각오를 했던 듯하다.

자기네 아들에게 누구의 눈에도 명백히 보이는 재능이 있다는 것, 무엇보다 하루 자신이 춤을 즐기고 있고 그야말로 숨 쉬듯이 춤추는 것을 인생의 일부로 삼고 있다는 것, 그런 그가 춤을 생업으로 삼고 싶어한다는 것을 그들도 진작부터 알고 있었다.

"독일이라. 멀구나."

"생각보다 빨랐네."

쓰카사가 집으로 찾아와 이듬해의 워크숍 이야기를 꺼내자 누나 부부는 체념한 듯이 얼굴을 마주봤다.

"하루, 그걸로 괜찮은 거지?"

매형은 그렇게 그가 다짐을 두었는지 확인했다.

하루는 크게 고개를 끄덕였다.

"응, 난 독일에 가서 프로가 될 거야."

그 목소리에는 이제 망설임이 없었다.

"세계에서도 손꼽히는 훌륭한 발레 학교예요. 하루에게 잘 맞을 거고요, 하루의 성향도 해외와 잘 맞으니 거기라면 하루를 더 높은 곳으로 이끌어주겠지요. 프로로 가는 길도 열려 있고요."

쓰카사가 그렇게 보장했다.

"분명 그렇겠지요."

누나는 쓸쓸한 얼굴로 고개를 끄덕였다.

"하지만 역시 섭섭하네요. 고작 15년 남짓 만에 부모 곁을 떠나서 독립한다고 생각하면요."

"이해가 갑니다. 저도 마찬가지인걸요."

누나와 쓰카사는 공감 어린 미소를 서로에게 지어 보였다.

물론 이때의 프란츠란 훗날 하루가 〈도리언 그레이〉라는 작품을 만들어주게 될 프란츠 힐데스하이머 헤어초겐베르크다.

"왜 그때 그 애한테 간 거니?"

돌아가는 길에 강사들이 집요하게 프란츠에게 물어봤다고 한다.

"왜라니요."

질문의 의미를 모르겠다는 듯이 프란츠는 고개를 갸웃거렸다.

"거기에 오로라 공주가 있었으니까요. 공주가 춤추고 있으면 왕자는 손을 빌려주는 게 당연하잖아요?"

다시 말해 그에게는 오로라 공주가 보였다는 뜻이다.

강사들은 프란츠의 재능을 칭찬해야 할지 하루의 재능을 칭찬해야 할지 망설였다고 한다.

결국은 둘 다 대단한 것으로 결론을 내렸다지만.

나중에 하루가 자신이 다니는 발레 학교로 온다는 소식을 들었을 때 프란츠는 "아, 그 애 말이지"라고 말했다.

"프란츠, 걔 어떻게 알아?" 하고 친구가 묻자 그는 "일본에서 만났어"라고 했다.

"어떤 애야?" 하고 다시 묻자 그는 "아마도 나랑 오로라 공주를 춘 처음이자 마지막 남자일걸" 하고 진지한 얼굴로 대답했다 한다.

다른 발레 학교에서 스카우트 제의를 받더라도 거절했으면 한다는 말까지 들은 하루였지만, 이듬해 실제로 도쿄에서 열린 워크숍에 온 에릭 워런과 리샤르 발루아는 자신들의 눈으로 보기 전까지는 하루를 입학시킬지 말지 결정하지 않겠다는 입장을 내세웠던 모양이다.

아직 성장기의 청소년이다. 1년 뒤에 어떻게 변할지 알 수 없고, 그들이 주최하는 워크숍에는 일본 각지에서 엄선된 학생들이 오기 때문에 다른 강사가 전해에 참여했던 나가노의 워크숍과는 수준이 달랐다. 그전의 평가가 아무리 좋았다 해도 신중해지는 건 당연한 일이었다.

그들의 목적은 에릭이 부모를 통해 어린 시절부터 알고 지낸 후카쓰 준을 스카우트하는 것이었다. 준 역시 일찍부터 재능을 촉망받아 온 뛰어난 인재였던 것이다.

스카우트하는 학생은 기본적으로 한 명이고, 전혀 없는 경우도 적지 않아서 에릭과 리샤르는 후카쓰 준을 데려갈 수 있다면 일단 일본에서의 미션은 완료라고 생각했다 한다.

하지만 하루를 보자마자 두 사람은 지난해의 강사가 왜 "반드시 입학시켜야 해"라고 말했는지 납득했다.

중성적, 혹은 양성적인 아름다움을 지닌 하루는 흔치 않은 타입의 무용수라서 독특한 분위기를 풍겼기 때문에 "하여간 그 애한테는 모든 면에서 틀을 벗어난 매력이 있어" 하고 인정했던 것이다.

그리고 이제는 전설이 된, 워크숍 마지막 날 그가 후카쓰 준의 도움을 받아 춘 〈겨울나무〉.

그는 이미 자기 춤의 언어를 가지고 있으며 그것을 작품으로 만들 준비가 되었다는 징조가 거기서 엿보였다.

〈겨울나무〉는 충격적이었어.

나중에 에릭이 쓰카사에게 그렇게 말했다고 한다.

그건 작품으로 완성되어 있었어. 우리는 관객의 눈으로 보고 있었지. 리샤르는 할이 장래에 안무가로서 우리 발레단 무용수에게 작품을 만들어주는 장면이 눈앞에 떠올랐대. 리샤르가 무용수의 장래에 대한 예측을 직감으로만 말하는 건 드문 일인데 말이야.

이 세계는 넓어 보여도 사실은 좁다.

에릭은 세르게이와 쓰카사를 알고 있었다. 미국의 발레단에서 활약했던 두 사람을 다른 시기에 각각 봐왔던 것이다.

이야, 그 두 사람이 할의 선생님이었을 줄이야. 그건 그것대로 충격적이었어. 둘은 타입이 완전히 다른 무용수이기도 했는데, 사제지간이란 정말 재미있기도 하지. 과연, 그 두 사람이 가르치면 이런 무용수가 되는구나 싶었다니까. 할 같은 무용수가 그리 쉽게 나올 것 같지는 않지만 또 흥미로운 무용수를 키워서 소개해줬으면 해.

놀랍게도 에릭과 리샤르는 워크숍이 끝난 후에 나가노까지 찾아왔다.

통상적으로 모든 수속은 발레 학원을 통해서 밟으므로 발레 학교와 학생의 가정이 직접 연락하는 일은 없다. 하지만 두 사람은 하루가 어떤 곳에서 튀어나왔는지가 어지간히 궁금했는지, "준의 집은 몇 번이나 가봤잖아. 할의 집도 보고 싶어" 하며 일부러 나가노까지 찾아왔다.

"부모님은 국립대 교수인데 아버지는 기계공학, 어머니는 일본근세문학이 전공이야. 아버지는 육상 단거리 선수, 어머니는 체조 선수였지."

"와아."

쓰카사가 그들에게 설명하는 것을 들은 장소는 어째서인지 우리 집 거실이었다.

하루가 자란 곳을 대략적으로 안내하는 스케줄이었던 모양인데, 누나 부부는 아직 일하는 중이어서 마침 그날 비어 있었던 우리 집에 먼저 들른 것이다.

"미안해, 미노루 삼촌."

하루가 그렇게 말하는 것을 들으니 다키자와 자매가 우리 집에 왔던 때가 떠올라 왠지 웃음이 났다.

"이쪽은 하루의 외삼촌이고 교양 부문 담당이셔."

쓰카사가 농담 삼아 그렇게 말했다.

결국 미시오의 얼굴까지 떠올라 나는 피식 웃어버렸다.

그렇다, 하루는 너무나 특별해서 조금 비현실적인 면이 있다. 그래서 그에게 홀린 사람들은 그가 어떤 환경과 배경에서 자랐는지 어떻게든 알고 싶어지는 것이다.

나는 세 사람과 무난한 인사를 나눴다.

사실 쓰카사와 제대로 이야기를 나눈 것은 이때가 처음이었다.

이후 하루가 독일로 가버린 다음에야 그가 쓰카사와 어디서 만났는지, 무용수로서 어떻게 성장했는지를 쓰카사에게 자세히 들었다.

"친할아버지가 목장을 운영해서 말을 키우시거든요. 하루는 말도 잘 타요."

"승마라, 그렇군. 납득이 가네요. 할은 우아하지만 야성미도 있어서 스튜디오 안에서만 자란 게 아니라는 분위기를 풍기니까요."

솔개의 울음소리가 울려퍼졌다.

"도쿄나 오사카에서는 잘 못 느꼈는데 일본은 산이 많은 나라구나. 내 고향에 있는 산이랑은 전혀 다르지만."

"리샤르의 고향에는 산이 어디쯤 있어?"

"피레네 쪽이야."

툇마루에서 영어로 대화를 나누는 세 사람의 목소리를 들으며 하루는 불단에 놓아둔 낡은 개목걸이를 살며시 만졌다.

"미노루 삼촌, 이제 개는 안 키울 거야?"

"으음, 안 키우기로 결심한 건 아니지만 이나리를 대신할 존재는 웬만해서는 찾기 힘들어서."

"그렇겠지."

이나리는 1년쯤 전에 나이가 들어서 죽은 뒤였다.

유치원생 시절부터 함께 놀고 같이 성장해온 하루는 이나리가 혼수상태에 빠진 뒤로 쭉 곁에 붙어 있었고, 새벽녘에 숨을 거뒀을 때는 굵은 눈물을 뚝뚝 흘리며 매우 슬퍼했다.

"그쪽 학교 선생님은 저 두 사람이야?"

"아마 그럴걸. 다른 분들도 계시겠지만."

"꽤나 명콤비네."

"미노루 삼촌도 그렇게 생각해?"

사람은 인생의 어떤 시기마다 스승이라고 부를 수 있는 사람을 만난다.

하루는 쓰카사를 만났고, 세르게이를 만났다.

에릭과 리샤르 역시 한눈에 봐도 '아아, 하루는 괜찮겠구나'라는 생각이 드는 사람들이었다. 두 사람은 엄격하면서도 관용적인 좋은 교사의 조건을 갖추고 있었다. 무엇보다 쓰카사와 세르게이에 뒤지지 않을 정도로 하루에 대한 애정이 느껴졌다.

"독일에는 언제 가?"

"내년에, 졸업하고 곧바로. 세르게이 선생님과 공부해오기는 했지만 어학원도 다녀야 하거든."

"그쪽 발레 학교에서 학업은 어떻게들 해?"

214

"일반적인 수업도 다 있어서 순조롭게 배워나가면 고등학교 졸업에 해당하는 자격은 딸 수 있는 모양이야. 학생들 모두가 진급할 수 있는 건 아니고, 진급을 못 하면 일반 학교로 편입해야 하니까."

"냉엄하네. 유학생은 어떻게 돼?"

"유학생도 잘리면 마찬가지지. 그래서 나도 일본 방송통신고등학교의 온라인 수업을 받으려고 해."

"들으면 들을수록 힘들 것 같네."

이 어린 나이에 인생의 중대한 선택을 해야 한다는 것의 무게가 새삼 가슴을 울렸다. 이른 시기에 인생의 목표를 찾은 것은 행운이지만 성공한다는 보장은 어디에도 없다.

하루는 헤헤 웃었다.

"생각해봤자 별수 없어. 내가 할 일은 하나뿐인걸. 오직 춤추는 것."

그 경쾌하고 밝은 말투에 또다시 가슴이 뭉클했다.

"그야 그렇지. 춤추러 가는 거니까."

"응. 어디에 있든 춤출 뿐이야."

그건 그가 스스로에게 하는 말로도 들렸다.

하루는 문득 복도 쪽으로 시선을 던졌다.

"저기 있는 매화가 피는 모습을 본 다음에 독일에 가고 싶어."

복도 창문 너머의 매화나무를 보고 있다는 것을 깨달았다.

"꽃봉오리가 도톰해지면 연락할게. 그러면 또 홍천녀 해줘."

"하하하, 좋아. 할게, 홍천녀."

그가 복도에 서 있을 때 피부가 서늘해지던 감촉이 떠올랐다.

역시 그 무렵부터 이미 그는 자신의 언어를 가지고 있었던 것이다.

"하루, 이제 갈 거야."

쓰카사의 목소리가 귓가로 날아들어 나와 하루는 동시에 뒤를 돌아봤다.

"만나 뵈어 영광이었습니다."

에릭과 리샤르, 두 사람과 굳게 악수를 나누었다.

"하루를 잘 부탁드립니다."

나는 내 나름의 강한 눈빛으로 두 사람의 다짐을 받았다.

두 사람은 시선을 피하지 않은 채 "네" 하고 고개를 끄덕였다.

하루가 내린 선택의 무게와 비슷한, 하루를 받아들이는 그들이 짊어질 책임의 무게에 순간적으로 정신이 아찔해졌다.

그리고 이듬해 이른 봄, 그는 떠났다.

매화 봉오리가 부풀어 오른 무렵에 연락했지만 유학 준비로 생각보다 바빠서, 결국 그가 우리 집에 온 것은 3월이 되고 나서였다. 매화는 진작 다 떨어져 있었다.

누나와 하루 모두 배웅하러 공항에 나오라고 했지만 사양했다. 부모 자식끼리만 작별 인사를 나누게 해주고픈 마음도 있었고, 내가 동요해서 꼴사납게 굴 것 같기도 했기 때문이다.

결국 나리타 공항의 출발 로비로 배웅을 나간 것은 친부모와 발레 부모 네 사람이었다.

봄은 만남과 이별의 계절.

공항 터미널은 사람들로 미어터져 부산스러웠고, 주변이 시끄러워서 이야기도 제대로 나누지 못했다고 한다.

누나 부부는 그에게 끊임없이 말을 걸었다. 도착하면 일단 곧바로 연락해. 이거 챙겼어? 그건 챙겼고? 그쪽에서 처음으로 연락을 해야 하는 곳은 여기고, 비상시의 연락처는 이거고. 이미 몇 번이나 확인한 사항을 거듭 말했다.

쓰카사와 세르게이는 누나 부부에게서 한 걸음 물러나 그 모습을 지켜보고 있었다.

탑승 안내 방송이 나왔다.

하루와 두 쌍의 부모는 고개를 휙 들었다.

그가 탈 비행기.

모두가 망설였다. 그는 가버린다. 잠시 동안의 이별이라는 것은 알지만 이제는 그쪽에서의 생활이 메인이 된다.

"몸조심하고."

"여하튼 그쪽에 도착하면 연락해."

누나는 전화 거는 시늉을 했다.

"응, 응."

하루는 과묵하게 고개를 끄덕이고는 쓰카사와 세르게이에게로 갔다.

"걱정은 안 해."

쓰카사는 무뚝뚝하게 말했다.

"비행기에서도 수시로 스트레칭하렴. 장시간 비행은 생각보다 힘드니까."

이어서 세르게이도 담담하게 말했다.

"응, 알겠어요."

"도착하면 다카노 선생님께 연락드리고."

"네."

하루는 조그맣게 한숨을 쉬고는 한 걸음 물러나 두 쌍의 부모를 바라봤다.

"그럼, 다녀오겠습니다."

네 사람은 아무 말 없이 하루를 향해 고개를 끄덕였다.

담백한 이별이었다.

하루는 빙그르르 등을 돌려 타박타박 걸어갔다.

네 사람은 그 등을 물끄러미 지켜보았다.

그 등이 멀어지며 인파 속으로 빨려들어갔다고 생각한 순간, 그는 걸음을 딱 멈췄다.

네 사람이 엇, 하고 작게 소리를 지르자 하루는 새파래진 얼굴로 그들을 휙 돌아봤다.

쓰카사는 그때 처음으로 강변의 차 안에서 그를 봤을 때를 떠올렸다고 한다.

"너무 많이 돌았어요"라고 중얼거렸을 때의 당황한 듯한, 불안한 듯한 얼굴을.

하루가 곧장 달려서 되돌아왔다.

그 새파란 얼굴이 다가오는 동안 그는 성장해갔다.

여덟 살, 아홉 살, 열 살, 열한 살, 열두 살.

점점 키가 자라고, 성장통에 힘들어하고,

열세 살, 열네 살, 그리고 열다섯 살.

이제는 네 명의 부모들보다 키가 커졌다.

어안이 벙벙해진 네 사람 앞에서, 쓰카사와 세르게이 앞에서 그는
멈춰 섰다.

"선생님."

그는 혼란에 빠져 울상을 짓고 있었다. 그리고 외쳤다.

"나의, 선생님!"

뭐, 그걸로 눈물샘이 터져버렸죠. 쓰카사는 그렇게 말했다.

나의 선생님.

선생에게 그 한마디만큼 기쁜 말은 달리 없다는 사실을 그는 분
명 몰랐을 것이다.

나는 안다. 제자가, 그것도 애제자가 자신은 결코 갈 수 없는 곳,
상상도 해보지 못한 머나먼 곳까지 가준다. 그것이 선생에게 얼마나
큰 행복인지. 그 행복한 제자가 자신을 "나의 선생님"이라고 불러주
는 것은 또 얼마나 지극한 행복인지.

"뭘 당연한 소리를 하고 그래."

쓰카사는 울다가 웃으며 중얼거렸다.

"우리는 평생 네 선생이야. 말해두지만 그쪽에서 네가 칭찬을 받으

면 우리 덕분이고, 네가 욕을 먹으면 네 탓이다."

하루도 울면서 웃었다.

"하하하, 기억해둘게요."

세르게이도 눈이 새빨개졌다.

"다음에 만날 때 실력이 떨어졌으면 봐주지 않고 다시 데려올 거야."

"네, 알겠습니다."

하루는 두 사람을 꽉 껴안았다.

"고마워요, 다녀오겠습니다."

하루는 손을 휙 떼고 친부모를 흘끗 보더니 헤헤, 하고 수줍게 웃었다.

누나 부부 역시 울고 있었다.

하루는 누나 부부도 덥석 껴안으며 "다녀오겠습니다"라고 말한 뒤, 쏜살같이 그 자리를 벗어나 달려가기 시작했다.

이번에는 한 번도 뒤돌아보지 않았고, 눈 깜짝할 사이에 모습을 감췄다.

두 쌍의 부모는 훌쩍훌쩍 울면서 그 뒷모습을 배웅했다.

게이트가 닫히기 직전에 뛰어드는 승객들과는 반대 방향으로 향했다.

거대한 창문 앞에서 네 사람은 그 자리를 벗어나지 않고 비행기가 활주로를 향해 서서히 움직이는 모습을 지켜보았다.

비행기의 움직임이 점점 빨라진다.

기체가 뜬다.

하늘로 날아오른다.

시야에서 사라진다.

"아, 가버렸네."

"정말이지 이렇게 울릴 줄이야."

"어휴, 지쳤다."

"무사히 진출시킨 기념으로 어디 가서 축배라도 들까요?"

자신들의 아들을 바다 건너편으로 보낸 네 부모는 서로 꼭 붙어서 천천히 자리를 옮겼다.

그리하여 공항의 한 레스토랑에서는 남겨진 네 부모가 샴페인 잔을 들고 이별의 슬픔을 조용히 음미하고 있었지만, 하루는 비행기가 이륙한 순간부터 이미 미래의 일밖에 머릿속에 없었던 모양이다.

부모들이 훌쩍거리던 바로 그때, 하루는 크게 흔들리는 프랑크푸르트행 비행기의 통로에서 비틀거리다가 넘어질 뻔한 독일 노부인을 경이로운 몸놀림으로 순식간에 잡아준 뒤 한쪽 무릎을 꿇고 "공주님, 다치신 데는 없으십니까?"라고 물어 승객들의 박수갈채를 받았다고 한다. 독일인 승객 중에는 그가 독일의 유명 발레 학교에 입학한다는 이야기를 듣고 "자네라면 스타가 되겠지. 이름을 물어봐도 되겠나?" 하며 악수를 청한 사람도 있었단다.

그 승객이 '하루 요로즈'의 이름을 기억하는지는 알 수 없지만, 그가 써내려간 해외에서의 전설은 그때부터 시작되었는지도 모른다.

뭐야, 너, 하루 전기라도 쓰려는 거야?

누나는 흥미가 동한 눈빛으로 나에게 물었다.

내가 그에 대해 이런저런 글을 적어두자고 생각한 것은, 그가 일본을 떠나고 몇 년이 지난 뒤 발레단에 입단하여 시간이 조금 흐른 시기였다.

그에게서 메일은 드문드문 오고 있었다.

〈파뉴키스〉라는 시가 어떤 거였더라? 시 전문을 메일로 보내줄 수 있어? 이나리가 잘 나온 사진이 있으면 보내줘. 요즘 나온 것 중에 뭐 재미있는 책 없어? 이런 식으로 계절 인사나 근황 이야기 없이 용건을 부탁하는 경우가 많았다.

누나 부부에게는 오로지 일상생활 이야기와 건강상의 근황 보고, 쓰카사와 세르게이에게는 학교나 발레단에서의 일화가 메일의 주된 내용이었다니 여기서도 나는 그의 '제3의 장소' 구실을 했던 모양이다.

내 쪽에서도 읽은 책의 감상이나 그의 영향으로 보게 된 발레 혹은 다른 댄스 공연에 대한 감상, 정원의 모습 등 대체로 아무래도 좋은 내용의 메일을 종종 보냈으니 피차일반이었지만.

하지만 그게 나한테도 즐거웠달까, 그와의 관계가 딱 좋은 거리감으로 유지되고 있다는 안도감을 안겨주었다.

머나먼 유럽에서 경력을 착착 쌓으며 이름을 알리고 있다는 사실이 누나의 이야기나 그의 메일로 전해지자, 늦기 전에 그에 대해 기록해두는 편이 좋겠다는 일종의 의무감이 샘솟았다.

그렇다 해도 처음에는 그 의무감이 별로 크지 않아서, 또렷하게 의식하고 있었다고는 말하기 어렵다.

이제부터 발레 무용수로서 그의 기록은 공적으로 남겠지만, 어린 시절에 대해서는 기록으로 남겨줄 수 있는 사람이 몇 안 되겠구나 하고 생각한 정도였다.

하지만 언젠가 결정적인 순간이 찾아왔다.

TV에서 오랜만에 간다 닛쇼의 그 그림을 봤을 때였다.

미완성의 말 그림.

베니어판 속에서 당장이라도 뛰쳐나올 듯한 반쪽짜리 말 그림.

그 그림을 본 순간 먼 과거 속 그의 모습이 되살아났다. 그림의 빈 부분을 바라보며 오른발을 탁, 탁, 탁, 하고 뒤로 차듯이 움직여 보이던 그가.

오히려 그가 가까이에 없었기 때문에 그에 대해 누나 부부나 쓰카사에게 물어보기가 편했고, 그들도 나에게 이야기하기가 훨씬 쉬웠을 것이다.

삼촌이라는 나의 포지션도 딱 좋았던 것 같다.

누나는 "그러고 보니 이런 일도 있었지" 하며 그에 대해 생각난 일화를 종종 메일로 보내줬다. 그래서 나도 "그때 그건 어떻게 된 거야?" 하고 나중에 자세히 물어볼 수 있었고, 쓰카사도 교양 담당인 나한테는 말하기 편했던 모양인지 마음 가는 대로 허물없이 그에 관한 이런저런 이야기를 해줬다.

아아, 저도 쭉 그 애에 대해 찬찬히 이야기하고 싶었어요.

쓰카사가 불쑥 이렇게 말했던 적이 있다.

동업자끼리라도 자신의 제자에 대해서는 의외로 대놓고 말하기 힘든 면이 있어요. 부모도 그렇잖아요. 아이가 뛰어나면 뛰어날수록 아이의 장래가 확실해질 때까지 신중해진달까요, 우쭐거리지 않으려고 참는달까요.

쓰카사는 씁쓰레한 미소를 지었다.

이름난 무용수가 될 가능성은 확률로 따져보면 정말 미미하니까요. 본인과 주위 사람들이 끝도 없이 노력해서 모든 것을 바쳐봤자 고작 그 정도예요. 그에 비해 발레를 그만둘 이유나 발레를 하다가 벽에 부딪히는 요인 같은 건 매일매일 얼마든지 잇달아 생겨나잖아요.

그렇겠지요, 하며 나는 엉겁결에 고개를 끄덕였다.

그러니까 제자랄까, 무용수에 대해 말할 기회는 사실 별로 없어요. 그야 그렇죠. 무용수는 춤만 추면 그만이니까요. 춤으로 모든 것을 말하니 다른 건 필요 없지요. 하지만 말이죠.

그렇게 말하며 쓰카사는 나의 얼굴을 쳐다봤다.

역시 이야기하고 싶어지는 무용수가 있답니다. 물론 그렇지 않은 무용수도 아주 많아요. 반드시 뛰어난 무용수가 곧 이야기하고 싶어지는 무용수인 것도 아니에요. 이상한 일이지만요. 저한테 하루는 이야기하고 싶어지는 무용수예요. 그 애는 어릴 적부터 그랬어요. 아직 제대로 춤추지 못했을 때부터 그 애의 춤에 대해 뭔가 이야기하고 싶어지는 부분이 있었어요.

무슨 말씀인지 알 것 같습니다, 하고 나는 동의했다.

제가 이렇게 여러분께 하루에 관해 물어보는 것도, 저 또한 그가 어릴 적부터 쭉 재미있는 아이라고 생각했기 때문이니까요.

그래요, 하루는 재미있죠. 정말로 예측이 안 되고, 생각지도 못했던 여러 가지 것들을 해요.

우리는 마주보며 고개를 끄덕였다.

그래서 하루에 대해 많은 이야기를 할 수 있어 오히려 감사한걸요. 뭐, 유소년기 한정이긴 하지만요. 앞으로도 하고 싶은 이야기들이 분명 또 생겨날 거예요.

쓰카사는 그렇게 말하고 웃으며 나에게 꾸벅 머리를 숙였다.

자식은 하늘이 주는 선물이라고들 하지만 하루만큼 그 말을 실감하게 만드는 아이는 드물지 않을까, 하고 누나는 말했다.

엄청나게 순산이었고, 엄청나게 손이 안 가는 아이였고, 무럭무럭 자라나 정신 차리고 보니 "어머니, 저는 이제 달나라로 돌아갑니다" 하며 자기가 원래 있던 곳으로 돌아가버린 느낌이랄까? 가구야 공주처럼 말이야.

달이 독일에 있었나? 하고 나는 우스갯소리를 했다.

나한테 발레의 세계는 달나라 같아.

굉장한 비유이긴 하지만 누나가 무슨 말을 하고 싶은지는 알 것 같았다. 그는 태어났을 때부터 혼자서 완결되고 자립한 듯한 면모가 있었으니까.

내 공적이 있다면 아마도 하루를 체조 클럽에 데려간 거겠지. 하루가 "그게 아니야"라고 말하게 만든 것이 유일한 공적 아닐까.

과연 그럴까, 하며 나는 고개를 갸웃거렸다.

그래도 그건 엄청나게 결정적인 공적이잖아. 체조 클럽에서 공중 회전하는 장면을 보여주고 그걸 따라 하게 만들었으니까.

뭐, 그렇게 말할 수도 있겠네.

누나는 싫지 않은 듯한 미소를 지어 보였다.

그에게서 "그게 아니야"라는 말을 이끌어내고, 그러면서도 그의 가슴속에서 딸깍 소리가 나게 만든 것.

그가 체조 클럽에서 보고 익힌 공중회전을 강변에서 해 보이지 않았다면 아무 일도 일어나지 않았을 수도 있다.

쓰카사는 그대로 시선을 주지 않은 채 그의 옆을 지나쳤을 테고, 그랬다면 그가 발레라는 단어를 만나는 것이 그로부터 먼 훗날이 되었거나 어쩌면 발레와 영영 만나지 못했을지도 모른다.

과연 어땠을까, 아무것도 하지 않았더라도 역시 그는 언젠가 발레를 시작했을까?

누나와 나, 쓰카사 사이에서 문득 떠올라 종종 오간 의문이 그것이었다.

거기에는 두 가지 경우의 수가 있었다.

1. 체조 클럽에 갔지만 쓰카사와는 만나지 않은 경우.

2. 체조 클럽에도 가지 않았고, 당연히 쓰카사와도 만나지 않은 경우.

226

1의 경우 체조 클럽에서 체조를 보고 '이게 아닌 다른 것'이라는 확신이 생겼다면, 하루는 그 타고난 끈질긴 탐구심으로 언젠가는 발레를 만났을 가능성이 높다. 하지만 주변에서 발레를 접할 기회가 없었다면 그것이 조금 더 훗날이 되지 않았을까.

2의 경우에는 발레를 만났을 가능성이 거의 없을 것이다.

이렇게 보면 만남이란 정말로 묘한 것이고, 특히나 낯선 사람과의 만남은 기적이라는 생각이 든다. 기적이란 그에 대해 이야기하는 사람이 없으면 존재하지 않는 것이나 마찬가지다. 나는 증인으로서 여기에 이 기적을 기록해두고 싶다. 누나처럼 말하자면 내 유일한 공적은 이 기적을 기록한 것이 될지도 모르니까.

왠지 모르게 거들먹거리면서, 게다가 모든 장면을 직접 본 것처럼 써내려갔지만 역시 가장 크게 협력해준 사람은 당연하게도 하루 본인이다.

하루는 내가 한가한 시기에 누나나 쓰카사에게 틈틈이 전해 들은 이야기를 귀국해서 우리 집에 왔을 때 낱낱이 확인하거나 보충해줬고, 다른 이야기를 캐물었을 때도 흥미로워하며 대답해줬다.

흠, 내 어린 시절이 그랬단 말이지.

하루도 처음 듣는 이야기가 많았는지(어릴 적이라서 잊고 있던 이야기도 꽤 많았던 모양이다) 놀라는 대목이 제법 있었다.

난 정말 행운아였구나.

한동안 이야기한 뒤, 그는 잠시 침묵하더니 문득 진지한 얼굴로 그렇게 말했다.

네가 불러들인 행운인걸.

내가 그렇게 말하자 "그럴까?" 하며 고개를 갸웃거렸다.

지금까지 쭉 춤에만 정신이 팔려 있었으니까. 나, 이렇게 잘해주셨
는데도 모두에게 감사 인사조차 제대로 하지 않았네.

곤란해하는 표정으로 내 얼굴을 쳐다봤다.

네가 최전선에서 춤추는 게 충분한 감사 인사야.

그럼 좋겠는데, 하며 그는 울면서 웃는 듯한 표정을 지었다.

개를 키워볼까 해.

몇 번째인가 귀국했을 때, 또다시 이런저런 이야기를 나눈 후에
그는 그렇게 중얼거렸다.

오, 견종은?

내가 묻자 "이나리 2세라고 불러도 돼?"라고 했다. "물론 괜찮지.
그럼 시바견을 키울 거야?" 하고 다시 물었더니 "아니, 고민 중이야"
라는 대답이 돌아왔다.

사실은 쭉 이나리를 닮은 시바견을 키우려고 했어. 요즘은 독일에
서도 일본 개가 인기거든. 시바견을 못 구하는 건 아니지만, 왠지 초
대 이나리한테 미안한 마음도 들어.

그는 불단에 놓여 있던 이나리의 개목걸이를 흘끗 쳐다봤다.

지금은 유럽 개 가운데서 이나리 같은 털 색깔을 가진 개를 찾아
보려고 해.

이야, 좋은 생각이네. 그나저나 그 개는 자기 이름의 유래가 된 음식을 평생 볼 수 없겠구나.

하루는 단호하게 고개를 저었다.

아냐, 그때는 어떻게든 유부초밥을 구해서 보여줘야지. 이게 네 이름의 유래야, 하면서.

나는 웃었다. 틀림없이 당황하겠지.

개가 의아하다는 듯이 유부초밥 냄새를 맡는 장면이 눈앞에 떠올랐다.

배웅하려고 자리에서 일어선 순간, 또다시 매화의 계절이 다가왔음을 깨달았다.

"그나저나 기억해? 독일 가기 전에 다시 한번 홍천녀를 해준다고 했는데 못 했잖아."

그렇게 말하자 하루는 "참, 그랬지" 하며 복도로 시선을 던졌다.

"어때, 올해는 벌써 피었어?"

"아니, 아직 좀 이르지."

둘이서 복도로 나가 바깥의 매화나무 앞에 섰다.

하루는 아아, 하며 한숨을 내쉬었다.

"정말이네, 아쉽다. 피어 있는 걸 보고 가고 싶었는데."

"피어 있다고 생각하면서 한번 해봐, 홍천녀."

나는 별 생각 없이 그렇게 말했다.

그러자 기온이 쑥 떨어진 것처럼 옆에서 인기척이 사라졌다.

앗, 나는 당황하며 옆으로 고개를 돌렸다.

거기에 매화나무가 서 있었다. 아니, 나무가 아니다. 관음보살이다.

하루는 눈을 감고 거기에 서 있었으나 예전에 보고 놀란 그것이 아니었다. 전에는 매화나무의 가지와 줄기의 윤곽을 묘사하듯이 몸을 비틀고 서 있었지만, 지금의 그는 똑바로 서서 불상처럼 두 손을 담백하게 내밀었을 뿐 자세는 지극히 자연스러웠다.

하지만 그 모습은 어딘가 성스러워서 이 세상의 것이 아닌 듯했다.

"이건 대체……?"

나도 모르게 물었다.

하루는 눈을 뜨고 나를 흘깃 쳐다보며 웃었다.

그 즉시 성스러운 것은 자취를 감추었다.

"방금 그거, 불상 같았는데?

거듭 물어보자 하루는 어깨를 움츠리며 헤헤 웃었다.

"나 말이야, 일본의 불상은 나무라고 생각해."

그는 말했다.

"불상이 대륙에서 일본으로 건너왔을 때는 부처님의 모습을 하고 있었겠지만, 일본에 온 뒤로 아마도 좀 바뀌었지. 원래 일본에서는 거목이나 신목神木에 신이 깃들어 있다고 믿었잖아. 다들 나무에 금줄을 매고 절하기도 했고. 그런 일본인이라면 불상을 봤을 때 그것이 자신들이 나무 안에서 봐온 존재라고 생각하지 않았을까. 난 불상에는 나무 자체를 의인화한 면이 있다고 봐. 그래서 홍천녀도 나무를 의인화한 것, 즉 불상과 비슷한 모습이지 않을까 하는 생각이 지금은 들어. 그래서 방금 전처럼 됐어."

태연한, 하지만 어딘가 장엄한 얼굴로 그렇게 말한 뒤 하루는 평소처럼 천진한 미소를 생긋 지어 보였다.

"그럼 미노루 삼촌, 또 올게. 신작 보러 독일에도 와줘."

손을 획획 흔들며 부츠를 신고 현관문을 드르륵 열었다.

그 등에 대고 말을 걸었다.

"몸조심하고. 모두에게 안부 전해줘."

"응, 미노루 삼촌도."

봄바람이 떠났다.

내 눈에 그는 영원히 아름다운 아이다.

그의 모습이 시야에서 사라진 뒤에도 나는 어딘가에서 매화 향기를 느끼고 있었다.

아직 우리 집 정원의 매화는 피지 않았다.

하지만 나는 분명, 그가 피운 꽃향기를 맡고 있었다.

spring

III
솟아나다

그렇잖아? 우리는 관객 대신 춤추는 거야.

관객 대신 사는 거야.

아마도 그게 우리의 사명이겠지.

라벨의 〈볼레로〉는 곡 첫머리부터 작은북이 같은 리듬을 계속해서 치기 때문에 작은북 연주자가 미쳐버릴 것 같은 곡으로 유명하다.

딱히 〈볼레로〉를 의식한 건 아니지만, 내가 만든 〈어새슨〉도 '지옥' 파트에서는 낮은 소리로 둥둥둥둥둥둥 하고 북을 계속 쳐야 해서 오케스트라의 타악기 파트 연주자들이 악보를 보자마자 얼굴빛이 흐려졌다고 한다.

애초에 지옥 파트에는 멜로디다운 것이 별로 없고, 관악기의 롱톤*크레셴도가 줄곧 뒤얽히며 반복된다(고백하자면 이건 워쇼스키 자매의 영화 〈매트릭스〉의 음악에 대한 오마주다. 그 사운드는 정말로 걸작이다). 관악기 연주자들도 롱톤밖에 안 나와서 힘들고 지겨워, 멜로디

---

* 악기 연주자가 하나의 음을 오랫동안 끊지 않고 지속적으로 연주하는 것.

235

를 연주하고 싶어, 하고 투덜투덜 불평을 늘어놓았다.

연습에 들어가면 타악기 연주자들의 힘들어 죽겠어, 하는 저주 섞인 목소리가 들렸다. 그렇게 힘든가? 드러머인 진보 아키라는 오랜 세월 북을 쳤지만 "언젠가부터 아무리 쳐도 지치지 않게 되었다"고 했다고. 나도 예전에는 북을 쳤지만, 러너스 하이처럼 타악기 하이 같은 게 분명 있을 텐데.

한편 분위기가 완전히 바뀌는 '천국' 파트에서는 과도할 정도로 달콤하면서도 어딘가 제정신이 아닌 듯한 현악기의 멜로디를 타고 경박한 피콜로와 플루트가 하늘을 날아다닌다. 물론 나도 안다. 피콜로 소리가 너무 튀기 때문에 이건 이것대로 또 힘든 악기라는 걸. 오케스트라에 따라서는 이 피콜로 연주 때문에 객원 연주자를 요청하는 경우도 있을 정도니까.

〈어새신〉에서는 바네사가 자신의 역할에 꼬투리를 잡았던 것이 생각난다.

천국의 미녀 같은 건 해봤자 시시해. 나도 암살자 역할을 시켜줘.

나 역시 동감이다. 바네사라면 교태를 부리며 기다리는 천국의 미녀보다 손에 칼을 쥐고 누군가의 목을 베는 쪽이 더 어울린다.

하루도 그건 그렇지만, 하며 쓴웃음을 지었다.

그러나 지옥 파트를 추는 건 모두 남성, 천국 파트를 추는 건 모두 여성으로 정해져 있어서 바네사의 바람은 이루어지지 않았다. 개인적으로는 핫산이 춘 두목 역할을 바네사의 버전으로 보고 싶었다. 늘 피를 뒤집어쓰고 있고, 냉혹하고, 카리스마 넘치는 동시에 무척 날카롭고, 그러면서 어딘가 즉흥적이고도 관능적인 그 역할의 춤을.

그래도 지옥 파트와 천국 파트가 뒤섞이며 엄청난 혼돈에 빠지는 마지막 20분에서 바네사와 핫산의 광기 어린 파 드 되는 압권이다. 그야말로 서로의 목에 칼을 겨누는 듯한 살기와 문란한 파멸의 예감에 짜릿해진다. 당연히 음악 또한 양쪽 파트가 뒤섞이기 때문에 연주도 또다시 엄청나게 힘들어진다.

"너무 복잡해서 박자를 못 세겠어", "포르티시모로는 계속 연주할 수 없어", "내 음이 들리지 않아" 하며 오케스트라의 각 파트에서 비명을 질렀지만, 당신들은 프로니까 그 부분은 어떻게든 해달라고 밀어붙였다.

장 자매가 '숨 쉬지 않는 자'를 맡아준다는 이야기를 하루에게 들었을 때는 감격했다. 내가 만든 멜로디에 그 장 자매가 솔로로 춤춰주다니! 장 자매의 옛날 영상에 푹 빠져 있었던 어린 시절의 나에게 알려주고 싶다고 생각했을 정도다.

스트레칭은 지금도 하고 있다. 이미 몸에 배어서 안 하면 찜찜하다. 특히 발레곡을 만들 때는 지인의 스튜디오에서 바 레슨도 받는다. 여력이 되면 센터 레슨도. 그렇게 하지 않으면 곡이 춤에 잘 어우러지지 않는 느낌이 든다.

발레를 배우던 시절, 아무래도 내 식대로 춤춰버리는 버릇이 고쳐지지 않았다.

나나세는 기술도 미시오에게 뒤지지 않고 센스도 아주 좋으니까 그만두는 건 아까워. 클래식은 어렵겠지만 컨템퍼러리 무용수가 되는 건 어때, 라는 말을 들은 적이 있다.

하지만 그건 아니라고 생각했다. 컨템퍼러리도 좋아했지만 클래식
도 매우 좋아했으니까, 만약 무용수가 된다면 양쪽 다 추고 싶었다.
그건 동전의 양면 같은 것이라서 둘 다 필요했다. 한쪽만 취하는 건
있을 수 없었다.

가까이에서 하루를 봐온 탓도 있다.

이 사람은 뭐든 출 수 있고, 직접 만들 수도 있겠구나. 이런 사람
이 진짜 무용수겠지. 그렇게 쭉 생각했다.

처음 그의 춤을 봤을 때는 깜짝 놀랐다. 당시에는 내가 무엇에 놀
랐는지 몰랐고 말로 잘 표현할 수도 없었지만, 지금 돌이켜보면 그
가 추는 춤의 크기에 놀랐던 듯하다.

하루가 춤추면 밝고 큰 공간이 느껴졌다. 그를 중심으로 벽과 천
장이 점점 멀어지는 듯한 착각에 빠졌다. 마치 그가 내뿜는 오라가
크게 부풀어서 세계를 확장시키는 것처럼.

게다가, 언제나 음악이 들렸다.

그가 춤을 추면 멜로디가 느껴졌다. 멜로디를 연주하는 건 팬플루
트, 현악 4중주, 쳄발로, 오하야시* 등 그때그때 달랐다.

하루를 볼 때면 내가 무의식중에 콧노래를 흥얼거리는 모양인지,
주위에서 자주 의아해하는 얼굴로 쳐다봤다.

하긴 나는 어릴 적부터 늘 무언가를 보면 멜로디를 느꼈으니 콧

● 가부키나 노 등에서 배경 음악으로 사용되는 일본 전통 음악의 한 형태.

노래가 나오는 것에 익숙했지만, 춤을 보고 멜로디가 느껴진 사람은 하루가 처음이었다.

미시오 언니가 하루를 의식하게 된 것도 그 때문이다.

발표회가 끝난 뒤였던가, 내가 "굉장해. 하루가 춤추면 음악이 들려" 하고 흥분해서 말했더니 언니는 몹시 진지한 표정으로 "내가 출 때는?" 하고 물었다. 언니는 발레를 시작했을 때부터 프로를 꿈꿨기에 춤 실력은 아주 훌륭했지만 거기서 멜로디는 느껴지지 않았다. 그렇게 솔직하게 대답했더니 기분이 상한 모양이었다. 그 뒤로 언니는 하루에게 엄청난 경쟁심을 불태우게 되었다.

하루와 왈츠를 추거나 파 드 되 놀이를 하는 건 즐거웠다.

그와 함께 춤추면 큰 소리로 음악이 울렸다. 왈츠 같은 걸 추면 너무 신이 나서 내 멋대로 여러 가지 포즈를 취하고 싶어졌다.

선생님들도 하루도 "나나세의 음감은 굉장해" 하고 칭찬해줬지만, 나로서는 그게 당연했기 때문에 딱히 실감나지는 않았다.

단, 녹음한 음원으로 무용수가 춤을 추면 무용수로서의 역량 차이가 드러난다는 사실은 일찍부터 알고 있었다. 음원을 듣고 거기에 맞추는 무용수는 어떻게 해도 춤이 미묘하게 무거워져서, 극단적으로 말하자면 굼떠진다. 듣고 나서 추면 늦다. 일류 무용수는 음원이 자기 안에서 울리게 만든다.

하루는 무엇보다 춤추고 있기만 해도 음악이 들려올 정도였으니 음감은 그야말로 발군이었다. 음을 받아들이는 방식에도 무용수마다 개성이 있는데 하루의 방식은 아주 세련되고 멋있었다.

나도 춤추는 건 좋아했지만, 발레 외길인 미시오 언니와는 달리 관심 분야가 지나치게 넓었다. 굳이 말하자면 음악의 일부로서 발레를 보는 면이 있었고, 드럼과 기타와 피아노도 좋아했으며, 온갖 음악을 다 듣고 싶어했으니 그 모든 걸 전부 소화해낼 수는 없었다.

악보 읽는 법을 익힌 다음부터는 머릿속에 충동적으로 떠오른 멜로디를 적어놓았다. 그건 그저 잊지 않기 위한 메모 같은 것이었지만 문득 정신을 차리고 보니 어느새 상당한 분량이 되어 있었다.

중학교를 졸업하고 봄방학 때 방 정리를 하던 중 가득 쌓인 서투른 악보를 가만히 다시 보니, 아아, 어쩌면 내가 하고 싶은 건 이게 아닐까 싶었다. 그 뒤로 작곡가가 되려면 어떻게 해야 할지 궁리했다.

음대 작곡과에 들어가기로 결심하고 작곡 선생님을 소개받아 공부를 시작했다. 음대 작곡과 시험은 규정된 시간 안에 교향곡을 만드는 등 나름대로 기초가 없으면 절대로 합격하지 못하기 때문이다.

볼쇼이 발레 학교로 유학을 간 언니는 솔직히 말해 별로 신경 쓰이지 않았지만(다름 아닌 미시오 언니니까 실력을 착착 쌓아가겠거니 싶어서 전혀 걱정되지 않았다), 하루가 떠난 뒤로는 계속 신경이 쓰였다. 나는 그의 춤을 처음 본 순간부터 팬이 되었고, 그가 어떤 무용수로 성장할지 고대하고 있었다.

고등학교까지는 발레를 계속했기 때문에 선생님들로부터 그의 소식을 들을 수 있었다.

하루가 발레 학교를 다니면서 안무가로 먼저 데뷔했다고 들었을 때는 역시 하루답다고 생각했다.

〈파뉴키스〉는 일본에서도 종종 무대에 오르는 작품이 되어서 알고는 있었지만, 나중에 하루가 초연 영상을 보여줬을 때는 매우 재미있었다. 하루와 바네사가 함께 춘 그 공연이다.

내가 본 것과 자주 상연되는 것은 모두 수정된 버전이어서 원형을 보는 건 흥미로웠다. 자잘한 부분이 꽤 많이 달라지긴 했지만 그럼에도 하루다운 면모가 이미 곳곳에서 드러났기 때문이다.

하루의 안무는 몇 가지 타입으로 나뉜다. 하나의 아이디어 또는 콘셉트를 중심으로 구성한 작품(예컨대 점프도 회전도 없이 한 줄로 늘어서서 춤춘다는 제약이 있는 〈카·논〉처럼).

또는 지그소 퍼즐 판을 채워나가듯이 전체가 치밀하게 계산되어 무척 복잡한 작품(《어새신》은 여기에 해당할 것이다. 후카쓰 준 씨와 함께 춘 〈야누스〉도 그렇고).

아니면 프리 재즈처럼 (겉보기에는) 무작위한 흐름으로 이루어진 작품(솔로 작품 가운데 이런 것이 많다).

〈파뉴키스〉에서는 그 모든 타입의 싹이 보여서 데뷔작에는 그 사람다움이 응축되어 있다는 말이 사실이구나 싶었다.

장 자매가 나중에 안무 크레디트에 함께 이름을 올려줬다는 〈다우트〉도 봤다. 과연 하루가 연기한, 가부키의 미에가 바탕에 깔려 있다는 잔 다르크의 그 동작은 확실히 과장된 아름다움이 있어서 이 또한 이미 하루의 안무였구나 하고 탄성이 터졌다.

음대를 졸업하고 프랑스의 국립고등음악원으로 유학을 간 뒤로는 이따금 독일까지 하루를 보러 갔다. 하루가 있는 발레단은 인기 스타가 득실득실해서 웬만해선 표를 구하기 힘들었지만.

하루는 생각보다 더 대단한 무용수가 되어 있었고, 왕자 역할이든 뭐든 물론 다 훌륭했지만 나는 리라의 요정처럼 조금 특이한 역할을 할 때가 더 좋았다.

안무가로서도 그는 착실하게 실적을 쌓아가는 중이었다. 소품은 몇 작품이나 발표했고 트리플 빌*에도 벌써 하루의 오리지널 작품이 들어가 있었다. 하루를 만날 생각을 하지 않았던 건 돌이켜보면 이상한 일이다. 분명 대기실에 가면 만나줬을 텐데. 하물며 발레를 위한 곡을 만들겠다는 발상은 한 번도 머릿속에 떠오른 적이 없었다.

그래서 어느 날 갑자기 하루가 내 휴대폰으로 전화를 걸어왔을 때는 정말이지 깜짝 놀랐다.

"나나세?"

처음에는 누구의 목소리인지 몰랐을 정도다.

대체 누굴까, 갑자기 친근하게 이름을 부르다니. 저장해두지 않은 번호로 걸려온 전화는 역시 받는 게 아니었어, 하고 후회마저 했을 정도다. 하지만 작업 의뢰 전화일 때도 있으니 받지 않을 수는 없었다.

작곡가는 곡을 만들어야 가치가 있다. 학생 때부터 선배나 선생님의 소개로 들어오는 게임 음악이나 광고 음악 작업 등 일이라면 뭐든 맡아왔고, 프랑스에서도 일을 할 수 있었으니 의뢰를 받으면 가능한 한 수락했다. 콩쿠르나 공모전에 보낼 곡도 닥치는 대로 만

● 하나의 공연 프로그램에서 다른 발레 작품 세 가지를 연이어 공연하는 것.

들어 항상 마감 일정에 쫓겼던 탓에 음악원 시절에는 늘 잠이 부족했다.

내가 순간적으로 말문이 막혀 머뭇거리자 "나, 요로즈야. 기억나? 발레 학원 같이 다녔는데"라는 것이 아닌가.

"앗, 하루? 하루야?"

하루는 전화기 너머에서 "하하하" 하고 웃었다.

"맞아. 쓰카사 선생님한테 너희 집에 연락해달라고 해서 전화번호를 물어봤지. 그럼 안 되었나?"

"그럴 리가. 우와, 하루, 오랜만이야. 말은 이렇게 했지만 요전에 트리플 빌 보러 갔어."

"엇, 보러 와줬어? 고마워. 나나세, 너 지금 프랑스에 있지?"

"응."

"왜 연락했느냐면, 이번에 네 곡을 쓰고 싶어서."

"정말?"

생각지도 못한 용건에 또다시 깜짝 놀랐다. 나의 곡에 하루가 춤을 춰준다고? 너무나 기뻤던 나머지 머릿속이 순간 새하얘졌다.

"우연찮게 라디오에서 흘러나온 어떤 곡을 듣다가 이거 춤추고 싶은 곡이구나, 춤출 수 있는 곡이야, 하는 생각이 들어서 알아봤더니 네 곡이더라고. 믿기지 않았지."

"나야말로 믿기지가 않아. 어떤 곡이었는데?"

"〈미드나잇 패신저〉라는 곡이었어."

"아, 그거 말이지. 2년쯤 전에 광고 음악으로 만들었어."

"인터넷에서 너의 다른 곡도 들어봤는데, 네가 만드는 곡은 재밌더라. 역시 춤춘 경험이 있어서인지 왠지 전부 춤출 있을 것 같더라고. 듣다 보면 춤이 보여."

나는 그때 문득 생각했다.

과연, 그럴 수도 있겠구나. 내가 하루의 춤에서 음악을 들은 것처럼 그 반대의 경우도 있는 것이다.

"그렇게 말해주다니 기쁜데."

"처음에는 동명이인인 줄 알았어. 하지만 나나세는 상당히 드문 이름이고, 넌 예전부터 음감이 엄청 좋았으니까 혹시나 싶어 물어봤더니 바로 너더라. 역시 음대에 갔구나."

"홈페이지를 봐줬으면 좋았을 텐데."

"아니, 너무 놀란 나머지 나도 모르게 홈페이지를 찾는 것보다 먼저 쓰카사 선생님한테 전화를 걸어버렸어."

"아하하, 그랬구나."

"미시오도 러시아 발레단에서 열심히 하는 것 같더라?"

"응, 순조롭게 승급하고 있는 모양이야."

"뭐, 아무튼 그 애는 똑바른 미시오니까. 두 딸이 모두 해외로 가버려서 부모님은 쓸쓸해하시지 않고?"

"이젠 포기하셨지."

"너랑 내가 둘 다 유럽에 있다니 기분이 이상해."

"내가 프랑스에 온 건, 하루가 춤추는 모습을 직접 보고 싶다고 무의식중에 생각했기 때문인지도 몰라."

"아무튼 내가 안무를 짠 작품을 봐줬다니 말이 금방 통하겠군. 좋아, 정했어. 이번에는 〈미드나잇 패신저〉로 만들 거지만, 나나세, 앞으로 내 발레에 오리지널 곡을 써주지 않겠어?"

"우왓, 너무 좋아. 쓸게, 쓸게, 쓸게."

그제야 비로소 그렇구나, 발레곡을 쓰면 되는구나, 하고 머릿속에서 무언가가 이어졌다.

내가 너무나 좋아하는 발레에, 내가 너무나 좋아하는 하루의 춤에 쓰일 곡을 만든다. 어쩌면 나는 이걸 위해 발레를 배우고 작곡가를 꿈꿔왔는지도 모른다. 그런 다소 운명론적인 생각을 하고 말았다.

미드나잇 패신저, 한밤중의 승객.

10분 정도 되는 작은 작품.

이것이 나와 하루 콤비의 시작이었다.

아마 처음에는 하루도 나도 짧은 작품밖에 염두에 두지 않았을 것이다. 기껏해야 트리플 빌에 쓰일 1막짜리 작품 정도라면 만들 수 있지 않을까, 하는 느낌이었다. 설마 그 뒤로 전막 발레까지 함께 만들리라고는 조금도 예상치 못했다.

지금은 미국의 재즈 음악가 듀크 엘링턴이나 영국의 록 밴드 퀸의 곡까지 발레로 만들어지는 시대니까, 파리 오페라발레단은 프랑스의 재즈 음악가 미셸 르그랑의 곡을 발레로 만들어야 해. 루이 14세가 미셸 르그랑의 음악을 들었다면 분명 발레로 만들었을 거야. 근사하잖아, 오페라발레단 사상 최초로 무대 위에 빅밴드를 두고 에투 알* 커플 세 쌍이 〈추억의 여름〉〈쉘부르의 우산〉〈로슈포르의 숙녀들〉을 메들리로 춘다면. 의상은 이브닝드레스와 턱시도로 맞춰 입어야지. 현악기와 빅밴드 음악이 흐르는 최고로 화려한 발레가 될 거야. 장 자메가 〈다우트〉에서 잔 다르크 이야기를 보여주긴 했지만 그것도 원래는 파리 오페라발레단에서 다뤄야 할 소재잖아. 장 아누이의 희곡『종달새』를 발레로 만들면 어떨까. 재판극이니까 각색이 어려울 수도 있지만. 음악은 모리스 라벨의 곡으로 해줬으면 해.

영국 로열발레단은『폭풍의 언덕』을 전막 발레로 만들어야지. 어린 시절의 히스클리프와 캐시는 발레를 하는 아이들이 동경하는 역할이 될 거야. 곡은 누구의 것이 좋을까? 아예 영국의 싱어송라이터 케이트 부시에게 만들어달라고 해서 완전히 현대적인 느낌으로 창작하면 어떨까. 케이트 부시가 실제로 만든 노래인 〈폭풍의 언덕〉이라면 춤출 수 있을 것 같아.『프랑켄슈타인』이 발레로 재탄생했으니『지킬 박사와 하이드』도 발레로 만들어야지. 한 사람이 지킬과 하이드를 둘 다 춰도 좋고, 두 사람이 하나씩 나눠 춰도 좋을 거야. 어느 쪽이든 남성 무용수의 화려한 장면이 많이 나오는 재미있는 작품이 될 것 같은데? 음악은 영국의 현대 음악가 마이클 나이먼의 곡으로 하면 어떨까.

로열발레단은 조지 맥도널드의 다크 판타지물『릴리스』도 발레로 만들어줬으면 해. 릴리스는 에덴에서 추방당한 아담의 첫 번째 아내

● '별'이라는 뜻으로 파리 오페라발레단에서 최고 무용수를 칭하는 단어.

인데 엄청나게 사악했다지. 뭐니 뭐니 해도 '럴러바이(자장가)'라는 단어의 어원이 된 여자니까. 럴러바이의 어원은 '릴리스여, 가거라!'래. 굉장하지 않아? 음악은 스팅이나 엘튼 존에게 만들어달라고 하면 어떨까? 엘튼 존은 명문 왕립음악원 출신이니까 말이야. 기괴하고 독특하면서도 어두운 발레가 되면 재밌겠다.

일본의 발레단은 현대 음악가 다케미쓰 도루의 곡으로 전막 발레를 만들어주면 좋겠는데. 아베 고보의 소설 『모래의 여자』를 꼭 발레로 재탄생시켜줬으면 해. 데시가하라 히로시 감독이 만든 영화판 〈모래의 여자〉의 음악도 다케미쓰 도루가 맡았으니 그걸 메인으로 사용할 수 있지 않을까? 해외로 가져간다면 일본의 고전 『우게쓰 이야기』가 괜찮겠지. 미조구치 겐지 감독의 동명 영화는 세계적으로 유명하고, 음악을 맡은 하야사카 후미오는 요절하긴 했지만 나름대로 많은 곡을 남겼으니 전막 발레를 만들기에는 충분할 거야. 그 유명한, 카메라가 팬pan°하며 다른 세계로 넘어가는 장면을 무대에서도 재현해줬으면 해.

……이런 망상은 예전부터 자주 했다. 다시 말해 나는 내가 보고 싶은 여러 가지 발레를 상상해보는 것을 좋아했다.

참고로 케이트 부시의 〈폭풍의 언덕〉은 그 곡으로 실제 춤을 춰보고 싶어서 하루와 함께 안무를 만들어본 적이 있다.

"이런 느낌의 구성이야" 하며 내 머릿속에 떠오른 춤의 흐름과 동

● 카메라의 위치를 고정시킨 상태에서 오른쪽 또는 왼쪽으로 수평 회전시키는 기법.

작을 하루에게 전해 안무를 짜달라고 했다. 〈파뉴키스〉처럼 캐시와 히스클리프의 어린 시절부터 성년에 이르기까지를 한 곡으로 묘사하는 연극적인 춤이 될 예정이었는데.

"응, 이 곡은 춤출 수 있겠어."

하루가 그렇게 납득하자마자 곧바로 안무가 진지해졌다. 으음, 슬슬 나의 기술 수준을 뛰어넘을 것 같아서 위험한데, 하는 꺼림칙한 예감이 들었지만 하루는 아랑곳하지 않았고, 후렴구의 "히스클리프, 나야, 캐시. 나 돌아왔어" 하는 부분에서는 까무러치게 어려운 리프트가! 나는 아무리 용을 써도 잘 내려올 수 없었다(내 기술은 고등학교 때가 절정이었다. 그런데도 "할 수 있잖아, 나나세"라니, 참 나……). 하루는 안무에 관해서는 적당히 넘어가거나 쉽게 타협하는 것을 절대로 용납하지 않기 때문에(그 사람이 할 수 있는 안무만 짜준다는 자부심이 있다), 〈폭풍의 언덕〉은 아쉽게도 완성하지 못하고 그걸로 끝나버렸다. 이 작품에는 미련이 남았기 때문에 누군가 다른 사람과 함께 춰서 완성해줬으면 한다. 하기야 지금은 정식으로 의뢰하지 않는 한 실현되지 않을 듯하지만.

그런 요청이 가능했던 것도 콤비 결성 초반에 하루가 나를 안무 시험대에 자주 올렸기 때문인데("그거, 발레 학교 시절에 내가 자주 당했던 역할이야. 힘들지?" 후카쓰 준 씨의 말이다), 어째서 작곡가가 레오타드를 입고 스튜디오를 오가는 걸까 싶었다. 물론 스트레칭이야 늘 하고 있고 이쪽에 온 뒤로는 기분 전환 삼아 재즈 댄스를 배우기도 했지만, 클래식 발레는 공백기가 너무 길었고 애초에 후카쓰 씨처럼 제대로 출 수 있는 것도 아니어서 딱히 도움이 되지는 않았던 것 같다.

그래도 처음으로 하루의 안무 작업 현장, 〈미드나잇 패신저〉를 봤을 때의 기억은 생생하다.

앞으로 하루의 작품에 쓸 오리지널 곡을 만들 때 도움이 될지도 모르니까 어떤 식으로 안무를 만드는지 보여줘. 그렇게 말하며 그의 발레단 연습실에 구경하러 갔던 것이다.

그곳은 결코 넓지 않은 오래된 반지하 스튜디오였지만, 커다란 창문에서 비스듬히 비쳐드는 빛이 독특한 분위기를 자아내어 어린 시절 갈망했던 비밀 기지처럼 왠지 모르게 마음이 편해지는 장소였다. 예전에는 장 자메도 이곳에서 자주 안무를 구상했다는데, 수많은 무용수의 정념 같은 것이 배어들어 있는 느낌이었다.

안무가마다 작품을 만드는 스타일은 천차만별이다.

훗날 하루 말고 다른 안무가들과도 작업을 하게 되면서 그 점을 통감했다. 안무를 완벽하게 다 만든 다음에 무용수에게 전달하는 사람, 워크숍을 하며 무용수와 함께 만들어나가는 사람, 시행착오를 거듭하면서 조금씩 완성시켜나가는 사람, 망설임 없이 정확히 스케줄대로 만들 수 있는 사람. 그래서 작곡가에게 먼저 곡을 달라는 사람, 춤을 보고 곡을 붙여달라는 사람, 캐치볼을 하듯이 함께 달려나가는 사람 등 각자 스타일에 맞춰 대응 방식을 바꿔야 한다.

그런 점에서 말하자면 하루에게는 정해진 스타일이 없었다. 의식적으로 바꾼다기보다 매 작품마다 감이 오는 스타일이 달라서 다양한 방식을 시도했던 것 같다. 나와 한 작업에서도 "네가 먼저 마음대로 곡을 만들어도 돼"라고 말할 때가 있는가 하면 한 프레이즈씩 함께 생각해나갈 때도 있어서(죽도록 시간이 걸렸다), 매번이 신선하면서도 진지한 도전이었다.

마음대로 만들어달라는 건 사실 가장 난감한 주문이다. 다른 사람은 어떨지 모르지만 프로 작곡가로서는 확실히 어느 정도 콘셉트가 명확하고 제약이 있는 편이 만들기 쉽다. "이 재료로 요리를 만들어줘"라는 주문이 "뭐든 좋아"라는 주문보다 편한 것과 마찬가지다. "오늘 저녁 메뉴 뭐가 좋니?"라고 물었을 때 "뭐든 좋아" 하고 대답하면 엄마가 발끈하던 것이 지금은 너무 잘 이해된다.

내가 만든 음악이 어두컴컴한 스튜디오에 흐르고 하루가 거기에 맞춰 몸을 움직이는 모습을 보는 건 묘한 느낌이었다. 낯간지럽고 부끄럽기도 했지만 동시에 '아아, 딱 맞아떨어지고 있어' 하는 생각도 들었다. 앞으로 여러 차례 함께 작업하게 되리라는 예감이 들었다.

그의 춤은 여전히 거대했다. 동작도 억제하고 있고 자연스러운 상태에 가까울 텐데도 확고한 존재감이 주위의 공간을 확장시켰다. 망설이며 반복하는 시행착오, 고개를 갸웃거리는 동작, 무언가를 가만히 생각하는 모습, 그 모든 것이 하나하나 다 아름다웠다.

아, 역시 이 사람은 진짜 무용수구나 싶었다. 그냥 서 있기만 해도 그 모습만으로 춤이 되었다.

순간적으로 가슴을 찌르는 듯한 부러움과 질투를 느꼈다. 나는 이렇게는 되지 못했다. 춤추는 건 좋아했지만 이런 식으로는 존재할 수 없었다. 나는 무용수로서는 실패했다. 다시금 그렇게 생각하지 않을 수 없었다.

그리고 다른 것도 깨달았다.

좋은 안무가는 새로운 풍경을 만들 수 있는 사람이라는 것.

그전에도 막연히 느끼기는 했다. 흥미로운 안무가와 그렇지 않은 안무가의 차이는 무엇일까. 지루하다고 느끼는 것은 어째서일까.

지루한 춤은 무대가 평면적으로 보인다. 무용수의 움직임도 어딘가 무대 배경 같아서 입체적으로, 유기적으로 보이지 않는다. 그건 무대 위에 나타나는 풍경에 현실감이 없다는 뜻이다.

재미있는 춤은 그것이 추상적인 세계든 구체적인 세계든 그곳에 나타나는 풍경이 '살아' 있다. 바람이 불고, 나무들이 흔들리고, 사람들의 감정과 정념이 풍부하게 숨 쉰다.

아마도 내가 말하는 새로운 풍경은 하루가 천착하던 '이 세상의 형태'와 같을 것이다.

한순간 느꼈던 부러움과 질투는 금세 사라졌다.

무엇보다 나는 하루가 무대 뒤에서 안무를 만드는 광경을 완전히 독점할 수 있었다. 눈 호강이다, 눈 호강이야, 하며 그의 움직임을 마음에 새겼다. 이건 일이라는 냉정한 생각도 머릿속 어딘가에 있었다. 앞으로 이 동작에 곡을 붙일 수도 있을 테고, 그전에도 그의 춤을 봐오기는 했지만 작곡가로서 그의 춤을 의식한 것은 처음이었기 때문이다.

실제로 곡을 만들면서 그가 어떻게 춤출지 예상하는 것은 나의 은밀한 즐거움이 되었다. 으흠, 분명 여기서 이렇게 추겠지, 하는 식으로 움직임이 그려질 때도 있었다.

그 예상이 딱 맞아떨어지면 기뻤다.

맞혔다, 하고 내가 외치는 것을 듣고 하루가 "무슨 소리야?" 하고 물어본 적이 있다. "내가 예상한 대로야"라고 말했더니 심경이 복잡해 보였다.

"네 예상대로 만들고 있다니 왠지 분한걸" 하며 일부러 안무를 바꾸기도 해서, 그때는 내가 "무슨 소리야?" 하고 하루가 했던 말을 되돌려주었다.

어쨌거나 〈미드나잇 패신저〉의 안무를 짜는 모습을 본 순간부터 하루가 무엇을 하고 싶어하는지 얼추 짐작이 갔던 것은 사실이다.

아무래도 생각이 막혔는지 "좀 쉴게" 하며 하루가 음악을 멈췄다.

"그래" 하고 생수병을 건네자 "고마워" 하며 곧바로 뚜껑을 따서 벌컥벌컥 마셨다.

"나나세, 안색이 안 좋은데?"

"공모전 마감이 있어서 밤새 악보를 썼거든."

"작곡가도 참 힘들구나."

"하루는 여전히 피부가 좋네. 부럽다."

이 무렵 나는 눈 밑에 다크서클을 달고 살았고 피부도 거칠거칠했다.

"아냐, 유럽은 물도 다르고, 듣던 것보다 더 건조해서 푸석푸석해. 후카쓰의 여동생이 보내주는 오일이랑 크림을 마구 바르고 있어."

"옛날 일본 여성 배우들은 겨울 동안 가나자와에 가 있었대. 도쿄의 겨울은 엄청 건조하잖아? 가나자와가 있는 호쿠리쿠 지방은 눈이 많이 오니까 촉촉해서 피부가 쉴 수 있다나."

"흠, 나도 가나자와에 가고 싶은걸. 온천에 몸 담그고 따끈한 술을 마시고 싶어."

"온천 좋지."

이런 실없는 이야기를 나눌 수 있다는 게 기뻤다.

그때 문득 장난기가 발동했다.

어쩌자고 그렇게 뻔뻔하면서도 대담한 행동을 했는지 모르겠다. 지금도 이때의 일을 떠올리면 식은땀이 줄줄 흐른다. 세계에서도 손꼽히는 발레단의 스튜디오에서, 전도유망한 무용수 겸 안무가를 앞에 두고 어떻게 그런 걸 하려는 생각을 했는지.

"후훗."

나는 그렇게 웃었다. 나조차 왜 웃었는지 알 수 없었다.

하루도 그 웃음소리에 의아한 표정으로 돌아봤다.

나는 어느 틈에 일어서서 오디오 쪽으로 가 하루가 멈춰둔 내 곡을 다시 틀었다.

하루는 어리둥절한 얼굴로 나를 보고 있었다.

나는 옷걸이에서 내가 걸치고 온 코트와 모자를 집어들었다.

그 며칠 동안 장난 아니게 추워서, 나는 내가 좋아하는 회색 페도라에 양가죽 코트로 완전 무장을 하고 왔다.

"여긴 이렇게 하는 거지?"

나는 하루의 동작을 따라 했다.

앞으로 몸을 기울인 자세로 머리에 손을 얹고, 아까 막혔던 스텝 부분을 머릿속에 떠올렸다.

코트를 걸치고, 모자를 쓰고, 모자에 손을 얹고 몸을 앞으로 기울였다.

트럼펫이 세 번 반복되는 짧은 멜로디.

그것에 맞춰 나도 쓱쓱쓱, 세 번 반복해서 바닥 위로 미끄러지며 나아갔다.

하루가 '패신저'를 표현하려고 하는 것은 알고 있었다. 밤의 어둠을 통과하는 승객. 언제나 여행 중인, 이곳이 아닌 어딘가로 떠나가는 사람들.

승객들의 얼굴은 보이지 않는다. 고개를 숙인 채 모자에 손을 얹고, 순간적으로 코트 자락을 휘날리며 스텝을 밟고, 정처 없이 이곳저곳을 향해 주테*를 반복하고, 멈춰 서고, 서성이고, 이윽고 또다시 어딘가로.

불현듯 정신이 들었다.

얼이 빠진, 그러나 동시에 매우 진지한 하루의 얼굴이 눈에 들어와 내가 무슨 짓을 저질렀는지 깨달았다.

"으악."

나는 몹시 당황했다.

● 발레에서 한 발로 뛰어올라 다른 발로 착지하는 점프 동작.

허둥지둥 음악을 끄고 모자와 코트를 내던졌다.

"미안해, 하루. 나도 참 못 말리지, 이런 뻔뻔한 짓을 하다니. 으아, 그것도 최고의 프로 앞에서, 최고의 프로가 쓰는 스튜디오에서 말이야. 잊어줘, 없던 일로 해줘."

견딜 수가 없어서 싹싹 빌었다.

나 자신이 홍당무 같은 얼굴로 땀을 주룩주룩 흘리고 있는 것이 느껴졌다.

대체 뭘 한 거람. 오랜만에 충동적으로 멍청한 짓을 저질러버렸다. 하루가 이런 바보에게 곡을 의뢰하는 건 관두자고 생각하면 어쩌지.

"나나세, 내 동작을 보고 그렇게 될 거라고 생각했어?"

진지한 목소리에 화들짝 놀랐다.

주뼛주뼛 고개를 들었다.

하루의 얼굴에는 순수한 호기심과 놀라움이 서려 있었다.

"응, 그 부분은 분명 그렇게 하고 싶을 것 같아서, 방금 한 것처럼 하루의 춤이 눈앞에 떠올랐어."

하루는 나의 말을 곱씹듯이 허공의 한 점을 응시하며 얼마간 생각에 잠겼다. 나의 동작과 자신의 동작을 겹쳐보며 머릿속에서 거듭 재생하고 있다는 것이 느껴졌다.

"그렇군."

하루는 일어서서 내가 내던진 모자와 코트를 집어들었다. 코트를 걸치려고 했지만 아쉽게도 하루에게는 너무 작았다.

"당연히 안 맞겠지, 여자 옷이니까."

하루는 코트를 다시 옷걸이에 걸어두고 모자만 들었다.

"이것 좀 빌려줘."

"응."

다음 순간, 그는 '패신저'가 되었다.

앞으로 기울인 자세로 쓰고 있던 모자에 손을 얹고, 방금 전 내가 했던 것처럼 바닥에서 쓱쓱쓱 발을 세 번 미끄러뜨렸다.

그다음부터는 하루의 춤, 하루의 전개였다.

망설임 없이 물 흐르듯 동작이 완성되어갔다.

결정했다, 라는 느낌으로 완벽하게 포즈를 취하며 멈췄다.

"와, 멋있어."

나는 넋을 잃고 보다가 엉겁결에 박수를 쳤다.

하루는 내 모자를 물끄러미 바라보더니 손가락으로 빙글빙글 돌린 뒤 옷걸이를 향해 던졌다.

모자는 옷걸이에 정확히 걸렸다.

"나나세, 발레 계속했다면 좋았을 텐데."

하루가 불쑥 중얼거렸다. 심장이 쿵쾅거렸다. 기쁨이 서서히 온몸으로 퍼졌다. 그리고, 하루와 콤비로 일할 수 있는 건 행운이라고 진심으로 생각했다.

물론 그런 뻔뻔한 짓을 한 것은 그때가 마지막이었다.

하지만 그 뒤로도 이따금 안무가 막힐 때면 하루는 느닷없이 나에게 물어보고는 했다.

"있잖아, 나나세, 내가 이 뒤에 어떻게 하고 싶을 것 같아?"

그럴 때면 아하하, 하고 어색하게 웃었다.

"그런 거 알 리 없잖아!"

사실은 알 때도 있고 모를 때도 있었다. 그렇지만 나는 고개를 저으며 눈앞에 떠오른 것을 말로 표현하지 않았다.

발레 계속했다면 좋았을 텐데.

하루의 그 한마디는 무용수가 되는 데 실패한 나에게는 보물과도 같았고, 나는 그 한마디로 만족해버렸기 때문이다.

나와 하루의 첫 콤비작 〈미드나잇 패신저〉는 그렇게 완성되었다. 두 남성과 한 여성이 깊게 눌러 쓴 모자에 트렌치코트를 걸치고 춤추는 작품이었다.

정처 없이 떠도는 느낌이 묘하게 감도는, 어딘가 쓸쓸하면서도 노스탤지어를 불러일으키는 하루의 안무가 무용수들의 호평을 받아 그 뒤로도 여기저기서 공연하게 된 것은 기쁜 일이다.

하지만 내가 이야기하고 싶었던 건 이 작품이 세상에 나온 과정, 우연찮게 탄생한 하루의 작품에 관한 것이었다.

이 역시 지금 돌이켜보면 너무나 부끄럽지만, 가끔은 나의 바보 같은 행동도 도움이 된다는 측면에서 창피함을 무릅쓰고 적어둔다.

뭐, 오래된 버릇이기는 했다. 아니, 버릇이었던 듯하다.

처음 지적당한 것은 중학생 시절이었다.

중학교 1학년 때 합창 대회를 마치고 집에 왔더니 미시오 언니가 시뻘건 얼굴로 씩씩거리며 다가왔다.

"나나세, 대체 무슨 생각으로 그랬어? 난 너무 부끄러워서 도망가고 싶을 지경이었다고!"

언니는 반쯤 울면서 나를 혼냈다.

"엇, 무슨 소리야?"

우리 반은 나의 지휘로 학년 2등인지를 차지했다. 1등을 못 해서 풀이 죽어 돌아왔더니 어째서인지 언니가 화를 내고 있었다. 혹시 1등을 못 했다고 질책하는 건가 싶었다.

"나도 1등 못 해서 실망했어."

그렇게 대답하자 언니의 표정이 더더욱 사나워지는 게 아닌가.

"그런 얘기가 아니잖아. 뭐야, 그 괴상하고 흉측한 춤은! 다들 웃었단 말이야. 나까지 웃음거리가 됐다고!"

발을 쿵쿵 구르며 화내는 모습을 보고 그제야 등수 이야기가 아니라는 사실을 깨달았다.

"춤? 합창 대회에서 춤을 왜 춰?"

멀뚱한 표정의 나를 보고 비로소 언니는 "뭐?" 하며 할 말을 잃고 내 얼굴을 빤히 바라봤다.

"나나세, 설마 너, 자기가 뭘 했는지 모르는 거야?"

언니의 고함 소리에 깜짝 놀란 엄마가 달려왔지만 그때는 우리 둘다 말문이 막혀 있었다.

아무래도 나는 지휘를 하면서 춤을 췄던 모양이다.

자각은 전혀 없었다. 다들 놀란 눈으로 쳐다보는 건 느꼈으나 나는 지휘에 집중하고 있었다(그랬다고 생각했다). 그래서 내가 그렇게 몸을 움직이고 있다는 사실을 꿈에도 몰랐다.

듣고 보니 한 번쯤 더블 턴을 했던 모양이고, 다리를 들어올렸던 것 같기도 하다. 그러나 춤추고 있다는 자각은 없었다.

언니는 나한테 전혀 자각이 없었다는 사실에 다른 의미로 질려버린 듯했지만 더는 아무 말도 하지 않았다.

다음으로 지적받은 것은 대학생 때였다. 생각해보면 그 합창 대회 이후로는 중고등학교 내내 지휘할 기회가 없었기 때문에 지적당할 기회도 없었던 듯하다.

음대 작곡과에 들어가면 나중에는 작곡가가 직접 지휘하는 경우도 많아서 커리큘럼에 지휘 수업이 포함되어 있다. 나는 지휘를 기술로써 정식으로 배웠고, 재미도 있었다. 교수님도 알아보기 편한 지휘라고 칭찬해주셨다.

몇 달쯤 지나 자신의 곡을 지휘하라는 과제를 받았다.

직접 만든 곡이니만큼 애착이 갔다. 머릿속에만 들어 있던 곡을 실제 오케스트라로 연주할 수 있다니, 하며 의욕에 넘쳐 지휘했다.

하지만 어쩐지 위화감이 들었다. 사람들이 나를 이상하게 쳐다보는 느낌이 들었다고 바꿔 말해도 좋다.

하지만 누구 하나 알려주지 않았기 때문에 그대로 넘어갔다.

학년이 올라가자 과제도 늘고 작곡한 곡도 많아졌다. 학내 오케스트라에서 내 곡을 연주하는 경우도 잦아져서 지휘할 기회도 늘었다.

그런 기회 중 하나였던 어느 학내 콘서트에서, 주위 사람들이 명백하게 경악하는 표정을 지은 적이 있다. 이상하다고 생각했는데 나중에 몇 사람이 에둘러 "나나세 씨, 아까 춤추던데요" 하고 말해줬다.

춤을 추다니?

지금 돌이켜보면 내가 생각하는 춤과 보통 사람들이 생각하는 춤 사이에 커다란 간극이 있었던 듯하다.

내가 생각하는 춤이란 그야말로 〈잠자는 숲속의 미녀〉를 전막으로 춘다거나, 미국의 안무가 윌리엄 포사이드의 〈인 더 미들, 섬왓 엘리베이티드〉를 처음부터 끝까지 추는 진지한 무대를 뜻한다. 그래서 나는 '몸을 흔들었구나' 정도로 생각했지만 주위 사람들이 보기에는 제법 분명히 춤을 췄나 보았다.

"앗, 제가 춤을 췄어요?"

그렇게 묻자 그 사람들은 어디선가 본 적 있는 표정을 지었다.

합창 대회 때 미시오 언니가 지었던 바로 그 표정이었다.

"음, 뭐, 조금요."

미시오 언니가 더는 추궁하지 않았던 것처럼, 모두들 '앗, 위험한 걸 건드렸다'는 듯한 당황한 얼굴로 입안에서 우물우물 대답을 삼켜버렸다.

그래서 명확히 지적받지는 않았지만 나도 자연히 불안해져서 마음 한구석에 메모해두었다.

나한테는 지휘를 하면서 춤을 추는 버릇이 있는 것 같다, 라고.

그것이 남들 눈에는 상당히 기묘하게 보이는 모양이다, 라고.

다시 〈미드나잇 패신저〉 이야기로 돌아가자.

처음에는 녹음한 음원을 틀어서 공연하기로 했지만 하루가 "라이브 오케스트라로 할 거야"라기에 딱 한 번 내가 리허설에서 지휘를 한 적이 있었다. 물론 그건 단 한 번뿐이었고, 그다음부터는 프로가 지휘했다.

모두의 예상대로 나는 그때도 저질러버렸다. 역시나 한창 지휘하는 동안에는 몰랐지만.

하루와 함께 작업해서 의욕이 넘치고 들떠 있었던 것은 사실이다. 스스로 지나치게 흥분했다는 것은 의식하고 있었다.

오케스트라 멤버들이 입을 떡 벌린 것이 눈에 들어왔고, 그들 말고 다른 사람들도 뭔가 이상하다는 듯이 나를 보고 있는 것을 어렴풋이 느꼈다.

하지만 그럼에도 역시 자각하지는 못했다.

그런데 연주가 끝나자 가까이에서 듣고 있던 하루가 손뼉을 치면서 어깨를 들썩였다. 왜 그러느냐고 물었더니 "나나세, 최고야. 역시 네 안에는 무용수의 분신이 있어" 하며 폭소를 터트렸다.

"뭐? 그게 무슨 소리야?"

나는 눈을 끔뻑거렸다.

하루는 한참 동안 웃음을 멈추지 못했다. 겨우 웃음이 잦아들자 예쁜 손가락으로 눈물을 훔치며 말했다.

"나나세, 너 춤췄어. 소문은 들었지만 정말로 지휘하면서 춤추더라."

그러면서 하루는 내가 들고 있던 지휘봉을 휙 빼앗아갔다.

그리고 돌연 무대로 뛰어올라 지휘봉을 휘두르며 코믹한 동작으로 춤을 추기 시작했다.

우와, 하고 탄성이 터져나왔다.

"으악, 내가 그런 느낌이었어?"

나는 또다시 식은땀이 줄줄 쏟아지는 것을 느꼈다.

말도 안 돼, 저렇게 했다면 난 완전 미친 거잖아.

"아냐, 나나세는 더 귀여웠어."

고개를 저으며 그렇게 말하고 하루는 자신의 어깨를 사랑스럽게 감싸안아 보였다.

귀여워도 바보는 바보잖아.

나는 한숨을 푹 내쉬었다.

하루는 춤을 추며 오케스트라 연주석에 있는 멤버들을 향해 지휘봉을 흔들었다. 멤버들 사이에서 웃음이 터졌다.

장난삼아 하루의 지휘에 맞춰 곡을 연주하는 멤버도 있었다.

나는 식은땀도 잊고 넋을 잃었다.

물론 하루라면, 분하지만 지휘도 식은 죽 먹기다. 그 손가락 끝에서는 언제나 천상의 음악이 흘러나오니까.

어느새 하루는 지휘를 하면서 자유롭게 춤추고 있었다.

오, 세상을 발레로 연주하는 남자, 요로즈 하루.

그런 캐치프레이즈가 머릿속에 떠올랐다.

그때 갑자기 하루가 퍼뜩 놀란 표정으로 지휘를 멈췄다.

다들 따라서 동작이 굳었고, 연주도 멈췄다.

무대 위로 날카로운 침묵이 내려앉았다.

하루는 들고 있던 지휘봉을 유심히 바라보았다.

모두의 시선이 그 지휘봉으로 쏠렸다.

이윽고 하루는 조그맣게 중얼거렸다.

"……그렇군. 춤출 수 있겠어."

무슨 소리일까 하며 모두가 의아하게 하루를 쳐다봤지만, 그때 벌써 그의 머릿속에는 콘셉트가 명확히 정해졌던 모양이다.

그렇게 해서 탄생한 것이 하루의 볼레로, 작품명 〈뮤지카 엑스 마키나〉다.

"가끔은 콘셉트만으로 통째 완성되는 작품이 있는데, 이게 그런 경우였어. 그때 나나세의 지휘봉을 보면서 처음부터 끝까지 거의 단숨에 떠올랐거든."

하루는 그렇게 말했다.

안무가를 자청한다면 역시 피할 수 없는 곡, 안무를 짜보고 싶은 곡 중 하나가 〈볼레로〉일 것이다.

볼레로란 원래는 18세기 말경 스페인에서 만들어진 느긋한 3박자의 춤곡을 가리킨다. 오늘날 유명한 〈볼레로〉는 프랑스의 작곡가 모리스 라벨이 발레곡으로 의뢰받아 만든 것인데, 당시 춤은 그다지 좋은 평가를 받지 못해 오직 오케스트라 연주곡으로서만 인기를 끌게되었다. 라벨 본인은 프로 음악가들로부터 틀림없이 혹평받으리라고 생각했기 때문에 엄청난 인기곡이 된 것을 쭉 의아해했다고 한다.

현재 발레의 세계에서는 모리스 베자르가 20세기 발레단에 만들어준 작품이 워낙 강렬한 탓에, 원탁 위에서 춤추는 조르주 돈과 실비 기옘의 이미지를 떨쳐내기가 매우 어렵다.

하지만 전 세계에서 새로운 볼레로가 매일같이 계속 탄생하고 있으며, 지금 이 순간에도 누군가가 다음 볼레로를 만들고 있을 것이다.

하루의 볼레로는 매우 단순한 콘셉트로 이루어져 있다.

요컨대 볼레로를 연주하는 오케스트라의 악기를 고스란히 무용수로 바꿔서 발레로 만든 것이다.

오케스트라 연주석에 있는 단원들의 수와 무대 위 무용수들의 수는 같다. 악기의 개수 역시 그 악기 역할의 무용수 수와 같다. 거기에 지휘자 한 명과 지휘자 역할의 무용수가 한 명씩 더 있다.

막이 오른다.

무대는 어두컴컴해서 잘 보이지 않는다.

조용히 곡이 시작된다. 무대 위에는 무용수가 몇 명 없다.

중앙에서 지휘봉을 흔드는 지휘자 역할의 무용수.

단순한 리듬을 계속 연주하는 작은북 역할의 무용수.

3박자를 타는 현악기 역할의 무용수.

다시 말해 연주되는 악기와 같은 역할의 무용수만 무대 위에 있는 것이다.

거기에 주제 선율을 연주하는 플루트 역할의 무용수가 등장한다.

주제 선율의 안무는 기본적으로 모두 같다. 하지만 연주하는 악기가 바뀔 때마다 안무가 조금씩 변형된다.

악기 역할의 무용수는 같은 멜로디, 같은 리듬을 연주하는 악기와 동기화된 춤을 춘다. 예컨대 바이올린 연주자 네 명이 같은 멜로디를 켜면 바이올린 역할의 무용수 네 명도 같은 춤을 춘다.

자유롭게 춤출 수 있는 건 지휘자 역할의 무용수뿐이다. 무대를 종횡무진 돌아다니고, 악기 역할의 무용수를 꾸짖고, 치켜세우고, 선동하고, 지배한다.

과연, 데우스 엑스 마키나(기계 장치의 신)*가 아니라 통제된 뮤지카 엑스 마키나(기계 장치의 음악)다.

곡이 진행되며 연주 소리가 조금씩 커지는 것에 맞춰 무대에 등장하는 무용수(악기)도 늘어난다.

음악의 크기와 악기 소리의 두께가 무용수들의 수와 동작에 비례한다.

조명도 서서히 밝아진다.

그야말로 오케스트라의 연주 그 자체를 무대 위의 춤으로 '볼 수 있는' 것이다.

오케스트라 단원들도 영상을 보고 "이상한 느낌이야. 마치 내가 무대 위에서 춤추는 것 같고, 내가 내는 소리를 눈으로 보는 것 같아"라고 말했다 한다.

● 고대 그리스 연극에서 쓰인 무대 기법 중 하나로, 기중기 등을 이용하여 갑자기 신이 공중에서 나타난 것처럼 연출해 위급하고 복잡한 사건을 해결하는 수법.

도중에 호른이 부는 주제 선율에 대해 피콜로와 첼레스타가 배음으로 같은 선율을 불 때면, 피콜로와 첼레스타 역할의 무용수 역시 호른 역할의 무용수 뒤에서 같은 간격으로 떨어져 춤추는 식이다. 이처럼 모든 장면이 악보를 충실하게 따르고 있어서 연출에 빈틈이 없다.

주제 선율을 추는 무용수(악기)도 처음에는 한두 명이지만 후반부로 갈수록 점점 늘어나고, 리프트와 대형의 변화도 가미된다.

금관악기 역할의 남성 무용수들이 나란히 서서 힘차게 주제 선율을 추는 장면은 압권이다.

곡은 마지막을 향해 달려간다.

마침내 무대 위로 모든 멤버가 모인다.

혼연일체가 된 주제 선율이 흘러나온다. 춤춘다.

이윽고 무대가 밝아지고, 조명이 눈부심을 더한다.

모두가 정면을 향해 당당하게 같은 춤을 춘다.

다들 의기양양한 미소를 띠고 있다.

어느덧 지휘자를 필두로 춤추는 무대 위의 무용수들과 무대 아래 오케스트라 연주자들의 수가 꼭 같아진다. 심지어 서 있는 위치도.

말 그대로 관객들은 〈볼레로〉라는 곡을 눈앞에 두고 있는 것이다.

그리고 포르티시모로 진행되는 마지막 네 소절.

무용수들도 오케스트라 단원들도 우렁찬 환호성을 거듭 내지른다.

성난 파도 같은 거대한 환호성 속에서 막이 내린다.

무대 위의 무용수들은 일제히 무릎을 꿇고 머리를 깊게 숙인다.

암전.

이렇게 구성된 하루의 멋진 볼레로다.

마지막 네 소절의 클라이맥스에서 무용수와 단원 들이 환호성을 지르는 것은 하루가 삼촌 집에 있던 한 음반의 연주대로 연출한 거라고 한다.

그렇다. 이탈리아의 지휘자 클라우디오 아바도가 1985년에 런던 심포니 오케스트라와 함께한 연주를 녹음하여 도이치 그라모폰에서 발매한 〈볼레로〉에는 연주 중에 감격에 겨워 저절로 터져나왔다는 오케스트라 단원들의 환호성이 들어 있다. 프로듀서는 굳이 이 버전을 음반으로 만들었다고 한다.

그것이 〈뮤지카 엑스 마키나〉와 함께 유명해져서, 이 공연을 할 때는 마지막 네 소절에서 무용수, 오케스트라 단원과 함께 관객도 우렁차게 함성을 지르는 것이 관례가 되었으니 재미있는 일이다.

아무리 그래도 지금의 나는 지휘를 하면서 춤추는 일은 없어졌다. 아마도……

뭐, 하루의 볼레로 탄생에 기여했으니 그것은 그것대로 괜찮겠지.

전막 발레 작곡가가 되기까지의 여정은 무척 길다.

물론 그 점은 안무가도 마찬가지다. 전막 발레는 단막 발레와는 차원이 다르게 많은 비용이 든다. 엄청난 노력과 비용을 들여도 흥행 성공 여부는 알 수 없다. 일종의 도박이라고도 할 수 있으니 쉽사리 맡겨주지 않는다. 하물며 인기 작품이 되어 여러 차례 무대에 오르고 스탠더드로 남는 것은 얼마나 될까. 스탠더드, 그것은 세계 각지에서 여러 발레단이 그 작품을 프로그램으로 선택하게 된다는 뜻이다. 그런 지위에 오르는 작품은 아주 드물다.

고전이라고 불리는 작품의 안무 강도는 언제 봐도 놀랍다. 수많은 무용수들이 춤을 추며 보강해왔기 때문이기도 할 것이다. 하지만 확고부동한, 그것 말고는 있을 수 없다는 생각이 드는, 공간에 빈틈없이 꼭 맞추어져 있는 안무의 완성도에는 역시 감탄밖에 나오지 않는다.

그러므로 전막 발레 〈어새슨〉의 작곡을 맡게 되기까지는 그 나름의 실적이 필요했다. 나 말고도 하루와 작업하기를 원하는 작곡가는 얼마든지 있었고, 하루가 함께 작업하고 싶어하는 작곡가도 여럿이었으니 그들과도 경쟁해야 했다.

작곡가의 일이 꼭 오리지널 작품을 만드는 것뿐만은 아니다. 나는 그렇게 생각한다.

작곡가에 따라서는 오리지널 작품만 만든다는 사람도 있지만, 나는 기존의 곡을 무대에 올릴 수 있게끔 재구성하거나 오케스트라로 연주할 수 있도록 편곡하는 일도 맡아왔다.

나는 학창 시절부터 오케스트레이션이 특기였고, 이 능력은 프로가 되었을 때 상당한 도움이 되었다. 이는 분명 하루가 나와 함께해서 얻는 메리트 중 하나였을 것이다.

그 계기가 된 〈메르헨〉이라면 또렷하게 기억이 난다.

〈미드나잇 패신저〉가 성공을 거두며 예술 감독과 스태프, 무용수들이 내 이름을 기억해주었고 "다음에는 오리지널로 해요"라는 말도 들었지만, 그게 반쯤 인사치례라는 사실은 알고 있었다.

그 정도쯤 되는 발레단에는 실현 여부를 알 수 없는 다양한 기획이 수면 아래에서 늘 득시글거린다. 아직 무명이나 다름없는 작곡가였던 내가 언제 또 작업 의뢰를 받을지는 신만이 아는 일이었다.

당시는 아직 하루도 나도 별로 바쁘지 않아서 종종 회의 말고 잡담을 나눌 기회가 많았다.

저기, 지금 이런 걸 생각하고 있는데 말이야.

그런 작품이 있다면 재미있을 것 같지 않아?

처음에 찾아갔던 스튜디오나 카페에서도 그런 잡담을 끝없이 나누었다.

지금 생각해보면 아주 귀중하고 사치스러운 시간이었다. 두서없는 잡담, 무언가를 결정하지 않아도 되는 시간, 그건 나이를 먹으며 바빠지고 지위가 높아질수록 점점 확보하기 어려워지기 때문이다.

이번에 또 트리플 빌에서 신작을 하나 맡게 됐어.

언젠가 하루가 그렇게 말했다.

나나세, 작곡을 맡아주지 않을래?

그 말을 들은 것은 이미 〈미드나잇 패신저〉로부터 1년 넘게 지났을 때였다.

내심 기뻤고 당장이라도 덥석 수락하고 싶었지만 무언가가 내 발목을 잡았다.

하루, 뭘 할지 정했어?

응, 생각 중인 건 있어.

하루는 고개를 끄덕였다. 그 천진한 미소를 보고 아아, 하루의 마음속에서는 벌써 결정됐구나 싶었다.

제목은 〈메르헨〉.

'메르헨'이 아니라 굳이 예스러운 느낌이 드는 '메르헨'으로 제목을 정했다고 한다.

메르헨은 독일어로 옛날이야기라는 뜻이다. '판타지'는 개인의 창작물이지만 메르헨은 각 지방마다 전해내려오는 이야기를 가리킨다. 예컨대 그림 동화는 그림 형제가 전해 듣고 써 모은 옛날이야기이기 때문에 메르헨이다.

〈빨간 망토〉나 〈헨젤과 그레텔〉도 아니고, 일부러 〈메르헨〉으로 제목을 지은 거야?

내가 그렇게 묻자 하루는 "맞아" 하며 고개를 끄덕였다.

메르헨은 귀여운 어감과는 반대로 엄청나게 기괴한 폭력성을 품고 있잖아?

하루는 그렇게 중얼거렸다.

그렇지, 하며 나도 고개를 끄덕였다.

옛날이야기나 동화는 하여간 잔혹하다. 세상에 퍼져 있는 그림책이나 애니메이션에서는 상당히 순한 버전으로 바뀌어 있지만, 그림 동화의 초판이 잔혹한 묘사로 가득했다는 것은 잘 알려진 사실이다.

다시 말해 겉보기에는 그림책 같지만 조금씩 점점 무서워지는 메르헨을 만들고 싶어.

하루는 그렇게 툭 내뱉었다.

오호, 재밌을 것 같은데.

나는 맞장구를 치면서도 머릿속으로는 재빠르게 이미지를 떠올렸다.

겉보기에는 귀엽지만 춤은 기괴하다.

그러면 음악은?

그때 번뜩 무언가가 떠올랐다.

하루, 내 오리지널 곡으로 해도 좋지만 말이야.

내가 몸을 앞으로 내밀자 하루도 엉겁결에 얼굴을 바짝 붙였다.

이 곡을 써보면 어떨까?

나는 스마트폰으로 검색해서 어떤 곡을 틀었다.

둘이서 그 곡을 들었다. 1분 30초쯤 되는 피아노곡.

좋은데. 귀여운 곡이야. 확실히 메르헨이네.

하루는 눈을 반짝였다.

그렇지? 〈짧은 이야기〉라는 곡이야.

제목도 딱이네, 하며 하루도 고개를 끄덕였다.

어째서 그때 모처럼 하루가 오리지널로 하자고 제안해줬는데, 직접 작곡해보려 하지도 않고 그 곡을 추천했는지 잘 모르겠다. 직감이었다고밖에 표현할 길이 없다.

반대로 그때 나의 오리지널 곡을 만들어서 줬다면 그것은 그것대로 좋았을 수도 있지만 지금과 같은 신용은 얻지 못했을 듯하다. 내가 하루의 춤, 하루의 콘셉트에 어울리는 최적의 안을 제시해왔기 때문에 그것이 〈어새신〉 작업으로 이어진 게 아닐까, 지금은 그렇게 생각한다.

〈짧은 이야기〉는 카발레프스키가 만든 어린이를 위한 피아노곡이다. 피아노를 배워본 사람이라면 대체로 알지 않을까 싶다. 피아노 연습곡에도 유행이 있는데, 부르크뮐러 연습곡 같은 걸 배웠다면 함께 기억하고 있을 것이다.

드미트리 카발레프스키는 소련 시절의 작곡가로 소련에서는 상당한 영향력을 가진 인물이었다. 어린이를 위한 피아노곡으로 유명하며, 일본에 잘 알려진 곡으로는 운동회 때 나오는 빠른 템포의 춤곡 〈어릿광대〉가 있다.

나는 이 사람의 곡을 매우 좋아했다. 단순하지만 근사한 멜로디의 명곡이 많은데, 특히 〈짧은 이야기〉가 마음에 들어서 자주 치고는 했다.

성인이 된 후에 이 곡을 들으면 작곡의 교과서 같은 완벽한 구성에 감탄이 나온다. 기승전결이 또렷해서 그야말로 제목 그대로 짧은 이야기가 되는 것이다. 무척 외우기 쉬우면서도 아름다운 곡이어서 하루가 말한 메르헨 그 자체라고 머릿속에서 바로 연결되었다.

하루는 곧바로 곡을 외워서 콧노래를 부르기 시작했다.

이 곡을 내가 오케스트라 버전으로 편곡해서 변주곡으로 만들게. 그러면 어때?

응, 좋아. 슬로 모션으로 하자.

하루가 왠지 모르게 건성으로 중얼거렸다.

뭐?

내가 되묻자 하루는 허공을 물끄러미 바라보며 "모두가 쭉 같은 템포로, 슬로 모션처럼 천천히 움직이는 거야" 하고 말했다. 그리고 금세 고개를 살짝 젓더니 덧붙였다. "아니, 좀 다르구나. 태엽으로 움직이는 인형이 서서히 느려지는 것 같은 움직임이라고 해야 하나."

우와, 그거 춤추기 엄청 어려울 것 같은데.

나도 모르게 그런 말이 튀어나왔다.

그럴지도 모르지.

하루는 태연한 얼굴이었다.

천천히 춤추는 것은 무척 어렵다. 코어 근육이 단단하고 음악을 몸 안에 확실하게 붙들어 큼직하게 출 수 있는 사람이 아니면 그 춤은 엉망이 된다. 하루의 명작 〈카·논〉은 점프도 회전도 없는 느린 춤인데, 얼핏 보기에는 기술적으로 단순한 것 같아도 아마추어가 추면 엄청나게 재미없는 춤이 된다. 느긋한 움직임에 지루해져서 관객의 눈길을 전혀 사로잡지 못하는 것이다.

뭐, 하루네 발레단이니까 다들 이러니저러니 하면서도 훌륭하게 추겠지만, "죽겠네" 하며 불평을 늘어놓는 무용수들의 얼굴(특히 핫산. "이 자식, 할, 너 지금 장난해?")이 떠올라 조금 동정심이 들었다.

하루는 벌써 머릿속에서 안무를 짜기 시작한 듯, 맞은편에 앉은 나를 지나쳐 어딘가 먼 곳에서 춤추는 무용수를 보고 있었다.

손과 발이 조금씩 움직여서 머릿속으로 동작을 그려나가고 있는 것이 보였다.

이럴 때 하루의 눈은 거울 같다. 눈앞의 사물이 아닌 다른 무언가, 이 세상에 존재하지 않는 것을 비추는 거울.

그는 춤이 떠오를 때가 있고, 보일 때가 있다고 말했다.

어떻게 다른지 물어보자 떠오를 때는 자신의 몸속에서 춤이 솟구쳐나와 신체와 겹쳐지며 동작이 표면으로 나타나고, 보일 때는 조금 떨어진 곳에서 다른 무용수가 춤추고 있는 장면을 응시할 수 있다고 했다.

그래서 떠오를 때는 이미지 속의 춤과 함께 자신도 몸을 움직이거나 따라 추지만, 보일 때는 그 동작을 눈에 새겨야 해서 몸은 별로 움직이지 않는다고 한다.

이번 〈메르헨〉의 동작은 약간 미묘했기 때문에 보이는 쪽인가 싶었지만, 아마 말을 걸었더라도 나의 질문은 들리지 않았을 것이다.

그의 거울 같은 눈을 보고 있으면 부러움과 함께 뒤처진다는 초조함이 치솟아서 심정이 복잡해진다.

아무튼 나도 얼른 〈짧은 이야기〉의 편곡을 시작해야 했다.

오리지널이 아닌 곡의 장점은, 그 곡이 유명하기도 하고 인터넷에 악보도 올라와 있기 때문에 하루가 안무 작업과 연습을 먼저 시작할 수 있다는 것이다.

오리지널의 경우 작곡가가 곡을 만들어주지 않으면 안무도 연습도 시작하지 못할 때가 많다.

발레곡을 작업하며 발레 피아니스트의 역할이 얼마나 중요한지,

또 그들에게 요구되는 자질이 얼마나 많은지 알게 되었다. 특히 신작의 경우 피아니스트에게도 어지간한 작곡 센스가 필요하다.

곡이 대체로 아슬아슬한 타이밍에 악보 형태로 전달되므로 피아니스트는 그 악보를 피아노 연주로 구현해내야 한다. 요컨대 초견에 강해야 하고, 경우에 따라서는 악보의 오류를 알아차릴 만한 음악적 지식을 갖추고 있는 것이 바람직하다. 모든 이름난 발레단에는 혀를 내두를 정도의 테크닉과 음악적 지식을 겸비한 발레 피아니스트가 있으며, 작곡가와 안무가도 그들에게 많은 도움을 받는다.

〈메르헨〉의 대략적인 시나리오는 구상 단계에서 하루에게 들었다.
『헨젤과 그레텔』『빨간 망토』『라푼젤』『브레멘의 음악대』와 같은 유명한 그림 동화를 옴니버스로 엮는데, 후반부로 갈수록 각각의 등장인물이 뒤섞이며 이야기는 더욱 기괴한 전개를 맞이한다. 마지막에는 '하멜른의 피리 부는 사나이'까지 등장해 모두를 악몽의 세계로 데려가는 결말로 끝난다고 한다.

『하멜른의 피리 부는 사나이』는 그림 동화가 아니지만 중세 독일에서 실제로 일어난 사건이 구전된 이야기라고 한다. 전해지는 이야기는 이렇다. 마을에 역병이 돌고 쥐가 늘어나서 모두가 곤경에 빠졌을 때 피리 부는 떠돌이 사나이가 나타나 자기라면 쥐를 처리할 수 있다고 말한다. 마을 사람들은 사례금을 약속한다. 피리 부는 사나이는 음악과 함께 쥐 떼를 이끌고 강으로 들어가고, 쥐들은 강물에 빠져 죽는다. 그러나 쥐들이 사라지자마자 마을 사람들은 약속을 뒤엎고 사례금을 주지 않는다. 피리 부는 사나이는 화가 나서 다시 피리를 불기 시작하고, 이번에는 마을의 어린이들을 데리고 어디론가 사라져버린다.

실제로 많은 어린이들이 실종되었던 것은 사실인지, 오늘날까지 사건의 진상에 관해 여러 가지 설이 나돈다. 유럽에서 페스트가 유행했던 시기보다 훨씬 전의 이야기이므로 수해로 아이들을 잃었거나, 생활고 때문에 아이들을 의도적으로 솎아내 죽였거나, 어딘가로 집단 입양을 보낸 등의 다른 사건을 암시적으로 나타낸 것이 아니냐는 이야기도 있다. 뭐, 요컨대 이것은 옛날이야기, 역시 메르헨인 것이다.

〈짧은 이야기〉는 1분 30초쯤 되는 짤막한 곡이다. 이것을 약 30분짜리 단막 발레용 음악으로 만들려면 상당수의 변주곡이 필요한 셈이다. 하루는 조금씩 불협화음을 섞어나가며 불온하고 꺼림칙한 변주곡으로 만들어달라고 요청했다.

그렇지만 같은 곡을 스무 번이나 반복하면 듣는 사람도 힘들 테니 중간중간에 카발레프스키의 다른 곡도 끼워 넣기로 했다.

역시 어딘가 그리운 울림이 있는 단순한 멜로디의 곡을 카발레프스키의 『어린이를 위한 소곡집』에서 골랐다. 저마다 특징이 있는 아름다운 곡들, 〈작은 노래〉〈슬픈 이야기〉〈옛 춤〉〈작은 동화〉〈토카티나〉로 선택했다.

이 곡들을 오케스트라 연주곡으로 편곡하는 것은 개인적으로도 즐거운 작업이었다.

〈짧은 이야기〉를 비롯해 다른 곡들도 모두 원래부터 단순하면서도 강력한 멜로디를 지니고 있어서, 오케스트라 연주곡으로 만들었을 때 멋지고 감동적인 곡이 되리라고 예상할 수 있었기 때문이다.

오케스트라 멤버들 중에서도 역시 카발레프스키의 소곡에 대해 "그리운 곡이네"라고 말하는 사람이 많아 신나게 연주해줬다. 물론 나중에 그 아름다운 멜로디가 점차 조바꿈을 하면서 단조가 되고, 나아가 덜그럭거리는 불협화음으로 변하자 "으아, 기분 나빠" 하며 얼굴을 찌푸렸지만.

〈메르헨〉은 상당히 흥미로운 작품이 되었다.

하루는 무대 세트와 의상을 전부 흑백으로 만들었다.

정말로 옛날 흑백영화를 보는 것 같아서 세트를 마주한 사람들 모두가 "우와" 하고 탄성을 질렀다.

당연히 메이크업도 흑백이지만 무용수들의 눈동자 색깔만큼은 바꿀 수 없어서 컬러 콘택트렌즈도 고려했다. 하지만 결국은 조명 색깔로 어찌어찌 넘어간 듯하다.

배경은 조각들을 이어붙인 모자이크 모양이다. 숲의 나무도, 탑도, 과자 집도 모두 명도가 다른 흑백 모자이크로 이루어져 있다.

너무도 아름다운 〈짧은 이야기〉의 멜로디가 낭랑하게 흐르는 가운데 그림 동화의 등장인물들이 차례차례 등장한다. 천진한 동작과는 달리 눈앞에 펼쳐지는 것은 어딘가 기이한, 모두가 아는 것과는 다른 이야기다.

길을 표시하기 위해 떨어트린 빵 부스러기를 작은 새가 먹어버려 헨젤과 그레텔은 숲에서 길을 잃는다. 음산한 과자 집에 도착한 그들을 마녀가 맞이해 우리에 가둔다. 심부름을 간 빨간 망토는 늑대에게 잡아먹힌다. 살아남기 위해 싸우는, 핏발 선 눈으로 이빨을 드러낸 브레멘 음악대는 라푼젤의 긴 머리카락을 물고 그녀를 탑에서 끌어 내린다. 라푼젤은 커다란 가위로 자신의 머리카락을 잘라 달아나고, 늑대의 배를 가르더니 그 속에 있던 빨간 망토까지 찢어발긴다.

멜로디는 조금씩 으스스하게 변해간다.

쥐들이 대거 등장해 과자 집을 먹어치우고 마녀와 아이들을 펄펄 끓는 큰 솥에 몰아넣는다. 라푼젤이 갇혀 있던 탑도 번개를 맞아 무 너진다. 피리 부는 사나이가 나타나 쥐들을 자신의 피리 소리로 춤 추게 만든다. 마지막에는 모두가 피리 부는 사나이의 피리 소리에 맞 춰 공허한 표정으로 일제히 춤추기 시작한다. 헨젤과 그레텔이, 빨간 망토와 늑대가, 라푼젤과 마녀가 기묘한 파 드 되를 추며 쥐들과 함 께 복잡한 리프트를 반복한다. 그리고 피리 부는 사나이를 따라 춤 을 추며 사라진다…….

〈메르헨〉이 성공을 거두고 카발레프스키의 편곡도 좋은 평가를 받아서 나는 안도의 숨을 내쉴 수 있었다. 이로써 다음 작업으로 이 어질 수 있겠다는 느낌을 받은 것이다.

그리고 실제로 그로부터 1년도 채 지나지 않아 더욱 커다란 일을 의뢰받게 되었다.

소련의 대표적인 음악가인 프로코피예프의 오페라 〈세 개의 오렌 지에 대한 사랑〉을 전막 발레로 만드는 것은 하루가 오래전부터 구상해온 아이디어였다고 한다.

처음에는 감이 잘 오지 않았다. 하루의 아이디어를 듣기 전까지 이 곡의 오페라 버전은 들어본 적이 없었다.

〈세 개의 오렌지에 대한 사랑〉은 이탈리아 작가 카를로 고치가 쓴 우화극을 오페라로 만든 작품이다. 이야기는 이탈리아부터 스페인 지방에 걸쳐 전해내려온 메르헨을 바탕으로 하고 있다. 대본도 프로코피예프가 직접 썼다. 프로코피예프는 자신의 곡에 확고한 자신감이 있었기에 뒷날 오케스트라용 모음곡으로 다시 발표했다. 오늘날 연주하는 것은 대체로 이 오케스트라 곡이며 오페라는 거의 상연되지 않는다.

하루는 몇 년이나 끈질기게 발레단에 이 아이디어를 제안했고, 실적을 꾸준히 쌓아나간 결과 마침내 발레단에서 오케이 사인이 떨어졌다. 그는 이 작품을 2막짜리 발레로 만들기 위해, 프로코피예프의 오페라곡을 오케스트라 연주곡으로 새롭게 만들어달라고 나에게 의뢰한 것이다.

순간 머릿속이 새하얘졌다.

이건 정말 엄청난 작업이다. 천재 프로코피예프의 곡에 손을 대는 것은 신인 작곡가에게는 몹시 부담스러운 일이다. 하지만 이 일이 〈메르헨〉의 연장선으로 나에게 흘러왔다는 사실은 잘 알고 있었다. 카발레프스키의 변주곡과 오케스트레이션이 좋은 평가를 받은 것이다.

그렇다면 이 도전을 받아들이지 않을 수 없었다.

오페라를 오케스트라 전용곡으로 만드는 것은, 간단히 말해 가수가 노래하는 부분을 악기 연주로 바꾸는 일이다.

말이야 쉽지만 실은 꽤 어려운 작업이다.

이 작품의 첫 부분을 예로 들자면, 〈세 개의 오렌지에 대한 사랑〉은 코러스(고대 그리스극에 등장하는 합창대의 합창. 극의 주제나 줄거리를 노래로 설명하는 경우가 많다)로 막을 여는데, 각 파트별 합창 소리를 고스란히 악보에 옮긴다 해도 악기로 연주했을 때 오페라와 같은 울림을 준다는 보장은 없다. 인간의 목소리로 내는 하모니와 악기의 하모니는 곡에 이입하는 방식, 혹은 녹아드는 방식이 다르다. 합창을 악기로 옮기면 자칫 무겁고 시끄러워지기 때문에, 프로코피예프도 오케스트라용으로 편곡한 곡에서는 합창 파트의 하모니를 상당 부분 생략해 단순한 멜로디로 만들었다.

요컨대 멜로디를 하모니 속의 주선율로 압축하는 것인데, 그것만으로는 무언가 부족한 느낌이 들거나 오페라에서 의도했던 울림이 사라지기에 어떤 방식으로든 이를 보완할 필요가 있다.

하지만 그 균형을 맞추는 것이 어렵다. 곡을 들었을 때 느껴지는 두께감을 줄이지 않으려면 단순히 음을 늘리는 것뿐만 아니라 각 악기별 음의 강약 기호에 상당히 신경을 써야 했다.

프로코피예프가 모음곡으로 발표한 부분은 그가 직접 오케스트라곡으로 만들어뒀으니 그대로 쓰면 되겠거니 했지만, 그건 터무니없이 안일한 생각이었다.

말하자면 모음곡은 오페라의 농축 종합판이다. 원래의 오페라와는 곡의 길이도 변주 방식도 다르기 때문에 기껏해야 노래 부분을 어떻게 단순화할지에 대한 참고 자료밖에 되지 않았고, 그래서 총보를 전면적으로 다시 만들어야 했다.

천재 프로코피예프의 벽은 높았고, 그 천재성에 완전히 압도되면서도 동시에 이 정도로 고심하며 총보를 쓴 적은 없어서 분명 큰 공부가 되기는 했다.

〈세 개의 오렌지에 대한 사랑〉은 프로코피예프가 미국으로 건너가 지내던 시기에 쓴 작품이어서 소련 시절 작품보다 길이가 길며, 사후 70년까지는 저작권이 보호되었지만 마침 운 좋게 퍼블릭 도메인(저작권이 소멸된 저작물)으로 바뀌어 있었다. 곡의 저작권이나 작곡가와 악보 출판사의 관계 같은 건, 나와 관련된 일이긴 해도 여전히 기괴하고 경우에 따라 그때그때 달라져서 번거로울 때가 많다.

여하튼 이 오페라는 4막 구성이고 상연 시간은 약 100분이다. 2막짜리 발레로 만들기에 딱 좋은 길이다.

읽어보니 이야기도 귀여웠다. 사뭇 우화적인 필치여서 〈잠자는 숲속의 미녀〉의 분위기와도 비슷했다.

최근 창작되는 신작 발레는 역할에 다양한 해석이 필요한 드라마틱 발레가 많다. 그런 발레와는 달리 이 작품은 쾌활한 축제처럼 즐거운 분위기가 중심을 이루지만 이런 발레도 역시 좋구나 싶었다.

하루도 〈메르헨〉과는 전혀 다르게, 매우 컬러풀하면서도 약간 복고적인 이탈리아풍 의상과 밝고 통통 튀는 무대 미술로 공연을 연출했다. 눈도 즐거워서 그야말로 갖가지 물감을 짜놓은 팔레트 같은 무대였다.

 이제 내가 고생 끝에 편곡한 오케스트라곡으로 하루가 어떤 발레를 만들었는지 설명해보려 한다.
 이야기는 원작 오페라에서 일부 변형했다.
 1막은 화려한 팡파르와 함께 시작된다.
 무대 위에는 열 명의 기인이 있다. 모두 한꺼번에 춤을 추기 시작한다. 이 열 명의 기인들이 어디에서 나타났고 대체 어떤 내력을 지녔는지는 알 수 없지만, 메르헨이라는 게 원래 그런 법이다. 아무튼 개성적인 의상으로 몸을 감싼 특색 있는 열 명의 무용수들이 처음부터 흥겹게 등장한다.
 그곳에 왕자의 수행원인 어릿광대 트루팔디노가 나타나 플루트가 연주하는 인상적인 멜로디와 함께 다이내믹한 솔로를 춘다.
 대체로 어릿광대나 음유시인 같은 진행자는 무용수에게 군침 도는 역할이며, 상당한 기술력을 가진 사람이 맡는 경우가 많다.
 그때 왕의 전령이 등장한다. 나팔을 불고 양피지를 펼친다.
 요 몇 년 동안 심각한 우울증에 걸려 있는 왕자를 웃게 만드는 자에게는 상을 내릴 테니, 궁전 정원에서 열리는 웃기기 대회에 참가하라는 교서가 내려온 것이다.
 그 말을 들은 열 명의 기인들은 얼굴을 마주보며 고개를 끄덕이고, 어릿광대 트루팔디노의 뒤를 따라 궁전으로 향한다.
 궁전에서는 국왕이 명의를 모아놓고 툭하면 침대로 파고들고 방에 틀어박히는, 찌푸린 얼굴의 왕자를 진찰하고 있다.

세 명의 의사와 왕자의 춤. 음울하고 무기력한 왕자와 그를 끌어내려는 의사들의 유머러스한 앙상블.

국왕은 탄식하며 측근 판탈로네에게 축제를 열어 왕자를 웃게 해달라고 부탁한다. 그리고 어릿광대 트루팔디노를 불러 왕자를 웃겨달라고 청한다.

그런 상황을 몰래 지켜보는 국왕의 조카 클라리체 공주와 레안드르 총리. 이 두 사람은 왕자에게 후계자로 어울리지 않는다는 낙인을 찍어 왕위를 빼앗을 기회를 노리고 있다.

장면이 바뀌어 궁전 근처의 숲속.

기인들이 지나가는 길에서 마술사 첼리오와 마녀 파타가 트럼프 게임을 하고 있다. 기인들은 발걸음을 멈추고 두 사람의 승부를 홀린 듯이 구경한다.

어딘가 음산한 모습으로 마술을 펼치며 춤추는 두 사람. 두 사람이 조종하는 트럼프도 다이아와 스페이드 등의 문양을 가슴에 단 무용수들이 연기하며 수상한 군무가 펼쳐진다. 곡은 〈지옥의 정경〉.

결국 이긴 것은 마녀 파타다. 의기양양한 파타를 보고 물러나는 마술사 첼리오. 승부를 지켜보던 기인들도 첼리오와 함께 그 자리를 허둥지둥 떠난다.

다시 궁전. 그 안의 어느 방에서 클라리체 공주와 레안드르 총리가 왕자가 웃기 전에 죽이려는 계략을 짜고 있다. 불길하고 폭력적인 예감을 불러일으키는 춤.

그때 갑자기 테이블 뒤에서 그들의 대화를 엿듣던 하녀장 스메랄디나가 등장한다. 놀라서 화를 내며 도청을 비난하는 두 사람에게, 스메랄디나는 자신도 한패로 끼워달라고 제안한다. 흉계를 꾸미는 세 사람의 앙상블이 테이블 위아래에서 아크로바틱하게 펼쳐진다.

이어지는 장면은 왕자의 침실.

어릿광대 트루팔디노가 우스꽝스러운 춤을 추며 왕자를 웃기려고 하지만 왕자는 여전히 얼굴을 찌푸리고 있다. 트루팔디노는 왕자의 흥을 돋우기 위해 필사적으로 왕자의 팔을 잡고 함께 춤추려 한다. 그러나 왕자는 힘없이 흐느적거려서 잡아주지 않으면 쓰러질 것 같다. 슬랩스틱처럼 코믹한 두 사람의 춤. 그럼에도 트루팔디노는 어떻게든 왕자를 잠옷에서 외출복으로 갈아입히고, 떨떠름해하는 그를 궁전 정원으로 데리고 나가는 데 성공한다.

궁전 정원에서는 각지에서 모여든 사람들이 왕자를 웃기기 위해 다양한 재주를 부리며 온갖 수단을 총동원해 춤추고 있다.

이 부분은 전형적인 디베르티스망(본 줄거리와 관계없는 화려한 여흥의 춤) 장면이다. 열 명의 기인들이 추는 춤을 시작으로 쇼케이스처럼 연달아 즐거운 춤이 펼쳐진다. 전부 어려운 춤이라서 소화해내는 단원들의 대단한 실력이 엿보인다.

이 디베르티스망의 하이라이트는 아마도 〈세 개의 오렌지에 대한 사랑〉 중에서 가장 유명한 곡인 〈행진곡〉이 나올 때일 것이다. 밝고 활기차며 놀랍도록 기억하기 쉬운 멜로디는 브라스 밴드의 연주곡으로도 인기가 좋으니 어딘가에서 들어본 적이 있을지도 모른다.

하루가 안무를 짠 〈행진곡〉은 왕자를 수행하는 근위대장을 필두로 한 근위병들의 일사불란하고 멋진 춤이 객석의 흥분을 보장한다(초연에서 프란츠가 금실로 화려한 자수를 넣은 새하얀 제복 차림에 깃털 장식이 달린 모자를 손에 들고 근위대장 역을 맡았을 때는 객석에 있던 남녀노소 모두의 눈이 하트 모양으로 변했다).

〈행진곡〉이라는 제목 그대로 이 춤에서는 모두의 착, 착, 착 하는 발소리가 큰 쾌감을 선사하는 효과음이 된다.

이렇게 눈앞에서 자신을 위한 호화로운 춤이 펼쳐지는데도 왕자는 그들의 춤에 조금도 흥미를 보이지 않고 멍한 눈으로 벤치에 기대어 있다. 그 모습에 트루팔디노는 애가 타고, 그러다가 무슨 일인지 구경하러 온 마녀 파타와 부딪쳐 발로 찼느니 안 찼느니 하며 싸움이 벌어진다. 서로 뒤엉켜 엇박자의 춤을 추는 두 사람. 한데 도중에 마녀 파타가 미끄러져서 심하게 넘어지고 만다.

이를 본 왕자는 웃음보따리가 터진 것마냥 큰 소리로 웃는다. 고무줄에 튕겨나간 것처럼 웃으면서 여기저기를 뛰어다니고 점프와 회전을 반복하는 왕자. 지금까지의 음울했던 녀석은 어디로 가버렸나? 그 반동인가?

주위 사람들은 입이 떡 벌어진다. 하지만 이번에는 마녀 파타가 자신을 보고 웃은 것에 격분해 광란의 솔로를 춘다. 급기야는 왕자에게 "너는 세 개의 오렌지를 사랑하게 될 것이다!" 하고 저주를 걸며 사라지고, 궁전 정원은 큰 혼란에 빠진다.

이리하여 1막은 끝난다.

2막은 분위기가 완전히 바뀌어 사막 한가운데에서 시작된다.

그나저나 이탈리아에도 사막이 있던가? 그 일대는 사막이라기보다 암석 지대나 황야가 아닐지.

여하튼 무대에서는 마술사 첼리오가 왕자의 행방을 수소문하고 있다.

그곳에 세 개의 오렌지를 찾기 위해 여행을 떠난 왕자와 트루팔디노가 온다. 첼리오는 세 개의 오렌지가 마녀 크레온트의 성에 있다는 사실을 알려주고, 그곳의 무서운 요리사를 조심하라고 충고하며 마법의 리본을 건넨다.

마녀 크레온트의 성에 침입해 부엌으로 숨어든 두 사람은 세 개의 오렌지를 발견하지만 요리사에게 들키고 만다. 그런데 요리사는 두 사람이 던진 마법의 리본에 홀딱 빠져 리본을 들고 홀로 춤추기 시작한다. 이 장면은 약간 리듬체조 같은데 빙글빙글 도는 오묘한 색깔의 리본이 아름답다. 그 틈을 타 왕자와 어릿광대는 세 개의 오렌지를 들고 성을 탈출한다.

다시 사막으로 돌아와 지쳐 주저앉는 두 사람.

그때 두 사람이 들고 온 세 개의 오렌지가 갑자기 거대해진다.

이 장면의 무대 미술이 압권이다.

조그만 세 개의 오렌지와 겹쳐진 영상이 순식간에 부풀어오르고, 다 부푼 영상의 크기와 똑같은 거대한 오렌지가 무대에 등장한다.

말랑말랑한 형광색 오렌지들은 붉은빛이 도는 것, 핑크빛이 도는 것, 금빛이 도는 것으로 조금씩 색깔이 달라서 보기에도 좋다.

세 개의 오렌지 속에는 세 명의 공주가 들어 있다.

거대한 오렌지가 둘로 쩍 쪼개지고, 그 속에서 공주들이 구르듯이 나와 왕자와 춤을 춘다.

왕자와 공주의 파 드 되가 세 가지 변주로 펼쳐진다.

그러나 첫 번째 공주는 "배가 고파요" 하며 쓰러지고는 그대로 어디론가 사라져버린다.

두 번째 공주는 "아아, 목이 말라요" 하며 쓰러지더니 역시나 휘청휘청 모습을 감춘다.

세 번째 공주(당연히 이 사람이 진짜 상대다)가 나타났을 때는 열 명의 기인들이 물과 과자를 들고 등장해 공주에게 건넨다. 공주는 기운을 차리고 활력을 얻어 눈앞의 왕자와 사랑에 빠진다.

이 장면에서 흐르는 〈왕자와 공주〉는 〈로미오와 줄리엣〉의 발레곡을 쓴 프로코피예프다운 무척이나 로맨틱한 곡이다. 물론 여기서 두 사람은 감미롭고 아름다운 파 드 되를 춘다.

왕자는 공주를 국왕에게 소개하기 위해 궁전으로 데려가고, 시중들 사람을 찾아올 테니 그동안 의자에 앉아서 기다리라고 말한 뒤 떠난다.

왕자가 없는 틈을 타 마녀 파타와 하녀장 스메랄디나가 나타나 공주의 머리에 마법의 핀을 꽂아 쥐로 변신시킨다.

이 마법 핀의 정체가 불분명한데, 이탈리아에 전해내려오는 이야기로는 공주가 쥐가 아니라 비둘기나 제비 같은 새로 변하는 버전도 많다고 한다.

스메랄디나는 공주와 같은 옷을 입고 공주가 앉아 있던 장소에 앉아서, 돌아온 왕자와 그 측근에게 "제가 공주예요"라고 우긴다. 아무리 봐도 다른 사람이니 상당히 억지스러운 주장이지만, "제가 처음부터 여기에 앉아 있었어요. 옷도 똑같잖아요" 하고 고집을 부린다.

음모에 빠졌다며 혼란스러워하는 왕자에게 스메랄디나는 "자, 국왕 폐하께 절 데려가 소개해주세요" 하고 재촉하고, 그 옆에서 레안드르와 클라리체가 "맞아, 그렇게 해" 하며 두 사람을 왕궁의 응접실로 내몬다.

모두가 응접실에 도착하자 왕비 자리에는 커다란 쥐가 앉아 있다.

그곳으로 달려온 마술사 첼리오와 어릿광대, 그리고 열 명의 기인.

그들은 "마법의 핀을 썼지?" 하며 숨어서 지켜보던 마녀 파타를 고발한다.

첼리오가 주문을 외고 근위병이 쥐에게 총을 쏘자 쥐의 머리에서 마법의 핀이 빠진다. 공주는 원래의 모습으로 돌아오고, 왕자도 "저 사람이 진짜야" 하고 외친다. 두 사람은 서로에게 달려가 진하게 포옹한다.

왕과 왕비는 레안드르 총리와 클라리체 공주의 음모를 알아차리고, 스메랄디나와 마녀 파타를 포함한 모두에게 교수형을 선고한다.

몹시 당황한 레안드르와 클라리체, 스메랄디나는 달아나다가 마녀 파타와 합류하여 〈도망〉이라는 곡에 맞춰 사중주 같은 춤을 춘다.

혼란스럽고 다급하며 속도감 넘치는 도망의 곡. 모두가 얼이 빠져 지켜보는 가운데 네 사람은 지평선 너머로 사라진다.

오페라는 여기서 끝나지만, 나는 이 뒤에 즐거운 결혼식 장면을 꼭 넣고 싶어서 마지막에 프로코피예프의 교향곡 제1번 〈고전〉 중 4분 남짓한 제4악장을 덧붙였다.

이 곡은 무척 경쾌하고 템포가 빠르며 밝고 경사스러운 느낌이 나서 결혼식 장면에는 안성맞춤이다.

이리하여 모두 모여 신나게 축제의 춤을 춘다. 잘됐구나, 잘됐어. 마지막 음과 함께 모든 등장인물이 정확한 타이밍에 근사한 포즈를 취하며 화려하게 막을 내린다.

이렇게 해서 하루의 발레 버전이자 그가 처음으로 작업한 2막짜리 발레극 〈세 개의 오렌지에 대한 사랑〉이 완성되었다. 고생한 보람이 있어서 큰 호평을 받았고, 다시 보고 싶다는 요청이 쇄도해 이듬해에 곧바로 재공연했다. 그 후 미술 세트와 의상까지 포함해 여기저기서 무대에 오르는 인기 작품이 된 것도 고마운 일이다.

그리고 무엇보다, 기존의 곡이든 뭐든 간에 하루와 함께 전막 발레를 만드는 경험을 한 것이 나에게는 무척 큰 자산이 되었다.

다음으로 내가 마주해야 했던 것은 하루의 발레를 위해 오리지널 곡을 쓰는 미션이었다.

기존의 곡을 사용해 춤을 만드는 것과 춤을 위해 새로운 곡을 만드는 것은 완전히 다르다.

예를 들어 이번에 하루의 생일 파티가 열린다고 치자. 참고로 그의 생일은 4월 4일(양자리, O형)이다.

그럼 케이크 가져갈게. 어떤 게 좋아? 하고 나와 미시오 언니가 묻는다.

하루는 "글쎄……" 하며 잠시 생각한 뒤에 대답한다.

그야말로 전형적인 생일 케이크가 좋겠어. 동그랗고, 생크림이 듬뿍 얹혀 있고, 딸기가 왕관처럼 잔뜩 장식되어 있는 거.

오케이, 접수했어! 하며 나와 언니는 각각 다른 행동을 한다.

언니는 쏜살같이 백화점 지하로 달려간다. 고급 양과자점에서 조건에 딱 맞는 우아한 케이크를 발견한다. 좋아, 이걸로 하자, 하고 결정하는 미시오 언니.

반면 나는 전형적인 생일 케이크 말이지, 하고 상상의 나래를 펼치며 스케치를 해본다. 스펀지케이크를 굽고, 너무 단 음식을 좋아하지 않는 하루의 입맛에 맞춰 담백하고 부드러운 생크림을 만든다. 그림책에 나오는 왕관처럼 입체적으로 생크림을 얹고, 보석 같은 딸기를 동그랗게 장식한다.

파티 테이블에는 언니가 사온 케이크와 내가 만든 케이크가 나란히 놓인다. 겉보기에는 별다른 차이가 없고, 요청대로 구현했다는 점도 같다. 먹어서 맛있으면 만사 오케이다.

하지만 역시 다르다. 고급 기성복인가, 맞춤복인가. 춤을 곡에 맞추는가, 곡을 춤에 맞추는가. 중요한 건 하루의 콘셉트와 이미지에 맞춰 얼마나 세심하게 맞춤 제작할 수 있는가이다.

물론 그런 부분을 조정하는 것이 어렵기도 하고, 너무 맞추기만 해도 재미와 신선함이 없다. 테마와 이미지를 고객과 공유하고 고객에게 맞추면서도 뻔한 예상에서는 벗어나 모험을 하는 것. 굳이 오리지널로 곡을 만들 때 요구되는 점은 그런 거겠지.

그리하여 처음으로 백지 상태에서 함께 만든 작품이 〈안외쿠메네 Anökumene〉다.

제목은 〈안외쿠메네〉, 이미지도 안외쿠메네. 30분에서 40분 정도 되는 단막 발레야.

처음에 하루에게 들은 말은 그뿐이어서 솔직히 당황스러웠다.

애초에 들어본 적도 없는 단어였다. '안외쿠메네'가 뭐지? '아리아드네'처럼 사람 이름인가? 그리스 신화와 관련이 있나? 아니면 애닉도트anecdote나 앵데팡당Indépendants처럼 좀 풍자적인 뉘앙스가 있는 단어일까?

알고 보니 안외쿠메네는 비거주 지역이라는 무미건조한 뜻의 독일어였다. 가혹한 자연환경 탓에 사람이 살지 않는 지구상의 지역을 가리키는 지리학 용어라나. 구체적으로는 사막이나 바위투성이 황무지, 고산 지대 등이다. 반대로 외쿠메네Ökumene는 인간이 거주할 수 있는 지역, 거주하고 있는 지역을 뜻한다.

하루가 자연을 몹시 좋아한다는 것, 어릴 적부터 삼라만상을 춤으로 표현하고자 하는 강한 욕구를 품어왔다는 것은 알고 있었다.

그래서 〈세 개의 오렌지에 대한 사랑〉처럼 스토리성이 짙은 작품을 만들고 나면 마치 그 반동처럼, 혹은 본래 자신이 천착하고 있던 주제로 되돌아가려는 것처럼 자연을 테마로 삼은 작품을 만든다.

지금은 그런 하루의 패턴을 알고 있다. 하지만 당시에는 이 안외쿠메네라는 주제가 그저 막막할 뿐이었다.

아무리 그래도 좀 더 구체적인 정보를 줘야지.

그렇게 부탁하는 나의 당혹스러운 표정을 알아봤는지, 하루는 "으음" 하며 팔짱을 꼈다.

추상적인 소재지만 상당히 구체적인 춤이야.

그러니까 어떻게 구체적인데?

하루의 설명은 이따금 너무 성겨서 무슨 말인지 이해가 안 갈 때가 있다.

내가 째려보자 하루는 어깨를 움츠렸다.

예를 들면 빙하가 조금씩 바다로 밀려가며 무너지는 장면이라든가, 바람을 맞아 모래무늬가 만들어졌다가 무너지고 또 만들어졌다가 무너지는 걸 반복하면서 사구가 이동하는 모습이나, 낮과 밤의 극심한 온도 차이로 물이 얼어서 바위가 갈라지거나 부서지는 모습 같은 걸 춤으로 표현하는 거야.

으흠, 그거라면 뭔가 상상이 되긴 하네.

나는 메모를 했다.

하지만 상상하기 쉽다는 건 한편으로는 덫이기도 해서 다른 문제가 발생한다.

어떻게 해야 할까. 멜로디가 있는 편이 좋을까? 아니면 건조한 미니멀리즘 계열? 인간이 생존하지 못하는 곳의 음악이라면 역시 미니

멀 뮤직일까.

나는 웅얼거리며 입속에서 말을 삼켰다.

멜로디가 있으면 거기에 춤이 고정되고 만다. 추는 사람도 보는 사람도 춤이 멜로디와 완벽하게 연결되기를 무의식중에 기대하는 것이다.

그게 꼭 나쁜 일은 아니지만, 컨템퍼러리라는 장르에 있어서 나는 춤이 멜로디로 규정되는 것을 몹시 경계했다. 특히 처음으로 오리지널 곡을 하루에게 줄 때 특징적인 멜로디, 기억하기 쉬운 멜로디를 쓰면 그것이 하루의 춤을 유도하고 한정하게 되지 않을까, 불손하게도 안무가의 영역을 침범해버리지 않을까, 그런 걱정이 심하게 들었다.

아마 〈미드나잇 패신저〉의 경험 탓도 있을 것이다. 그런 분수 모르는 짓은 두 번 다시 하지 않겠어, 하루의 안무를 방해하지 않겠어, 하고 굳게 다짐했던 것이 마음속 어딘가에 남아 있었다.

하루도 나의 우려를 눈치채고 있었다.

멜로디를 써도 전혀 문제없어. 전체를 관통하는 존재로 크로노스를 등장시킬 생각이거든.

크로노스. 시간을 관장하는 신. 그는 실제로 그리스 신화에 등장하는 신들 중 하나다. 시간의 신에는 크로노스와 카이로스가 있는데, 크로노스가 과거에서 미래로 흐르는 시간을 관장하는 반면 카이로스는 기회나 타이밍처럼 인간의 운명을 바꿀 만한 중요한 순간을 관장한다고 한다.

하루는 조용히 말했다.

안외쿠메네. 인간이 없는 세계에서 그 땅을 지배하는 건 시간이잖

아. 그 지배자인 크로노스가 등장할 때는 멜로디가 있는 편이 좋지 않을까.

그렇구나. 프로 레슬러가 등장할 때의 테마송 같은 거 말이지.

나는 아주 조금 마음이 편해졌다. 테마송이라면 기억하기 쉬운 멜로디라도 괜찮겠지.

하루는 진지한 얼굴로 몸을 살짝 앞으로 내밀었다.

게다가 나나세, 분명 네가 생각하는 것처럼 우리의 역할은 명확하게 나눌 수 없을걸.

늘 생글거리고 있어서 평소에는 잘 모르고 지내지만, 하루가 진지한 표정을 지으면 사실은 눈이 아주 크다는 것을 깨닫는다.

네가 나의 춤에서 음악이 들린다고 말해준 것처럼 나도 너의 음악에서 춤이 보여. 오리지널로 팀을 이룬다는 건, 나도 때로는 음악을 만들어야 하고 나나세 너도 머릿속에서 춤을 출 필요가 있다는 뜻이겠지. 서로 나눌 수 없는 영역이 꽤 많을 거야. 문자 그대로 공동 작업인걸. 그러니까 배려하느라 뒤로 물러서거나 지나친 참견이 아닐까 주저하는 건 그만두자. 나도 곡이 좀 아닌 것 같거나 너의 말이 잔소리로 느껴지면 솔직하게 말할 테니, 너도 '이렇게 취줬으면 해' 하고 확신에 찬 멜로디를 써줘.

하루는 테이블을 톡톡 두드렸다.

아무튼 지금 난 내 발레의 어휘를 하나라도 더 늘리고 싶거든. 어휘를 늘리는 계기가 되는 일이라면 뭐든 하고 싶어. 그러니 너도 마음껏 뜻을 펼쳐서 내 영감을 자극하는 음악을 만들어줬으면 해. 오히려 내 생각은 무시하고 네가 '이거다' 하고 생각하는 〈안외쿠메네〉를 내놓아봐.

발레의 어휘.

그것은 무용수에게도 안무가에게도 몹시 중요하다. 어휘가 늘어나면 늘어날수록 한층 더 섬세하고 복잡한 이야기를 할 수 있다. 자신의 피와 살이 된 그 풍부한 어휘 속에서 얼마나 자기다운 단어를 선택해 자기답게 말하는가. 그것이 무용수로서의 기량, 안무가로서의 기량으로 이어진다.

물론 어휘가 많다고 만사형통인 것도 아니다.

어디서 많이 들어본 상투어, 오래 써서 낡은 표현, 스타일이라는 이름의 자기 모방. 그럴싸하게 들리는 매끈한 문장을 늘어놓는 데 만족하면, 단어 하나하나가 가벼워지고 얕아진다.

서는 것, 도는 것, 아름다운 미소, 근사한 비율을 과시하는 완벽한 아라베스크, 그저 그뿐이 된다.

이는 무용수나 안무가뿐만 아니라 모든 창작자가 빠지는 함정이다. 곡을 듣고 누가 만들었는지 안다. 춤을 보고 누구의 안무인지 안다. 그것은 오리지널리티가 있다는 칭찬이기도 하지만, 자칫 잘못하면 '어딘가에서 본 것 같다'는 뜻도 된다.

오리지널리티를 계속 유지하려면 진화해야 하고, 심화해야 한다. 변하지 않으려면 끊임없이 변해야 한다는 건 온갖 분야에서 통용되는 진리다.

하루의 내부에서는 늘 눈이 돌아갈 만큼 무언가가 빠르게 움직이고 있고, 엄청난 기세로 흐르고 있다. 항상 신선하고 생생한, 정신 활동(아니, 생명 활동인가?)이라고밖에 부를 수 없는 무언가가 펄떡펄떡 고동치고 있다.

군이 표현하자면 의젓하고 담백한 성격인데도 그 안의 창의성은 사납고 탐욕스러우며 끝이 없다. 그런 게 진정한 창작자겠지.

지금이라면 이해가 되지만 그때 나는 두려웠다.

나는 어딘가에서 뒷걸음질을 치고 있었다. 내 오리지널리티의 한계를 하루에게 들킬까 봐, 하루의 재능에 압도될까 봐 하루와 단단히 결속되는 게 무서웠다.

하지만 하루의 말을 듣고 각오가 섰다.

그럼 나, 안무까지 해버릴게. 이 멜로디는 이렇게 춘다고 상상하면서 곡을 쓸게.

내가 그렇게 말하자 하루는 빙긋 웃었다.

좋아. 나중에 서로 답을 맞춰보자.

〈안외쿠메네〉의 제작이 시작되었다.

크로노스의 테마는 일단 뒤로 미뤄두고, 먼저 중요한 세 가지 장면의 음악부터 만들기로 했다.

빙하 장면, 고산의 암석 지대 장면, 사막 장면.

첫 번째는 빙하 장면이다.

하루는 내가 곡을 만드는 것과 동시에 안무 작업을 시작했다.

〈안외쿠메네〉의 안무 특징은 일반적인 작품과 달리 군무가 문자 그대로 덩어리를 이루는 것이다.

예컨대 빙하. 얼음을 연기하는 무용수들이 빽빽하게 모여서 덩어리가 되어 조금씩 벼랑으로 밀려간다.

얼음이 소리 없이 천천히, 오랜 시간에 걸쳐 바다로 미끄러져 떨어진다. 그것이 부서지고 깨져 수면 아래로 모습을 감추는 광경은, 푸른 의상을 입은 무용수들의 경련이 인 듯 삐걱대는 딱딱한 동작과 그들이 바다 위로 몸을 던져 전신을 꺾고 팔을 굽히며 산산이 흩어지는 동작으로 표현된다.

나는 이 장면에 종을 사용하기로 했다.

다양한 소리가 나는 크고 작은 여러 개의 종을 울려서 멜로디로 만든 것이다.

종의 금속성 울림이 빙하에 쩽 하고 금이 가는 소리와 비슷하기 때문에, 종소리의 높낮이와 무용수의 움직임을 연동시켜, 붕괴되어 바다로 떨어지는 얼음을 표현했다.

종의 차가운 울림과 딱딱하고 직선적인 빙하의 움직임이 포개져 상당히 흥미로운 효과가 생겼다고 자부한다.

이어서 고산의 암석 지대 장면.

여기서는 역시 바위 덩어리가 된, 회색과 갈색 의상을 입은 무용수들이 서로 얽혀서 여기저기 서 있다. 그들은 낮과 밤의 극심한 일교차에 노출되어 열과 냉기에 타격을 입는데, 어떤 것은 견디고 어떤 것은 파괴되는 모습을 서로 밀고 밀리며 굼실거리는 듯한 군무로 표현했다.

이 장면은 마림바라는 일종의 실로폰과 이타사사라라는 악기를 써서 곡을 만들었다.

이타사사라라는 말을 듣고 그게 뭔지 머릿속에 곧바로 떠오르는 사람은 별로 없을 텐데, 옛날부터 전해내려오는 일본의 전통 악기다. U자 형태로 휘어지는 길고 얇은 나무판을 구부리거나 늘리면서 연주한다. 〈고키리코부시〉라는 도야마현의 민요를 아는 사람은 그 노래에서 장단을 맞추는 악기라고 하면 감이 올지도 모른다.

샥, 샥, 하는 개성적인 울림을 가지고 있는데, 그것이 기온이 급격히 떨어졌을 때 들리는 집의 진동 소리나 산속에서 들리는 소리와 비슷해서 곡에 불규칙하게 넣어보았다. 문제는 유럽에는 이타사사라가 없을뿐더러 비슷한 악기도 찾지 못해 일본에서 공수해와야 했다는 것이다. 연주 자체는 그리 어렵지 않아서 타악기 연주자가 신나게 연습해준 것이 고마웠다.

마지막으로 사막 장면.

여기서는 무용수들이 군무로 바람과 모래를 역동적으로 표현해야 했다. 바람이라면 샤쿠하치°와 플루트밖에 없을 테고, 모래는 그 서걱서걱 흩어지는 소리로 연상컨대 작은북밖에 없을 듯하여 곧바로 결정했다.

의욕에 차서 샤쿠하치를 지정했지만 이것 역시 유럽에서는 구하기 어려운 데다 불 수 있는 사람도 드문 탓에(연주에 숙련되기 어려운

● 대나무로 만든 일본의 전통 목관 악기로, 세로로 불어 연주한다.

악기여서 프로 관악기 연주자라도 단시간 내에는 불지 못한다), 이번에는 어쩔 수 없이 오보에와 클라리넷으로 샤쿠하치를 대신했다.

손을 잡은 두 줄의 무용수들이 바람을 연기하고, 다른 두 줄의 무용수들이 모래를 연기한다. 다시 말해 무대 위에서 여러 명의 무용수가 뒤섞인다. 수많은 무용수가 정밀하게 계산된 동작을 정확히 따라 하며 위치를 잡는 것이 어려워서 연습 시간에는 종종 큰 혼란이 일어났고, 그야말로 '인간 눈사태'가 일어나기도 해서 힘들었다.

처음에는 자신이 없었다. 모든 장면의 곡을 겁 먹은 채 주뼛주뼛 만들기 시작했지만 종, 마림바, 작은북 등 내가 좋아하는 타악기 구성이 늘어나면서 다행히 곡 작업이 점점 즐거워졌다.

게다가 작곡과 동시에 하루가 안무 작업을 진행하는 모습을 보다 보니, 마치 '춤춰줘!'라고 말하듯 여러 가지 리듬을 마음 가는 대로 마구 집어넣게 되었다. 기세란 무서운 것이어서 하루와 무용수들도 그 흐름을 타고 순식간에 춤을 완성시켜나가는 게 아닌가. 그것이 쾌감이 되고 추진력이 되었다.

하루도 안무를 짜면서 '이렇게 나오면 좋겠는데' 하고 생각했던 리듬이나 멜로디가 실제로 그렇게 나온 적이 몇 번이나 있었다며 매우 흥분했다.

신기하게도 마치 자동차의 양쪽 바퀴처럼 작곡과 안무 창작이 같은 속도로 나란히 함께 달렸다고밖에 표현할 길이 없고, 지금으로서는 어떤 식으로 같이 작업해나갔는지 그 과정을 잘 설명할 수 없다. 춤이 잇달아 나오는 모습을 보고 '꼭 생명체 같아' 하며 남의 일처럼 느꼈던 것만을 기억하고 있을 뿐이다.

마지막으로 이 모든 장면과 연관된, 전체를 관통하는 캐릭터 크로노스의 테마를 생각했다.

테마를 연주하는 악기는 역시 왕의 도착을 알리는 팡파르에서 연상해 트럼펫으로 정했다. 그리고 또 하나, 옛날에는 전 세계에서 공통적으로 시각을 알렸던 대포나 징을 대신해 팀파니를 쓰기로 했다.

안외쿠메네를 지배하는 시간의 왕, 크로노스. 오직 크로노스만이 침묵의 빙하도, 날카로운 산꼭대기도, 죽음의 사막도 초월해 모든 것을 내려다본다.

초연에서는 하루 자신이 크로노스를 연기했다.

사람들 모르게 황량한 대지에서 펼쳐지는 냉엄한 자연의 드라마.

마지막 장면에서는 그전까지 무대를 빼곡히 채워온 군무가 사라지고, 무너져내려 조각조각이 된 얼음과 바위, 그리고 세상을 떠도는 바람과 모래만 남았다. 이제는 거대한 덩어리에서 떨어져나와 조그만 외톨이가 된 존재들.

크로노스는 어딘가 다정하고 조용하게 그들을 내려다보며 축복을 선사한다.

그들은 산산이 흩어져 먼 곳으로 사라지고, 눈에 보이지 않는 존재가 되어 세상을 떠돈다.

그리고 침묵 속에 크로노스만이 남는다…….

곡도 안무도 수정에 수정을 거듭했고, 하루와 세세한 부분을 가지고 지겨울 정도로 싸웠다.

그 보람이 있어서 어찌어찌 작품으로 완성시켜 무대에 올렸을 때
는 마음속 깊이 안도했다. 너무나 맥이 풀리고 기진맥진했던 탓인지,
세상의 반응도 모두의 축하도 아쉽게도 전혀 기억나지 않는다.

〈안외쿠메네〉의 성공으로 또 하나의 실적을 만들기는 했지만 아
직 갈 길은 멀었다.

개인적인 편견일 수도 있으나, 내가 생각하기로 컨템퍼러리는 오리
지널 곡과의 궁합이 좋아서 비교적 신인 작곡가가 뛰어들기 쉬운 장
르다.

하지만 이야기성이 강한 작품이라면 다른 것이 요구된다.

〈안외쿠메네〉를 만들 때 내가 멜로디에 의해 춤이 한정되는 것을
두려워했다는 이야기는 앞에서 했다.

뒤집어 말하자면 이야기성이 강한 작품, 클래식 발레의 기법으로
만드는 작품에는 어느 정도 기억하기 쉬운 멜로디가 필요하다는 뜻
이다.

〈백조의 호수〉 〈로미오와 줄리엣〉 〈페트루슈카〉. 모두 관객과 무용
수의 머릿속에서는 이미 춤과 분리할 수 없는 아름다운 멜로디, 강
렬하고 대중적인 멜로디가 각인되어 있다.

이들 작품이 스토리라인과 멜로디가 하나로 어우러져 있다는 사
실을 부정하는 사람은 없을 것이다. 그렇기 때문에 최근 만들어진
신작에서도 이야기성이 강한 작품에는 클래식곡을 붙이는 경우가
많다.

다시 말해 그런 작품에는 스토리와의 친화성이 높은 강렬한 멜로디가 요구되는 것이다.

따라서 전막 발레곡을 만들기 위해서는 내가 이야기성이 있는 강렬한 멜로디를 만들 수 있다는 사실을 증명해야 했다.

하루는 하루대로 차곡차곡 실적을 쌓아나가고 있었다.

러시아의 작곡가 무소르그스키의 오케스트라 연주곡을 충실히 따른 〈전람회의 그림〉을 만들었고, 원작자 마누엘 푸익과 같은 아르헨티나 출신의 반도네온 연주자이자 작곡가인 아스토르 피아졸라의 곡으로 〈거미 여인의 키스〉를 만들었다.

〈거미 여인의 키스〉 전편에 흐르는 아스토르 피아졸라의 편곡은 사실 내가 맡고 싶었지만 다른 일과 겹쳐서 하지 못했다. 지금도 조금 아쉽다.

하루는 점점 유명해졌고, 나도 발레 음악 외의 일을 의뢰받거나 다른 안무가에게 지명을 받는 경우가 조금씩 많아져 이 시기에는 서로 기량의 폭을 넓히기 위해 정신없이 일했다. 그러면서 어떤 아이디어가 떠오르면 휴대폰으로 메시지를 보냈다. 말도 안 되는 시간에 암호 같은 메시지를 보내놓고, 나중에 본인도 '이게 뭐였더라?' 하며 해독하지 못할 때도 있었다.

당연히 얼굴을 보는 일도 부쩍 줄었지만, 다음번에는 나의 오리지널 곡으로 이야기성이 강한 발레를 만든다는 목표는 서로 같았다.

뭐가 좋을지에 관한 대화는 나누고 있었다. 가능하면 전 세계 누구나 아는 이야기. 모두가 줄거리를 알아서 상상하기 쉬운 이야기.

그렇다면 역시 아동문학이나 동화, 그림책이나 희곡이 소재로 삼기
좋았다.

하루나 나나 평소에도 발레의 소재가 될 만한 것을 항상 찾고 있
었지만, 특히 나는 오리지널 곡을 만든다는 전제로 이야기를 찾는
것은 처음이라 더 열정적으로 이것저것 열심히 뒤졌다.

독일 발레단이기도 하니까 처음에는 독일 작품으로 생각해봤다.

세계적으로 잘 알려진 작가인 에리히 캐스트너는 어떨까? 『하늘
을 나는 교실』『로테와 루이제』같은 작품이 유명하지만 어린이 대
상이라는 인상을 주지 않기 위해 방향을 조금 틀어서 『5월 35일』은
어떨까. 『5월 35일』은 내용이 좀 우화적이고 풍자적이니 어른의 이
야기로 만들 수 있을 듯했다.

노발리스의 『푸른 꽃』은? 미완성 소설이지만 로맨틱한 이미지가
있으니 〈라 실피드〉같은 분위기의 발레로 만들 수 있을지도 몰라.
헤르만 헤세나 토마스 만은 너무 어두울까?

역시 흥행 보증수표인 그림 동화가 좋으려나? 하지만 〈메르헨〉에서
이것저것 써먹었으니 "또 그림 동화야?"라는 말을 듣는 건 싫은데.

〈코펠리아〉와 〈호두까기 인형〉의 원작자인 에른스트 호프만은 어
떨까? 〈코펠리아〉는 희극 발레지만, 실은 으스스한 분위기인 원작
『모래 사나이』를 무서운 발레로 만들면? 영화 〈사이코〉의 음악을 맡
았던 버나드 허먼처럼 호러풍의 곡을 붙여보고 싶기도 하고, 아닌
것 같기도 하고.

베르톨트 브레히트의 희곡 『서푼짜리 오페라』는? 아냐, 그건 원래

음악극이기도 하고, 〈맥 더 나이프〉의 이미지가 너무 강해서 오리지널 곡이 비집고 들어갈 틈이 없어.

그리하여 독일 작가의 작품은 일찌감치 포기하고, 조금 더 범위를 넓혀 찾아보기로 했다. 동화나 전설도 좋지만 〈파뉴키스〉처럼 잘 알려진 시를 바탕으로 만들어도 괜찮을 것 같아서 시야를 더욱 넓혀봤다.

오늘날까지 사람들의 입에 자주 오르내린다는 점에서 안데르센 동화는 그림 동화와 쌍벽을 이룰 것이다.

『인어 공주』와 『눈의 여왕』은 여러 차례 발레 작품으로 만들어졌고, 『성냥팔이 소녀』와 『벌거벗은 임금님』도 누구나 아는 이야기다. 안데르센에게서는 왠지 모르게 여성 불신이랄까, 여성 혐오적인 분위기가 느껴진다. 아프고 춥고 괴롭고 보답받지 못하는 등, 인어 공주나 성냥팔이 소녀 같은 여주인공들에 대한 처사가 너무 심하다. 안데르센 동화에는 대가가 주제인 작품이 많은 것 같기도 하다.

그러던 중 안데르센 동화 가운데 나에게 유난히 트라우마로 남아 있는 이야기가 불현듯 떠올랐다.

『어머니 이야기』.

어린 시절 텔레비전에서 재방송한 만화영화로 이 이야기를 접하고 너무나 어두운 스토리에 충격받았다. 나중에 만화영화의 바탕이 된 원작을 읽었을 때도 몹시 울적해졌다.

아무튼 괴롭고 아프고 보답받지 못하는 여주인공에 대한 안데르센의 가혹한 처사를 세 박자 고루 갖춘 비참한 이야기다.

옛날 어느 마을에 중병에 걸린 아이와 어머니가 살고 있었다.

어느 날 한 노인이 집으로 찾아와 병간호에 지친 어머니가 꾸벅꾸벅 조는 사이에 아이를 채어간다. 노인은 사신이었다.

어머니는 필사적으로 사신의 뒤를 쫓는다.

이 어머니는 가는 곳마다 사신의 행방에 대한 정보를 얻는 대가로 여러 가지를 요구받는다. 길에서 만난 여자는 "어느 길로 갔는지 알려줄 테니 당신이 늘 부르던 자장가를 불러줘"라고 해서 노래를 불러주고, 가시덤불은 "너무 추워. 당신 품에서 나를 따뜻하게 녹여줘"라고 해서 그것을 꼭 껴안고 피투성이가 된다.

호수는 "반대편 물가까지 건너가게 해주는 대신 당신의 아름다운 눈을 줘"라고 해서 눈을 뽑혀 앞을 못 보게 된다.

사신이 관리하는 온실에 당도한 어머니에게 관리인 노파는 "이곳의 꽃들은 각각 인간의 수명을 나타내는데, 꽃에 귀를 대면 심장 소리로 당신 아이의 꽃이 무엇인지 알 수 있을 거요"라고 말한다. 그리고 사신에게서 아이를 구할 방법을 알려주는 대신 어머니의 풍성하고 새까만 머리카락을 달라고 한다. 그 요구를 수락한 어머니의 머리카락은 새하얗게 세어버린다.

마침내 사신을 마주한 어머니는 자기 아이의 꽃과 다른 아이의 꽃을 움켜쥐고 "이 온실의 꽃을 죄다 뽑아버리겠어. 그게 싫으면 내 아이를 돌려줘" 하고 노파가 알려준 방법으로 협박한다.

사신은 "다른 어머니에게도 그대와 같은 고통을 안기려는 것이냐?" 하고 조용히 타이르며 호수에서 주워온 눈을 어머니에게 돌려준다. 그리고 "거기 있는 우물을 들여다봐라" 하고 말한다.

우물 속에는 어머니가 움켜쥔 두 꽃에 해당하는 아이들의 앞날이 비치고 있다. 매우 행복한 인생과 매우 불행한 인생. 그러나 어느 쪽이 자기 아이의 것인지는 알 수 없다.

어머니는 꽃에서 손을 떼고 "신의 뜻대로 하소서" 하며 힘없이 고개를 떨군다.

그러자 사신은 어머니의 아이를 저승으로 데려간다.

어떤가, 끔찍한 이야기가 아닌가? 아마도 그 바탕에는 기독교적 메시지가 들어 있겠지만, 나는 만화영화에서 본 어머니가 가시덤불을 가슴에 꼭 껴안고 피를 흘리는 장면과 눈이 멀어 손으로 더듬어가며 벼랑 끝의 길을 비틀비틀 걸어가는 장면이 트라우마로 남았고 너무나 무서워서 벌벌 떨었다. 이게 정말 동화일까? 안데르센은 대체 무슨 생각이었을까. 적어도 어린이에게 들려줄 이야기는 아니지 않나.

그런 생각을 하던 중 멜로디 하나가 불쑥 떠올랐다.

깜짝 놀라 나도 모르게 몸이 굳어버렸다.

단순하지만 어딘가 장엄하고 애절함이 감도는 멜로디.

그 멜로디는 전개 부분까지 하늘에서 한 덩어리로 떨어졌다.

그걸 현악기가 또랑또랑하게 연주하는 모습이 떠올랐다.

이건 '상실의 테마'다.

그렇게 깨달았다. 어머니는 자신이 얻는 정보의 대가로 가는 곳마다 몸의 일부를 잃는다. 이 멜로디는 그때마다 흐르게 될 상실의 테마다.

덩어리째 떠오른 멜로디를 허겁지겁 오선지에 옮겨 적었다.

몇 번이나 피아노로 쳐보고 확인한 다음 하루에게 전화를 걸었다.

『어머니 이야기』의 줄거리를 설명한 뒤, "이게 상실의 테마야" 하며 피아노로 쳐서 들려주었다.

하루는 전화기 너머에서 가만히 생각에 잠겨 있다가 "다시 한번 들려줘"라고 말했다. 결국 나는 같은 멜로디를 네 번이나 반복해서 연주해야 했다.

마침내 하루가 말했다.

"나나세, 이 테마를 중심으로 1막짜리 곡을 만들어줘. 이번에는 곡을 전부 먼저 만들어주면 그다음에 내가 안무를 짤게."

저절로 주먹이 불끈 쥐어졌다.

"좋아. 내가 상상하는 안무대로 전부 작곡해버릴게."

"그래."

1막 분량, 약 45분짜리 곡은 사흘 만에 완성되었다.

상실의 테마에서 파생된 다른 곡들이 너무나 술술 나와서 오선지에 옮겨 적는 손이 따라가지 못할 정도였다.

하루도 전화로 상실의 테마를 네 번 반복해서 듣는 동안 그 부분의 춤이 머릿속에서 완성되었다고 한다. 전곡을 건넨 후에는 안무도 빠르게 완성되었다.

〈어머니 이야기〉의 구상을 말하자 여성 베테랑 수석 무용수 모두 열성적으로 하고 싶어했다고 한다. 발레 배역 중 어머니가 주인공인

데다 모성이 주제인 경우는 드물다. 춤추는 보람이 있는 주제와 역할이라고 무용수들에게도 인정받아 무척 기뻤다.

막이 오르면 텅 빈 무대 중앙에 아기 침대가 놓여 있다.

조명은 어두컴컴하고 무대에는 불길한 분위기가 어렴풋이 떠돈다.

아기 침대 위로 긴 머리카락을 나부끼며 어머니가 몸을 굽히고 있다.

아기 침대에 손을 올려둔 채 살며시 춤추기 시작하는 어머니. 아이에게 아낌없이 쏟아붓는 애정과 아이의 병에 가슴 쥐어뜯기는 불안으로 애끓는 모습을 춤으로 표현한다.

이윽고 춤추다 지쳐 아기 침대 옆에서 잠드는 어머니.

그때 한 노인이 조용히 춤추며 나타나 아기 침대 속의 아이를 천천히 안아올리더니 그대로 데리고 나가버린다.

잠시 후 번뜩 정신이 든 어머니. 텅 빈 아기 침대를 보고 충격에 빠져 집을 뛰쳐나온다.

길에서 어머니는 까마귀를 만난다.

원작에서 일부를 바꾸어, 어머니가 가는 곳마다 만나는 것은 사람이 아니라 모두 의인화된 자연이나 생명체로 설정했다.

까마귀는 한바탕 솔로를 춘 뒤 사신이 지나간 길을 가르쳐주는 대가로 자장가를 불러달라고 요구한다.

어머니는 들어줄 아이가 없는 다정한 자장가를 춤으로 비통하게 보여준다.

까마귀는 어머니와 파 드 되를 춘 뒤 길을 알려준다.

다음으로 만난 것은 네 명의 무용수가 연기하는 길을 막고 춤추는 가시덤불.

어머니는 따뜻한 포옹을 요구하는 가시덤불과 춤을 춘다.

네 개의 가시덤불과 교대로 춤추는 과정에서 어머니의 옷은 소매와 몸통과 치마가 뜯겨 새빨간 의상이 드러난다. 가시덤불과의 포옹으로 피투성이가 된 어머니를 표현한 것이다.

가시덤불은 만족하며 길을 비켜준다.

그 앞에 나타난 것은 새파란 호수.

푸른 의상을 입은 여덟 명의 호수 무용수가 춤을 춘다.

어머니는 그들과 춤추던 중 눈을 빼앗긴다. 푸른 천으로 눈이 가려지고 무용수들에게 들려서 호수 건너 반대편 물가로 간다.

그곳은 형형색색의 꽃들이 만발한 화원이다.

꽃을 연기하며 춤추는 무용수들 사이에서 눈이 가려진 어머니가 나타나, 당황한 모습으로 주위를 더듬거리며 비틀비틀 헤맨다.

그곳에 나무가 등장하여 한동안 꽃들과 춤춘 뒤 어머니에게 무언가를 속삭인다.

어머니는 나무와 춤을 추고, 나무는 어머니의 흑발을 얻는다. 어머니의 머리카락은 순식간에 하얗게 센다.

꽃과 나무는 사라지고 어머니의 두 손에는 꽃이 한 송이씩 쥐어져 있다.

마침내 어머니가 찾아 헤맨 사신이 나타난다.

어머니는 양손에 꽃을 쥐고 눈가리개를 한 채로 더욱 격렬하게 광란의 춤을 춘다. 사신을 협박하고, 저주하고, 그에게 호소하고, 간청한다. 무슨 수를 써서라도 자신의 아이를 되찾기 위해 죽을힘을 다한다.

물끄러미 어머니의 춤을 보던 사신은 호수에서 주워온 눈을 꺼내 가만히 어머니에게 다가가 눈가리개를 풀어준다. 어머니의 눈을 돌려준 것이다.

사신이 무대 안쪽을 가리키자 우물로 설정된 거대한 고리가 천장에서 내려온다.

거대한 고리 너머에서 두 아이가 춤을 춘다.

각자의 미래, 각자의 인생.

죽음의 신이 두 아이에게 다가가고, 이윽고 셋이서 춤을 추기 시작한다. 세 사람은 어머니에게 다가와 이제 넷이서 춤을 춘다.

혼란스러워하는 어머니. 갈등하는 어머니. 고뇌하는 어머니.

나머지 셋이 담담한 미소를 쭉 머금고 있는 것과는 대조적으로, 어머니는 고뇌에 찬 복잡한 표정을 짓는다.

아이들은 어느새 사라지고 어머니는 꽃을 움켜쥔 채 사신과 둘이서 춤춘다. 비통하고 잔혹한, 생사의 갈림길에 선 파 드 되.

여기서는 더욱 볼륨을 키운 상실의 테마가 흐른다. 몇 번이나 반복해 흐른 상실의 테마는 이미 관객 안에 깊숙이 스며들어 어머니의 마지막 상실이 그들의 마음을 휘젓는다.

춤을 마친 두 사람.

어머니는 비틀비틀 무대 중앙으로 걸어가 관객을 향해 무릎을 풀썩 끓는다.

양손에 움켜쥐고 있던 꽃이 툭, 툭, 바닥으로 떨어진다.

사신이 살며시 다가와 한쪽 꽃을 집어들고 빙그르르 뒤돌아 무대 안쪽으로 사라진다.

어머니는 떨리는 손을 천천히 맞잡고 허탈한 표정으로 기도를 올린다…….

막이 내린다.

〈안외쿠메네〉 때와는 달리, 신기하게도 완성된 작품을 나도 그저 한 사람의 관객으로서 감상할 수 있었다.

하루의 춤과 나의 곡이 오래전부터 존재해온 것처럼 확고하게 하나가 되어 눈앞에 있었다.

어머니를 연기한 수석 무용수는 정말 멋졌다. 혼을 불어넣은 신들린 춤. 희망과 절망, 애정과 증오. 순간순간마다 변하는 심정을 훌륭하게 표현했고, 마지막 장면의 허탈한 표정은 뇌리에 강렬하게 박혔다.

상상 이상으로 감동적인 작품으로 완성되어 주변의 관객 모두가 울고 있었다.

조금 부끄럽기도 하고 낯 두꺼운 짓 같기도 한데, 솔직히 고백하자면 내 곡이 마치 다른 사람이 만든 곡처럼 느껴져 마지막 상실의 테마에서는 감동받은 나머지 나도 어느새 울고 말았다.

울어버렸어, 하고 하루에게 살그머니 말하자 하루는 "헤헤, 사실은 나도 그랬어" 하며 가볍게 웃었다.

무언가를 만드는 과정은 똑같은 형태가 이 세상에 단 하나도 존재하지 않고, 언제나 다르며, 늘 매우 흥미롭다.

물론 흥미롭다고 쿨하게 말할 수 있는 건 훨씬 나중이고, 그 소용돌이 속에 있을 때는 그런 여유를 부릴 틈이 없어서 그저 필사적으로 맞붙어 헐떡이며 악전고투한다. 내가 지금 만들고 있는 게 무엇인가? 뭘 만들고 있는가? 과연 세상 사람들에게 받아들여질까? 훗날 어떻게 평가될까? 그런 의문이 이따금 문득 머릿속을 스치기도 하지만, 그런 생각을 해봤자 소용이 없다는 것은 자명한 이치다. 늘 내 능력의 한계와 과제의 크기를 어떻게 절충할지 고민하다가 소금 뿌린 생선처럼 고통스러워한다. 당연히 절충하지 못한 적도 많아서, 떠올리면 "으악" 하고 고함을 지르고 싶기도 하고 쉽게 풀이 죽기도 한다. 그러나 이제는 과거의 일은 깨끗이 잊고, 그저 앞으로 나아가는 수밖에 없다며 스스로를 애써 타이른다.

결국 내가 하고 싶은 말은, 끝난 일은 그리 돌아보지 않는다는 것이다.

나중에 〈어새슨〉의 창작 과정에 대해 수많은 사람들이 끝없이 물어왔고 책으로 쓴 사람도 있지만, 지금까지 말했듯 그건 일직선으로 이루어진 게 아니라 여기저기에 씨앗을 뿌려뒀다가 땅속에서 서서히 뿌리를 내린 뒤 꽃을 피운 것이기에 한마디로 간단히 설명할 수는 없다.

하루 역시 자신의 작품을 남기는 것에 그다지 집착하지 않는 편이라서 "〈어새슨〉은 힘들었지" 정도의 감상밖에 없는 듯하다. 그래서 인터뷰한 사람들은 모두 당황했던 모양이지만 나도 같은 말로 마무리하고 싶다. 〈어새슨〉, 힘들었다.

뭐, 우리의 활동 기간이 이미 디지털 시대로 접어든 이후라는 점은 매우 감사한 일이라고 생각한다. 하루의 작품 대부분이 영상으로 남아 있고 창작 과정도 상당 부분 기록되어 있다는 것은, 개인적으로도 발레사적으로도 문명의 진보에 크게 감사하고픈 부분이다.

물론 라이브 무대를 보는 행운, 같은 공기를 마시며 지금 여기서 이 사람이 춤추는 모습을 목격하는 기적은 아무리 멋진 영상이 남아 있다 해도 결코 대신할 수 없다는 사실은 충분히 안다.

그렇다, 내 몸속 어딘가에는 〈어새슨〉의 초연 첫날 무대가 아직도 고스란히 냉동 보존되어 있다.

핫산의 다른 세상에서 온 듯한 특별한 느낌. 그의 벨벳 같은 피부가 조명 속에서 눈부시게 빛나며 신화 속 생명체처럼 보여 닭살이 돋았다. 바네사의 귀기 어린 요염한 춤. 관객을 모조리 태워버릴 듯한 도발적인 에메랄드빛 시선에 전율했다.

이국적인 짐승 같은 남성 무용수들의 군무. 손에 든 검이 번쩍번쩍 리드미컬하게 빛나서 그것만으로 실험적인 음악 같았다. 호화찬란하게 피어난 화단의 꽃들이 산 채로 문드러지는 것처럼 색과 향으로 가득한 여성 무용수들의 숨막히는 군무. 반짝이는 실이 들어간 아름다운 베일이 어지럽게 날아다니는 나비처럼 나부꼈다.

무대 중앙에서 장식품처럼 벤치에 기대어 앉은 장 자매의, 그저 손가락을 까딱하는 작은 동작이 얼마나 관객의 시선을 잡아끌어

등줄기를 서늘하게 만들었던가.

그건 영상으로는 알 수 없다. 무대를 목격하고 객석에서 체험한 사람의 마음속에만 남는 것이다.

안무가에게는 자신의 작품이 어떻게 남을까.

그것이 궁금해서 언젠가 하루에게 물어본 적이 있다.

하루, 〈어새슨〉 안무 말이야, 전부 기억하고 있어? 본인이 만든 춤은 자기 안에 얼마나 남는 거야?

그러자 하루는 순간적으로 의아해하는 표정을 지으며 나를 쳐다봤다. 뜻밖의 질문이었던 듯, 질문의 의미를 다시 생각해보는 얼굴이었다. 그는 충분히 말하지 않을 때는 있어도 결코 대충 대답하지는 않는다. 언제나 정직하고 솔직하다.

하루는 부드럽게 미소 지었다. 두근거릴 정도로 아름답지만 사심은 전혀 없는 미소.

예전에는 그저 예뻐서 매료되기만 했던 미소지만, 오랜 시간 하루와 함께 작업하다 보니 나는 점점 하루의 그 미소가 무서워졌다.

하루가 그런 식으로 웃는 건, 자신이 이제부터 할 말을 상대가 이해하지 못하리라고 예감할 때라는 사실을 깨달았기 때문이다. 그래서 나도 그 미소를 볼 때마다 늘 작고 슬픈 예감을 가슴속에 진하게 품게 되었다. 아아, 다음 대답으로 하루는 또다시 나에게서 조금 더 멀어지겠구나. 그런 마음의 준비를 하지 않으면 그 미소는 너무 견디기 힘들다.

남지 않아. 하지만 기억하고 있어.

그것이 하루의 대답이었다.

포장해서 무대에 올리면 그걸로 끝이야. 나나세 너도 〈어머니 이야기〉를 보고 운 건, 네가 만든 음악이라서가 아니라 하나의 작품으로 봤기 때문이잖아? 작품이 되고 나면 그때는 관객의 눈으로 볼 수 있게 돼.

하루는 살며시 고개를 갸웃거렸다.

무대란 근사한 만찬 같은 거잖아? 전부 한 번뿐이야. 매일 저녁 같은 메뉴라도 매번 다르지. 요리 자체는 먹고 나면 없어져. 아, 맛있었다, 정말 훌륭한 만찬이었어, 하고 손님들의 기억 속에만 존재할 뿐이야. 하지만 레시피는 남아. 셰프는 자신이 만든 레시피라면 기억하는 법이거든. 레시피를 보면 다른 사람들도 재현할 수 있고. 그래도 남지는 않아.

이번 대답은 썩 잘 이해되는 편이어서 나는 마음이 놓였다.

하루는 말을 이어갔다.

그렇지만 잔향 같은 건 있지. 예를 들어 이런 식으로, 예전에 안무를 짠 포즈를 취하면…….

하루는 팔꿈치에 오른손을 가볍게 대고 왼손을 뻗었다. 그것만으로 그곳은 무대가 되었다. 역시 발레는 팔이구나 싶었다. 그나저나 어느 장면일까 생각해봤지만 금방 떠올리지는 못했다. 하루는 팔을 내렸다.

당시의 기억이 되살아나. 만들었을 때의 기분이나 이미지 같은 게 코끝에 향기처럼 훅 끼칠 때가 있어. 나나세는 그런 적 없어?

있을지도 몰라, 하고 나는 대답했다.

그 시기의 상황이나 그때 먹었던 정크 푸드의 맛, 아무래도 좋은 사소한 일들을, 곡을 만들 당시의 기분과 함께 떠올릴 때가 있어.

그렇지?

하루는 고개를 끄덕였다.

〈어새슨〉에 대해 내가 아는 건, 그 외에도 전막 발레 아이디어가 많았을 텐데 하루가 최초의 오리지널 전막 발레로 그 작품을 선택한 것은 상당한 모험이었다는 점, 그리고 동시에 그 결정에 확신이 차 있었다는 점이다.

다른 작품이라면 아이디어나 주제에 대해 꽤 오래전부터 하루에게 들었지만, 내가 기억하기로 오리지널 전막 발레에 관해서는 들은 적이 없었다.

단순히 전막 발레에 대해서라면 이따금 이야기했다. 물론 〈세 개의 오렌지에 대한 사랑〉이 그랬고, 프로코피예프의 다른 작품인 〈돌의 꽃〉도 전막으로 제대로 만들어보고 싶다고 일찍부터 말했다.

레이 브래드버리나 스타니스와프 렘의 SF, 프랭크 허버트의 『듄』은 발레가 되지 않을까? 에드거 앨런 포의 단편집으로 고딕 호러 느낌의 발레를 만들면 어떨까. 그런 관점에서 보면 피터 그리너웨이의 영화는 상당히 발레스러워, 등등 거의 농담 반 진담 반으로 와르르 이야기를 쏟아냈다.

그러고 보니 예전에 후카쓰 씨가 "무생물 역할을 엄청 시켰다"라고 말한 적이 있는데(〈마천루의 역사와 흥망성쇠〉는 그 뒤로도 실현되지 않았다), "알고리즘은 왠지 컨템퍼러리 작품이 될 법한 테마지 않아?"라는 이야기도 했다. "집적 회로를 얹은 기판이나 슈퍼컴퓨터의 깜빡임이 리드미컬하잖아?"라는 것이었다. 그 의견에는 나도 어쩐지 동의할 수 있었다. 확실히 자연계의 법칙이나 컴퓨터 언어에서는 음악이 느껴질 때가 있다.

하루는 그리스 신화의 오르페우스 이야기나 일본의 요모쓰히라사카* 이야기처럼 '저승에 가서 배우자를 되찾으려 했지만 절대로 아내를 보지 말라는 금기를 깨고 실패하는 이야기'가 세계 여러 나라에서 공통적으로 전해내려온다는 점이 재미있으니, 그걸 주제로 작품 하나를 만들 수 있지 않겠냐는 말도 했다. 그가 민간 설화나 민속학적인 것에 흥미를 가지고 있다는 점이 인상적이었다.

한번은 "『도노 이야기』**는 발레로 만들 수 없을까?"라고 하기에 "그런 이야기를 어떻게 발레로 만들어?" 하고 되물었던 적이 있다.

"일단 어떤 요괴가 춤을 추는데?" 하고 묻자 "그야 갓파***나 자시키와라시****지"라고 해서 나도 모르게 웃음이 터졌다.

"그게 뭐야, 어린이 대상 발레야? 난 어린이 대상이라고 해서 인형탈을 쓰는 식의 발상은 좋아하지 않아."

그러자 하루는 놀란 표정을 지었다.

- 일본 신화에 등장하는 이승과 저승을 연결하는 언덕.
- 일본의 민속학자 야나기타 구니오가 이와테현 도노 지방의 민간 설화와 전설을 모아서 출판한 책.
- 일본의 전설 속 요괴로 물속에 산다는 상상의 동물. 녹색 피부에 대머리이고 손발에는 물갈퀴가 있다.
- 집에 머무르며 그 집안에 행운을 가져다준다는 일본의 전설 속 요괴. 보통 어린이의 모습으로 묘사된다.

317

"엇, 어린이 대상으로 만들 생각은 없었는데. 인형 탈을 씌우는 것처럼 이상한 의인화도 안 할 거고. 『도노 이야기』의 정신세계를 형태로 만들고 싶을 뿐이야. 자시키와라시든 갓파든, 그 지방 사람들에게 존재가 '보였다'는 건 무의식중에 공유하던 세계관이 시각화된 것이 아닐까 해."

이번에는 내가 놀란 표정을 지을 차례였다.

"으흠, 듣고 보니 확실히 하루다운 소재인 것 같아."

"'전율케 하라'라고 했는걸."

전율케 하라. 그것은 야나기타 구니오가 『도노 이야기』에 쓴 유명한 서문의 한 구절로, '평지 사람들이여, 산사람들의 심오한 정신세계에 전율하라!'라는 맥락 속에서 쓰인 말이었을 것이다.

정신성. 그것은 예술가, 다시 말해 무언가를 만드는 사람에게는 몹시 무거운 단어다. 그것의 존재 여부에 따라 작품을 만드는 사람도 연기하는 사람도 그 깊이가 명백하게 달라진다. 자신의 정신성을 믿을 수 있는 창작자가 과연 몇이나 될까? 혹은 그만큼 낙천적인 사람이 어디 있을까. 그런 생각을 하기 시작하면, 창작자 축에 겨우 끼는 사람으로서 너무나 암담해진다.

어쨌거나 하루의 주제는 언제나 확고하고 변함이 없다. 이 세상의 형태, 정신의 형태를 춤으로 표현한다는 점에서 말이다.

그러니 지금이라면 하루가 암살자라는 소재를 오랫동안 간직해온 것이 이해가 간다.

전 세계의 역사 속에 무수히 남아 있는(혹은 남아 있지 않은) 암살이라는 행위는, 사람들의 신의나 신념이라는 마음의 형태가 겉으로 드러난 것이라고도 할 수 있으니까.

어새슨. 즉 암살자를 뜻하는 이 단어의 어원에 관해서는 여러 가지 이야기가 있지만 해시시(대마초)에서 유래했다는 설이 유력하다. 들어본 사람도 있을지 모르겠다.

하루는 특정 종교가 아니라 절대신을 섬기는, 지금은 사라진 고대 문명의 종교라는 설정으로 〈어새슨〉의 세계를 구상했다.

종교는 신자 수가 어느 정도의 규모에 이르러 조직화되면 교의가 안정되어 발전한다.

그러나 그 규모가 더욱 거대해지고 교주의 사망 등으로 신자의 세대교체가 이루어진 이후에는 교의에 대한 해석 차이로 대립이 일어나 여러 유파로 분열된다. 이 고대 종교도 예외가 아니어서 몇 차례의 분열이 일어나는 과정에서 어디에도 속하지 않는 교단이 생겨나고, 머지않아 그 교단은 모든 유파에서 이단 취급을 당한다.

신의 이름 아래 어마어마한 피가 흐른다. 한 몸에서 갈라져나온 이들이니만큼 동족 혐오가 격렬하고, 분열된 유파와 교단 사이에서도 무력 투쟁이 심화된다. 신자가 적은 교단은 다수파처럼 조직적인 군대를 가질 수 없다. 그래서 선택한 전술이 일격 필살, 적대 진영의 리더나 장군급 인물을 하나씩 죽여나가는 방법이다.

이 암살자들의 냉혹함에 벌벌 떨던 사람들은, 암살자들이 공포심을 마비시키는 마약에 절어 있기 때문에 죽음을 두려워하지 않는다고 생각한다.

이윽고 이 교단에는 '숨 쉬지 않는 자'라고 불리는 베일에 싸인 지도자가 있어, 암살자로 발탁된 젊은이를 미녀들이 기다리는 낙원으로 데려가 혼을 쏙 빼놓은 다음 약에 절여 살인을 시킨다는 소문이 퍼진다.

인간의 근원적인 부분에서 표리일체의 관계에 있는, 에로스와 타나토스라는 욕망이 〈어새슨〉에서는 그대로 형태가 되어 나타난다.

하지만 하루가 매료된 것은 그 부분만이 아니다. 〈어새슨〉이 품고 있는 주제는 그보다 훨씬 장대하다. 이야기의 어두운 밑바닥에는 종교적 관용과 불관용, 아니, 종교뿐만 아니라 모든 타자에 대한 관용과 불관용이라는 주제가 깔려 있다. 그것을 어떻게 받아들일 것인가, 어떻게 생각할 것인가, 그런 질문을 던지는 작품이다.

그렇기 때문에 하루의 〈어새슨〉은 매우 아름다운 동시에 엄청나게 무섭다.

교단이 암살자로 발탁한 주인공 청년은 미녀들의 낙원과 혹독한 전장을 오가는 사이에 아무것도 생각하지 않는 냉혹한 살인 기계로 변모한다.

그의 표정에서는 예전에 가지고 있던 두려움과 연민, 망설임과 회의감 등의 인간다운 면모가 사라진다. 그는 쾌락이라는 보상을 위해 모든 감정을 내버린 꼭두각시가 된다.

그 사실은 그의 마음을 좀먹고 정신세계를 일그러트려 파멸로 이끈다. 피로 속죄하는 관능의 끝에서 기다리는 것은 끝없이 황량하고 쩍쩍 갈라진 사막뿐이다. 그가 가는 길에는 인적 없이 불타버린

신전만이 솟아 있다.

너무도 암울하고 무참한, 아비규환의 파국적 결말에 예상대로 〈어새슨〉 초연 때는 호불호가 분명히 갈렸다. 큰 소동이 일었고 하루에게는 취재 요청이 쇄도했다.

하루는 언제나 그렇듯 표표하게 대답했다. 칭찬과 비난 어느 쪽에도 별로 신경 쓰지 않는 모습이었다.

나에게는 하루만큼의 취재가 들어오진 않았지만 하루를 본받아 담담하게 대답했다.

저는 그가 만드는 세계에 음을 붙였을 뿐이고, 그의 춤에서 들려오는 음악을 받아 적었을 뿐입니다. 네, 그것에는 성공했다고 생각해요.

하지만 내심 나는 그 커다란 반응에서 무대의 성공을 확신했다.

무엇보다 춤이 훌륭했다. 무용수들에게 매료되었다. 비난하는 사람들 중에서도 그 점을 부정하는 이는 없을 것이다. 그 춤을 보고 싶다, 그 춤을 추고 싶다. 관객도 무용수도 그렇게 생각했다면 무대는 성공이다.

하루가 오리지널 전막 작품으로 〈어새슨〉을 선택한 것은 분명 어지간히 큰 도박이었지만, 이 작품은 확실히 그에게 새로운 길을 열어주었다.

만약 첫 오리지널 작품으로 좀 더 무난한 것, 예컨대 문학 작품이나 전기를 골랐다면 하루는 모범적인, 다시 말해 정석적인 안무가라는 카테고리에 들어갔을지도 모른다.

솔직히 그렇게 되지 않아서 다행이라고 생각한다.

하루는 이래야 한다. 요로즈 하루로서, 요로즈 하루의 길로 힘차게 나아가야 한다.

그래서 안심했다고 바꿔 말해도 좋다.

한편으로 두렵기도 했다는 점은 부정할 수 없다.

하루가 최전선에서 활발하게 작품을 만들고 춤추기를 바라지만, 너무 빠르게 진화해버리지는 말았으면 했다. 그것이 솔직한 심정이었다.

진화가 빠른 것은 수렴도 빠르다. 재즈가 그랬다. 어쩌면 비틀스라는 밴드도 그랬을지 모른다. 진화하는 속도가 너무 빨라서 아무도 따라잡지 못하게 되었다. 혹은 갈 데까지 가버려서 포화 상태가 되고 말았다.

안타깝게도 그런 상태가 되는 경우가 이 세상에는 수두룩하다. 예술의 세계에서는 특히나 더.

하루, 나를 두고 가지 마.

나는 마음 깊은 곳에서 그렇게 간절히 빌었다. 그보다 더 속도를 높이면 난 따라갈 수 없어. 언제나 한계까지 노력하지만 하루의 벽은 자꾸만 높아졌다.

부탁이니까 그 미소를 더는 보이지 말아줘. 그 슬픈 예감으로 가슴 조이게 만들지 마.

누구보다 그 미소에 매료되면서도, 나는 〈어새신〉을 만드는 동안 그 미소를 그저 두려워하기만 했다.

"요염하지 않아."

하루가 〈어새슨〉의 안무 연습을 할 때 입버릇처럼 했던 말이다.

물론 그것은 천국 파트의 여성 무용수들에게 하는 말이었고, 그 중에서도 선두에서 춤추는 바네사에게 하는 말이기도 했다.

"바네사, 생각 좀 해봐. 새파란 청년이 거기에 푹 빠져서 사람을 죽여도 상관없다고 여길 정도라니까? 지금 네 춤에 사람을 죽이게 만들 정도의 매력이 있는 것 같아?"

하루의 그런 거침없는 말에 바네사가 심하게 울컥하는 모습을 보는 것이 〈어새슨〉 안무 연습의 또 다른 일상이 되었다. 비밀이지만 나는 바네사의 울컥한 얼굴을 보는 것이 싫지 않다. 새침 떠는 미소보다 화난 표정이 더 바네사답고 귀여우니까.

"인도의 힌두교 사원에 있는 엄청 요염한 부조, 본 적 없어? 고대 인도의 성애 경전 『카마수트라』를 부조로 만든 거 말이야. 무채색 부조인데도 보고 있으면 조각 하나하나가 움직이기 시작하고, 한숨 소리나 헐떡이는 소리가 들려올 듯하지. 그 앞에 서 있기만 해도 머리가 어지럽고, 화려한 색깔로 뒤덮인 낙원에 있는 것 같아져. 너희들은 살아 있는 인간인데 먼 옛날의 석불한테도 지고 있어."

인도 카주라호에 있는 칸다리야 마하데바 사원 말이지. 나는 직접 본 적이 있다. 확실히 그건 코피가 날 정도로 대단하긴 하다.

"머나먼 인도반도의 부조를 〈어새슨〉 무대의 예시로 끌고 오면 곤란해."

바네사는 한껏 불쾌한 목소리를 냈다.

실은 "요염하지 않아"라는 지적은 바네사의 아픈 곳을 건드리는 것이었다. 바네사는 강하고 당당하고 아름다운 여왕님이긴 하지만 결벽증적인 면도 있어서 여자의 무기를 쓰는 데 저항감을 느끼는 타입이다. 거만하게 명령할 수는 있어도 온갖 수단으로 회유하는 것은 고결하지 않다고 여긴다. 하루도 그 점을 잘 알고 있기 때문에 구태여 요구하는 것이었다.

확실히 그때 바네사의 춤은 굉장히 아름다웠고 주위를 압도하기는 했지만 코피가 나지는 않았다.

하루가 틈만 나면 "요염하지 않아"라고 하는 통에 어느 순간 바네사가 폭발했다.

"난 모르겠으니까 할 네가 시범을 보여줘."

다른 여성 무용수들도 반사적으로 바네사에게 동의하는 것이 느껴졌다. 나는 쓴웃음을 지었다.

시범을 보여줘. 아마도 이 말은 안무가에 대한 금기어 중 하나일 것이다.

"시범?"

하루는 그렇게 중얼거리고는 흠, 하며 고개를 갸웃거렸다.

그리고 모두의 앞으로 스르륵 나아가 얼굴을 숙이고 조용히 자세를 잡았다.

천천히 두 손을 들어올리고, 문득 고개를 들었다.

모두가 깜짝 놀랐다.

이 얼마나 음란한 눈인가. 문자 그대로 눈빛이 바뀌어 있었다.

옅은 미소를 띠고, 누구에게랄 것 없이 추파를 흘린다.

그곳에는 압도적인 관능미를 가진 엄청난 요물이 서 있었다. 무심코 휘두르는 팔, 유연하게 젖히는 몸, 바닥을 스치는 듯한 사뿐한 발걸음, 동작 하나하나에서 눈을 뗄 수 없어서 숨이 멎었다.

도발적이지만 교태도 있다. 깔보는 듯하면서 동시에 연민을 호소하는 것 같기도 하다.

애절하면서도 방만하고, 즉흥적이면서도 오만하다.

모두가 몸을 앞으로 내밀고 빨려들어갈 듯한 표정으로 그를, 아니 그곳에 있는 성별을 초월한 고혹적인 존재를 응시했다.

바네사도 어느 틈에 뺨을 붉히고 멍한 표정으로 하루를 보고 있었다. 물론 다른 여성 무용수들과 스태프들도. 나도 코피가 날 것 같았다.

"······이런 느낌이랄까?"

하루는 불현듯 동작을 멈추고 원래의 모습으로 감쪽같이 돌아와 있었다.

모두가 정신을 차리고 붉어진 얼굴을 마주보며 쑥스러운 듯이 부산을 떨었다.

"아, 분해. 어째서 저런 살랑대는 산들바람 같은 남자가 나보다, 아니 여기 있는 다른 누구보다 더 요염한 거야!"

나중에 바네사가 어째서인지 나한테 와서 그렇게 외쳤다.

〈어새신〉의 곡 작업은 치밀한 퍼즐 같았다.

하루가 안무를 짠 춤을 보면서 악보를 세밀하게 수정하느라 나는 연습실에도 날마다 나갔다. 연습 후에는 매일 빼먹지 않고 하루와 면밀하게 의견을 주고받았다. 물론 예전부터 얼굴은 알고 지냈지만 이 전막 오리지널 작품을 준비하며 발레단 멤버들과도 더욱 친해졌다. 덕분에 완전히 허물없는 사이가 되어 연습이 끝나면 꼭 누군가가 나에게 와서 말을 걸고는 했다.

산들바람 같은 남자. 너무나 딱 맞는 표현이라서 나도 모르게 웃음이 터졌다.

하지만 바네사는 위엄 있게 서서 나를 노려보았다.

"나나세, 넌 어린 시절부터 할을 알았지? 저 녀석은 어릴 때부터 그랬어?"

나는 순순히 고개를 끄덕였다.

"어릴 때부터 그랬어."

바네사는 주위를 살피더니 갑자기 목소리를 낮췄다.

"있지, 할은 어떤 타입을 좋아해? 애초에 그 대상이 남자야, 아님 여자야?"

나는 당황했다. 실은 하루와 내가 어린 시절부터 친구라는 사실을 안 많은 사람이 그가 좋아하는 타입이나 성적 지향에 대해 몰래 물어왔기 때문에 그 질문에는 익숙해져 있었다. 하지만 바네사까지 같은 질문을 하다니 조금 의외였다.

나는 어깨를 으쓱했다.

"하루는 일본 시골 산간 마을에서 태어나 강변에서 점프하다가 발레 선생님한테 스카우트되어 발레를 시작했어. 열다섯 살 때 발레 유학을 왔고 그대로 발레단에 들어갔지. 바네사는 발레 학교 시절 열일곱 살에 YAGP를 수상했잖아? 자, 여기서 질문. 이 가혹한 발레 계에서 그렇게까지 성공한, 다시 말해 발레에만 몰두한 인생을 살아온 사람이 친구랑 방과 후에 노닥거리면서 '난 저 애가 좋아' 하고 연애 이야기를 하거나, 매일 누군가의 모습을 눈으로 좇으며 좋아하는 마음이 커진 나머지 주말에 어딘가로 불러내서 '나랑 사귀어줘' 하고 고백할 여유가 있다고 생각해?"

"없지."

바네사가 즉시 대답했다.

"그렇지? 그러니까 나도 몰라."

"그건 그렇네."

바네사는 크게 고개를 끄덕이며 지체 없이 물러났다. 묘하게 납득한 모습이었던 게 웃겼다.

하루가 남녀노소 모두에게 인기가 있다는 건 누구나 아는 사실이고, 그를 동경하는 사람은 어릴 때부터 발에 채일 만큼 많았지만 염문은 전혀 없었던 데다 우리가 그런 이야기를 나눈 적도 없으니 나는 정말 모른다. 왠지 바이섹슈얼일 것 같기도 하고, 어쩌면 혼자 완결되어 있어서 누구에게도 성적인 흥미를 느끼지 않는 성향일 것 같기도 하다. 어쨌든 자나 깨나 발레밖에 모르는 사람이라 '발레랑 결혼했나?' 하는 느낌마저 든다. 바로 그렇기 때문에 하루는 남성, 여성을 초월해 누구라도 될 수 있는지 모른다.

"안 무서워."

이것은 하루가 지옥 파트를 연습할 때 매일같이 했던 말이다.

당연히 지옥 파트에서 춤추는 남성 무용수들, 그리고 선두의 핫산에게 하는 말이기도 했다.

핫산 역시 그 말을 들을 때마다 왕방울만 한 눈을 더욱 크게 뜨고 부아가 치미는 표정으로 하루를 노려봤다.

"이 자식아, 자기가 만든 춤에 트집을 잡는 거냐?"

"아니, 춤에 트집을 잡는 게 아니야. 역시 핫산, 안무대로 하는 건 완벽해. 오히려 내가 짠 안무 이상으로 추고 있어."

"그럼 뭔데?"

"하지만 무섭지 않아. 너무 장난스러워. 아니, 감정이 지나치게 풍부한 걸까?"

하루는 자신이 한 말에 고개를 갸웃한 뒤 다시 핫산을 마주봤다.

"지금의 넌 기껏해야 마피아 말단 조직원이야. 길거리 양아치들의 리더 정도지. 쓸데없는 살기를 너무 많이 내뿜고 있어. 진짜 강한 녀석은 불필요한 살기를 내뿜지 않거든. 더 고요하고, 더 평온하지."

늘 그렇듯 거침없이 말하는 하루에게 핫산은 눈을 부라렸다. '양아치'라는 한마디에 화가 난 듯했다.

"미안하게 됐수다, 양아치라서. 아무래도 타고난 환경이 불량하니까."

"그런 이야기를 하는 게 아니잖아. 알면서 왜 그래."

둘은 마주보고 선 채 서로 한 걸음도 물러나지 않았다.

"안 무서워."

하루는 다시 한번 말하더니 갑자기 자세를 낮추고 몸을 웅크렸다.

"무엇보다 그렇게 살기를 줄줄 흘려대면 사냥감이 도망가버린다고."

낮은 목소리로 중얼거린 뒤, 하루는 보이지 않는 검을 쥐었다.

갑자기 칼날이 둔탁하게 번뜩인 듯한 착각이 들었다.

"살며시 접근하는 거야. 사냥감이 눈치채지 못하도록."

스르륵.

핫산을 비롯해 주위 모든 사람들의 몸이 굳었다.

공기가 팽팽하게 긴장되어 돌연히 싸늘해진 느낌이 들었다.

하루는 눈을 치켜뜨며 바싹 다가가 핫산을 응시했다.

뼛속까지 시려오는 듯한, 차갑고 감정 없는 그 눈.

하루는 손을 쓱 내밀었다.

"일격 필살, 기회는 단 한 번. 상대는 자신이 살해당했다는 사실조차 알아차리지 못할 정도지. 암살이란 그런 거잖아?"

보이지 않는 검이 핫산의 목을 겨누고 있었다.

핫산은 움찔했다.

분명 핫산에게도 날카로운 칼날이 보인 것이었다.

하루는 핫산에게서 시선을 떼지 않고 말을 이어갔다.

"암살자들의 두목이야. 고작 반경 10미터밖에 보지 못하는 양아치랑은 차원이 다르다고. 그는 누구보다 조용하고, 누구보다 침착하며, 누구보다 시야가 넓고, 누구보다 앞을 멀리 내다보지."

하루는 별안간 등을 펴고 평소의 표정으로 되돌아와서는 "알겠지? 그런 인물을 네가 연기해줬으면 해" 하고 중얼거렸다.

손에 든 검을 뒤집어 "자" 하면서 칼자루를 핫산 쪽으로 내미는 동작.

저도 모르게 손을 마주 내민 핫산에게 검을 건네주는 마임을 한 뒤 하루는 생긋 웃었다. 핫산은 여우에 홀린 듯한 표정이었다.

"저 자식, 대체 뭐야?"

이번에는 핫산이 혼란스러운 얼굴로 나에게 다가왔다.

"어째서 저런 꽃밭의 나비 같은 녀석이 그런 위압적인 분위기를 풍길 수 있는 거지?"

꽃밭의 나비 같은 녀석.

이 또한 오래 알고 지낸 만큼 딱 들어맞는 비유였다.

"하루는 어릴 때부터 그랬어."

나도 또다시 같은 대답을 했다.

"하루는 자연계를 표본으로 삼아서 예전부터 그것을 춤으로 표현하려 해왔거든."

핫산은 한동안 내 말의 뜻을 생각해보다가 이내 짚이는 데가 있다는 듯이 살짝 고개를 끄덕였다.

"그렇군. 일본은 자연재해가 많은 나라니까."

"응. 자랑은 아니지만 웬만한 건 얼추 다 갖추었지. 지진에 태풍, 화산에 저출생까지."

"저출생도 자연재해야?"

"음, 일본의 경우 굳이 말하자면 인재人災일지도 몰라."

"어째서?"

"아이를 낳고 키우기 좋은 사회로 만들어오지 않았으니까."

"일본인은 어딘가 달관한 부분이 있는 것 같아. '제행무상'이라고 하나?"

"그럴지도 모르지."

"난 이러니저러니 해도 도시에서 나고 자랐잖아. 흙이 있는 곳에서 살아본 적이 없어. 너희 고향은 눈이 많이 내리지?"

"우리가 살았던 곳은 분지라서 그렇게 많이 내리진 않아. 하지만 추우니까 학교 운동장에 물을 뿌리면 스케이트를 탈 수 있었어."

"소문으로 들었는데, 곤충을 먹는다는 게 진짜야?"

"응. 메뚜기나 꿀벌 애벌레 같은 거. 둘 다 맛있어. 고단백이기도 하고."

핫산은 돌덩이라도 삼킨 듯한 표정이었다.

"야생적이네. 어쩔 수 없군, 그 야생성을 봐서 용서해주지."

핫산의 사고방식은 이따금 따라가기 힘들었다.

하루가 바네사 앞에서 요염함을, 핫산 앞에서 무서움을 직접 연기해 보여준 뒤로 모두의 춤이 완전히 달라졌다.

솔직히 말해 그전까지 어딘가 미적지근하고 평범했던 안무가 생생한 '춤'으로 바뀐 것이다.

모두의 표정이 번뜩이기 시작했다.

바네사를 비롯한 여성 무용수들은 그전까지의 조신한 태도를 내던지고, 최소한의 기품은 유지하면서도 숨막힐 듯한 요염함을 폭발시켰다.

바네사도 껍데기를 깨고 나왔다고 해야 할까, 원래부터 강렬한 아름다움과 존재감이 있었지만 거기에 더해 엄청난 관능미까지 꽃피웠으니 이제는 적수가 없었다. 같은 여자가 봐도 천국 파트는 그야말로 어느 장면에서든 코피가 날 것 같았다.

한편 지옥 파트는 어땠는가 하면, 핫산도 180도 바뀌었다.

그전까지는 제멋대로 에너지를 내뿜었다면 이제는 그것을 주의 깊게 억제하게 되었다. 감추어진 에너지를 상상하게 만드는 온몸에 넘쳐흐르는 긴장감. 그것이 그의 춤에 깊은 정신성과 소름 끼치는 불온함을 만들어냈다.

고요함과 위압감.

하루가 원했던 암살자 집단 두목의 춤을 핫산은 이제 훌륭하게 구현해낼 수 있었다.

"같은 거야."

연습이 어느 정도 진행되자 하루가 모두에게 그렇게 말했다.

"사실은 같은 춤이야."

하루는 다시 한번 그렇게 강조했다.

처음에 관객은 천국 파트와 지옥 파트를 전혀 다른 대조적인 장면으로 받아들여서 그 갭에 당황할지도 몰라. 하지만 무대가 진행될수록 깨달을 거야. 아니, 모두의 춤으로 깨닫게 해주는 거지. 사실은 같은 것을 다른 방향에서 보고 있을 뿐이라고. 천국도 지옥도 단어만 다를 뿐 같은 것을 가리키고 있다고.

같은 춤.

확실히 나도 무대를 보는 사이에 그렇게 생각하게 되었다. 우리는 안과 겉 양쪽에서 같은 것을 보고 있었다.

정욕 속의 전율을.

살육 속의 관능을.

양쪽을 동시에 품고 있는 것이 인간의 천성이라는 사실을.

그렇기에 음악도 춤도 이윽고 뒤섞여 혼돈에 빠진다.

그 점을 무용수들이 이해했을 때, 마침내 〈어새신〉은 완성을 향해 돌진하게 되었다.

오리지널 전막 작품의 공연 첫날.

그날이 스태프와 무용수에게 얼마나 긴장되는지, 얼마나 두려운지 상상이나 할 수 있을까.

물론 첫날은 언제나 떨리고, 공연 무대는 마지막 날까지 긴장의 연속이다.

그럼에도 〈어새신〉 첫날의 긴장과 공포는 지금 떠올려도 다리가 후들거릴 정도다.

돌이켜보면 어린 시절 발레로 무대에 섰을 때는 얼마나 편했는지. 준비와 잡도리라면 전부 다른 사람들이 해주었으니 나는 나가기만 하면 되었다. 긴장했던 적은 한 번도 없고, 언제나 내가 추고 싶은 대로 춤췄다.

반면 이제 내가 할 수 있는 일은 아무것도 없지만, 작품에 막대한 책임을 지고 눈앞에서 관객이 평가 내리는 것을 묵묵히 기다릴 수밖에 없는 심정은 마치 판결을 앞둔 피고인의 그것과도 같다. 부탁이니 집행유예를 내릴 바에야 단번에 죽여달라고 하고 싶다. 이제까지의 오리지널 작품 공연 첫날과는 차원이 다른 경험이었다. 트리플 빌이라면 어느 정도 책임이 분산되지만, 전막 발레는 간판에 내건 단 하나의 타이틀로 작품성과 흥행성 양쪽에서 성공이냐 실패냐를 평가받는다. 특히 〈어새슨〉은 제작 발표 단계에서부터 이 발레단이 연기해야 할 주제인가, 애초에 발레에 어울리는 소재인가 의문시하는 목소리도 많았기 때문에 기관총을 들고 쏠 준비가 된 비평가와 관객이 수두룩했다. 프로듀서를 비롯한 주요 스태프의 국적은 다양했지만, 이번만큼은 하루가 일본인이라는 사실도 작품에 의문이 제기되는 이유 중 하나였다.

"하루는 무섭지 않아?"

스튜디오를 떠나 무대 연습에 들어간 날, 얼굴을 마주보고 그렇게 물었더니 하루는 평소처럼 "으응, 당연히 긴장되긴 하지" 하며 어깨를 으쓱했다.

"거짓말. 겨우 그 정도라고?"

물론 나도 안다. 하루가 받는 압박감은 나와 비교할 수 없다는 것. 그가 작품뿐만 아니라 발레단의 간판까지 짊어지고 있으며 선배와 관계자로부터도 엄격한 시선을 받고 있다는 것. 새로 취임한 예술 감독이 맡은 첫 신작이라는 점에서 그쪽의 역량에 대한 압박도 더해지고 있다는 것. 그런 여러 가지 일들을 상상하기만 해도 다리가 후들거렸다.

하지만 하루는 조금도 동요하지 않았다.

"발레를 보편화한 사람은 루이 14세일지도 모르지만, 발레의 문턱을 넓히고 진화시켜온 건 언제나 에트랑제(이방인)들이었어. 그들은 항상 대국의 주변부에서 등장해 발레에 이질적인 요소를 도입하고 새로운 숨결을 불어넣었지. 성공인가 실패인가, 어떤 영향을 주었는가 하는 것은 후세 사람들이 결정할 몫이야. 난 주변 중에서도 주변인 극동의 에트랑제인걸. 기껏해야 빈축을 사거나 이런 건 발레가 아니라는 말을 듣는 에트랑제의 숙명을 받아들일 뿐이야."

하루는 그렇게 담담하게 이야기했다.

"지금 긴장한 건 무대가 잘 진행될까, 요염함과 무서움이 또렷하게 표현될까, 그런 점 때문이야. 이번에 난 출연하지 않으니 그것만 해도 엄청 편하지."

이런 꽃밭의 나비 같은 녀석. 속으로 그렇게 욕하면서 나는 위장 언저리를 움켜쥐었다.

"난 안 되겠어. 달아나고 싶은걸. 스메랄디나처럼 지평선 너머로 도망치고 싶어."

하루는 큭큭 웃었다.

"과연, 도주랑 도망의 차이를 알겠어. 도주에는 냉정함과 전략이 있지만 도망은 모든 걸 내팽개치고 패닉에 빠진 상태로 달아나는 거구나."

"제나 롤런즈가 무대 첫날 술을 마시는 심정이 이해돼."

"〈오프닝 나잇〉 말이지."

〈오프닝 나잇〉은 언니라고 부르고 싶은 멋진 미국 배우 제나 롤런즈가 정신적으로 점차 궁지에 몰리는 연극배우를 연기한 영화다. 극 중에서 그녀는 공연 첫날 압박을 견디지 못해 진탕 취해버린다.

"나나세, 도망 따윈 관두고 구석구석 꼼꼼하게, 주의를 기울여서 잘 보고 들어줘. 실제로 관객을 들여놓고 보지 않으면 오케스트라의 음향 밸런스를 파악하기 어려워. 안무 역시 더 정밀하게 조정해야 해."

"네, 저도 압니다."

하루가 그렇게 당부하자 갑자기 정신이 맑아지며 차분해지는 것을 느꼈다.

확실히 패닉에 빠져 있을 여유는 없다. 지금은 음이 악보대로 잘 나는지, 음악과 춤이 어우러져 목표했던 효과가 제대로 나는지를 확인하는 게 우선이다.

무대는 살아 있는 생명체다. 특히 오리지널 작품을 초연할 경우 작품 자체가 고정되어 있지 않아서 변형 가능성이 높은 상태다. 관객의 반응과 실제 무대를 보고 수정해야 할 부분이 있으면 계속해서 수정해나가야 한다. 작품은 수많은 관객의 시선에 노출되어야 비로소 완성된다.

악보를 펼쳐놓고 있을 때 술렁이는 기운이 느껴졌다.

하루가 깜짝 놀란 목소리로 "나나세" 하고 나를 불렀다.

뒤돌아보니 이번에 하루네 발레단에 새 예술 감독으로 취임한 테레즈 루이사 가르시아와 전 예술 감독이자 이 공연에서 '숨 쉬지 않는 자'를 연기하는 장 자메가 다가오고 있었다. 테레즈와는 그전에도 많은 이야기를 나눴지만 장 자메를 만나는 것은 처음이었다. 생각보다 훨씬 체구가 작았다.

"우와, 진짜 장 자메다."

나는 흥분해서 용수철처럼 벌떡 일어섰다.

"춤은 추지 마, 나나세."

하루가 쓴웃음을 지었다.

테레즈와 하루가 장 자메에게 나를 소개해줬다.

장 자메와 눈이 마주친 순간, 그의 시선에 온몸이 관통당하는 듯했다.

본질만 꿰뚫어 보는 눈.

그는 어째서인지 순간적으로 놀란 듯한 표정을 지었지만, 이내 따스한 미소를 싱긋 지으며 악수를 청했다.

영광입니다, 라고 말하는 내 목소리는 완전히 뒤집혀 있었다. 더듬더듬 어린 시절부터 팬이었다고 말했다.

장이 "자네 곡은 독창적이고 재미있더군. 춤춰보니 더 재밌었어"라고 말해줘서 더더욱 흥분했다. 꺄아, 장 자메 님, 인사치레라도 기쁩니다! 단순한 나는 금세 날아오를 듯한 기분이 되어 무대 연습에 임할 수 있었다.

무용수들도 극도로 긴장하고 있었다.

제작 발표회 때 화제가 된 〈어새슨〉의 포스터.

어둠 속에서 벌거벗은 상반신을 드러낸 핫산의 뒷모습. 얼굴은 보이지 않는다. 그 손은 둔탁하게 빛나는 검을 쥐고 허공을 향해 높이 들려 있다. 거기 박혀 있는 건 작품 제목인 〈어새슨〉이라는 글자뿐.

공연 홍보에는 시간을 들였다.

두 번째 포스터까지 만들었다. 이번에는 핫산의 포스터와는 대조적으로 밝고 풍성한 색채의 배경 앞에서 정면을 보고 포즈를 잡은 바네사의 모습을 담았다. 바네사의 에메랄드빛 눈이 도발적으로 이쪽을 응시한다.

물론 주인공은 암살자로 변모하는 청년이지만, 실질적 주역은 포스터 속 두 사람이다. 주인공 청년과 퍼스트 솔리스트급 역할은 더블 캐스팅인 반면 핫산과 바네사는 기본적으로 계속 출연한다. 일단 언더스터디(대역)가 있긴 해도 이 둘의 춤에 필적할 사람은 도무지 없으며, 만약 어느 한쪽이 사고나 부상을 당하면 그때는 하루가 대신 추겠다고 했다. 뭐, 확실히 양쪽 다 대신할 수 있는 사람이 하루밖에 없긴 하다(그건 그것대로 보고 싶지만).

"그럼 둘 다 사고가 나면 어떻게 할 거야?"라고 물었더니 "그럼 공연 중지지. 아무도 못 추는걸" 하고 담담하게 말했다. 테레즈는 옆에서 그 대화를 듣다가 "잠깐, 그런 농담은 관둬" 하며 얼굴이 새파랗게 질렸다.

핫산과 바네사의 긴장감도 공연 첫날이 다가올수록 더욱 강하게 느껴졌다.

사실상 대역이 없는 오리지널 전막 작품. 게다가 논란 속에 있는 작품의 두 주역.

날이 갈수록 두 사람은 초췌해졌다. 바네사는 "뭘 먹어야 하는데 먹히지 않아" 하고 자주 푸념했다. 핫산도 신경이 곤두서서 건드리면 폭발할 것처럼 초조해했다. 아무리 하루가 "두 사람이라면 할 수 있어", "오직 너희 둘만 할 수 있어" 하고 격려해도 그 말은 귀에 들어오지 않는 듯했고 눈빛이 어두워진 것이 느껴졌다. 두 주역의 불안은 군무를 추는 무용수들에게도 전염되었다. 실수가 늘어나고 불안감은 더욱 커졌다. 무용수의 동요는 무대 스태프에게까지 퍼졌다. 너무나 전형적인, 그러면서 가장 구제할 방법이 없는 불안의 악순환이었다.

그것을 불식시킨 사람은 역시 장 자매였다.

무대 연습이 진행되어 리허설을 하는 도중에 나타난 장은 모두가 불안에 떨고 있다는 사실을 단번에 알아챘다.

그는 천천히 무대로 올라가 경사면 위쪽에 위치한 자신의 자리인 벤치 언저리까지 노인의 동작으로 느릿느릿 걸어가더니, 빙그르르 돌아서 위엄 있게 섰다.

그리고 두 사람을 향해, 아니 모든 무용수들을 향해 벼락이라도 내리는 듯한 커다란 소리로 호통을 쳤다. 그것도 '숨 쉬지 않는 자'로서, 공포의 왕으로서.

그대들, 그대들은 불손하게도 내가 신을 대리해 부여한 임무, 다시 말해 신의 뜻에 의문을 품는 것이냐? 불손? 아니, 그런 미적지근한 게 아니다. 그건 반역으로 간주해야 한다. 말해보라, 나는 신을 의심하고 있다고. 어느 입이 말하겠느냐? 맛있는 술에 취하고 젊은 여자에 취해 눈물을 흘리며 맹세한 건 어느 입이냐? 즉시 그 입은 썩고 눈은 찌부러지며 목이 조여 숨조차 쉴 수 없는, 영원히 저주받은 육신이 되리라. 멍청한 자들이여, 신의 뜻에 의문을 품기엔 천 년은 이르다. 그대들은 우리 신의 비천한 종이다. 그대들이 가져야 할 뜻 따위는 없으며, 하물며 하찮은 감정을 품는 건 가당치 않다. 그대들은 신을 섬김으로써, 신의 이름 아래에서 그분의 관대한 처분으로 겨우 살아가고 있는 것이다. 꼭두각시가 되어라! 자신의, 그리고 신의 목적 달성만 생각하라! 천명을 따르는 것에 기쁨을 느끼지 않는 자는 즉시 이 땅을 떠나라!

높은 곳에서 쩌렁쩌렁 울린 장의 일갈은 그 위압감만큼이나 두려워서 모두가 압도되었다.

그야말로 '숨 쉬지 않는 자'로부터의 분부.

무용수들이 저도 모르게 신음 소리를 내며 눈사태처럼 차례로 무릎을 꿇은 것은, 분명 그 소리가 '숨 쉬지 않는 자'의 목소리로밖에 들리지 않았기 때문이다.

"장."

하루도 그 기세에 짓눌려 얼굴이 새파래졌다. 설마 스승이 이런 식으로 꾸짖어주리라고는 생각지 못했을 것이다. 그리고 동시에 깨달았다. 장의 꾸짖음에는 이중의 의미가 담겨 있다는 사실을. 무용수들이여, 작품을 믿어라. 안무가를 믿어라.

'숨 쉬지 않는 자'의 일갈은 곧바로 효과를 보였다. 마치 악귀가 떨어져나간 듯이 무용수들 사이에서 답답하게 맴돌던 불안한 분위기가 사라진 것이다.

"그래, 우리는 장의 살인 기계야."

"난 접대 담당이고."

"최소한 종으로서 이 한 몸 바쳐보자고."

"좋아."

핫산과 바네사도 농담을 주고받을 여유를 되찾아서, 오랜만에 무용수들 사이에서 웃음소리가 울려퍼졌다.

"장, 아까는 정말 고마웠어요. 전 장처럼 하지 못했죠. 핫산을 비롯한 무용수들의 불안을 떨쳐줄 수 없었어요."

나중에 하루가 장에게 딱 붙어 있는 모습을 보았다. 그 눈이 조금 빨개져 있어서, 과연 하루도 장한테는 약한 소리를 할 수 있구나 싶었다. 이는 반대로 말하자면 그가 다른 사람에게는 역시 약한 소리를 하지 못했다는 뜻이다. 나는 잠시 스스로를 한심하게 여기며 반성했다. 지금까지 쭉 곁에 있었는데도, 나는 내 앞가림만으로 헐떡이고 있었다.

"미안해, 하루."

시간이 한참 지난 후에야 나는 사과했다.

"뭐가?"

하루는 어리둥절한 표정이었지만, "내가 하루와 가장 가까운 곳에 있었는데, 정신적 버팀목이 되어줬어야 했는데 그럴 여유가 전혀 없었어. 그러기는커녕 맞서거나 응석을 부렸지" 하고 털어놓자 "뭐야" 하며 웃었다.

"괜찮아, 나나세 너는 재미있는 곡을 만드는 데 집중해주면 돼. 그게 무엇보다 큰 버팀목이니까."

하루는 예상대로 대답했지만 나한테는 아직 해야 할 말이 남아 있었다.

"그리고 고마워, 하루."

"왜? 고맙다고 해야 할 사람은 오히려 나인데."

"〈어새슨〉을 만들어줘서 고마워."

하루는 의아해하는 표정이었다.

"아, 나한테 작곡을 맡겨줘서 고맙다는 뜻이 아니야."

나는 말을 이어갔다.

난 말이야, 지금까지 쭉 궁금했어. 어째서 우리는 발레를 보는 걸까. 왜 발레를 보고 싶어하는 걸까. 그러다 〈어새슨〉을 보면서 처음으로 '아아, 나 대신 춤춰주고 있구나' 하는 생각이 들었어. 그건 내가 발레를 했기 때문이 아니야. 무용수가 아니라도, 다른 일을 하거나 다른 환경 속에 있는 사람이라도, 무대 위의 무용수들은 그 모든 관객을 대신해 춤추고 있는 거야. 원래 무대 예술이란 게 다 그럴지도 모르지. 연기자나 음악가, 무용수는 무대 위에서 관객을 대신해 살아주고 있어. 모두가 무대 위에서 다시 사는 자신을 봐. 무대 위의 예술가와 함께 인생을 다시 사는 거야.

〈어새신〉을 보면서 햇산과 바네사를 비롯한 등장인물 모두가 분명 나를 대신해 살아주고 있고, 나를 대신해 춤춰주고 있다는 느낌이 들었어. 내가 하지 못했던 말과 하고 싶었던 말을 대신 해줬어. 그런 면에서 나는 틀림없이 무대 위에서 그들과 함께 춤을 췄지.

그렇잖아? 우리는 관객 대신 춤추는 거야. 관객 대신 사는 거야. 아마도 그게 우리의 사명이겠지.

하루는 아무 말 없이 무섭도록 진지한 눈빛으로, 미동조차 하지 않고 가만히 나의 말을 듣고 있었다.

장의 꾸짖음 덕분에 막판에 모두가 갑자기 하나로 뭉쳐 동요가 가라앉았다. 그 점을 서로가 인식했기 때문에 더더욱 침착해지고 구석구석 주의를 기울일 수 있게 되었다. 그러자 무용수도 스태프도 건설적인 피드백을 활발하게 내놓아서 그다음부터는 리허설이 아주 원활하게 진행되었다. "무서울 정도로 순탄하네" 하며 오히려 불안해질 정도였다. 사기도 올라갔고, 할 수 있는 건 다 했다는 조용한 자신감이 공연장에 피어났다.

그리고 드디어 그날이 왔다.

〈어새신〉 초연 첫날.

"자, 여러분. 관객들을 간 떨어지게 하고 오세요!"

무용수들을 앞에 두고 예술 감독과 하루가 이런 말로 독려했다고 한다(나는 객석에 있었던 탓에 그 장면은 볼 수 없었다).

"좋아!" 하고 모두가 함성을 질렀다. 멀찍이 둘러서 있던 스태프들도 힘차게 고개를 끄덕였다.

"괜찮아, 여러분이라면 할 수 있어. 관객들을 마음껏 겁주고, 혼을 쏙 빼놓고, 녹아웃시키고 오세요!"

더더욱 커지는 함성.

"공연이 끝난 뒤에 객석에서 욕설과 고함 소리가 들리면 우리가 이긴 거야!"

하루가 외치자 모두 우레 같은 갈채를 보내며 휘파람을 불었다.

"그 뒤에 할이 일본어로 무언가를 외쳤지."

나중에 그 장면을 재현하던 테레즈가 말했다.

"그게, '전' 어쩌고였는데. 짧은 말이었어. 대체 뭐였을까?"

전율케 하라.

그렇게 말했다는 것을 직감했다.

전율케 하라.

『도노 이야기』의 서문에서 야나기타 구니오가 쓴 한 구절.

이 책을 외국에 있는 사람들에게 바친다.

국내의 산촌 중에서도 도노보다 더 깊숙한 곳에는 또 무수한 산신과 산사람의 전설이 존재할 것이다. 바라건대 이를 전해 평지 사람들을 전율케 하라.

344

다른 문화, 다른 세상의 사람들이 가져오는 새로운 이미지.

극동의 에트랑제. 언제나 주변부에서 등장해 발레에 이질적인 요소를 불어넣는 자들.

분명 그것은 우리의 역할이자 요로즈 하루의 사명이기도 하다.

전율케 하라.

나는 처음 만난 순간부터 지금까지 쭉, 하루에게 전율하고 있다. 그리고 앞으로도 그에게 전율하며 그 뒤를 계속 쫓아갈 것이다.

spring

IV
봄이 되다

춤은 기도를 닮았다.

오늘도 하루를 온전히 춤출 수 있기를.

내일도 그다음 날도 계속해서 춤출 수 있기를.

"있잖아, 키스해도 돼?"

그렇게 물었더니 프란츠는 여느 때처럼 눈썹 하나 까딱하지 않고 나를 쳐다봤다.

"무슨 키스? 굿 나잇 키스?"

곧이곧대로 물어보니 순간 말문이 막혔다.

"연인끼리 하는 키스일지도."

"너, 나를 좋아하는 거야?"

숨 돌릴 틈도 없이 진지한 얼굴로 다시 물었다.

"화났어? 민폐야?"

왠지 그 표정에 분노가 서린 듯해 그렇게 물어봤다. 그러자 프란츠는 뜻밖이라는 듯한 표정을 지었다.

"아니, 그렇지 않아. 오히려 기뻐."

'기뻐' 쪽에 힘이 들어가 있어서 쌍방향이지 않을까 했던 나의 감이 들어맞은 것에 안심했다.

그나저나 알고는 있었지만 어느 때건 진지한 녀석이다. 키스하고 싶으니까 키스하고 싶다고 말했을 뿐, 설명을 요구받을 줄은 몰랐다. 조금 생각한 다음 입을 뗐다.

"물론 널 좋아해. 하지만 방금 전 질문의 뜻대로 '좋아'하진 않는 것 같아. 나는 너를 쭉 동경해왔어. 아마도 워크숍 때부터. 이런 완벽한 왕자가 있다면 오로라 공주를 추고 싶다고 생각했지. 네 고상하고 정통파다운 발레도 근사하고, 금욕적인 면모도 좋고, 너의 분위기랄지 무용수로서의 모습을 동경해왔어. 그래서 네가 정말로 존재한다는 사실을 직접 만져서 확인하고 싶어. 네 몸을 실감하고 싶고, 그 몸을 사랑하고 싶어."

"솔직한 설명 고마워."

프란츠는 무척 진지한 얼굴로 대답했다.

흐음, 뭔가 더 달콤한 분위기를 상상했지만 역시 프란츠의 성격으로는 이런 반응이 나오는구나.

"네 말이 무슨 뜻인지 알겠어. 나도 너와 〈잠자는 숲속의 공주〉를 췄을 때부터 네 존재가 매우 신경 쓰였거든. 마음에 들었다고 바꿔 말해도 좋겠지. 그렇군, 존재를 확인하고 싶은 건가. 몸을 사랑하고 싶은 건가."

프란츠는 고개를 살짝 끄덕였다.

"그럼 허락한 거지."

"물론."

나는 프란츠의 목에 오른팔을 두르고 왼손으로 뺨과 귀 뒷부분을 만지며 가만히 그의 눈을 들여다보았다. 프란츠는 나보다 키가 10센티쯤 크다. 오로라를 췄을 때도 이 각도였던가. 프란츠가 내 손을 잡았던 때를 떠올렸다. 눈이 마주친 순간, 그는 당연하다는 듯이 내가 있는 곳까지 달려와줬다. 그때 무언가 통했다고 느꼈다. 그때도 조금 다른 음으로 딸깍 하고 울렸다.

〈도리언 그레이〉의 안무를 만들 때도 왠지 모르게 이날이 오리라고 예감했던 것 같다. 그때보다 예리함과 위압감이 더해진, 청명한 아이스블루색 눈이 코앞에 있었다. 등 어딘가에서 오스스 닭살이 돋았다. 이 눈이 보는 세상의 색과 내가 보는 세상의 색은 과연 같을까?

"왜 이렇게 눈 색깔이 예쁜 거야."

"네 눈은 새까만 줄 알았는데 자세히 보니 여러 가지 색깔이 섞여 있군."

"그래?"

"회색, 갈색, 초록색. 그리고 보라색 비슷한 색깔도."

"몰랐던 사실이네."

홀린 듯이 키스했다. 차가운 입술이 기분 좋았다. 프란츠가 나를 꽉 끌어안았다. 그 팔은 힘이 셌고, 먼저 혀를 집어넣은 것은 그쪽이었다.

아하하, 역시 이 녀석은 수렵민족의 후예구나 싶었다. 숲을 달리며 뒤쫓기는 야생 동물이 느낄 법한 공포의 맛이 났다. 공포가 내뿜는 짐승의 체취와, 그 짐승들을 오랜 세월 잡아먹어온 민족 안에서 흐르는 피의 맛과, 그 피 냄새를 감쪽같이 없애준 식민지의 향신료 향. 그런 걸 느끼는 도중에, 그렇다면 프란츠는 나한테서 농경민족의 냄새를 맡는 걸까 하는 생각도 들었다.

프란츠는 살며시 입술을 떼고 한 차례 숨을 내쉰 뒤 속삭였다.

"내 방으로 갈까."

프란츠의 말에 따르면 나한테서는 "단맛이 은은하게 감도는 포리지나 요구르트 같은 맛"이 났다고 한다. 과연, 일본은 발효 음식의 나라니까.

청바지를 입으면서 "당케"라고 했더니 프란츠는 언젠가처럼 "비테"라고 진지한 얼굴로 대답했다.

처음으로 프란츠의 집에 초대받은 것은 그가 수석 무용수가 되고 1년쯤 지난 겨울이었는데, 좋은 집안 도련님이라는 소문대로 호화로운 저택이었다. 한쪽 벽면이 거울로 된, 프란츠를 위한 바 레슨용 방까지 있었다. 그 집에 머무는 동안에는 거기서 함께 연습했다. 무엇 하나 생략하거나 풀어지는 법이 없는, 교과서처럼 완벽한 그의 기초 연습에는 늘 감탄이 터지고 압도되었다.

"어젯밤에 내 아들이랑 잤니?"

프란츠의 방에 간 다음 날 아침, 식사 자리에서 그의 어머니가 불쑥 물었을 때는 가슴이 철렁했다.

당황해서 대답할 말을 찾지 못하자 프란츠가 커피를 마시며 "어머니, 손님께 무례하시군요" 하고 핀잔을 주었다.

"실례했구나."

프란츠의 어머니는 어깨를 으쓱했다.

그녀를 처음 봤을 때는 깜짝 놀랐다. 프란츠와 꼭 닮았기 때문이었다. 기품 있고 청명해서 보는 사람의 가슴에 밀물처럼 두근거림을 밀려오게 만드는 미모. 그녀가 나를 반드시 집으로 데려오라고 프란츠에게 엄명했다고 한다.

"이 애는 말이지, 아버지를 닮아 옛날부터 융통성 없고 고지식한 성격이라서 발레도 재미가 없더라고. 이대로라면 프로가 되지 못할 것 같아서, 내 나름대로 고심한 끝에 여러 친구들을 불러와 가르침을 받게 했는데도 별로 진전이 없었달까……."

"가르침이라니……."

나는 반사적으로 프란츠의 얼굴을 쳐다봤지만 그는 쓴웃음을 슬쩍 지을 뿐이었다.

"하지만 오늘 아침은 왠지 이 애가 만족스럽고 행복해 보이네. 이런 모습은 처음이야. 네 덕분이겠지?"

"어머니는 내가 〈도리언 그레이〉를 췄을 때 처음으로 나의 춤을 칭찬해주셨어."

"그랬구나."

"그땐 정말 놀랐어. 이 애한테 이런 춤을 추게 만든 건 대체 누굴까, 계속 궁금했지."

나는 모자의 대화를 따라갈 수 없었다.

"어머니는 좌우간 너에게 관심이 많으셔. 처음부터 이럴 작정이셨던 것 같으니, 미안하지만 너만 좋다면 오늘 밤에는 어머니한테도 시간을 내주지 않겠어? 물론 선택권은 너에게 있고, 억지로 강요하지는 않을게. 나도 본심을 말하자면…… 널 독점하고 싶어."

프란츠가 아침 식사 후에 신문을 집어들며 조금 분하다는 듯이 찌푸린 얼굴로 말했다.

순간 무슨 말인지 이해가 가지 않아서 눈을 깜빡였지만, 곧 그 의미를 깨닫고 아연실색했다. 설마, 엄마와 아들 모두와 관계를 가지라는 소리인 건가?

하지만 나는 결국 프란츠의 어머니 유리에의 방으로 갔다.

프란츠와 똑같은 그녀의 아이스블루색 눈동자는 흘끗 쳐다보는 것만으로 나를 집어삼켰다. 도무지 나 같은 게 당해낼 수 있는 상대가 아니었다. 같은 얼굴이어도 프란츠와는 전혀 달랐다. 고귀하고 아름답다는 점은 같지만 그녀는 더없이 방탕하면서도 정숙했고, 한없이 사나우면서도 가련했다. 나는 순간순간 바뀌는 그 모순된 표정에 완전히 넋을 잃었다.

〈어새슨〉의 안무 연습을 하던 중 바네사가 시범을 보여달라고 재촉했을 때는 그녀를 떠올리며 춤췄다. 바네사도 유리에와 자보면 '홀린다'라는 말의 뜻을 분명 실감할 것이다.

"또 놀러오렴."

그녀가 생긋 웃으며 그렇게 배웅했을 때는 왠지 귀신의 섬에서 간신히 목숨을 건져 달아나는 생존자가 된 기분이었다.

그 뒤로도 관계는 오랫동안 지속되었지만(어머니와 아들 양쪽 다),
나는 프란츠에 반한 것은 분명함에도 그를 본래의 의미로 '좋아'하게
되지는 않았던 듯하다. 그 점은 프란츠도 마찬가지여서 그런 면에서
우리는 꼭 닮아 있었다. 아마 프란츠도 나도 서로를 같은 강도로 연
모하고 싶다고 계속 바랐기 때문에 관계가 유지되었을 것이다.

그렇다면 내가 쭉 연모해온 대상은 발레야.

프란츠가 이렇게 중얼거린 적이 있다.

발레는 내 꿈이거든. 수석 무용수가 되긴 했지만 전혀 꿈을 이룬
것 같지 않아. 발레는 내 영원한 꿈이고, 내 유일한 연모의 대상인지
도 몰라.

그렇다. 연모란 이루어지지 않는 것, 결코 성취할 수 없는 것이지
않은가.

프란츠는 수석 무용수를 은퇴하면 발레계를 떠나 아버지의 사업
을 이어받을 거라고 일찍부터 말해왔다. 격이 맞는 집안의 상대와
결혼해서 가문을 지켜나가겠지, 하고. 확실히 프란츠는 지도자 스타
일이 아니고, 은퇴한 뒤에도 발레계에 머무르고 싶어하는 타입도 아
니다.

프란츠는 평소의 포커페이스로 "고향에 약혼자가 있어" 하고 선언
했고(사실이란다), 나도 보통은 내 중성적인 이미지를 전면에 내세웠
기 때문에 우리의 관계가 발각되는 일은 없었다. 둘 다 발레단 안에

서는 발레에 집중하고 싶었기 때문이기도 하다. 다들 나의 성적 지향에 대해 여러 가지 말들을 한다는 건 알고 있었지만, 구태여 양쪽 다 가능하다고 스스로 밝힐 생각은 없었다.

"당신은 평소에 일부러 성적인 분위기를 감추고 있지?"

그렇게 말한 것은 프랑스의 고급 브랜드 광고를 찍은 카메라맨이었다.

이런 미묘한 질문에는 잠자코 생긋 웃어 보이기만 하는 것이 상책이다.

봐, 그거야. 그 아무 말도 할 수 없게 만드는 산들바람 같은 미소. 당신은 무척 유연해서 자신을 밀어붙이는 면이 없지. 하지만 언뜻 보기엔 뭐든 받아들이는 것 같아도 사실은 전혀 빈틈이 없어.

이번에는 조금 냉랭한 눈빛으로 미소를 지어 보였다.

카메라맨은 내가 그 화제에 응할 마음이 없다는 것을 알아차리고 어깨를 살짝 움츠렸다. 이런 종류의 이야기에 말을 섞는 건 상대의 장단에 넘어간다는 뜻이다. 그러면 그다음에는 내 어깨에 손을 두르거나 엉덩이를 움켜쥐려 들 게 뻔하다.

그 자리를 떠나는 그의 등을 보며 '빈틈을 보이지 않는 건 당신 같은 작자가 예전부터 수두룩했기 때문이야' 하고 속으로 말했다.

어릴 적부터 누가 나를 빤히 쳐다보거나 말을 걸어오는 경우는 많았다. "예쁘장하게 생겼네", "남자애야, 여자애야?" 하고 사심 없이 귀여워하는 시선이 대부분이었지만, 그중에는 명백히 이질적이고 불순한 눈빛도 있었다. 특히 깊은 곳에 불쾌한 열기를 띤 어두운 눈빛에는 본능적으로 위험한 게 있다고 느꼈다. 그 눈빛이 뜻하는 바를 이해했을 때는 너무나 역겨워서 토할 것 같았다. 하지만 동시에 거기에는 이 세상의 근원적인 무언가, 피하기 힘든 인간의 본질적인 무언가가 있다고도 직감했다. 그렇기에 '기껏 상상 속에서나 날 범해보시지. 현실에서는 절대로 손가락 하나 못 대게 하겠어' 하고 결심했고, 불필요한 빈틈을 보이거나 부주의하게 존재감을 드러내는 것에 신중을 기하게 되었다.

존재감을 감추는 것은 예전부터 특기였다. 나는 신중한 성격이다. 새로운 환경 속에 들어갈 때, 새로운 일을 시작할 때는 나의 존재감을 감추고 오로지 주위를 관찰한다. 낯선 장소에서 처음부터 섣불리 눈에 띄거나 사람들을 자극하는 것은 좋은 계책이 아니다. 자신이 놓인 상황을 이해하고 납득할 때까지 나는 움직이지 않는다. 레슨에서도 워크숍에서도 늘 맨 뒷줄 중앙에 선다. 거기에 서면 거의 모두를 관찰할 수 있기 때문이다. 앞으로 나가라, 적극성을 보여라, 하고 선생님들은 자주 말했지만 그 조언만은 따르지 않았다.

영원한 꿈이자 유일한 연모의 대상. 프란츠에게 발레가 그런 것이라면 나에게 발레는 모든 것이다. 나는 강변에서 너무 많이 도는 모습을 쓰카사 선생님께 발견당했을 때부터, 아니 아마도 그보다 훨씬 오래전부터 발레라는 우주를 기다려왔으며 이미 그 속에 있었던 것만 같다. 발레를 통해 비로소 나는 세계와 접촉할 수 있었다. 나는 발레라는 언어로 세계를 이해하고, 발레라는 눈으로 본 세계를 사랑

한다. 아니, 다름 아닌 발레를 통해서 보기 때문에 나는 이 세계를, 주위의 모든 것을 동등하게 사랑할 수 있는지도 모른다.

언젠가 장이 나에게 물었다. "준은 네 뮤즈인가?"

그때 당황했던 건 내가 후카쓰에게 느꼈던 감정을 나 자신조차 명확하게 이해할 수 없었기 때문이다. 당시 나는 후카쓰 안에서 발레의 선의를 보고 있었던 듯하다. 그 타고난 밝음, 거기서 태어나는 달콤하고 화려한 춤. 발레의 밝은 부분 중에서도 가장 좋은 한 면이 그 안에 응축되어 있었다. 지금 돌이켜보면 그는 나의 첫사랑이었던 것 같다.

물론 선의가 있으면 그와 반대되는 악의도 있는 법이고, 그 또한 발레의 진실이자 매력이기도 하다. 이 근사하고도 잔혹한 세계는 밝고 예쁜 색깔만으로는 도저히 다 그려낼 수 없다. 발레의 아름다움과 명예는 수많은 사람들의 한없는 동경에서 피어난 질투와 원망과 좌절이 가라앉아 있는, 헤아릴 수 없는 땀과 눈물로 이루어진 심해에 떠 있는 빙산이다. 그조차 대부분은 수면 아래에 숨겨져 있어서, 반짝이는 햇살을 받는 것은 고작 몇 퍼센트에 불과한 작은 꼭대기뿐이다.

발레에 대한 동경. 그런 감상적이고 서정적인 말로는 도무지 표현할 수 없는 헛된 집착과 저주, 또는 숙명과 비원悲願의 동의어와도 같은 미칠 듯한 선망. 그것은 우리 일본인이 가장 잘 알고 있다.

메이지 시대 말기에 처음으로 발레를 본 일본인이 '나도 하고 싶다, 저렇게 되고 싶다, 저 아름다움을 손에 넣고 싶다'라는 가당찮은 소망을 잘도 품었구나 싶다. 그렇게 생각하면 어이가 없어진다.

생활양식도 몸동작도 다르다. 문화도 풍토도 역사도 다르다. 무엇보다 골격이, 체형이 잔혹하리만치 압도적으로 다르다. 그런데도 그들은 그것을 바랐다. 지금의 눈으로 봐도 터무니없고 무모하다고밖에 표현할 수 없다. 하지만 그들은 결코 포기하지 않았다. 믿기지 않을 만큼 우직하고 끈질기게 기술을 익혀서 다음 세대에게로, 또 다음 세대에게로 꿈을 맡겼다. 수세대에 걸친 조상들의 아름다움에 대한 엄청난 집념이 결국은 육체까지 개조시켰다. 세대가 바뀔 때마다 춤추기에 적합한 몸, 춤추기에 적합한 외모에 한 걸음씩 가까워졌다. 그들은 발레에 자신의 몸을 스스로 맞추었고, 과감하게 그 아름다움을 추구했다. 지금의 나는 그 은혜 위에 서 있다.

사람들은 나에게 아름답다고들 말한다. 이상적인 체형이라고도 말한다. 당연하다고 생각한다. 이건 내가 발레를 추기 위해 부여받은 몸이니까. 그러므로 나는 이 몸을 발레에 철저히 바쳐야 한다.

생각해보면 영감을 주는 존재는 그때그때 언제나 있었다. 후카쓰, 핫산, 바네사, 프란츠, 발레 학교와 발레단의 탁월한 무용수들. 무용수들도 물론 그렇지만, 아마도 내가 '뮤즈'라고 부르기에 가장 적합한 사람은 문자 그대로 '뮤직'을 통해 여러 가지 영감을 준 다키자와 나나세일 것이다.

나나세는 예전부터 묘한 분위기를 풍기는, 조금 무서운 데가 있는 아이였다. 지금도 나나세가 춤을 그만둔 것이 아쉬울 때가 있다. 그대로 발레를 계속했다면 직접 곡을 쓰고 안무도 짜는 희귀한 존재가 되지 않았을까. 하긴 프로 작곡가가 그렇게 힘든 직업인 줄 몰랐고, 그렇기에 양쪽을 병행했다면 둘 다 이도 저도 아니게 되었을 가능성도 있지만.

기량이 가장 좋았을 때의 나나세를 대상으로 안무를 만들어보고 싶기도 했다. 〈폭풍의 언덕〉은 아쉬웠다. 나는 나나세의 기량이 최고였을 때를 염두에 두고 안무를 만들었지만, 그녀는 이미 내 기억 속의 나나세처럼은 춤출 수 없게 되었기 때문이다.

장 자메는 나나세를 처음 만난 뒤 "저 애는 네 누이인가?" 하고 물었다. 얼핏 보기에 나와 나나세 사이에서 국적과 고향이 같다는 것을 넘어선, 동질적인 무언가가 느껴졌다고 한다. 확실히 나 역시 나와 비슷한 감각이 나나세 안에 존재한다고 느낄 때가 많았다. 나한테 여동생이 있다면 정말로 나나세 같은 아이일지도 모른다.

페미닌해서 드라마틱한 여주인공이 썩 잘 어울리는 미시오와는 반대로 나나세는 엉뚱하고 보이시하다는 소리를 자주 들었고(중절모와 트렌치코트가 그렇게 잘 어울리는 여자애는 다카라즈카●의 남성 역할 배우가 아니고서야 그리 흔치 않을 것이다), 본인은 전혀 의식하지 않는 듯했지만 심장이 덜컥 내려앉을 정도로 섹시한 면도 있다. 무엇보다 귀가 좋아서 영어에 프랑스어, 독일어까지 유창하게 구사하는 데다 무슨 말을 해도 재치 있게 받아치는 면모 역시 센스 있고 매력적이다. 그래서 나나세를 좋아하는 스태프가 많았고 핫산이 나나세에게

● 여성으로만 구성된 일본의 가극단으로 남성 역할도 여성 배우가 맡는다.

각별한 호감을 품고 있다는 사실도 안다. 그러나 핫산에게는 "네 마음은 알지만 포기해"라고 말해주고 싶다. 내가 보기에 나나세는 십중팔구 레즈비언이고 파리에서 함께 사는 여자는 파트너일 것이다.

장 자매는 이따금 나에게 "할, 〈하나HANA〉를 춰줘"라고 했다.

그건 대체로 내가 헤매거나 뭔가 착각할 때, 막다른 길에 부딪쳤을 때다. 처음에는 왜 그런 말을 하는지 몰랐지만 시간이 지나며 '아, 지금 내 상태가 안 좋은가 보군' 하고 생각하게 되었다.

장 자매가 만든 안무는 셀 수 없이 많고, 발레단 안팎에서 몇 번이나 그의 작품을 췄지만 〈하나〉는 장이 오직 나만을 위해 만들어 준 작품이다. 그래서 딱 한 번을 제외하면 장 앞에서만 췄다.

〈다우트〉로 프로 데뷔를 한 뒤 장은 나에게 자주 말을 걸어왔다.

한번은 덩그러니 혼자서 음악을 듣고 있었더니 "뭘 듣고 있니?" 하고 물었다. 마침 그때 듣던 곡이 기나 쇼키치의 〈하나花〉였는데, 오키나와 출신의 여성 가수가 아카펠라로 노래하는 버전이었다.

〈하나〉라는 일본 노래예요. 하나는 꽃이라는 뜻이고요, 하며 장에게 들려주자 그는 충격받은 표정으로 몇 번이나 그 곡을 되풀이해 재생하며 나에게 집요하게 가사의 의미를 물었다.

그러고 나서 "잠깐 와봐" 하더니, 그가 사용하던 오래된 스튜디오로 데려가 갑자기 〈하나〉에 맞춰 나에게 안무를 짜주기 시작했다.

그것은 정말이지 자연스럽고 꾸밈없는, 장다운 춤이었다. 들판에 흐드러지게 핀 꽃이 부드러운 바람에 흔들리는 것처럼 나긋하면서도 고요하고 깊이가 있었다.

당시에는 몰랐지만 지금 돌이켜보면 장의 맞춤 안무가 얼마나 대단한지 실감이 난다. 아직 무용수로서 미숙했던 나의 테크닉이 얼마나 성장할지까지 내다본 데다, 내 춤의 개성까지 파악해 안무를 짜준 것이다. 그 눈의 정확함에 소름이 돋는다.

후카쓰에게 〈야누스〉를 만들어줄 때 들었던, "준에게 잘 맞춰서 안무를 짜면 준은 자기 안에서 나온 춤처럼 느끼겠지"라는 말은 그런 뜻이었다는 것을 통감한다. 〈하나〉가 바로 그랬다. 직접 만들었다는 착각이 들 정도로 춤이 나의 몸에 스며들어 자연스럽게 흘러나왔다.

그런 춤인데도 정신적으로 궁지에 몰릴 때면 도무지 출 수 없는 작품이기도 했다.

나는 대담하고 낙천적인 편이지만 무언가가 신경 쓰이면 철저하게 파고드는 버릇이 있어서 생각에 생각을 거듭하다가 벽에 부딪힐 때도 많았는데, 장의 눈에는 그런 게 보이는 모양이었다.

내가 장 앞에서 〈하나〉를 추면 장은 잠자코 지켜본 뒤에 "괜찮아"라는 한마디를 남기고는 홀연히 그 자리를 떠나고는 했다.

나로서는 내 마음과는 달리 조잡하거나 만족할 수 없는 춤이어서 다 추고 나면 대체로 우울해졌지만, 장은 매번 선선한 얼굴로 "괜찮아"라고 말해줬다.

그러면 어쩐지 몸이 가벼워지고 지나치게 몰두하고 있었다는 것을 깨달아 마음이 편해질 때가 많았다.

'일시적인 꽃'이라는 말이 있다. 아직 미숙하고 완성되지 않은 예술가라도 오직 젊음으로, 오직 그 시기에만 표현할 수 있는 찰나의 반짝임을 의미한다. '지는 법이 없는 진정한 꽃'과는 달리 한순간만 피었다가 곧 시들어버리는 꽃. 어쩌면 장이 이따금 나에게 〈하나〉를 추게 한 것은 그 부분을 자각하게 만들고 싶어서였는지도 모른다.

물론 내 안에는 춤추고 싶다는 충동이 항상 존재해왔지만, 꽤 이른 시기부터 나의 머릿속에 있는 춤을 보고 싶다는 충동 역시 강하게 느꼈다. 이쪽으로 유학을 와서 곧바로 안무 작업을 시작한 것도 얼른 그 춤을 보고 싶다는 조급증 때문이었을 터다.

장은 "지금은 춤을 추렴" 하고 종종 나를 타일렀다. 무용수로서 끝까지 밀어붙이라고 거듭 말했다. 무용수에게는 매 성장 과정마다 일시적인 꽃이 있으니 그것을 마땅한 시기에 제대로 체험하지 않으면 결코 성숙할 수 없고, 장차 안무를 만들 때 다른 무용수의 일시적인 꽃도 알아보지 못할 거라고 했다.

일시적인 꽃은 일본의 전통 가면극 노能를 집대성한 인물인 제아미가 쓴 책『풍자화전風姿花伝』에 나오는 말인데, 장의 입에서 아무렇지 않게 이 말이 흘러나왔을 때는 깜짝 놀랐다.

장에게는 사상가적인 면모도 있었다. 일본의 노가쿠*는 유럽의 연극인들 사이에서도 몇 차례 유행했다. 20세기 초에는 아일랜드의 시인이자 극작가인 윌리엄 버틀러 예이츠의 희곡『매의 우물』이 노

● 일본의 전통극으로 '노'와 '교겐(狂言, 주로 노의 막간에 상연하는 희극)'으로 구성된다.

로 만들어졌고, 이를 바탕으로 발레도 탄생했다. 제아미의 『풍자화전』도 널리 번역되어 있으니 장은 무용가의 시점으로 제아미를 읽었던 듯하다.

지금 돌이켜보면 장은 언제나 그 몸 안에 여러 개의 시간대를 보존하고 있다는 점에서 대단했다.

소년의 시간, 청년의 시간, 장년의 시간, 노년의 시간.

그야말로 장의 몸 안에는 그가 춤춰온 그때그때의 찰나의 꽃이 냉동 보존되어 있어서, 안무를 짤 때면 상대의 시간에 맞춰 그 꽃을 해동해 싱싱한 모습으로 꺼내 보여줄 수 있는 것이다.

'나의 선생님'은 쓰카사 선생님과 세르게이고, 그밖에도 내가 영향을 받은 무용수와 안무가는 많지만 '나의 스승'이라고 부를 수 있는 사람은 장 자매뿐이다.

처음 만났을 때 압도당한 것은 그의 눈이었다.

그 순간 예전에 읽은 교마이*의 대가가 쓴 책의 한 구절이 떠올랐다.

대대로 이름을 물려받는 무용 명가의 현 당주가 선대와 비교당했을 때의 이야기다.

"선대가 쓱 하고 앞을 보면 천 리까지 내다보는 듯했는데, 당신은 그렇게 앞을 봐봤자 고작 몇 미터밖에 보이지 않는 것 같군."

장이 바로 그랬다. 그가 무언가를 보면 저 멀리까지, 이 세상 모든

---

* 교토에서 발달한 전통 무용.

것을 내다보는 듯한 인상을 받았다.

이 사람 앞에서는 아무것도 속일 수 없다, 이 사람 앞에 서면 과거부터 미래까지 순식간에 간파당한다. 그런 두려움과도 비슷한 감정을 느꼈다.

발레 학교에 입학하면 모두가 장 앞에서 한 사람씩 춤을 춰야 했는데, 그때는 너무나 무서웠다.

대체 무엇을 꿰뚫리는 걸까. 내 춤은 장의 눈에 어떻게 보일까.

그 정도로 긴장한 적은 그전에도 그 후에도 좀처럼 없었다.

사실 이 발레 학교에는 도시 전설 비슷한 것이 있다. 모처럼 지구 반대편에서 유학을 왔는데도 장의 눈에 들지 못해 그 앞에서 춤춘 뒤에 입학이 취소된 학생이 있다는 것이다. 아무래도 그건 헛소문인 듯했지만(입학 직후 큰 부상을 당해 한 번도 춤춰보지 못하고 귀국한 학생이 있었던 것이 그 전설의 출처인 듯하다), 장과 학생의 첫 대면은 세계 각지에서 학생을 스카우트해온 교사들에게도 매우 긴장되는 순간이라고 한다.

내가 춤을 마치자 장은 혼잣말처럼 불쑥 말했다.

자네는 무엇을 추구하는 거지?

모두가 얼굴에 물음표를 띄우고 장을 쳐다봤다. 나도 뭔가 잘못 들었나 싶어서 장을 바라봤지만 그는 "아무것도 아니야" 하고 손사래를 치고는 싱긋 웃어 보였다.

적어도 입학 취소는 아닌 모양이네, 하며 나는 가슴을 쓸어내렸다.

꽤 오랜 시간이 흐른 뒤에 그건 무슨 뜻이었냐고 장에게 물었더니, "그때 넌 발레 너머로 남들과는 다른 걸 보고 있는 것 같더군" 하고 대답했다.

발레 너머. 그런 건 전혀 생각해본 적이 없어서 신기했다. 아무튼 장도 나의 눈을 인상적으로 봤다는 뜻인 듯했다.

입단 오디션 때 역시, 내가 춤을 춘 뒤 장이 말했다.

이번에는 명확한 질문이었다.

원하는 걸 여기서 얻을 수 있을 것 같나?

이때도 그 질문의 뜻을 이해할 수 없어서 어리둥절했다.

하기야 장도 대답을 바란 건 아니었는지, 전과 마찬가지로 손사래를 치며 미소 지을 뿐이었다.

요컨대 장은 처음부터 내가 이 세상의 형태를 추구하기 위해 발레를 한다는 것을 꿰뚫어 보고 있었다는 이야기다.

⟨다우트⟩의 잔 다르크 역할을 뽑는 발레단 내부 오디션에는 충동적으로 지원했다.

모집하는 쪽에서는 여성 무용수를 염두에 뒀겠지만 오디션 공지에는 성별이 명시되어 있지 않았다.

신의 목소리를 듣고, 머리를 자르고, 남장을 하고 전장에 나간 잔다르크.

잔 다르크가 화형에 처해진 것은 열아홉 살 또는 스무 살 무렵으로 지금의 내 또래였다.

으흠, 나라면 할 수 있겠는데, 하는 생각이 번뜩 들었다.

예상대로 나 말고 다른 지원자들은 모두 여성이었지만 내 지원은 거부되지 않았다. 오히려 내가 지원함으로써 장도 잔 다르크 역할은 남성도 맡을 수 있다는 사실을 깨달은 듯했다.

내부 오디션 당일. 나는 의료인이 입는 하얀 가운을 대충 개조해서 만든, 가슴과 다리 부근에 슬릿이 들어간 뭉툭한 흰 원피스를 입고 갔다.

다른 지원자들은 나를 보고 깜짝 놀랐고, 장과 스태프들은 내가 의상을 입고 왔다는 것에 깜짝 놀랐다.

좀 괴상한 작전이기는 했지만 모두의 시선이 나에게 꽂혔으니 효과는 있었다고 본다.

오디션이 시작되었다.

장이 이미 완성해놓은 잔 다르크의 안무 몇 개를 직접 춰서 보여줬고, 그것을 외웠다가 후보자들이 차례대로 춤을 췄다.

역시 선배들은 완벽했다. 다들 단번에 안무를 외워서 출 수 있다는 게 대단했다. 나도 안무 암기에는 자신이 있었기 때문에 솔직히 여기서는 차이가 벌어질 것 같지 않았다.

장과 스태프들은 기술력보다 역할의 이미지에 잘 맞는지 여부를 체크할 것이다.

이어서 장이 지시를 내렸다.

잔 다르크가 되었다고 생각하고 신의 계시를 받는 장면을 연기해보라.

다들 "뭐?" 하고 놀라는 것이 느껴졌다.

장 앞에서 즉흥으로 창작해 춤을 추라니.

솔직히 모두가 난감해하며 속으로 인상을 썼을 게 틀림없다. 나 역시 그랬으니까.

계시를 받는 장면을 만드는 데는 30분이 주어졌다.

다들 저마다의 생각대로 몸을 움직이며 포즈를 취했다. 무언가를 중얼거리는 선배도 있었다.

나는 움직이지 못했다.

우두커니 서 있는 나를 스태프들과 장이 신경 쓰고 있다는 게 느껴졌다.

하지만 내 머리는 핑핑 돌아가고 있었다.

계시.

하늘에서 내려온 신의 계시.

프랑스의 시골 마을에서 살아가던 평범한 소녀. 농사를 짓고 양을 치고 어린 여동생을 돌보며 하루를 보내던 아무런 교양도 없는 소녀.

그런 소녀가 어느 날 갑자기 계시를 받는 것이다.

왕을 도와라. 오를레앙으로 가라.

그 목소리는 어떤 식으로 들렸을까? 프랑스어로? 아니면 개념으로 머릿속에 날아들었나? 혹은 선명한 이미지가 떠오른 걸까?

그 순간은 대체 얼마나 충격적이었을까?

필시 엄청난 쇼크였을 것이다. 자신에게 일어난 일을 이해하지 못했을 것이다. 어마어마한 충격으로 몸을 움직일 수 없었을 것이다.

분명 그 순간이 영원처럼 느껴졌을 것이다.

그렇게 생각했을 때 무언가가 떠오르는 듯했다.

그 순간이, 영원처럼 느껴졌을 것이다.

이요옷, 하고 장단을 맞추는 소리가 머릿속에서 울렸다. 딱, 딱, 딱, 하고 박자목을 치는 격렬한 소리도.

그렇다, 그때도 같은 생각을 했다. 가부키의 미에.

무대 위의 배우를 보면서 필사적으로 생각했다.

저건 뭘까. 저 움직임은 대체 뭘까. 저건 뭘 표현하는 걸까.

그리고 갑자기, 번뜩 깨달았다.

내가 보고 있는 장면이 늘어난 순간이라는 것을.

무언가에 충격을 받을 때, 그 순간은 영원처럼 느껴질 것이다.

나는 무의식중에 양쪽 손가락을 커다랗게 벌리고 있었다.

짝, 짝, 짝, 하고 손뼉 치는 소리가 나서 문득 정신을 차렸다.

내가 멍하니 서 있는 동안 눈 깜짝할 사이에 30분이 지나버린 것이다. 아무것도 하지 않고 있었던 나를 스태프가 의아해하는 눈빛으로 쳐다봤다.

"그럼 차례대로 해볼까. 자, 실비아부터."

장이 눈짓을 했다.

"손뼉을 치면 그게 계시를 받은 순간이야. 그 신호에 맞춰 춤을 시작하도록."

나는 선배들의 연기를 보고 있긴 했지만 보지 않는 것이나 마찬가

지었다.

눈으로는 보고 있었지만 머릿속에서는 아직 '영원처럼 느껴진 순간'에 대한 생각이 끊이지 않았기 때문이다.

두 손으로 머리를 감싸고, 몸을 구부러트리면서도 계속 회전한다.

격렬하게 점프해 공중에서 발을 부딪친다.

한 손을 연신 내밀며 발을 높이 치켜든다.

발끝으로 서서 갈팡질팡 무대를 계속 떠돈다.

각자가 생각한 계시의 장면이 눈앞을 스쳐 지났다.

"이제 할의 차례야" 하는 목소리가 내 귀로 날아들었다.

모두가 나를 보고 있다는 것을 깨달았다.

간신히 허리를 펴고 그 자리에 다시 섰다.

고요하게 가라앉는 스튜디오.

나는 눈을 감고, 고개를 숙였다.

짝, 하고 장이 손뼉을 치는 소리가 들렸다.

계시의 순간, 머릿속에 섬광이 비쳐든다.

너무나도 눈부신 섬광. 너무나도 충격적인 이미지.

나는 눈을 크게 뜨고 입을 떡 벌린다.

양쪽 손가락을 최대한 펼치고 조금씩 두 팔을 들어올린다.

늘어난 순간. 영원처럼 느껴지는 순간.

그 찰나의 시간, 사람은 충격을 움직임으로 표현한다.

충격의 크기를 몸짓으로, 뒤로 젖힌 몸의 각도로 표현한다.

늘어난 순간.

움직임은 슬로 모션으로 보인다. 날아오는 공이 천천히 회전하며 코앞에 다가왔을 때 바늘땀까지 또렷하게 보이는 것처럼.

나는 서서히 팔을 구부린다. 충격을 받아 쓰러질 듯한 몸을 지탱하기 위해 어떻게든 버텨내려고 한다.

이 충격을 견뎌야 한다. 이 충격을 받아들여야 한다.

온몸을 비틀고 다리를 들어올리며 필사적으로 균형을 잡는다.

하지만 결국 충격을 다 받아들이지 못한다. 버티려는 시도는 결국 실패로 돌아가고, 나는 천천히 쓰러진다. 계속 발버둥을 쳐보지만 마지막에는 바닥에 풀썩 무릎을 꿇고 힘없이 고개를 떨군다.

얼굴을 들자 장과 스태프들의 멍한 표정이 눈에 들어왔다.

크게 뜬 장의 눈이 곧장 내 안으로 날아들었다.

내가 일어서자 모두가 박수를 쳐줬다.

오디션 결과 나는 잔 다르크 역을 따냈고, 실제로 계시 장면과 의상에는 내 아이디어가 반영되었다.

안무를 짜보고 싶다는 생각이 드는 무용수는 몸 자체가 웅변적이어서, 그곳에 존재하기만 해도 몸이 주위에 말을 거는 듯한 타입이 많다. 반면 언뜻 보기에는 눈에 잘 띄지 않지만 흡인력이 있어서 무의식중에 빨려드는 무용수에게도 이끌린다. 요컨대 그 자태만으로 공간을 만들고 여백을 메울 수 있는 무용수다.

그런 특별한 존재감이 있는 무용수는 왠지 인간이라기보다 독자적인 신비한 생명체라는 느낌이 든다. 그들은 보통 사람이나 평범한 무용수에게 탑재된 범용성 높은 운영체제와는 다른, 춤추는 데 더욱 특화되어 있는 특수한 운영체제로 움직이는 생명체인 것이다.

내가 생각하기로 무용수의 매력에는 몇 가지 타입이 있는 것 같다.

먼저 고도의 기술력과 날카로운 움직임으로 시선을 사로잡는 타입.

다음으로 개성적인 움직임과 분위기로 시선을 사로잡는 타입(이는 자칫하면 '습관이 있다', '지나치게 독특하다'라는 평가를 받기 때문에, 그렇지 않은 한계선에서 개성을 드러낼 수 있는 무용수가 상당히 드물다).

마지막으로 타고난 아름다운 팔다리와 근육의 형태 자체로 시선을 사로잡는 타입.

물론 각각의 타입은 복잡하게 얽혀 있어서 무 자르듯 나누기 어렵고 무용수마다 그 비율도 다르다. 아무리 신체 조건을 타고났다 해도 기술이 받쳐주지 않으면 참을 수 없이 지루해지고, 여봐란 듯이 테크닉만 강조해도 '확실히 잘하긴 하지만 아무런 멋이 없네' 하며 질려버리는 경우도 있다. 각각을 겸비한 혼합형도 많은데, 모든 요소를 고루 갖추었다면 그 무용수는 틀림없는 스타일 것이다.

탁월한 음악가 혹은 무용수와 그렇지 않은 사람의 차이점은 하나의 음, 하나의 동작에 담긴 압도적인 정보량이다. 그들의 소리와 동작에는 단순한 비유가 아니라 그 예술가가 품고 있는 철학과 우주가 응축되어 있다.

발레 학교에서 핫산을 처음 봤을 때 안무하고 싶다는 강한 충동이 치솟았던 것을 선명히 기억한다. 아니, 틀렸다. 정확히 말하자면 그건 '내가 상상한 대로 움직이는 모습을 보고 싶다'는 충동이었다.

그만큼 그의 몸은 아무것도 하지 않아도 약동감이 느껴져 뛰어난 신체 능력을 지녔음을 확신케 했다. 아름다운 근육은 거의 예술 작품과도 같아서 본을 떠 청동상으로 만들고 싶을 정도다. 무엇보다 그 오묘한 피부색은 세상에 둘도 없을 것이다. 벨벳이나 장수풍뎅이의 날개처럼 빛이 닿는 각도에 따라 다른 색채가 드러나 언제까지나 바라보고 있어도 질리지 않는다.

〈토르소〉 시리즈를 만들 때는 핫산을 비롯한 무용수들의 몸을 퍼즐 조각에 비유해 그것으로 공간에 그림을 그리려 했다.

에도 시대의 한지에나 네덜란드 판화가 에셔의 작품 〈낮과 밤〉을 무용수들로 표현해보려고 무리한 포즈를 요구한 적도 있다. 모두에게 귀가 따갑도록 불평을 들었고, 핫산에게는 "야, 할, 이 자식이 진짜"라는 말과 함께 마구 얻어맞았지만.

그림을 발레로 만들고 싶다는 소망은 예전부터 쭉 품고 있었고, 앙리 마티스의 콜라주 작품 〈재즈〉를 찰스 밍거스나 오넷 콜먼의 음악에 맞춰 핫산, 후카쓰, 바네사, 프란츠 넷이서 춤추게 하고 싶다는 생각은 오래전부터 했다. 하지만 프란츠와 핫산은 여전히 서로 으르렁거리는 데다, 다들 대외 활동도 늘어나 스케줄을 확보하기가 엄청나게 어려워졌으니 실현할 수 있을지는 모르겠다.

처음에는 햇산이 툭하면 덤벼들거나 트집을 잡는 것에 당황했지만, 성장 배경을 들은 뒤로는 그의 내면에서 항상 자신감과 열등감이 줄다리기를 하고 있다는 사실을 알게 되었다. 그 양가감정이 복잡한 내면을 구성해 춤에 음영을 부여하는 것이다.

좋지 않은 환경에서 자랐다는 열등감도 그때그때 다른 방식으로 받아들이는 듯했다. 스스로를 비하한다, 뻔뻔하게 나간다, 움츠러든다, 반항한다, 수용한다, 흘려보낸다 등 어떻게 대처할지 적힌 원반이 빙글빙글 돌고 있어 날마다 화살이 꽂히는 곳이 달라지는 것처럼. 그럼에도 그의 중심부에는 아무도 더럽힐 수 없는 기품과 순수함이 있었다.

언제부터였을까. 발레 학교에서 함께 지낸 친구들이 수석 무용수로 승급하면 내가 안무를 짜주는 관례가 생긴 것은.

햇산 때는 그 몸에서 나오는 예리하게 번뜩이는 움직임을 보고 싶어서 〈도끼〉를 만들었다. 햇산이 도끼 자체가 되어 휘둘리거나 내리쳐지고, 나무를 쾅쾅 찍거나 힘껏 던져지는 춤이다.

음악은 텔로니어스 멍크로 골랐다. 그의 곡에는 차가운 유머가 있어서 햇산의 냉소적인 유머 감각과 서로 통한다고 느꼈기 때문이다. 〈미스테리오소〉는 〈도끼〉의 직선적인 움직임과 연동해 시각적으로 리드미컬한 쾌감을 자아내기에 안성맞춤이었다. 팔다리를 날카로운 포즈로 고정한 채 춤추는 것은, 당연한 말이지만 기술적으로 매우 어렵다. 〈페트루슈카〉의 인형은 비할 바가 아니며, 아마도 이 춤은 오직 햇산만 출 수 있을 것이다. 〈도끼〉를 연습할 때는 평소의 "이 자식"이 나오지 않았으니 핫산은 의외로 이 작품이 마음에 들었던 모양이다.

바네사의 첫인상은 타고난 여왕님이었다.

그 근사한 붉은 머리와 에메랄드 같은 녹색 눈만으로도 충분히 인상적이었는데, 십 대로는 여겨지지 않는 위엄까지 갖추고 있었다. YAGP에서 그랑프리를 수상하려면 뛰어난 실력뿐만 아니라 특별한 존재감이 필요한데 바네사는 바로 그걸 가지고 있다.

주변은 거들떠보지도 않고 자신의 길을 가는 느낌이지만 실은 다른 무용수들도 잘 관찰하는 엄청난 연구가였다. 내가 조금씩 학생들을 모아 안무를 하는 것도 관찰했던 모양인지, 졸업 공연에 올릴 작품을 만들어달라고 부탁해왔을 때는 깜짝 놀랐다.

어떤 춤을 추고 싶은지, 좋아하는 것은 무엇인지 알아보던 중 나와의 예상치 못한 공통점을 발견했다. 바네사도 어린 시절부터 말을 탔던 것이다(물론 바네사의 경우는 상류 계급의 승마였으니 나처럼 안장도 없이 목장에서 제멋대로 타고 다닌 것과는 차원이 다르긴 하다). 바네사의 할아버지와 아버지는 두 분 다 승마로 올림픽까지 출전한 선수였으며, 친척 모두가 말과 친숙하게 지냈다고 한다.

우리는 말 이야기로 단숨에 친해졌다. 정색하고 있으면 다가가기 어렵고 거만해 보이지만 이야기를 나누어보면 말괄량이에 순진한, 주위에서 흔히 보는 소녀의 얼굴이 드러났다. 왠지 바네사가 나의 소꿉친구고, 목장에서 함께 말을 탄 시기가 있었던 것처럼 느껴졌다. 어린 시절부터 남매처럼 자라온 소녀.

그때 문득 졸업 작품인 〈파뉴키스〉가 떠올랐다.

말문이 트일 때부터 천진하게 함께 놀고 웃으며 어렴풋한 동경을 서로에게 품었던 유년 시절. 다시는 돌아오지 않는 계절. 고작 몇 분간의 춤 속에서 수십 년의 세월이 흐른다…….

본격적인 안무를 만드는 것은 그때가 거의 처음이었는데도 춤이 술술 나온 것은 상대가 바네사였기 때문이다. 무엇보다 그 이유가 컸다고 생각한다. 여성이 남성보다 무용수로서 완성되는 시기가 빠른 경우가 종종 있는데, 바네사는 특히 완성도가 높아서 내가 하고자 하는 바를 완벽하게 이해해 정확한 형태로 표현해주는 것에 감격했다. 내가 상상했던 그대로의 형태가 눈앞에 최상의 모습으로 존재한다는 쾌감을 처음으로 맛보게 해준 바네사에게는 지금도 감사할 따름이다.

흥미롭게도 '말을 탈 때의 그 느낌'이 통했기 때문인지 나와 바네사의 리프트는 처음부터 타이밍이 딱 맞았다. 프로가 된 다음에도 여러 파트너들과 춤을 췄지만 처음부터 그렇게 타이밍이 맞는 상대는 좀처럼 없었다.

할, 약속해줘. 내가 무용수 생활에서 은퇴할 때는 다시 한번 나랑 〈파뉴키스〉를 추겠다고.

"물론이야" 하고 '소꿉친구'와 약속했기 때문인지, 아무래도 바네사가 솔로로 추는 작품은 〈파뉴키스〉의 환상적인 유년 시절을 떠올리며 만들게 된다.

〈에코〉에서 바네사가 보여준 덧없고 처량한 아름다움에는 모두가 놀랐다. 〈파뉴키스〉의 초연 크레디트를 발레단 선배에게 뺏겼다며 분에 차 눈물을 흘리던 그녀가 몇 단계나 성장해 깊은 표현력을 지닌 수석 무용수가 된 것은 나에게도 기쁜 일이었다.

하기야 바네사의 본질은 타고난 여왕님이므로, 그 진가가 발휘되는 작품은 〈아그니〉나 〈어새슨〉이라고들 하는 말에는 부정하지 않겠다. 하지만 사실 나에게 바네사는 소꿉친구에 더 가깝다.

생각해보면 〈파뉴키스〉가 내 안무 데뷔작이었기 때문에 그 작품을 췄던 바네사의 인상이 강하게 남아 있지만, 수석 무용수로 승급할 때 기념으로 나의 작품을 추고 싶다고 처음 말한 사람은 프란츠였다.

당시 나는 무용수로서도 안무가로서도 아직 신참이었기 때문에, 그 단계에서 자신이 출 작품을 만들어달라고 나에게 요청하는 것은 상당한 배짱이 필요한 일이었다. 그래서 "할, 프란츠가 솔로 작품을 만들어달래" 하고 에릭이 말했을 때는 농담인 줄 알았다. 에릭조차 신기해했을 정도니까.

반신반의하며 프란츠를 찾아갔더니 "바네사에게서 의외의 면모를 끌어낸 것처럼 나한테서도 나 자신이 깨닫지 못한 면을 끌어내줬으면 해"라고 진지한 얼굴로 불쑥 말했다.

일본에서 왕자와 오로라 공주를 추긴 했지만, 정작 유학 온 뒤로는 사실 그와 이야기를 나눈 적이 거의 없었다. 그래서 프란츠가 발레 학교의 공연을 봤다는 말을 들었을 때는 깜짝 놀랐고, 아직 실적이 없는 나에게 망설임 없이 작품을 의뢰한 것에 대해서도 솔직히 말하자면 꽤나 긴장했다.

"정말 나로 괜찮아?"

주뼛주뼛 물어보는 나에게 프란츠는 "괜찮지 않으면 부탁을 안 했겠지" 하고 태연하게 대답했다.

"춤추고 싶은 것이나 주제 같은 게 있어?"

그렇게 묻자 프란츠는 고개를 가로저었다.

"너한테 맡길게. 네가 나에게 춤추게 하고 싶은 것으로 정해줘"라는 직설적인 대답.

"그럼" 하며 프란츠가 그대로 자리를 뜨려고 하기에 "잠깐 기다려, 아무리 그래도 그걸로는 춤을 못 만들어. 뭔가 힌트가 필요해. 좀 더 이야기를 들려줘" 하고 허겁지겁 붙잡았다.

그전에도 프란츠가 나오는 공연은 가능한 한 전부 보러 갔다.

그때 오로라 공주였던 나의 손을 주저 없이 잡아준 동화 속 왕자님이 어떤 춤을 출지 몹시 궁금했기 때문이다.

아무튼 무대에 등장하자마자 그가 있는 곳으로 시선이 확 쏠려버리니 군무 무용수로는 쓸 수 없다는 게 명백했고, 여러 단계를 건너뛰어 빠르게 승급한 것도 당연하다는 느낌이었다.

곧바로 주연급 역할이 주어졌고, 처음부터 그 자리에 있었던 것처럼 무대 중앙이 잘 어울렸다. 완벽한 용모에 완벽한 테크닉까지 갖추었으니 존재 자체만으로도 더없이 드라마틱했다.

프란츠가 연기하는 왕자에게는 그 젊음과는 어울리지 않는, 말로 표현하기 힘든 위엄이 있었다. 동화 속 상징적인 존재일 텐데도 그가 짊어진 지위의 무게와 책임감이 생생하게 느껴졌고, 마치 지금 시대에 실체화된 듯한 고뇌와 비장함이 절절하게 전달되었다.

평소에는 그렇게 무뚝뚝한데도 무대 위의 감정 표현은 훌륭해서, 과장스럽지 않게 보는 이의 가슴을 깊숙이 파고들었다.

그 위엄이 어디에서 오는 것인지 궁금해서 이것저것 캐물었더니 적은 말수로도 진솔하게 여러 이야기를 해줬다.

세계사 교과서에 나올 법한 매우 유서 깊은 가문의 후손이라는 것, 조부모님과 친척들, 그리고 아버지로부터 가문의 이름에 대한 자긍심을 주입받으며 몹시 엄격하게 자랐다는 것, 터울이 많은 쌍둥이 남동생과 여동생이 있다는 것.

어머니가 처음 데려간 극장에서 발레에 사로잡혔다는 것, 발레 무용수야말로 자기 인생의 목표라고 결심했다는 것, 어머니를 제외한 모두가 발레를 배우는 것에 크게 반대했다는 것, 발레를 계속하기 위해 아버지가 내건 온갖 조건을 받아들이기로 맹세했다는 것.

학교 성적은 늘 최상위권이어야 하고, 아버지가 명령하면 반드시 그 자리에 동행해야 하며, 사교계에도 얼굴을 비춰야 한다는 것(그가 일본에 왔던 것은 이 때문이기도 했다). 초인적인 노력으로 모든 조건을 만족시키고 발레단에 들어간 것, 그럼에도 여전히 아버지의 눈에는 그의 무용수 인생이 유예 기간으로만 비친다는 것, 무용수 생활에서 은퇴하면 아버지의 사업을 물려받으리라는 것…….

이야기를 듣는 동안 아무 말도 할 수 없었다.

담담하게 말하는 그의 인생 자체에서 위엄을 느꼈기 때문이다.

항상 최상위권 성적을 유지하려면 공부 시간을 어느 정도 확보해야 하지만 발레 레슨 시간만큼은 양보할 수 없었다. 그래서 친구들과 어울려 잡담을 나누는 등의 시간은 일절 가지지 않기로 결심했으며, 그 습관은 몸에 배어 있다. 지금도 과제가 산더미처럼 쌓여 있고, 일단 경영학 석사 학위를 따기 위해 대학교 원격 수업을 듣고 있으며 시간이 나는 대로 공부한다…….

"까다롭다거나 무뚝뚝하다는 말을 듣는다는 건 나도 알아."

프란츠는 그 대목에서 처음으로 살짝 웃었다.

"그래도 상관없어. 나는 무대 위에서 살아갈 수 있으니까. 무대 위에서라면 마음껏 감정을 토해낼 수 있거든."

그 미소에는 발레 무용수로서 살아가고 있다는 억제된 충족감이 깃들어 있어서 비로소 이해가 되었다. 무대 위의 프란츠가 연기하는 왕자가 짊어진 무거운 책임감은 그의 인생과 겹쳐 있었다는 것을. 그렇기 때문에 그런 고뇌, 그런 현실감이 전해졌던 것이다.

"참고가 되었나? 그럼 부탁할게. 정해지면 연락하고."

프란츠는 내 대답도 듣지 않고 일어서서 등을 휙 돌렸다.

그의 대단히 넓고 아름다운 등을 바로 앞에서 보는 것은 처음이었다.

그 순간을 지금도 또렷하게 기억한다.

갑자기 존 콜트레인이 연주한 〈마이 페이버릿 싱스〉의 전주가 흘러나오고, 그 전주에 맞춰 어둠 속에서 스포트라이트를 받으며 뒤로 돌아 포즈를 취하고 있는 프란츠가 눈앞에 떠올랐다.

게다가 두 소절마다 스포트라이트가 깜빡이며 프란츠가 취하는 포즈는 차례로 바뀐다.

그는 19세기풍 의상을 입고 있었다. 헐렁한 흰 셔츠, 옷깃에 두른 크라바트, 무릎 아래부터 좁아지는 바지에 롱부츠.

"프란츠."

무의식중에 목소리가 튀어나왔다. 왜 그러냐는 듯한 표정으로 뒤를 돌아보는 프란츠에게 말했다.

"도리언 그레이."

"뭐?"

"도리언 그레이를 춰줘."

프란츠는 의아해하는 얼굴이었지만, 곧이어 옅게 숨을 들이마시더니 나를 물끄러미 바라보며 조금 놀란 듯이 몸을 뒤로 젖혔다.

"직구 승부구나."

에릭을 비롯해 '도리언 그레이'라는 제목을 들은 모두가 쓴웃음을 지었다. 반면 나는 바로 이것이라는 자신감이 있었고, 그 부분에서는 다들 같은 의견인 듯했다.

희대의 미청년이라는 점을 제외하면 프란츠와 도리언 그레이의 공통점은 언뜻 봐서는 없는 것 같다. 하지만 나는 알아차렸다. 아마 프란츠도 그랬을 것이다.

발레를 다른 무엇보다 우선시하기 위해 철저한 자기관리를 하며,

그럼에도 가문의 억압을 받고 있는 프란츠. 억눌린 감정을 무대 위에서만 발산하고, 수많은 희생을 치르며 손에 넣은 발레 인생을 살아가는 프란츠.

하지만 그 가슴 깊숙한 곳에는 도리언 그레이와 마찬가지로 이제까지 외면해온 분노가, 초조함이, 비탄이, 고독이 가라앉아 있다.

젊음을 잃는다는 두려움, 헛되게 흘러가는 시간에 대한 초조함, 자신의 운명에 대한 비탄, 갈 곳 없는 분노.

프란츠는 깨닫고 말았다. 도리언 그레이의 두려움과 비탄이 자기 안에도 있다는 것을.

신기하게도 안무 작업을 하는 동안 우리는 별로 말을 나누지 않았다.

잇달아 새로운 춤이 나왔지만 프란츠는 전혀 당황하지 않고 따라왔다. 그래서인지 안무를 가르쳐주고 있다는 느낌이 조금도 들지 않았다. 마치 그는 다음에 어떤 안무가 나올지를 내가 춤추기 전부터 알고 있는 듯했다.

동작을 가르쳐주자마자 눈 깜짝할 사이에 나의 안무는 프란츠의 춤이 되어갔다. 풍선에 숨을 불어넣는 것처럼 순식간에 프란츠는 도리언 그레이의 모습이 되어 도리언 그레이로 그곳에 서 있었다.

리허설 때는 완성된 춤을 본 모두가 압도되어 할 말을 잃었다. 안무를 만든 나조차 그랬다. 그것은 프란츠의, 도리언 그레이였다.

너한테서 새로운 면을 이끌어냈어?

나중에 그렇게 물어보자 프란츠는 "그랬지" 하며 살며시 웃었다.

오히려 내가 원래는 이런 사람이었구나 싶었어.

나는 그 대답을 칭찬으로 받아들이기로 했다.

내가 매력을 느끼는 무용수는 눈가가 좀 희뿜해.

프로가 되고 얼마 뒤, 어떤 대화 끝에 미노루 삼촌이 그렇게 말했던 것이 인상 깊게 남아 있다.

희뿜하다니, 그게 어떤 상태야?

내가 물어보자 미노루 삼촌은 "응, 문자 그대로야. 이 언저리에 안개 같은 게 자욱이 끼어 있는 거지" 하며 자신의 눈가에서 팔랑팔랑 손을 흔들어 보였다.

흠, 나는 어떤데?

조금 긴장하며 그렇게 물어봤던 것을 기억한다. 미노루 삼촌이 매력을 느끼는 무용수에 내가 포함되어 있는지가 나에게 상당히 중요했기 때문이다.

음, 어릴 적에는 그랬지.

미노루 삼촌은 싱겁게 받아넘겼다.

어릴 적에는?

내가 의아한 표정을 짓자 미노루 삼촌은 고개를 끄덕였다.

응, 하루 너는 꽤 빨리 그 단계를 지났거든.

그 단계?

그건 아마 무용수가 춤에 탐닉해 있을 때 나타나는 표정일 거야.

그 말을 들었을 때 '탐닉'의 정확한 뜻이 곧바로 머릿속에 떠오르지 않았다.

그런 무용수는 춤추는 쾌감에 몰입해 있고, 황홀해하고 있어. 물론 그게 전해져서 보는 사람까지 쾌감을 느끼는 거지만.

미노루 삼촌은 허공을 올려다봤다.

한편 그만큼 집중해서 몰입하면 그를 보는 쪽은 버림받은 거라고도 할 수 있지. 무용수가 자신과 춤, 말하자면 둘만의 세계로 완전히 들어가버린 거니까. 그것은 그것대로 무용수가 아직 가보지 못한 경지에 이르는 장면을 목격하는 셈이니 감동적이긴 해도 관객은 복잡한 심정이야. 조금 쓸쓸하달까, 슬프달까, 원망스럽달까. 무용수를 보는 즐거움에는 그런 복잡한 감정까지 전부 포함되어 있지만.

미노루 삼촌은 잠시 생각에 잠긴 얼굴이었다.

하지만 탐닉하는 단계를 뛰어넘으면 무용수는 또 변하거든. 그때는 무용수가 춤과 하나가 되어 춤 자체가 되어버리니까 그들의 세계는 활짝 열려. 그들은 관객에게 아낌없이 모든 것을 주고, 관객은 그걸 마음껏 누릴 수 있어.

그 경지에 이른 무용수는 표정 하나만 봐도 아주 명확하게 알 수 있거든. 그렇게 되면 눈가가 희뿌옇지 않아. 하루는 이미 그렇게 되어 있고.

내 발레의 몇 퍼센트쯤에는 미노루 삼촌도 들어 있어.

언젠가 미노루 삼촌에게 그렇게 말한 적이 있는데, 그때 삼촌이 매우 기쁜 표정을 지었던 것이 선명히 기억난다. 그게 의외였기 때문에 뭐야, 더 솔직하게 말할걸, 하고 후회했던 것도.

사실 그건 내 마음을 축소시킨 표현이었다. 미노루 삼촌에게는 자신이 나의 춤에 영향을 줬든 말든 딱히 중요하지 않으리라는 생각에 절제해서 한 말이었다. 그렇지만 실상 미노루 삼촌은 몇 퍼센트 정도가 아니라 내 춤의 근간에 상당한 영향을 끼쳤다.

미노루 삼촌의 집, 다시 말해 외갓집은 나에게 외할아버지와 외할머니의 집이 아니라 미노루 삼촌의 집이다.

그 집은 장난감 상자 같은 곳이었다. 책과 음반을 비롯한 온갖 것이 가득했고, 박식하면서도 다소 속세와 동떨어진 듯한 미노루 삼촌과 이나리가 있었다.

이나리를 떠올리면 지금도 눈물이 난다. 나는 개에 약하다. 이나리 2세를 여기서 키우고 싶지만 워낙 집을 비울 때가 잦아서 개를 돌볼 여유는 당분간 도무지 없을 것 같다. 어쩌면 이나리가 '내 대타는 없어' 하고 무지개다리 너머에서 텔레파시를 보내고 있는 건지도 모른다.

그곳이 없었다면, 그리고 미노루 삼촌이 없었다면 내 춤은 완전히 달라졌을 것이다. 〈파뉴키스〉도 〈도리언 그레이〉도 〈거미 여인의 키스〉도 태어나지 않았을 테고, 설령 태어났다 해도 훨씬 얄팍한 작품이 되었을지도 모른다. 발레를 위해 의식적으로 익힌 지식이나 교양이 아니라, 그 집에서 어린 시절부터 일상생활 속에서 숨 쉬듯이 자연스럽게 스며든 문화가 지금의 내 재산이다.

세상에는 감식안이 좋다거나 예술 보는 눈이 뛰어나다고 일컬어지는 사람들이 있고, 그들에게 인정받으면 실력이 검증된 것으로 보는 관습이 존재한다.

그 사람들은 분명 대단하다. 특히 이곳에는 일반 시민 중에서도 그런 안목을 가진 관객이 발에 챌 정도여서 무용수의 기술력을 진정으로 이해하고 개성을 칭찬해준다.

하지만 솔직히 말하자면, 프로 관객 같은 이들과 내가 좋은 평을 듣고 싶어하는 사람들이 반드시 일치하지는 않는다.

이걸 봐줬으면 좋겠다. 이걸 보면 뭐라고 말할까.

내가 진심으로 그렇게 생각하는 상대는 아마도 장 자매와 미노루 삼촌뿐일 것이다.

물론 부모님과 쓰카사 선생님, 세르게이를 비롯해 신세를 진 선생님과 발레 동료, 수많은 관객 들도 봐줬으면 한다. 하지만 그건 순수하게 그들을 기쁘고 즐겁게 해주고 싶다는 직업의식 같은 마음이다.

장과 미노루 삼촌은 그것과 다르다. 그저 봐주기만 하면 된다. 두 사람의 기억에 남겨주기만 하면 된다. 이 두 사람이 나의 춤을 이해해주면 그걸로 족하다.

'이해받고 싶다.' 이 또한 창작자에게는 성가신 욕구이자 문제다. 상찬이 곧 이해는 아니라는 명백한 진실 앞에서 무수한 창작자가 고민하고 괴로워해왔다. 어려운 점은 이해하고 있다는 생각도 이해받고 있다는 생각도 어디까지나 본인의 주관일 뿐이라는 것이다. 이해받고 싶다는 이 욕구는 대체 무엇일까? 창작자의 단순한 인정 욕구일까, 아니면 그저 자의식일 뿐일까.

나나세가 〈어새슨〉을 보고 "대신 춤춰주고 있어"라고 말했을 때는 깜짝 놀랐다. 나나세는 우리가 관객 대신 무대에 서 있다고 했다.

충격적이었다. 나는 무대를 보고 그런 식으로 생각한 적이 한 번도 없었기 때문이다.

무대 위에 있는 것은 관객이 우러러보는 유일무이한 예술가이자 한없이 개인적이고도 고고한 존재였다.

만약 그것이 관객 대신이라면, 관객 마음의 매개체라면, 예술가의 이해받고 싶다는 욕구는 길을 잘못 들어 목적지를 잃어버리는 게 아닐까.

그런 반론이 그때 내 머릿속에 떠올랐지만, 그럼에도 마음 어딘가에선 나나세의 말이 어떤 진실을 꿰뚫고 있다고도 느꼈다.

그래서 미노루 삼촌이 "그 경지에 이른 무용수는 명확히 알 수 있거든"이라고 말했을 때 눈앞의 안개가 걷히는 기분이었다. 확실히 슈퍼스타라고 불리는 사람들은 모든 것이 명료하다. '나를 알아줘'라는 식의 우물쭈물거리는 잡념 같은 건 어디에도 없다. 관객에게 무한히 사랑을 주고, 그럼으로써 그보다 더 큰 사랑을 관객으로부터 받는다. 그렇구나, 슈퍼스타는 완전히 쌍방향이구나, 하고 납득했다.

이런 아무렇지 않게 툭 던지는 감상에 마음이 움직일 때면, 미노루 삼촌이 예전부터 스스로를 "요로즈 하루의 1호 팬"이라고 칭해준 것이 자랑스러워진다.

일본에서 공연을 할 때면 미노루 삼촌에게 꼬박꼬박 초대장을 보냈지만, 내가 만든 작품의 초연을 보여주기는 상당히 어려웠다. 그래서 우연찮게 미노루 삼촌의 안식년 시기에 공연한 〈거미 여인의 키스〉의 초연을 보여줬을 때는 정말 기뻤다. 물론 이 또한 미노루 삼촌의 장서에서 영감을 얻은 작품이었기 때문이다.

〈거미 여인의 키스〉는 영화와 연극도 다 봤고, 나에게는 염원하던 작품 중 하나였다. 내가 무척 좋아하는 피아졸라의 음악을 마음껏 쓸 수 있었던 것도 기뻤고, 오랫동안 팬이었던 벨기에의 디자이너에게 거절당할 각오를 하고 의상 작업을 제안했는데 수락해준 것도 꿈같은 일이었다.

등장인물은 테러리스트라는 혐의를 받아 수감된 발렌틴과 감옥에서 그에게 접근하는 동성애자 몰리나. 몰리나가 숭배하는 유명 영화배우 오로라, 그리고 발렌틴으로부터 정보를 빼내라고 몰리나에게 지시하는 교도소장.

이야기는 이 네 인물만으로 진행된다. 내가 모든 공연에서 몰리나를 췄고 나머지 세 사람은 더블 캐스팅이었다.

몰리나는 오랫동안 해보고 싶다고 남몰래 생각해온 역할이었다. 디자이너가 만들어준 옷자락이 비대칭인 붉은색과 검은색의 드레스도 춤추기 편해서 마음에 쏙 들었다.

〈펄프 픽션〉과 〈워터 드롭스 온 버닝 락〉 같은 내가 좋아하는 영화 속의 인상적인 댄스 장면을 인용할 수 있었고, 오로라와 추는 화려한 파 드 되의 〈위대한 탱고〉, 발렌틴과의 심리적 줄다리기를 표현한 〈추억〉, 그리고 클라이맥스에서 네 사람이 나란히 추는 〈리베르탱고)도 정말 최고였다. 말하자면 내 취향을 마음껏 반영한, 그야말로 즐거움과 실익(?)을 겸비한 역할을 출 수 있어서 매우 만족스러운 작품이었다. 하지만……

관객이 전부 나를 바라보고, 모두가 나에게 욕정을 품는 것은 짜릿한 일이다. 함께 춤추는 다른 무용수가 나에게 욕정을 품는 것도 마찬가지다. 어디까지나 무대 위에 한정된 이야기지만.

그런데 난감하게도 발렌틴을 연기한 상대 배우들이 단체로 나에게 홀딱 반해버렸다.

확실히 무대 위에서 그들에게 열정적으로 다가갔다는 것은 인정한다(그런 역할이니까). 몰리나가 매력적인지 아닌지로 이 작품의 성공 여부가 판가름나니 당연한 일이다.

실은 캐스팅에도 은근히 신경을 썼다. 발렌틴 역에는 이성애자이면서도 되도록 오래 사귄 연인이 있는 무용수를 선택하려고 했다.

한데 두 사람 모두 나와 연습하며 며칠간 함께 춤춘 다음부터 손바닥 뒤집듯이 취향을 바꾸어 무대에서 내려온 뒤에도 나를 쫓아다녔다.

나는 엄청나게 난감해졌다. 둘 다 현재 연인과의 관계가 틀어진 데다 나와 진흙탕 속 삼각관계처럼 되어버려서, 누구 하나가 칼로 찌르면 어쩌나 진심으로 불안해했을 정도다. 그 진흙탕은 어느 틈에 단원과 스태프에게도 알려져 프란츠로부터 분노의 메일을 받는 덤까지 붙었다.

"넌 발레단에서는 발레에 집중하는 게 아니었나?"

나는 발레에 집중하고 있다고. 무대를 사적인 영역으로 끌어들인 건 내가 아니라니까.

그런 반론의 메일을 보냈지만 "그렇지 않은 것 같은데", "거짓말이 잖아" 등의 짤막한 답신만 와서 프란츠가 상당히 화났다는 것이 느껴졌다. 결국 나는 한밤중에 그가 사는 아파트까지 택시로 허겁지겁 달려가는 처지가 되었다.

더없이 냉담한, 후카쓰가 "엉엉 울면서 달아날" 정도라고 했던, 순식간에 기온이 영하로 떨어지는 듯한 차가운 눈빛을 마주한 나는 딱히 잘못한 게 없는데도 횡설수설 변명을 늘어놓았다.

"그건 그런 역할이고 그런 춤이야! 진짜 내가 있을 곳은 여기라고! 알잖아?"

프란츠는 무표정한 얼굴로 나를 뚫어져라 쳐다봤다.

"난 아무 말도 안 하잖아! 프란츠 네가 뭘 추든, 공연 기간 중에 무대 위에서 누구랑 사랑에 빠지든 말이야."

극중 역할의 연장선상에서 유사 연애 관계에 빠지는 건 흔한 일이고, 그 정도는 되어야 연기에 반영된다.

프란츠가 아무 말도 없기에 나는 문득 떠오른 의문을 던져봤다.

"혹시 발렌틴을 추고 싶었던 거야? 그건 라틴계 무용수에게 어울리는 역할이고, 너는 〈라 실피드〉 공연 스케줄이 잡혀 있었으니 처음부터 염두에 두지 않았는데."

그러자 프란츠는 고개를 저었다.

"아니. 그 역할이 나와 안 어울린다는 건 알고 있고, 추고 싶은 것도 아니야.”

나는 김이 빠져서 한숨 섞인 목소리로 말했다.

“지금은 다들 역할에 푹 빠져서 착각하고 있는 것뿐이야. 어차피 공연이 끝나면 없어질 일이고. 너도 그렇게 생각하잖아?”

“그런 이야기가 아니라고.”

프란츠는 나를 강한 눈빛으로 노려봤다.

“그럼 무슨 이야기인데?”

그의 분노의 화살이 어디로 향하고 있는지 알 수 없어서 혼란스러웠다.

“왜냐하면…….”

프란츠는 마지못한 말투로 겨우 입을 열었다.

“나한테는 그렇게 해준 적 없잖아.”

“뭐?” 하고 되묻자 프란츠의 뺨이 순식간에 붉게 달아올랐다.

그 얼굴을 보고 비로소 깨달았다.

프란츠가 말한 “그렇게”라는 건, 몰리나가 발렌틴에게 달라붙어 그의 귀를 깨무는 장면이었다. 요컨대 이 녀석은 발렌틴도 아니고, 발렌틴 역할의 무용수도 아니라…….

몰리나를 질투하는 건가.

어처구니가 없어서 힘이 쭉 빠졌다. 하지만 연인의 기분을 상하게 한 채로 놔두고 싶지도 않으니, 이곳이 무대 위는 아니지만 어쩔 수 없었다.

“……알겠어.”

나는 목소리를 바꾸며 머리카락을 쓸어올렸다.

프란츠가 철렁한 얼굴로 나를 봤다.

"당신, 몰리나에게 사랑받고 싶은 거지?"

나는 몰리나로 완전히 변신해 나긋하게 두 팔을 내밀었다.

"몰리나가 귀를 깨물어주기를 원하는 거잖아?"

"난……."

몰리나의 눈으로 쳐다보자 프란츠가 쩔쩔맸다.

딱 걸렸다. 좀 더 서비스해둘까.

"아니면 귀 말고 다른 곳이 좋은 거야? 어디가 좋은데? 가르쳐줘."

내가 끈적하게 어깨에 팔을 두르자 프란츠는 복잡한 눈빛으로 나를 쳐다봤다.

"넌 악마 같은 놈이야."

"그 악마한테 먼저 다가온 건 너잖아."

프란츠, 의외로 성가신 녀석이다.

〈거미 여인의 키스〉는 큰 반향을 불러일으켰고, 요청이 쇄도해서 곧바로 이듬해 재공연이 결정되었다.

예상대로 공연이 끝나자 진흙탕 속 삼각관계도 꿈에서 깨어난 것처럼 사라졌고, 두 발렌틴은 각자의 연인과 예전의 관계로 돌아갔다고 한다(하지만 그중 한 쌍은 나중에 파국을 맞이했다. 내 탓인지, 아니면 다른 요인이 있었는지는 확실치 않다).

나는 몰리나 역할에서 잘렸다. 정확히 말하자면 내가 자발적으로 봉인했다(몰리나로서 봉사한 것이 역효과를 낳았는지 프란츠가 "이제 몰리나를 추지 말아줘" 하고 간청, 아니 엄명했다. "다음에 또 네가 몰리나를 추는 걸 보면 나는 널 죽여버릴지도 몰라"라고도 했는데 그 눈빛이 진심으로 무서웠다). 스태프들은 아쉬워하면서도 내심 안도하는 듯했다.

그리하여 미노루 삼촌이 "하루의 몰리나는 정말 대단했는데, 이제는 안 추는 거야?" 하고 물었을 때는 대답을 얼버무리는 수밖에 없었다.

그 이후 나는 〈거미 여인의 키스〉를 추지 않았다.

〈거미 여인의 키스〉에는 그런 부득이한 사정이 있었지만, 원래 나는 역할에 별로 집착하지 않는 편이다.

"그 역할을 더 춰주면 좋을 텐데"라든지 "그렇게 쉽게 다른 사람한테 맡겨도 되는 거야?"라는 말도 자주 듣는다.

물론 추고 싶은 역할은 잔뜩 있다.

언제나 추고 싶고, 계속 추고 싶다.

실제로 마음속에서는 늘 춤을 추고 있다. 나의 일부는 의식 어딘가에서 항상 무대에 올라 춤추고 있다.

예전에 나나세에게도 말했듯이, 춤의 씨앗은 언제나 내 몸속 어딘가에 존재하며 표면으로 떠오를 기회를 엿보고 있다. 아니, 오히려 춤의 씨앗은 가로수 그늘이나 혼잡한 거리 등 몸 밖에도 어디에나 있다.

그래서 춤은 내 몸속에서 나타날 때도 있지만, 내 몸 바깥의 조금 떨어진 곳에서 불쑥 꽃피는 모습이 보일 때도 있다.

'춤을 추고 싶다'와 '춤을 보고 싶다'는 늘 양팔저울의 두 접시에 실려서 휘청휘청 흔들린다. 다음번에는 어느 쪽으로 기울어질지 나도 모른다. 나한테 이 둘은 별로 차이가 없는 거겠지.

솔로로 춤을 추는 것에도 그다지 관심이 없다. 다른 사람의 솔로 안무를 짜는 것은 재미있지만, 나 자신을 대상으로 안무를 짜는 것은 딱히 구미가 당기지 않아서 늘 뒷전이 되고 만다.

딱 하나, 그 곡을 제외하고.

자기 이름이 들어간 단어는 눈에 잘 띄고 관심이 가는 법이다.

일반 명사인 내 이름은 여기저기 흔하게 들어가 있어서 어릴 적부터 온갖 것에 관심이 갔다. 책 제목, 과자 이름, 노래 가사와 제목.

특히 시를 읽다가 내 이름이 들어간 단어를 만나면 그 뉘앙스 때문에 가슴이 살짝 두근거린다.

헤이안 시대의 가인 사이교西行 법사의 유명한 하이쿠.

바라건대 꽃 아래 봄에 죽기를
그 추운 음력 이월의 보름에

'봄'과 '죽음'이라는 글자가 연달아 나오는 것이 눈에 확 들어오면서 가슴 깊이 꽂혔다.

봄은 죽음의 계절. 그런 생각을 어렴풋이 하게 된 것은 이 시 때문일지도 모른다. 장이었던가, 아니면 다른 누군가였던가. 혹은 여러 인생 선배들에게 들었던 말이 머릿속에서 뒤섞였을 수도 있다.

나이를 먹고 노년에 들어서면 해마다 봄이 두려워진다. 올해도 겨울을 극복했다는 기쁨보다, 살아남아 봄을 맞이한다는 배겨내기 힘든 심정이 더 커진다. 봄의 뻔뻔스러운 밝음에, 싹트는 생명의 흥포함에 주눅이 들게 된다.

자, 노인들이여, 길을 비켜라, 새로운 생명에게 자리를 내줘라. 그렇게 규탄당하는 듯한 기분마저 든다…….

미소라 히바리가 부른 〈링고 오이와케〉라는 노래에 맞춰 내가 직접 춤추기 위해 안무를 짠 작품 〈꽃 아래〉는 이 시에서 영감을 받았다.

사이교는 자신의 바람처럼 실제로 '음력 이월의 보름'에 딱 맞춰 세상을 떠났다고 한다.

나는 어떤 바람을 가지게 될까.

역시 사이교처럼 꽃 피는 계절에 세상을 떠나고 싶어질까?

발레를 시작했을 때부터 그 제목은 내 몸속 어딘가에 있었다.

처음부터 쭉, 언제나 마음 한구석에서 의식하고 있었다. 언젠가 그곳에 당도할 것이고, 언젠가 그 앞에 서게 되리라고 예감했다.

이고르 스트라빈스키가 작곡한 〈봄의 제전〉.

발레 안무가의 길을 가려면 피할 수 없는 곡이 이 세상에는 몇 개 존재한다.

〈봄의 제전〉은 두말할 필요 없이 그중 하나일 것이다. 스트라빈스키가 작곡한 〈불새〉나 모리스 라벨의 〈볼레로〉도 마찬가지지만, 역시 내 이름이 들어 있는 〈봄의 제전〉이 예전부터 내겐 가장 특별한 곡이었다.

실은 〈볼레로〉에도 남몰래 투지를 불태우고 있었는데 나나세 덕분에 너무나 쉽게 소원을 성취해서 김이 빠졌을 정도다.

나나세의 춤추는 지휘는 정말이지 걸작이었다. 떠올리면 지금도 웃음이 나온다. 아니, 역시 나나세는 대단하다. 그 애 안에서는 춤과 음악이 분리하기 힘들 정도로 일체화되어 있다.

그때는 정말로, 무대 위에서 나나세의 지휘봉을 흔들자마자 처음부터 마지막까지 거의 단번에 안무가 떠올랐다. 그런 경험은 전무후무했다.

〈볼레로〉를 완성하고 그 여세를 몰아 곧이어 〈불새〉도 만들었다.

나의 〈불새〉는 곡의 바탕이 된 민요의 스토리라인을 발레로 만든 것이 아니었다. 모든 무용수가 불새라는 설정으로 똑같이 붉은 의상을 입고 춤추는 군무였다.

무엇보다 모두가 불사조이므로 불사조답게 마음껏 날아오르라는 생각에 점프와 리프트를 잔뜩 집어넣었다. 그래서 내 작품 중에서는 상당히 아크로바틱한 축이 되었는데, 후카쓰에게 "우리를 죽일 셈이야? 이러다가 죽지 않는 불사조가 아니라 춤추다 죽는 무사조舞死鳥가 되겠어!" 하고 욕을 먹었다.

무사조라니, 꽤나 그럴싸한 작명이잖아. 후카쓰 1점 획득! 하며 웃었더니 다른 무용수들도 "힘들어 죽겠어", "리프트에서 떠 있는 시간이 너무 길다고", "대체 무슨 생각이야?" 하며 비난을 퍼부었다.

새인데 공중에 떠 있는 시간이 길다고 불평하면 곤란하다.

그래도 불평불만을 다 토해내고 나면 결국 막이 오르기 전까지는 어떻게든 춤을 소화해내는 것이 이들의 대단한 점이다. 과연 최고의 프로다. 무사조, 아니 불사조를 내 안무 그대로 수정 없이 춰줘서 고마워.

이 두 곡이 상당히 순조롭게(무용수들에게도 '순조롭게'였는지는 잘 모르겠지만) 완성된 반면 〈봄의 제전〉만은 좀처럼 손을 대지 못했고, "만들 거야"라는 말조차 오랫동안 입 밖으로 꺼내지 못했다. 그만큼 나에게는 소중한, 높은 곳에 걸려 있는 하나의 목표였던 것이다.

단, 이 곡에 대해서는 지금까지 쭉 하나의 이미지를 품고 있었다.

내가 홀로 넓은 무대 한가운데에 서서 스포트라이트를 받으며 춤추고 있는 이미지.

〈봄의 제전〉이라 하면 압도적인 군무의 이미지가 강하다.

공동체 구성원 모두가 참여하는 원시 종교의식. 거기서 죽을 때까지 춤추다가 산 제물이 되는 소녀. 그런 설정을 가진 작품이니 어찌 보면 당연한 일이다.

하지만 어째서인지 군무 중심의 작품은 떠오르지 않았다.

나 혼자서 추는 솔로 작품이라는 이미지만은 처음부터 확고했던 것이다.

그러면서 솔로 작품이긴 해도 춤추는 내 주위에서 수많은 사람의 인기척이 느껴지는 작품이라는 콘셉트 역시 동시에 가지고 있었다.

다만 그것이 과연 어떤 춤이며 어떤 설정인지는 알 수 없었다.

번역된 제목은 〈봄의 제전〉이지만 원제는 '제전'이라기보다 '의식'이다. 게다가 나의 개인적인 느낌으로는 '봄의 제물'이 뉘앙스상 더 잘 맞는 제목이 아닐까 싶다.

봄의 제물이라니, 그야말로 '봄에 죽다'가 아닌가.

내가 제물이 될 수 있는 대상. 그것은 발레라고밖에 생각할 수 없지만, 최종적으로 그런 해석에 이른다 해도 축을 이루는 설정은 필요하다.

그 설정이 어지간히 떠오르지 않았다.

그나저나 〈봄의 제전〉은 정말 대단하고 신비로운 곡이다.

초연 당시 논란을 일으켜 호불호가 팽팽하게 나뉘었다는 이야기는 유명하지만, 잇따라 마구 울려대는 그 불협화음은 몇 번을 들어도 충격적이다. 연주된 순간부터 쭉, 한 세기가 훌쩍 지난 지금까지도 그처럼 전위적인 작품은 그리 흔치 않다.

스트라빈스키는 환시幻視를 겪는 타입의 작곡가였던 모양이다.

〈불새〉를 한창 작곡하던 중 〈봄의 제전〉의 바탕이 되는 이미지가 떠올랐다는 에피소드는 유명하다.

본인이 실제로 목격한 작품을 만드는 것이므로, 거꾸로 말하자면 그의 곡은 이미지 환기력이 엄청나다고 할 수 있다. 그래서 〈불새〉나 〈페트루슈카〉처럼 또렷한 스토리가 있는 곡이라면 명쾌한 이미지가 떠오르기 때문에 리듬감 있고 이해하기 쉬운 춤을 만들기 좋다.

프로코피예프의 곡에 대해서도 같은 말을 할 수 있다. 〈로미오와 줄리엣〉을 여러 버전으로 보고 비교한 적이 있는데, 그의 곡이 가진 이미지 환기력이 너무나도 강하기 때문에 주요 장면에서는 큰 차이가 나기 어렵구나 싶었다. 〈몬태규와 캐퓰렛〉은 누가 안무를 짜도 그 이외의 스텝은 밟지 못할 것이다.

나나세가 컨템퍼러리용 곡을 만들 때 멜로디가 스텝을 한정하는 것을 경계한 건 그런 상황을 피하기 위함이었다.

그런 점에서도 〈봄의 제전〉은 특이한 곡이다.

이 곡에는 설정만 있을 뿐 스토리가 없기 때문에, 스토리가 있는 클래식 발레에도 추상적인 컨템퍼러리 발레에도 쓸 수 있다.

게다가 안무가가 가진 발레 어휘를 극한까지 구사하도록 요구하는 곡이라서 누가 만들어도 걸작이 된다. 어쩌면 단지 곡이 강력해서 어떤 안무를 붙여도 흥미롭게 보이는 것일 수도 있지만.

후카쓰와 무대에서 함께 춤춘 횟수는 손에 꼽을 정도지만, 그와 춤을 출 때마다 어떤 힌트랄지 춤의 조각 같은 것을 얻는다.

미지의 춤을 발전시키기 위한 촉매 같은 느낌.

그런 의미에서 후카쓰 역시 특별하게 연결되어 있다고 느껴지는 신기한 존재다.

후카쓰는 내가 최초로 안무를 한 대상이기도 한데, 그때부터 이미 그런 느낌을 받았다.

〈겨울나무〉를 두고 "함께 췄다"고 말할 수 있을지 모르겠다. 하지만 후카쓰를 나무줄기 삼아 닿아 있는 동안 언뜻언뜻 무슨 그림 같은 것이 떠올랐다.

춤에 집중하고 있어서 그때는 그것을 언어로 표현하지 못했지만, 그 그림 같은 것은 의식의 한구석에 남아 있었다.

눈 속에서 아이들이 촛불을 들고 모여 있다.

은회색 의상을 입은, 후카쓰로 보이는 무용수와 진청색 의상을 입은 내가 무대에 서 있다.

나와 손을 잡고 빙글빙글 돌면서 크게 입을 벌리고 웃는 소녀.

그런 8밀리 필름 속 영상 같은 거친 그림들이 머릿속을 번뜩 스쳤다.

그것이 훗날 내가 만들 춤의 조각이었다는 사실은 〈야누스〉 한 건만 봐도 명백하다.

다른 동료들이 수석 무용수로 승급했을 때는 솔로 안무를 짜준 반면, 후카쓰의 〈야누스〉는 나도 함께 추고 싶었다. 아마 무의식중에라도 새로운 영감을 원하고 있었기 때문일 것이다.

차근차근 발레의 어휘를 늘리고 장에게 지도도 받으며 스스로는 안무가의 길을 착착 걸어나가고 있다고 생각했지만, 실은 그 무렵 약간의 정체기를 겪으며 슬럼프 비슷한 것에 빠졌다.

정신을 차리고 보면 엇비슷한 안무만 반복해서 짜고 있었다. 벌써 매너리즘에 빠진 건가. 가야 할 길이 먼데 이미 한계에 부딪혔나. 다시 말해 무용수로서도 제자리걸음을 하고 있는 건가. 그런 의구심에 괴로워하며 조바심을 냈다.

그래서 그런 머리로만 생각한, 후카쓰에게서 나올 것 같지 않은 춤을 만들었다. 내 머릿속 후카쓰의 이미지와 실제 후카쓰 사이의 갭에 위화감이 들었던 것도 사실이지만, 실상 나 자신의 슬럼프도 영향을 끼쳤다.

장에게 조언을 받은 뒤 둘이서 춤추는 이미지가 부글부글 샘솟았을 때는 진심으로 안도했다. 나는 그로써 슬럼프에서 벗어날 수 있었다.

그 뒤로는 지금까지 없던 춤이 잇따라 순조롭게 나왔고, 안무가로서 중요한 단계 하나를 넘어섰음을 실감했다.

그리고 후카쓰와 최종 리허설에서 〈야누스〉를 췄을 때는, 그와 처음 춤췄을 때처럼 깜빡이는 그림이 연달아 떠올랐다.

아아, 이건 앞으로 내가 만들 춤의 조각이구나. 그렇게 직감했다.

그것이 어떤 조각이며 무슨 안무가 되었는지는 잘 설명할 수 없지만, 모두 나에게 소중한 작품이라는 점은 확실하다.

〈야누스〉 다음으로 후카쓰와 춘 것은 트리플 빌 공연에서 선보인 장 자매의 작품, 〈퀸텟〉이었다.

제목 그대로 브람스의 피아노 5중주, 작품 번호 34번의 1악장과 4악장을 통째로 사용해 발레로 만든 작품으로, 남자 둘 여자 셋이서 춤추며 남녀의 오각관계를 표현했다.

원래 후카쓰와 함께 무대에 오르는 것은 나 말고 다른 남자 수석 무용수였는데, 개막 직전에 부상을 당하는 바람에 급하게 내가 대신 출연하게 되었다.

작품 번호 34번은 너무나도 브람스다운 감정 표현이 돋보이는 드라마틱한 곡이라서 자연히 춤도 드라마틱해졌다.

2-2-1, 2-3, 1-4, 5 등 다섯 명의 조합이 연신 바뀌는데, 붙었다가 떨어졌다가 모두 함께 춤추는 등 눈이 핑글핑글 돌아갈 정도로 대형이 빠르게 변하는 것이 흥미롭다.

예를 들면 2-3 조합만 해도 남남-여여여, 남녀-여여남, 여여-남남녀 세 종류가 있어서 나와 후카쓰도 실로 오랜만에 무대 위에서 짝을 이루었다.

장의 안무는 무대에서 여성 무용수를 아름다워 보이게 만드는 것으로 정평이 나 있어 세 여자는 기쁘게 춤췄다. 나와 후카쓰도 매력남으로서 그녀들을 돋보이게 하는 데 최선을 다했으며, 동시에 서로 얽혀가며 어른의 연애를 표현했다.

후카쓰는 서포트를 정말 잘한다. 위치를 선정하는 장소, 몸의 각도, 손을 놓는 타이밍까지, 보고 있으면 반할 정도다.

그 점은 〈야누스〉 때부터 알고 있었지만 이렇게 오랜만에 같이 춤을 춰보니 실력이 더욱 향상되어 있었다.

과연 후카쓰였다.

프란츠와 핫산이 내가 만들어준 솔로 작품을 그 후에도 여기저기서 춘 반면, 후카쓰에게는 〈야누스〉를 재공연할 기회가 잘 오지 않는 것이 나 때문이라고 생각하면 조금 미안해진다. 후카쓰는 아무래도 피붙이 같은 느낌이 강해서 나도 모르게 내 고집대로 하고 말았다.

〈퀸텟〉에는 사랑의 고양과 환멸, 질투와 증오, 비애와 애증 등 연애할 때 번갈아 찾아드는 기쁨과 슬픔의 감정이 가득 담겨 있고, 장의 작품다운 냉소와 유머도 있다.

다섯 명이 뒤엉켜 혼돈의 리프트를 반복하기도 하고, 화기애애하게 담소를 나누며 밝은 분위기로 다 함께 고고댄스를 추기도 한다. 서로 노려보며 긴박감 넘치는 탱고를 추는 세 여성 무용수 옆에서 두 남성 무용수가 한가롭게 경쾌한 사교춤인 찰스턴을 추는 대목도 있다.

그냥 춰도 무척 기분 좋아지는 작품이지만, '척 하면 척'인 후카쓰와 함께 췄기에 유난히 더 즐거웠다.

후카쓰도 '이 느낌 오랜만이네'라는 듯 중간중간 나에게 히죽 웃어 보였다.

후반부에 내가 오른손으로 후카쓰의 왼손을 잡고 서로 당기며 균형을 이루는 부분이 있는데, 그때 갑자기 거친 그림이 뇌리를 스쳤다.

앗.

그것이 너무도 선명했기 때문에 순간적으로 살짝 움찔했을 정도다.

균형은 잘 잡고 있었으니 후카쓰는 나의 동요를 느끼지 못했을 것이다.

하지만 그 그림은 전에 없이 순식간에 몸속 깊이 새겨졌다.

그리고 이때 처음으로, 나는 오직 후카쓰와 춤출 때만 이런 일이 일어난다는 사실을 깨달았다.

무아지경으로 〈퀸텟〉을 다 추고 커튼콜에 응하면서도, 몸속에 새겨진 그림을 나는 어딘가에서 조용히 바라보고 있었다.

이 그림은…….

이 춤의 조각은 대체 무엇일까?

막이 내려오고, 우리 다섯 명은 무대 위에서 손바닥을 마주치며 서로 얼싸안았다.

"너랑 춤추는 거 오랜만이라서 엄청 즐거웠어."

후카쓰가 그렇게 말하며 웃어서 "나도"라고 대답했다.

"이대로 한 번 더, 나랑 너랑 출 수 있을까?"

"글쎄."

나는 고개를 갸웃거렸다.

"오늘 난 갑작스럽게 대역을 맡은 거니까. 다음번 공연에서는 또 다른 사람이 대역을 맡을지도 모르지."

"쳇, 기왕 이렇게 된 거 이 조합 그대로 쭉 갔으면 좋겠는데."

둘이서 어깨동무를 하고 무대 뒤로 퇴장하면서도 나는 여전히 그 그림을 생각하고 있었다.

텅 빈 장소. 인기척은 없다.

주변은 어스레하고 고요하다.

그곳에 낡은 책상이 몇 줄이나 가지런히 놓여 있다.

내 머릿속을 번뜩 스쳐간 것은 그런 그림이었다.

그것은, 그 장소는…….

문득 깨달았다.

교실. 그건 학교 교실이다.

그리고 그 아무도 없는 교실에서…….

나는 등줄기가 서늘해지는 것을 느꼈다.

그리고 그 아무도 없는 교실에서, 나는 홀로 〈봄의 제전〉을 추는 것이다.

학교는 별로 좋아하지 않았다.

아니, 이 표현은 정확하지 않다.

좋거나 싫다는 단순한 말로는 내가 학교에 대해 품었던 감정을 도저히 잘 표현할 수 없다.

학교라는 장소의 당위성이나 목적은 내 나름대로 이해하고 있다고 생각했고, 그 목적에 흔쾌히 협조하기도 했다. 줄곧 개근상을 받았고 분란을 일으키지도 않았다. 나는 대단히 순종적인 학생이었다.

그럼에도 나는 끝내 그 장소에 녹아들지 못했고, 학교라는 존재와 나 사이에서 아무리 노력해도 타협점을 찾을 수 없었다는 찜찜한 후회만이 남았다.

공부는 세상의 입구라는 점에서 흥미로웠다. 이 입구 너머에는 세상의 구조나 형성 과정 같은 것에 다가갈 수 있는 심오한 세계가 펼쳐져 있으리라는 예감에 가슴이 무척 설레었다.

하지만 얼마 못 가 학교에서 배우는 공부란, 상대가 이미 기대하고 있는 대답을 주저 없이 꺼내도록 교과서의 내용을 습득하는 것이 주요 목적이라는 사실을 깨닫고 몹시 실망했다.

요컨대 수업은 진정한 의미의 공부가 아니었다. 그렇다면 미노루 삼촌 집에서 이나리와 시간을 보내는 편이 진정한 배움에 훨씬 더 가까웠다.

그 장소에서 피어오르는 관리에 대한 기이할 정도의 집착. 이 틀 안에 머물러라, 모두와 똑같아져라, 튀어나가게 하지 않겠다, 우리의 시선이 닿지 않는 곳에서 무언가를 하는 건 용납할 수 없다, 쓸데없는 생각은 하지 마라, 누가 너의 주인인지 깨닫게 해주마, 라고 말하는 듯한 압박감(대체 누가 주인이었던 걸까? 어른? 교육자? 아니면 사회나 권력자?). 그것은 정말로 섬뜩한 느낌이었다.

눈에 띄지 않으려고 얌전히 지냈지만 그래도 내가 원래 이곳에 있지 말아야 할 이물질이 아닌가 하는 의구심은 떨쳐낼 수 없었고, 그것을 주위 아이들에게 들킬까 봐 겁이 나기도 했다.

아니, 주위 아이들은 눈치챘을 것이다. 어린이란 다른 존재에 민감한 법이다. 이 녀석은 이상해, 어딘가 우리랑 달라, 얽히지 않는 편이 좋겠어, 하고 본능적으로 느낀다.

그래서 나는 따돌림은 당하지 않았지만 언제나 혼자 덩그러니 있었다. 주위 아이들도 나라는 존재를 무의식중에 기피하고 없는 사람 취급했던 듯하다.

어른들은 "얌전하네", "말수가 적은 아이구나"라고들 했지만, 솔직히 나는 누군가와 놀고 싶다거나 모두와 함께 어딘가에 가고 싶다는 바람을 단 한 번도 가져본 적이 없었다.

실제로 아주 어렸을 때, 유치원에 들어갈까 말까 했던 시절 나의 세계에는 타인이 존재하지 않았다. 다른 아이나 어른은 아예 시야에 없었다. 부모라고 불리는 사람들의 커다란 손이 때때로 시야에 들어와 나를 돌봐줬지만 그마저도 친밀하게 느끼지는 않았다.

그 시절 나는 무엇을 보고 있었던 것일까.

당시의 일을 지금 떠올려봐도 잘 설명할 수 없다.

늘 눈앞에서 푸른색이나 초록색 바람이 거칠게 불었고, 그것을 보려고 눈을 힘껏 크게 떴던 그 필사적인 마음만 남아 있다.

무언가 거대한 것을 눈으로 포착하려고, 그 무언가를 온몸으로 느끼려고 오감을 곤두세우던 마음만이.

유치원에 들어간 뒤에도 내가 어린이라고 불리는 존재이며 이 세상에는 나 말고도 그런 존재가 많다는 사실을 겨우 인식하기는 했지만, 그들은 사물로밖에 보이지 않았다.

유치원 마당에서 노는 그들을 보면 무수한 덩어리가 움직이고 있다, 이 마당이라는 화면 속에서 모양이 움직이고 있다는 생각만 들었다. 하물며 그 모양 하나하나가 나와 마찬가지로 의식과 감정을 가지고 있으며, 타인이 생각하는 것은 무엇 하나 알 수 없다는 사실을 깨닫기까지는 더욱 긴 시간이 필요했다.

아직 발레를 만나기 전에는 어린 마음에도 기묘한 초조함 같은 것을 줄곧 느꼈던 기억이 있다.

그건 무척 괴로웠다. 괴롭다는 감각을 자각했던 것은 아니지만, 어렴풋한 불안이 항상 등에 달라붙어 있어서 여기서 이런 걸 하고 있을 때가 아니라는 조급함이 파도처럼 거듭 밀려들었다. 그 괴로움을 견디느라 늘 필사적이었던 탓에 어린아이였는데도 나는 이미 기진맥진했다.

발레를 시작한 뒤로는 "항상 생글거리고 있네"라든지 "미소를 타고 났어"라는 소리를 듣게 되었지만 어릴 적에는 안 웃는 아이라는 말을 자주 들었다. 당시는 언제나 초조함과 불안으로 가득했기 때문이다.

그래서 어머니가 체조 클럽에 데려갔을 때, 잘 다듬어진 인간의 움직임이 표현해내는 '형태'를 목격한 충격은 컸다.

나는 태어나서 처음으로 무언가를 '본' 것만 같았다.

인간이라는 생물이 그저 순수하게, 움직인다는 목적을 위해, 아름다운 형태만을 위해 봉사하는 모습을.

저걸 내 몸으로 재현해보고 싶다.

역시 첫 체험의 충동에 자극을 받아, 어느새 나는 뛰어오르고 있었다.

빙그르르 한 바퀴 돌았다.

착지한 순간, 가슴 한복판에서 딸깍 하고 무언가가 울렸다.

그 순간을, 그 감각을 뭐라고 불러야 할까.

세상의 문이 열렸다고 해야 할까. 이 세상에 존재하는 것을 허락받았다고 해야 할까.

어쨌거나 나는 온몸으로 그 충격을 받아들였다. 감격과 전율과 환희와 절망이 뒤섞인 충격을.

그 '딸깍'을 나는 꽤 오랫동안 혼자서 거듭 곱씹었다. 새 껌을 사달라고 할 수 없어서 진작 단물이 다 빠진 껌을 미련 가득히 끈질기게 되씹는 것처럼.

여기저기서 껑충 뛰어올라 돌며 그 경험을 다시 맛보려고 했지만 좀처럼 똑같게는 되지 않았다.

처음 소리가 울린 곳은 체조 클럽이었지만, 앞으로 그곳에서 똑같은 소리가 울릴 일은 없으리라는 직감만은 있었다.

어머니는 체조 클럽에서 돌아오는 길에 내가 "그게 아니야"라고 말했던 것이 인상에 강렬하게 남았다고 했다. 그러나 나는 그 일을 잘 기억하지 못한다.

여하튼 딸깍 하는 그 소리만이 내 몸속에서 계속 울리는 통에 다른 건 아무것도 들리지 않았기 때문이다.

쓰카사 선생님이 그때 그 장소에서 나를 발견해주신 행운을 생각하면, 지금도 몸이 떨릴 정도로 사무치게 감사하다.

너, 어느 발레 학원 다니니?

그것이 내가 처음으로 '발레'라는 단어를 들은 순간이었다.

그 카랑카랑하면서도 무서운, 나무라는 듯한 목소리.

윤곽이 또렷한 얼굴도 내 안으로 훅 날아들었다.

당시에는 사람의 얼굴을 잘 기억하지 못했지만 쓰카사 선생님의 얼굴만은 뇌리에 또렷하게 박혔다.

만약 쓰카사 선생님을 만나지 못해 이도저도 아닌 상태로 초조함과 불안을 껴안은 채, 그저 학교에서 숨죽이고 살아가는 생활이 계속되었다면?

그 말로 표현할 수 없는 괴로움. 그 허무감마저 감도는 피로함.

나는 대체 어떻게 되었을까?

이 또한 상상만 해도 소름이 끼치고 두려워서 몸이 떨린다.

어설프게 '딸깍'을 한 번 경험해버렸기에 불안과 초조함이 더욱 비대해졌을 가능성이 크다.

지금 나는 본질적으로는 마이페이스에 낙관적인 성격이라고 스스로 생각하지만, 당시의 고지식함과 좁았던 세상을 생각하면 언젠가 정신적 균형이 무너져 공황 상태에 빠졌을지도 모른다.

게다가 지금이라면 이렇게 언어로 표현할 수 있지만, 당시의 나는 내 공황 상태에 대해 다른 사람에게 제대로 설명조차 하지 못했을 것이다.

쓰카사 선생님의 학원에 갔을 때는 또 다른 의미로 충격을 받았다.

오로지 아름다움을 표현하기 위해 인간의 형태가 전부 엄격하게 정해져 있다니! 게다가 모든 사람이 이토록 진지하게 그 목표를 향해 매진하고 있다니!

그 형태를 평생에 걸쳐 추구하는 사람들이 있다.

그럴 만한 가치가 있는 것이 이 세상에 존재한다. 그 사실만으로도 충격적이었는데, 무엇보다 그 형태들은 하나같이 아름다웠다.

눈앞에 연신 나타나는 형태들은 모두 반짝반짝 빛나서 그 전부를 눈에 담아두고 싶었고, 당장이라도 직접 재현해보고 싶었다.

정신이 아득해질 정도로 오랜 시간을 들여 다듬어온 형태 너머로 인간의 진리 같은 것이 보이는 듯했다.

그리고 그 엄격한 형태의 건너편에는 밝게 트인, 바람이 잘 통하는 자유로운 장소가 있다.

그런 예감이 들었던 것을 지금도 선명히 기억한다.

여기서 살아갈 수 있다.

그렇게 확신했을 때의 안도감은 내 안에서 결코 빛바래지 않는다.

발레를 시작한 후로는 학교와의 정신적인 거리를 그전보다 조금은 더 잘 유지할 수 있게 되었다.

불안과 초조함도 서서히 사라져 마음이 안정되었다.

그저 지나가게 놔두면 된다, 내가 있어야 할 다른 장소를 찾았으니 각각의 장소를 구분해서 살아가면 된다, 불편한 기분 같은 건 드러내지 않으면 그만이다.

그렇게 생각했지만 역시 내가 학교라는 시스템으로부터 튕겨나간 존재라는 부채감 같은 것은 사라지지 않았다.

그렇다, 학교는 그야말로 시스템 그 자체다.

그리고 시스템이라는 다수파는 언제나 소수파에게 민감하게 반응하며 그들을 배제하기 위해 움직이고, 자신들의 우월성과 결속력을 확인하기 위해 산 제물을 필요로 한다.

나는 줄곧 교실 안에 매달린 나 자신을 느껴왔다.

저 녀석은 이물질이야, 우리와 다른 것을 보고 있어, 괘씸해, 짓밟아버려, 매달아버려, 우리 시스템의 신에게 제물로 바쳐버리자.

겉으로는 결코 드러내지 않는 무수한 목소리들을 교실 안에서 오랫동안 들어왔다.

나는 두려웠다.

언제나 긴장하고 있었다.

규탄당하는 것, 배제당하는 것, 내 존재가 매장당하는 것에 대해.

물론 그것이 뒤집힌 우월감이라는 사실도 안다.

나는 달라, 너희들과는 달라, 내 신은 발레야, 나의 신은 너희들의 신이 떼를 지어 몰려와도 당해내지 못할 정도로 아름다워.

그들은 그런 나의 뒤집힌 우월감도 눈치채고 있다. 내가 우월감을 느낀다는 사실에 강한 굴욕을 느끼고 질투도 한다.

그렇기 때문에 역시 나는 매달려야 하는 것이다.

서로의 뒤틀린 우월감을 충족시키기 위해서라도, 서로가 용납할 수 없는 세계를 공존시킬 절충안으로서도 나는 봄의 제물이 되어야 한다.

텅 빈 교실에서 추는 〈봄의 제전〉.

후카쓰와 춤을 추다가 힌트를 얻고, 그것이 의미하는 바에 대해

곰곰이 생각하고부터 몇 주가 지났다.

내 안에서 정리가 되었다는 생각이 들어 장을 찾아갔다.

장은 예술 감독에서 은퇴한 뒤로도 여전히 발레단 내에 작은 방을 두고 그곳에 와서 글을 쓰거나 사람들이 가져오는 고민거리를 들어주었고, 때로는 무용수들을 지도하기도 했다.

내가 그 방에 들어서자마자 "장, 이번에는 〈봄의 제전〉을 만들 거예요"라고 했더니 장은 "오호, 드디어 그럴 마음이 생겼구나"라고 말했다.

"맞아요, 드디어 그럴 마음이 생겼어요."

나는 장이 글을 쓰는 책상 쪽으로 가서 그 구석에 걸터앉았다.

"그래서 어떻게 할 거니? 직접 출 건가?"

장이 물었다.

"네, 제가 출 거예요."

고개를 끄덕이자 "혼자서?"라고 다시 물었다.

"네, 혼자서요."

장은 "초지일관이구나" 하며 싱긋 웃었다.

장에게만은 언젠가 〈봄의 제전〉을 춘다면 나 혼자 등장하는 솔로 작품으로 만들 거라고 털어놓은 적이 있다.

전에 그렇게 말했을 때 장은 뜻밖이라는 듯한 표정을 지었다.

"어째서지?"

그렇게 묻기에 나는 어깨를 으쓱했다.

"아무튼 제목이 〈'나'의 제전〉인걸요. 요로즈 하루 축제. 그렇다면 제가 출 수밖에 없잖아요."

나의 대답에 장은 순간 입을 떡 벌렸지만, 곧이어 유쾌하게 쿡쿡 웃었다.

"그거 기대되네" 하며 환한 미소를 보여줬던가.

장이 쓰러졌다는 연락은 스위스에서 공연을 하던 중에 받았다.

모두 함께 병원으로 달려갔을 때는 이미 의식을 잃은 상태였고, 작아진 장이 창백한 얼굴로 누워 있는 모습을 창문 너머로 볼 수밖에 없었다.

모두가 숨을 죽이고 눈물을 머금은 채 가만히 그 모습을 지켜볼 뿐이었다.

"괜찮아."

그 닫힌 눈꺼풀을 바라보고 있자 자꾸만 그 목소리가 들려왔다.

"괜찮아."

싱긋 웃으며 고개를 끄덕여주던 얼굴도.

"괜찮아."

거짓말이지?

"괜찮아."

장, 나는 전혀 괜찮지 않아요. 난 아직 장에게 몇 번이고 "괜찮아" 라는 말을 들어야 해요. 아직 내 〈봄의 제전〉도 못 보여줬잖아요. 아직 제대로 눈을 보면서 지금까지 고마웠다고 말하지도 못했잖아요.

장은 한 번도 의식을 되찾지 못한 채 이틀 뒤 새벽녘에 떠났다.

나는 추모 공연에서 〈하나〉를 췄다.
장이 나에게 만들어준, 다정하고 고요하며 깊은 춤.
공식적인 자리에서 춘 처음이자 마지막 〈하나〉.
춤이 끝나자 모두가 울고 있었지만, 누구도 장처럼 그것이 괜찮은 춤이었는지 어땠는지 말해주지 않았기에 끝내 알 수 없었다.

"할, 괜찮아?"
예술 감독 테레즈가 걱정스러운 얼굴로 묻기에 "어? 네, 뭐, 그럭저럭요" 하고 멍한 목소리로 대답했다.
실제로 내가 발레와 관련된 측면뿐만 아니라 정신적으로도 상당 부분을 장에게 기대고 있었다는 사실을 아는 사람은 테레즈뿐이다.
"저, 이번에 〈봄의 제전〉을 출 거예요."
테레즈가 물어본 김에 그렇게 말했다.
"아아, 장이 부탁하더라."
"뭐라고요?" 하며 놀라서 테레즈의 얼굴을 쳐다보자 그녀는 가볍게 어깨를 으쓱했다.
"장이 그러던데. 할이 솔로로 〈봄의 제전〉을 출 거니까 도와주라고."
"그랬군요."
장이 그렇게까지 해줬다고 생각하니 새삼 스승에 대한 고마움이 사무쳤다.

"그나저나 언제 출까요? 시즌 공연에서 솔로로 40분이나 차지하면 미안하니까요."

"어머, 상관없잖아. 할의 솔로 공연이고, 게다가 〈봄의 제전〉이면 화제도 될 테니 관객도 충분히 모을 수 있을 거야."

테레즈는 씁쓰레한 표정으로 웃었다.

"생각해보면 할이 발레단에 들어왔을 때부터 당연하다는 듯이 꽤나 편리하게 써먹었잖니. 입단 전부터 안무도 짰지, 어떤 특이한 역할도 훌륭하게 소화해줬지, 어려운 역할의 대역을 갑작스럽게 부탁해도 완벽하게 해줬지, 그러니까."

테레즈는 겸연쩍은 듯이 머리를 긁적였다.

"그때 그랬거든. '어? 할이 아직 수석 무용수가 아니었나?' 하고, 언젠가 동시에 다 함께 깨달았어. 수석 무용수 대역을 그렇게나 수시로 맡겼는데 말이야. 그러니까 넌 우리 입장에서는 어쩐지 스태프 쪽 느낌이었던 거야. 이거 큰일이다 싶어서 허겁지겁 승급시켰지. 공연 도중에 갑자기 승급시킨 탓에 아무런 축하도 못 해줬지만, 실은 그때 솔로 무대를 마련해줬어야 했어."

처음 듣는 고백에 나는 웃음을 터트렸다.

"그랬군요. 분명 그때 장이 드물게 당황한 얼굴로, 공연 시작 전에 허겁지겁 저한테 와서 '승급했어'라기에 '어째서 지금일까? 꽤나 갑작스럽네' 하고 생각했거든요."

"그건 그런 이유에서였어" 하며 테레즈는 온순한 얼굴로 머리를 숙였다.

　나는 다양한 역할을 출 수 있고 안무도 짤 수 있다면 그걸로 족했기에 수석 무용수라는 지위에 딱히 큰 욕심은 없었다. 오히려 수석 무용수가 되면 출 수 있는 역할이 한정되므로 여러 가지 역할을 출 수 있는 포지션이 더 좋을 정도였다.

　물론 대외적으로는 수석 무용수라는 지위가 더욱 명예롭게 여겨지고, 어디를 가든 귀빈으로 대하며 요구 사항도 쉽게 들어주기 때문에 마음껏 이용해먹기는 했다.

　〈봄의 제전〉을 추기로 결정한 것은 좋았지만, 이때는 그 밖에도 다른 여러 프로젝트를 동시에 진행하는 중이었기에 현실적으로는 작품을 만들 시간을 쉽게 낼 수 없었다.

　나는 다음 전막 발레 작품인 〈르네상스〉를 준비하고 있었다.

　신성로마제국이 성립된 서기 1000년경부터 대항해시대이자 바스코 다 가마가 인도 항로를 발견하는 1500년경까지, 유럽의 500년을 두루마리 그림처럼 속도감 있게 조망하는 작품이다. 등장인물 수가 방대해서 무용수들은 혼자서 여러 역할을 소화해야 한다. 잇따라 등장하는 역사 속 인물들은 코스튬 플레이 같은 클래식 발레를 추지만 전체적인 인상으로는 컨템퍼러리에 가까운 작품이었고, 클래식 음악과 현대 음악을 태피스트리처럼 조합해 춤과 연동시키려고 했다.

　그러는 한편으로 이 시기에는, 통상적으로 안무가로서 인정받는 동안에는 그럴 기회가 적어지기 마련인데도 무용수로서의 나에게

417

안무를 주고 싶다는 외부의 목소리가 끊이지 않았다.

춤추고 싶은 쪽의 나는 그런 제안도 감사히 받아들였다. 제안받은 역할은 사랑에 미친 기사 오를란도, 아수라상像, 악마 메피스토펠레스 등이었다. 역시 나의 이미지는 여러 의미에서 그처럼 장르를 초월해 있는 듯하다.

일본 발레단과도 이즈미 교카의 『풀의 미궁』과 미시마 유키오의 『사드 후작부인』, 기노시타 준지의 『자오선의 제의』를 발레로 만드는 프로젝트를 진행하고 있었다.

일본의 고전을 발레로 만든다는 접근 방식은 해외로 온 이후 쭉 생각하던 것인데, 클래식보다는 컨템퍼러리가 더 어울린다는 것이 내가 내린 결론이었다. 일본의 문예 작품에는 노가쿠나 일본 무용처럼 일본인의 움직임과 신체성이 따로 떼어내기 어렵게 스며들어 있기 때문에, 클래식 발레처럼 움직이면 위화감이 들 것이다. 그래서 오히려 급진적인 컨템퍼러리와 더 잘 맞으리라고 생각했다.

동시에 여러 일을 진행하는 것은 전부터 익숙했지만, 나의 스케줄은 마치 지그소 퍼즐처럼 빈틈없이 맞춰져 있어서 문자 그대로 엉덩이를 붙이고 앉을 틈조차 없었다.

그래서 알아차리지 못했다. 아니, 어딘가 이상하다고는 느꼈지만 그것을 찬찬히 생각해볼 여유가 없었다.

유리에와는 한두 달에 한 번 정도 그녀의 집이나 그녀가 좋아하는 호텔에서 만났다.

그녀에게 푹 빠진 나머지 보고 싶어서 못 견딜 지경이었던 시기도 있었지만, 1년쯤 만나다 보니 자연스레 그런 주기로 자리잡혔다.

유리에의 남편은 회사 근처에 있는 본인 소유의 아파트에 살면서 집에는 거의 오지 않았다. 실질적인 별거 상태였다. 프란츠의 쌍둥이 동생들은 어릴 때부터 스위스의 기숙학교에 들어가 지냈기에 유리에는 거의 혼자 사는 것이나 마찬가지였다.

유리에도 참으로 까다로운 프로 관객 중 하나였다. 프란츠의 훌륭한 춤을 두고 "지루해"라고 평가했던 일화에서도 그 까다로움을 엿볼 수 있다.

유리에는 나와 프란츠가 나오는 공연이라면 꼬박꼬박 보러 와줬고, 공연이 끝나면 늘 적확한 감상을 보내왔다. 그녀의 신랄한 감상을 읽고 프란츠와 "엄격하네" 하며 쓸쓸한 웃음을 짓는 일도 다반사였다.

내가 엄청나게 바빠진 탓에 유리에와 스케줄이 맞지 않아 벌써 넉 달이나 만나지 못하고 있었다.

문득 공연 감상 메일도 끊겼다는 사실을 깨달았다.

다시 말해 그녀는 공연을 보지 않은 것이다.

뭔가 이상했다.

불안해져서 유리에에게 메일을 보내자 "어머니 몸이 안 좋아서 요 몇 달 동안 친정에서 지내고 있어"라는 답신이 왔다. 안도감에 가슴을 쓸어내렸지만 어딘가 이상하다는 느낌은 사라지지 않았다.

다시 몇 달이 지나고 다음 공연이 끝나도 유리에의 감상 메일은 오지 않았다.

메일을 보내도 답장이 없었다.

불안에 휩싸여 있던 차에 프란츠에게서 메일이 왔다.

"이번 주말에 우리 집에 와서 어머니를 만나주지 않겠어?"

어떻게 된 거야, 하며 허둥지둥 프란츠에게 전화를 걸었다.

프란츠는 전화기 너머에서 잠시 침묵하다가 낮은 목소리로 말했다.

"집으로 돌아오셨어. 병원은 이제 싫다면서."

머리를 세게 얻어맞은 느낌이었다.

프란츠의 목소리가 희미하게 떨렸다.

"집에서, 라고."

그가 생략한 말이 "죽고 싶어"라는 것은 명백했다.

"알리지 말랬잖아."

그것이 오랜만에 만난 유리에가 처음으로 한 말이었다.

프란츠는 그녀가 누워 있던 전동 침대를 세워준 뒤 간호사와 함께 말없이 방을 나갔다.

나는 말문이 막혀 우두커니 섰다.

그녀는 야위어 있었다.

머리에는 터번을 둘렀다. 아름다웠던 금발은 흔적조차 찾아볼 수 없었다.

하지만 처음 만났을 때 나를 압도한 그 강렬한 눈빛은 여전했다.

"왜 그랬어요?"

나는 머리맡에 걸터앉아 그녀의 손을 잡았다.

앙상한 손가락의 감촉과 너무나 차가운 체온에 소름이 돋았다.

"왜 알려주지 않았어요?"

내가 책망하자 그녀는 "거 봐, 이렇게 걱정하잖아" 하며 씁쓸한 표정을 지었다.

프란츠조차 유리에의 병을 알게 된 건 최근인 듯했다.

"발레에 집중해줬으면 했어."

유리에는 한숨을 내쉬며 중얼거렸다.

"아무리 그래도……."

나는 말을 잇지 못하고 유리에의 손에 입을 맞췄다. 얼음장처럼 차갑고 거친 손을 조금이라도 따뜻하게 만들어주고 싶어서 살며시 어루만졌다.

"지금도 기억이 나. 처음으로 프란츠가 널 우리 집에 데려왔을 때의 그 의기양양한 얼굴이란……. 난 그 애가 너무 부럽고 질투 나서 순간적으로 살의까지 느꼈지."

유리에는 후련한 목소리로 그렇게 말했다.

역시 유리에는 유리에다.

나는 어쩐지 안심해서 큭, 하고 웃어버렸다.

"제 소중한 연인을 죽이지 말아주세요."

유리에가 나를 힐끔 노려봤다.

"어머, 그 애가 소중한 연인이면 난 뭐야?"

"포지션으로 말하자면 정부 아닐까요? 소중한 정부."

이번에는 유리에가 킥, 하고 웃었다.

"넌 가끔 정말로 잔혹하다니까. 하지만 그런 점도 좋아해."

그녀가 나를 보는 눈빛이 부드러워졌다.

지금껏 보여준 적 없는 처량하고 슬픈 눈빛.

그 눈빛에 나는 등골이 서늘해졌다.

이런 눈빛을 띤 유리에는 유리에가 아니다.

"소중한 연인이라. 그렇지만 너희 관계도 좀 신기해. 연인 사이겠지만 서로 으르렁대는 부분도 있고, 긴장감이라고 해야 할까? 그런 분위기를 느낄 때도 있어."

그녀가 평소의 이지적이고 생각에 잠긴 듯한 눈빛을 되찾아서 나는 조금 안도했다.

"그건 말이죠, 우리는 대체품이기 때문이에요."

나는 유리에의 머리맡에서 턱을 괴었다.

"무슨 뜻이야?"

유리에는 의아하다는 듯이 나를 쳐다봤지만, 고개를 움직이는 것조차 힘든지 미간을 살며시 찌푸렸다.

동요를 숨기며 나는 입을 열었다.

"결국 우리가 애타게 연모하는 대상은 단 하나예요. 바로 발레의 신이죠. 어떤 모습인지는 모르지만, 프란츠도 저도 어릴 적부터 오직 그분에게만 열렬한 사랑을 퍼부으며 매달리고 있어요. 날마다 '당신을 사모합니다' 하며 필사적으로 신에게 구애하는 거예요."

"흐음."

"하지만 신은 아주 섹시한데도 무척 냉랭하죠. 하게 해주기는커녕 좀처럼 돌아봐주지도 않아요. 그러다 보면, 어쩌면 이대로 영원히 하나가 되지 못하는 게 아닐까 하고 끝없이 의심하게 될 때가 있어요."

"엄청난 비유네. 이해는 잘 되지만."

"그래서 전 프란츠를 보고, 이 녀석이라면 발레의 신과 할 수 있지 않을까 생각했죠. 아마 프란츠도 저를 보고 그렇게 느꼈을 거예요. 발레의 신과 할 수 있을 것 같은 이 녀석과 함께라면, 어쩌면 내가 하지 못하더라도 간접적으로 신과 하는 셈이 되지 않을까. 그런 마음이 있었겠죠."

유리에는 쿡쿡 웃음을 터트렸다.

"결국 우리는 신을 둘러싼 라이벌이자 팬이에요. 현재로서는 팬끼리 어떤 마음인지 아니까 상처를 서로 핥아주고 있는 건지도 모르죠. 그러니까 대체품이라는 거예요."

"그렇구나."

유리에는 한숨을 내쉬었다.

"발레의 신이 상대라면 승산이 없네."

그러고는 조용히 앞쪽을 향해, 저 멀리로 시선을 던졌다.

그 시선 끝에 있는 벽을 넘어, 어딘가 아득히 먼 곳으로.

그 먼 곳을 보는 눈이 무서웠다.

"프란츠를 부탁할게."

유리에는 앞쪽을 응시한 채 불쑥 중얼거렸다.

"그렇게 보여도 의외로 엄마를 생각하는 애야."

"저도 알아요."

나는 떨리는 목소리를 필사적으로 억눌렀다.

"널 독점하게 하는 건 좀 분하지만."

그 순간 갑자기, 그녀가 곧 이 세상을 떠날 것이라는 공포를 느꼈다.

사라질 것이다. 모습이 없어질 것이다. 존재하지 않게 될 것이다.

나도 모르게 유리에의 손을 꽉 잡았다.

이 손이 없어진다. 이 감촉도 사라지고 만다.

"아파, 할."

유리에가 얼굴을 찌푸려서 황급히 손을 놓았다.

이 찡그린 얼굴도, 그녀의 고통도 이제 곧 존재하지 않게 된다.

나의 공포가 전해졌는지 유리에가 움찔했다.

서서히 내 쪽으로 얼굴을 돌리며 강렬한 눈빛으로 나를 쳐다봤다.

예전부터 나를 압도한 그 눈빛으로.

"키스해줘, 할."

타오르는 푸른 불꽃이 눈동자 안쪽에서 보인 듯했다.

"굿 나잇 키스는 싫어. 우리가 늘 하던 키스로 해줘."

나는 그렇게 했다.

서로를 탐닉하고 집어삼키는 듯한, 한때 우리가 그녀의 방에서 나누었던 맹렬한 키스를.

하지만 그녀의 입술은 더는 나의 키스에 응답하지 못했고, 거기서는 죽음의 쓴맛밖에 나지 않았다.

장례식이 진행되는 동안 프란츠는 내내 말이 없었다.

허탈한 모습으로 어딘가 한 점을 응시하며 그저 멍하니 서 있기만 했다.

나는 프란츠의 친구 자격으로(내가 보기에 이 그룹에 속하는 건 나 혼자뿐이었다) 몇 줄 떨어져서 그를 지켜보고 있었다.

처음 본 그의 아버지는 프란츠처럼 키는 컸지만, 얼굴은 전혀 닮지 않았다.

아직 학생이라는 쌍둥이 동생들 얼굴은 아버지를 닮았는데 유난히 어려 보였다. 둘이서 계속 훌쩍훌쩍 흐느껴 울었다.

프란츠는 아버지에게도 동생들에게도 전혀 눈길을 주지 않았다.

이때 비로소 알았는데 이 쌍둥이 동생들은 프란츠의 이복 형제였다. 프란츠가 열네 살 때 아버지와 정부 사이에서 태어난 아이들로, 정부가 출산하다가 죽었기 때문에 쌍둥이를 집으로 데려와 유리에가 키우도록 했다고 한다.

이는 프란츠가 아버지에게 거리를 느낀 이유 중 하나였을 것이다.

그는 어머니를 잃었을 뿐만 아니라, 친족 중 유일한 이해자이자 지원자였던 존재를 잃었다.

유리에의 고독과 프란츠의 고독.

장례식이 진행되는 동안 나는 그 생각만 하고 있었다.

나는 애인을 잃었고, 엄격한 비평가를 잃었다.

그렇다, 나와 프란츠는 분명 발레의 신을 숭배하지만 현실의 여신은 유리에였다. 우리는 이날 우리들의 여신을 잃은 것이다.

"하루, 나 또 차였어."

나나세가 우리 집으로 불쑥 찾아오는 것은 파트너가 나나세에게 질려서 집을 떠날 때다.

처음은 〈어새신〉 공연이 끝난 뒤였다.

갑자기 우리 집에 와서 어깨를 축 늘어트리고 눈물을 뚝뚝 흘리는 모습이 너무나 귀여웠던 나머지 위로한다는 명목으로 덮쳐버릴까 하는 사악한 생각이 잠시 머리를 스쳤다. 하지만 큰 소리로 엉엉 울어서 눈물과 콧물과 침으로 범벅이 된 얼굴을 보자 그럴 마음이 금세 사라졌다. 나나세, 그런 얼굴이라면 영원을 맹세했던 사랑도 식을 거고, 요즘은 초등학생도 그런 식으로는 안 울어.

"자, 코 좀 풀렴" 하며 휴지를 코에 대주자 "흑, 흑, 하루는 엄마 같아" 하며 흐느끼는 통에 나는 나나세의 엄마인가 싶어서 더더욱 그럴 마음이 없어졌다.

모두가 알다시피 나나세는 뼛속까지 음악밖에 모르는 바보이기 때문에, 작곡을 시작하면 문자 그대로 먹지도 자지도 않으며 엄청난 집중력을 발휘한다. 일주일 동안 집 밖으로 나가지 않았다느니, 정신을 차리고 보니 사흘 동안 밥을 안 먹었다느니 하는 이야기도 들은 적이 있다. 곡의 아이디어가 떠오르면 눈에 보이는 것이 없어져서 오로지 소리의 세계에서만 살아간다. 그러면 파트너는 자연히 방치되고, 사랑받고 있지 않다는 불만이 깊어진다.

특히 대곡을 의뢰받으면 그런 날이 한 달도 넘게 이어지고, 〈어새신〉 때는 독일(정확히는 우리 발레단)에서 거의 살다시피 하며 곡을 썼으니 어쩔 수 없는 일이다. 파리로 돌아가자 아파트는 텅 비었고 파트너는 이미 떠난 상태였다고 한다.

그래도 나나세는 인기가 좋아서 금세 다른 파트너를 찾는다.

이제는 파트너가 동성이라는 사실을 숨기지 않지만(아니, 본인은 애초에 숨길 생각이 없었는지도 모른다), 이번에는 꿈에 그리던 오페라(작곡가에게 오페라는 특별한 대상인 모양이다)를 의뢰받아 의욕을 활활 불태우고 있었기 때문에 파트너를 방치하는 정도도 여느 때보다 심했을 것이 분명하다.

"그래서 오페라는 완성했어?"

"흑, 흑, 완성했어, 겨우 다 썼어."

이번에도 눈물과 콧물로 범벅이 된 얼굴에 휴지를 건네자, 나나세는 그걸 받아들고 코를 풀면서 고개를 끄덕였다.

"그나저나 이번엔 뭘 만들었는데?"

제작 발표 전까지는 비밀이라고 해서 물어보지 않았지만, 곡을 완성했으니 이제 곧 발표를 할 것이다.

"〈1984〉."

"엇, 조지 오웰?"

"맞아. '빅 브라더가 당신을 지켜보고 있다'라는 대사가 아직까지도 머릿속에서 계속 맴돌고 있어."

"재밌겠네. 영어 버전이야?"

"응. 영국에서 초연해."

음악 이야기가 나오자 어느새 울음을 그쳤다.

파트너도 가엾군. 본 적도 없는 상대가 딱해졌다.

나나세가 필사적으로 파트너의 기분을 풀어주려고 달래는 와중에 전화가 걸려온다. 일에 관한 전화다. 그 즉시 나나세는 전화에 열중해 눈앞의 상대 같은 건 까맣게 잊고 만다. 파트너는 새파래진 얼굴로 이를 악물고 등을 획 돌린 뒤 자신의 방으로 뛰어들어 짐을 싸기 시작한다…….

그런 장면까지 눈앞에 떠올랐다.

"그나저나 〈르네상스〉 말인데."

그렇게 말을 꺼낸 나나세의 얼굴은 완전히 업무 모드로 변해 있었다.

우리는 〈르네상스〉에서도 함께 뭉치기로 해서 대략적인 구상에 대해서는 이미 이야기를 나누었다. 오페라가 끝나 드디어 〈르네상스〉에 착수할 수 있게 된 것이다.

오페라 작업과 연애의 종료를 보고하고 일에 관한 논의까지 할 수 있으니 나나세에게는 우리 집에 온 것이 일석이조다.

"3부 구성, 총 3막. 이건 확정이지?"

"응."

"어디 보자, 1부가 신성로마제국 성립, 동서 교회 분열, 초기 십자군 전쟁. 2부가 후기 십자군 전쟁, 백 년 전쟁, 페스트, 중세 암흑시대 맞지? 그리고 3부가 르네상스와 대항해 시대 개막. 엄청나게 성긴 요약이지만 이런 구성으로 가면 될까?"

"이미지는 대충 그래."

"하루는 그 시대의 음악을 쓰고 싶다고 했지만, 실은 후세에 이름을 남긴 유명 작곡가가 등장하는 건 더 나중이야. 바흐도 18세기 사람인걸."

"그렇구나."

"그래서 이미지로 만드는 수밖에 없어. 1부는 그레고리오 성가가 좋을 것 같아. 그레고리오 성가 자체는 11세기 전후에 성립됐으니까 그 시대의 음악이라고도 할 수 있지. 2부는 바흐의 오르간 작품이 괜찮을 거야. 중세 같은 느낌이랄까? 으스스한 분위기도 낼 수 있을 거고. 3부는 바로크 음악이지. 비발디는 왠지 르네상스스럽잖아."

"응, 응."

"그렇지만 실제로는 시대가 일치하지 않으니까, 어차피 현대 음악이랑 조합할 거면 내가 클래식풍 곡도 써볼까 싶어. 그레고리오 성가풍, 바흐풍, 비발디풍. 그러면 자작곡에도 끼워넣기 쉽거든."

"과연."

"현대 음악이라고 해도 종류가 여러 가지인데, 하루는 어떤 이미지를 염두에 두고 있어?"

"대략적인 생각이지만, 현대 음악이라기보다 〈르네상스〉라는 작품 제목대로 이전 시대의 음악을 부흥시켜서 써보고 싶어. 무대 앞쪽에서 춤추는 역사 속 인물은 클래식, 뒤쪽의 군무는 컨템퍼러리. 나나세가 방금 했던 제안으로 말하자면 1부는 앞쪽이 그레고리오 성가고 뒤쪽은 모타운, 2부는 바흐와 테크노, 3부는 비발디와 랩이랄까."

"잘 맞아떨어질까? 모타운, 테크노, 랩이라."

나나세는 머릿속으로 그 장면을 그려보는 듯했다.

"흠. 각각이 클래식의 편곡 버전이라고 생각하면 안 될 것도 없나."

"미국 배우 프레드 아스테어는 뮤지컬 영화에서 여러 가지 특수 촬영을 시도했잖아? 그의 영화 중에, 뒤에서 백댄서들이 계속 같은 속도로 춤출 때 아스테어가 혼자 앞에서 두 배 느리게 추는 장면이 있거든. 무슨 영화였더라. 아스테어만 슬로 모션으로 촬영했는데 그게 엄청 멋있었지. 게다가 내 기억으로는 도중에 무음이 돼. 음악이 사라진 적막한 상태에서 아스테어와 백댄서가 서로 다른 템포로 춤을 추는 거야. 그걸 무대 위에서 재현해보고 싶었던 게 애초에 〈르네상스〉 작업의 계기였어."

"그 장면의 어디가 '르네상스'인 거야?"

나나세는 의아해하는 얼굴이었다.

"글쎄, 역사가 움직여나가는 모습이 눈에 보이는 듯하기 때문일까. 여하튼 클라이맥스에서 음악이 사라지고 앞줄에는 느리게 춤추는 사람들, 뒷줄에는 빠르게 춤추는 사람들이 있는 장면을 보고 싶어."

"흠."

"5분 정도 무음 상태로 춤추다가 갑자기 음악이 돌아오는 거지."

"역사가 움직이는 거네."

"시간의 흐름은 무척 잔혹하고 냉철하면서도, 한편으로는 구원이 되기도 하잖아. 그걸 관객이 눈앞에서 직접 보고 있다고 실감하게 만들어주고 싶어."

문득, 가만히 먼 곳을 응시하던 유리에의 옆얼굴이 떠올랐다.

넌 가끔 정말로 잔혹하다니까.

쿡쿡 웃음을 터트리던 유리에.

정말 잔혹한 건 이렇게 시간이 흘러가는 것이다. 이제는 그녀의 손도 목소리도 이 세상에 존재하지 않는 것이다. 그리고 그녀를 기억하는 나 역시, 이윽고 마찬가지로 시간의 흐름에 삼켜지리라는 것이다.

"아무튼 엄청난 인원이 될 테니 의상 준비도 큰일이겠어."

나나세는 다시 한번 코를 세게 풀더니 휴지를 쓰레기통에 버렸다.

"〈1984〉도 의상 때문에 고생 중이거든. 모노톤의 제복 스타일 의상으로 통일하기로 했는데 딱 맞는 이미지가 안 떠오른대. 참고할 게 없나 하며 여기저기 제복을 찾아보고 있는 모양이야. 촌스러운 제복이라면 내가 다녔던 중학교 교복이 안성맞춤인데."

나나세는 킥킥 소리 내어 웃었다.

"나나세의 중학교 교복은 어떤 거였어?"

"하얀 블라우스에 남색 점퍼스커트랑 재킷. 점퍼스커트는 펑퍼짐하게 주름이 잡혀 있어서 엄청나게 촌스러웠지. 남학생은 스탠드칼라였고."

"우리 학교도 남학생은 스탠드칼라, 여학생은 이상한 세일러복이었어."

"아참, 학교 이야기를 하니까 생각났는데 말이야."

나나세가 갑자기 눈을 크게 떴다.

"얼마 전 오랜만에 엄마랑 통화했는데, 하루가 다녔던 초등학교가 곧 폐교된대."

"뭐, 진짜?"

나는 자세를 고쳐 앉았다.

"다른 학교에 통합되는 모양이야."

"언제?"

"내년 봄이라고 들었어."

폐교. 나는 입속에서 그 단어를 다시 중얼거렸다.

그렇다는 건, 안 쓰는 책상과 의자가 나온다는 뜻이다.

"정해졌네."

테레즈가 고개를 끄덕였다.

"시기도 딱이야. 내년 6월에 일본 공연이 있거든. 두 공연 중 갈라에서 〈봄의 제전〉을 추는 건 어때?"

"그래도 괜찮아요?"

"물론이지. 반대하는 사람은 아무도 없을 거야. 있지, 이럴 때 '금의환향'이라고 하는 거 맞아?"

테레즈는 일본어를 열심히 배우는 중이어서 이따금 깜짝 놀랄 만큼 어려운 관용구를 쓴다.

나는 가장 먼저 쓰카사 선생님께 전화를 걸었다.

일본 공연에서 〈봄의 제전〉을 춘다는 것, 무대 도구로 초등학교 책상 스물다섯 개를 쓰고 싶다는 것, 나의 모교가 폐교된다는 것을 말했다.

"아하하, 그걸 쓰고 싶구나."

쓰카사 선생님은 곧바로 나의 용건을 이해했다.

내 이름은 현 내에서 나름대로 알려져 있어서 이야기가 비교적 순탄하게 진행된 듯했다. 부모님이 예전의 내 담임선생님(이제 높은 지위에 올라서 현의 교육위원회로 옮겨 가 계셨다)께도 연락을 해서, 쓰카사 선생님과 함께 다방면으로 이야기를 진행시켜주셨다.

내가 다닌 초등학교는 폐교되기는 해도 몇 년 뒤 지역 커뮤니티 공간 및 숙박 시설로 재탄생할 예정이라고 한다. 그래서 책상과 의자는 그대로 쓸 거지만 공사를 시작하기 전까지라면 무상으로 빌려준다고 했다. 물론 바깥으로 옮기거나 되돌려놓는 것은 모두 우리가 한다.

운송비나 인건비 등 실제로 드는 비용에 대해서는 이제부터 생각해봐야 하지만, 일단 필요한 책상은 확보할 수 있겠다는 전망이 보였다.

쓰카사 선생님은 실제 책상의 동영상을 찍고 사이즈도 정확히 재어서 메일로 자료를 보내주셨다.

책상은 생각했던 그대로였다. 내가 현지에 한번 가서 되도록 덜컹거리지 않고 뒤틀림이 적은 것을 골라내야겠지만.

스물다섯 개의 책상.

그 이미지는 내 머릿속에 선명하게 자리잡았다. 후카쓰와 춤췄을 때 떠오른, 사람 없는 교실이 이제 내 안에 확고한 장소로 존재한다.

그리고, 나는 기다렸다.

〈봄의 제전〉은 내가 여태까지 만들어온 춤과는 제작 방식이 무엇

하나 비슷하지 않았다.

의식적으로 바꾼 것이 아니라 그냥 그렇게 해야 한다고 생각했다.

그저 곡을 듣고, 악보를 보고, 또 곡을 듣고, 악보를 보고, 다시 곡을 듣고, 그런 다음 기다렸다.

내 안에 있는, 텅 비고 어두컴컴한 교실을 바라보며 가만히 기다렸다.

신기한 느낌이었다.

그 장소는 언제나 존재한다. 확실하게 존재한다. 내 안의 같은 자리에 존재한다.

조용하고, 어둡고, 조금 습하고, 어딘가 불길하고, 게다가 장엄한 장소.

나는 조금 떨어진 곳에 앉아서 그 교실을 바라보고 있었다.

무언가가 나타나기를. 누군가가 다가오기를.

어딘가에서 목소리가 들려오기를. 문을 흔드는 바람 소리가 들리기를.

나는 기다렸다.

〈르네상스〉 관련 회의를 하면서. 수석 무용수로서 춤을 추면서.

산책을 하면서. 누군가와 담소를 나누면서. 영화를 보면서. 식사를 하면서.

그것이 언제일지는 알 수 없었다.

과연 정말로 나타날지조차 알 수 없었다.

이윽고 기다리다 못해 나는 조금 지치고 말았다. 어두운 곳에 내

내 앉아 있었던 탓에 엉덩이가 아팠고 눈도 침침했다.

아야, 하며 엉거주춤 일어나 엉덩이를 문지르던 중, 문득 발치에서 따뜻한 기운이 느껴져 눈길을 돌렸다.

어둠 속에서, 한 줄기 흐름이 발치로 다가와 있었다.

봤더니 작은 분홍색 꽃잎이 떠 있었다.

나는 그 꽃잎을 조심스레 집어들었다.

그 순간, 바람을 느꼈다.

부드러운 바람이 나의 뺨을 어루만지고 머리카락을 흔들었다.

나는 바람이 불어온 교실 안쪽을 응시하며 천천히 일어섰다.

안쪽에서 누군가가 걸어오고 있었다.

내가 잘 아는 누군가. 한때 잘 알고 지낸 누군가.

아아, 드디어 왔구나. 나는 작게 한숨을 쉬었다.

하얀 그림자가 다가온다. 상반신을 벌거벗은, 단련되어 있긴 해도 여전히 소년다운 느낌이 조금 남아 있는 몸.

거기에는 내가 서 있었다. 아직 중학생인, 조금 긴장해서 굳어진, 매달리는 것에 겁먹고 있던 내가.

이야, 오랜만이네.

나는 말을 걸었지만 들리지 않는지 당황한 눈으로 책상을 둘러보고 있다.

이렇게 작았구나, 하고 중얼거리는 소리가 들린 듯했다.

그래. 책상은 이렇게나 작았고, 교실은 이렇게나 좁았고, 너는 이렇게나 외톨이였지.

그렇게 말했지만 역시 들리지 않는 듯 다시 한번 주위를 둘러보고는 하늘을 올려다봤다.

나도 따라서 하늘을 올려다봤다.

저 멀리, 아득히 높은 곳에서 작은 빛이 보인다.

그것은 정말로 겨자씨만큼 작은 빛이었다. 조금이라도 방심하면 못 보고 지나칠 정도로 약하고 희미한 빛.

저게 보여?

그렇게 물어본 순간 쿵, 하는 소리가 나서 시선을 돌렸다.

중학생 나는 5×5 행렬의 중앙, 한가운데 책상 위에 서 있었다.

그리고 하늘을 올려다본 채, 천천히 두 팔을 들어올리고…… 조용히 춤추기 시작했다.

이제 와서 할의 수석 무용수 승급 축하라고?

대체 몇 년 전 이야기야?

이듬해 열릴 일본 공연의 내용이 발표되자 다들 어이가 없다는 듯이 말했다. 하지만 테레즈의 말대로 아무도 반대하지 않았고, 모두의 관심사는 금세 "교토에 가보고 싶다", "후지산도 올라가보고 싶어", "초밥도 먹고", "라멘도" 하며 일본에서 하고 싶은 일로 옮겨갔다.

프로그램이 정식으로 결정되자 일본에서도 그 소식이 발표되었다. 내가 솔로로 〈봄의 제전〉을 추는 것에 기대가 쏟아지고 있다는 사실이 머나먼 독일에서도 어쩐지 조금씩 느껴졌다.

드디어 본격적으로 작품을 만들어야 할 때가 왔지만 시즌 공연이

나 게스트 출연 등 그것 말고도 할 일이 잔뜩 있어서 자꾸만 뒤로 미루게 되었고, 자투리 시간밖에 낼 수 없었던 탓에 안무는 좀처럼 진척되지 않았다.

춤은 기도를 닮았다.
〈봄의 제전〉을 만드는 동안 그런 생각을 마음속 어딘가에서 계속하고 있었다.
누가 누구에게 무엇을 기도하는지는 모른다. 내가 나에게 기도하는 것인지, 내가 보이지 않는 누군가에게 기도하는 것인지, 춤추는 행위가 기도인지, 기도하는 행위가 춤으로 나타나는 것인지. 그 부분은 혼돈에 차 있어서 명확하게 구분 지을 수 없다.

오늘도 하루를 온전히 춤출 수 있기를.
내일도 그다음 날도 계속해서 춤출 수 있기를.

지금껏 큰 부상 없이 여기까지 올 수 있었던 것은 그저 행운이라고밖에 설명할 길이 없다. 언제 어느 때 어떤 이유로 춤추지 못하게 되는지는 아무도 모른다.

오늘도 영감이 찾아오기를.

그렇게 기도하는 수밖에 없고, 매일 절실하게 기도하는 것을 자각하고도 있다. 과연 다음 춤이 나올까? 그것이 나의 춤이 될까?

〈봄의 제전〉은 과거의 나와의 공동 작업이 첫 경험이었던 탓에 쉬우면서도 어려웠다. 후카쓰와 〈야누스〉를 만들 때의 당혹감이 떠올랐다.

자신에 대해서라면 분명 속속들이 다 알 텐데도, 지금의 나로서는 이해가 안 가는 부분도 있었고 이런 녀석이었던가 싶은 신선한 발견도 있었다. 꽤나 짜릿하고 흥미로운 동시에 엄청나게 어려운 작업이기도 했다.

이렇게 보면 정해진 역할을 추는 것은 어떤 면에서는 편하다. 특징적인 캐릭터를 만들어 거기에 자신을 맞춰나가는 작업은 전혀 다른 인물이 될 수 있어서 즐겁기도 하고, 완벽하게 그 인물로 변하기만 하면 되니까.

하지만 되는 것이 나 자신이라면?

나는 그리 특징적인 캐릭터라고 할 수 없고, 파란만장한 인생을 보내온 것도 아니다. 고집이 센 편도 아니며 굳이 따지자면 상황이 흘러가는 대로 다른 사람들에게 결정을 맡기는 면도 있다.

새삼 생각해보고 깨달은 점은 인생이란 매끈하게 연속되지 않는다는 사실이다. 사람의 성격도 반드시 일관된다고는 할 수 없다. 인간은 여러 면을 가진 존재고, 상대에 따라 보여주는 얼굴이 달라지며, 어긋남과 모순이 도처에 존재한다.

중학생 나와 지금의 나는 종종 생각이나 행동에서 타협점을 찾지 못하고 서로 양보하지 않아서 한 발짝도 움직이지 못하는 순간이 있었다.

무엇보다 나 자신을 춘다는 것은 전에 없던 경험이었고, 내가 스스로의 춤을 객관적으로 보고 있는 건지도 도통 알 수 없었다.

기묘하게도 안무를 만들 때면 항상 시선을 느꼈다.

교실 안에서 춤추는 우리를 둘러싸고 물끄러미 바라보는 수많은 눈들. 그들이 어둠 속에서 숨을 죽이고 우리의 춤이 완성되기를 기다리고 있었다. 그런 느낌이 들었다.

이제까지도 시선은 늘 느껴왔다.

춤출 때나 안무를 생각할 때는 관객의 시선을 느껴야 하고, 춤이 어떻게 보일지, 관객이 보고 어떻게 느낄지를 항상 의식해야 한다.

하지만 그건 어디까지나 나 자신의 시선이다. 내가 관객이 되어 객관적인 시선으로 춤추는 나, 춤추는 무용수를 보는 것이다.

반면 이번에 나를 보는 것은 순전한 타인이었다.

내가 모르는, 나를 모르는, 노골적인 시선으로 나를 보는 타인. 그들의 시선을 줄곧 따가울 정도로 느꼈던 것이다.

빛이 필요하다.

어느 순간 그것을 깨달았다.

이 작품의 마지막 장면에는 나를 하늘로 이끌어줄 물리적인 빛이 필요하다.

나는 무대 감독에게 이야기했다.

영화 〈스타워즈〉에 나오는 전투용 인공위성 '데스 스타'처럼, 속에 엄청난 에너지를 품고 있어서 틈새로 사방팔방 날카로운 빛을 뿜어내는 작은 미러볼이 필요해요.

오랫동안 나의 억지스러운 요구를 들어주고 있는 무대 감독은 눈을 끔뻑이기는 했지만 이번에는 하늘을 올려다보지 않았다.

오히려 본 공연에서는 내가 다녔던 일본 초등학교에서 쓴 책상을 늘어놓고 춤출 거라고 말하자 "어떤 책상인데?"하고 물었고, 쓰카사 선생님이 보내주신 동영상과 자료를 보여줬더니 "음, 음" 하고 중얼거리며 마치 마법처럼 크기가 똑같은 스물다섯 개의 책상을 만들어줬다.

사실 나는 책상 세트를 부탁하는 것을 머뭇거리고 있었다. 기성품 나무 상자 같은 것을 책상 대신 마련해달라고 해서 그걸로 연습하려고도 생각했다.

하지만 연초에 "잠깐 와봐" 하는 호출을 받아서 갔더니 질서정연하게 나열된 책상 스물다섯 개가 있었고, 그 광경을 본 나는 감격한 나머지 할 말을 잃고 말았다.

대부분 무대 장치를 재활용했고, 또 해체해서 쓸 거니까 비용은 거의 안 들었어.

감독은 별것 아니라는 듯이 무덤덤하게 말했다.

일본 책상처럼 철제가 아닌 탓에 무게가 달라서 본 공연과는 느낌이 다르겠지만, 감을 잡는 정도라면 도움이 될 것이다.

끈질기리만치 재차 감사의 인사를 했지만 〈르네상스〉에서는 또 크게 혼나리라는 예감이 들어서, 속도를 조절할 수 있는 거대한 컨베이어 벨트를 두 줄 설치해야 하는 그 작품의 연출 계획은 당분간 입 밖으로 꺼내지 말자고 다짐했다.

실제로 눈앞에 책상을 두니 그걸 써서 움직일 수 있었고, 덕분에 구체적인 이미지가 잇따라 떠올라 드디어 안무가 순조롭게 진행되었다.

2월, 나는 마지막 학기가 끝나고 봄방학이 시작된 일본으로 급하게 돌아가 제 역할을 다한 초등학교를 찾았다.

오랜만에 찾은 초등학교는 맥이 빠질 정도로 무척 조그맣게 느껴졌다.

고학년용 책상에서 스물다섯 개를 골라 표시해나갔는데, 교실 자체가 너무 좁아 보여서 인형의 집에 들어온 기분이었다.

내가 고른 책상은 급식실로 옮겨서 보관하기로 했다. 밖으로 빼낼 때 트럭을 바로 앞에 댈 수 있기 때문이다.

공연할 때는 이사 업체에 운반을 맡기기로 했고, 그 비용은 발레단에서 부담하기로 했다.

이제 남은 건 작품을 완성시키는 일뿐이다.

마침내 과거의 나와 현재의 내가 하는 공동 작업이 결실을 맺어가고 있었다.

서로의 어긋남과 모순에 지독히 당황하고, 곤혹스러워하고, 조바심을 내고, 난감해했지만 겨우 주뼛주뼛 다가가 서로를 이해하고 협력할 수 있게 된 것이다.

내 안에 과거의 나 자신이 존재하며, 그와 완벽하게 겹쳐진 상태로 함께 춤추고 있음을 실감했을 때는 정말 놀랐다. 그것은 처음 경험하는 감각이었다.

과거의 내 안에 있는 더욱 작은 나도 느껴졌다.

진지하고, 서투르고, 신경질적이고, 불안해서 어쩔 줄 몰랐던 나.

그런 어린 나도 내 안의 깊은 곳에 지금 함께 있다.

한편으로 '정말로 나 자신을 추고 있는 걸까?' 하는 의문도 솟구쳤다.

결국 이것이 무대에서 펼쳐지는 작품인 이상, 나는 그저 나라는 역할을 추고 있을 뿐이라는 생각도 들었다.

나를 봄의 제물로 삼은, 〈봄의 제전〉이라는 작품 속 역할을.

뭐, 그래도 상관없다. 어쨌거나 내가 발레의 신에게 바쳐지는 제물이라는 사실은 변하지 않으니까.

나는 발레의 신에게 이 몸을 바친다. 기꺼이 제물이 된다. 내가 원해서 공물이 된다. 그 사실을 이 작품으로 증명하고 싶을 뿐이다.

역시 춤은 기도를 닮았다.

아니, 〈봄의 제전〉은 나의 기도 그 자체다.

일본 공연 최종 리허설 날이 다가왔다.

아무래도 솔로 작품이고, 이제까지 혼자 틈틈이 자투리 시간에 만들어온 탓도 있어서 선생님들께도 제대로 보여드리지 못했다. 발레단 사람들에게 작품 전체를 보여주는 것은 사실 이날이 거의 처음이었다.

모두가 호기심 가득한 얼굴로 줄줄이 객석에 들어왔다.

관객보다 발레단 동료에게 처음으로 작품을 보여줄 때가 더욱 긴장된다.

나는 후-우, 하고 깊게 숨을 들이쉬었다.

스물다섯 개의 책상과 무대에 혼자 있는 나.

하지만 막이 오르면, 나는 그저 춤출 뿐이다.

친한 동료들의 반응은 저마다 달랐다.

바네사가 울먹이는 얼굴로 달려와 내 목에 매달렸을 때는 〈파뉴키스〉의 초연이 생각났다. 그녀의 머리카락에서는 늘 태양과 마른 풀 향기가 난다는 것도.

"왜 그래, 감동했어?"

바네사의 몸을 마주 안으며 물었다.

"아니야." 쌀쌀맞은 대답.

"그럼 나한테 또 반한 거야?"

아니라니까, 하는 성난 목소리가 돌아왔다.

그렇게까지 단호하게 부정하지 않아도 되잖아, 하고 생각했을 때 바네사의 팔에 힘이 꼭 들어갔다.

"하지만, 그래도 말이야, 보면서 가슴이 엄청 아팠어."

"그 말, 최고의 칭찬이네."

나는 '소꿉친구'의 그리운 머리카락 향기를 들이마셨다.

핫산은 핫산대로 심하게 혼란해하는 얼굴로 뛰어와 내 양쪽 어깨를 꽉 붙잡았다.

"너 인마, 괜찮냐?"

그 커다란 눈에 겁먹은 기색이 서려 있는 것을 보고 당황했다.

"무슨 소리야?"

"네가 그대로 저쪽으로 떨어져서 두 번 다시 돌아오지 않는 줄 알았단 말이야."

"저쪽이 어딘데? 책상 너머?"

"몰라. 아무튼 캄캄하고 바닥도 없는 곳이야. 아, 무서웠다."

핫산은 크게 한숨을 쉬었다.

"장이 봤다면 좋았을 텐데."

후카쓰의 반응은 역시나 후카쓰다웠다.

"그런데 장이 보고 있었던 것 같아. 아니, 분명 보고 있었어. 그렇지? 너도 그렇게 생각하지?"

그리고, 프란츠는.

그는 천천히 걸어서 내게로 다가왔다. 이렇게 그가 발레단에 있을 때 직접 나에게 오는 것은 매우 드문 일이었다.

"너는, 혼자서 꽤나 멀리까지 가는구나."

지금까지 들어본 가운데 가장 조용한 목소리였다.

그 목소리를 듣고 직감했다. 언젠가 프란츠가 발레단을 떠나면 우리는 두 번 다시 만나지 않으리라는 것을. 그가 발레단을 떠난 후에는 공연을 보러 오는 일도, 내가 춤추는 모습을 보는 일도 없으리라는 것을.

그때 그렇게 확신했다. 아마 프란츠도 그랬을 것이다.

"그래, 나는 갈 거야."

그렇게 대답하자 프란츠는 희미하게 미소 지었다.

"행운을 빈다."

그는 몸을 획 돌리고는 예전에 일본에서 오로라 공주였던 나와 춤춘 뒤 그랬던 것처럼, 망설임 없이 저벅저벅 걸어서 그 자리를 떠났다.

우에노 공원의 대형 홀에 걸린 우리 발레단의 공연 포스터에는 '전석 매진'이라는 스티커가 붙어 있었다.

갈라 공연은 단 3회. 내가 〈봄의 제전〉을 추는 것도 딱 세 번뿐이다.

테레즈가 "네가 추는 〈봄의 제전〉을 보려고 일부러 일본에 온 관객이 상당히 많은 모양이야" 하고 알려줬다.

"그러니까 말했잖아, 네 〈봄의 제전〉이라면 화제가 될 거고 티켓도 팔릴 거라고. 역시 시즌 공연에서도 하자. 사실은 왜 본거지에서 공연하지 않느냐고 항의가 쏟아지고 있어."

"전 괜찮지만 책상은 어떻게 하죠? 일본의 책상은 빌린 거라서 돌려줘야 해요."

"새로 세트를 만들면 어때? 아니면 독일 초등학교에서 쓰는 걸 구입할 수도 있고."

"그렇군요. 각각 현지 초등학교의 책상을 쓰면 되겠네요."

"그렇게 생각하면 전 세계 어디서든 공연할 수 있지."

테레즈는 벌써 나에게 여기저기서 〈봄의 제전〉을 추게 할 작정인 듯했다.

홀에 들여놓은 초등학교 책상은 역시 리허설에서 썼던 것과는 느낌이 달라서 익숙해지는 데 조금 애를 먹었다.

하지만 오랜 세월 사용한 낡은 책상에는 저마다의 박력과 존재감이 있어서 그에 맞서려는 나의 춤에 새로운 활력을 불어넣어줬다.

리허설 틈틈이 일본 언론의 취재도 받았다. 매체 수를 상당히 많이 줄였다고 들었지만 취재를 연신 받는 것은 춤추는 것보다 힘들었고, 금세 지쳐버려 기진맥진했다.

그런 이유로 스케줄이 빡빡했던 탓에 첫날 초대한 가족과 지인들을 만나는 것은 공연이 끝난 후에야 겨우 가능할 듯했다.

갈라 공연 첫날.

지금까지 셀 수 없이 많은 무대에 섰지만 첫날은 독특한 긴장감이 있다.

결코 익숙해지지 않는다. 늘 가슴이 쿵쾅대고 두근거린다.

프로그램은 3부 구성인데 나의 〈봄의 제전〉이 마지막 부다.

나는 긴장해서 실력 발휘를 못 하는 타입은 아니지만 출연 순서를 기다리는 시간은 꽤 고역이다.

마지막 순서를 향해 집중력을 끌어올리고, 그 절정을 본 공연 타이밍에 맞추는 데에는 나름의 요령이 필요하다.

나는 징크스도 딱히 없지만, 장이 세상을 떠난 후로는 무대 뒤에서 눈을 감고 장의 "괜찮아"라고 말하는 목소리를 떠올린 다음 무대로 나가게 되었다.

그리고 지금, 나는 눈을 감고 장의 목소리를 들은 뒤 무대 위에 서 있다.

이제는 친숙한 상대가 된 스물다섯 개의 낡은 책상과 함께.

막 너머로 수런거리는 관객들의 터질 듯한 기대감이 느껴진다.

혼자. 나 혼자.

무대가 쥐 죽은 듯 고요해진다.

그리고, 막이 소리도 없이 스르륵 올라간다.

장엄한 바순이 연주하는, 포크송처럼 느긋한 멜로디.

나는 책상 앞줄 한가운데에 무릎을 껴안고 웅크리고 있다.

흘러나오는 멜로디를 인식하고 천천히 고개를 든다.

한 줄기 흐름. 떠올라 있던 꽃잎. 뺨을 어루만지는 부드러운 바람.

살며시 주위를 둘러본다. 어두컴컴한 미지의 세계를 발견하고 조심스레 몸을 일으켜 주의 깊게 관찰한다.

문득 등에 책상이 닿아서 내 뒤로 조용히 늘어서 있던 그 존재를 알아차린다. 보기보다 거대한 그 존재를.

손으로 책상을 더듬으며 스물다섯 개의 책상 주위를 한 바퀴 돈다.

밀어보고, 매만져보고, 뺨을 대보고, 톡톡 두들겨본다.

곧이어 책상 사이의 틈을 발견해 그 속으로 들어간다. 처음 만나

447

는 세계를 탐험한다. 세계와의 접촉. 이런 공간이 있다는 것을 비로소 인식한다.

책상을 상대로 바 레슨을 하는 것처럼, 책상 사이에서 한동안 놀이를 하는 것처럼, 주뼛주뼛 자신과의 거리를 재며 서툰 손놀림으로 몇 번이나 감촉을 확인한다.

하지만 그리운 바순의 멜로디를 다시 듣고, 무언가의 기척에 움찔 놀라 중앙의 책상으로 허겁지겁 뛰어오른다.

강렬한 불협화음이 쿵쿵 울린다.

소름 끼치는 불협화음. 불길한 자들, 혹은 괴이한 무리의 행진처럼 마음을 불온하게 술렁거리게 만드는 울림.

나는 책상 위에 막대기처럼 멍하니 서서 몸을 움츠리고 겁먹은 얼굴로 주위를 둘러본다.

나에게는 보인다. 나뿐만 아니라 관객에게도 분명 보일 것이다.

난폭하게 발을 구르며 나를 나무라는 사람들의 무리가.

불협화음이, 그들의 사나운 발소리가 나를 감싼다.

때때로 섞여드는 날카로운 관악기 소리는 나를 향해 날아드는 팔맷돌이다.

나는 당황하고, 공포에 질린다. 왜 이런 일을 당하는 거지? 이 세계는 나를 사랑해주는 게 아니었나?

아무래도 나는 비난당하는 것 같다. 저 녀석은 누구냐고, 처음 보는 이색분자라고 욕을 먹는 것 같다. 산 제물로 삼아야 한다고 손가락질당하는 것 같다.

오싹하게 파고드는 악의에, 세차게 쏟아지는 증오에, 나는 머리를 감싸고 처량하게 팔맷돌을 피하며 필사적으로 스스로를 지키기 위해 횡설수설 변명한다.

기다려줘. 시간을 줘. 나는 아직 준비가 되지 않았어. 올바른 제물에는 아직 어울리지 않아. 유예 기간을 줘, 시간을 줘, 이 작은 아이를 가엾게 여겨줘.

나는 손으로 더듬어 먼 길을 돌아가는 시행착오를 거듭하며 세계의 표층을, 이 세상을 지배하는 규율을 배운다. 잠깐 동안의 자비를 끊임없이 주위에 애걸하면서.

틀에 박힌 동작으로 책상 사이를 행진한다. 획일적인 아라베스크, 융통성 없는 애티튜드. 책상을 두 팔로 감싸고 이마를 대며 비굴한 인사를 반복한다. 팔의 각도도, 인사하는 시간도 전부 다 규격대로다.

보세요, 열심히 배우고 있어요, 다른 아이들과 똑같이 할 수 있어요, 아무에게도 거역하지 않아요.

대답은 없다. 차가운 시선. 나의 목소리는 들리고 있는 걸까? 나는 당황한다.

보세요, 제대로 할 수 있어요! 기대하시는 대로, 누구보다도 빠르게!

나는 죽을힘을 다해 책상 위에서 무미건조하고 교과서 같은 춤을 춘다.

하지만 어느 순간 나는 의심을 품고 만다. 문득 발을 멈추고 만다. 발치의 깊은 크레바스를 발견하고 만다.

끝이 없는 심연…… 절망.

나는 떨어진다. 책상 사이의 나락으로, 너무나도 간단히. '평범한' 사람들이 모르는 곳으로, 상식과 당연함으로부터 떨어진다.

그곳은 탁하고 시큼한 공기가 지배하는 어둡고 망막하며 끔찍한 세계다. 색채도, 희망도, 바닥도 없는 허무.

나는 기어오르려고 한다.

책상 사이의 나락으로부터, 심연으로부터 빛이 닿는 곳으로 나가려고 한다.

나는 책상 사이를 기어다닌다.

이 책상 저 책상에 손가락을 걸고, 때로는 팔꿈치까지 걸어보지만 덧없이 가라앉는다.

간신히 책상 위로 상반신을 끌어올리는 데 성공할 때도 있다. 그러나 어둠의 인력은 강해서 올라갈 수 있을 것만 같다가도 또다시 주르륵 끌려가 아래로 떨어진다.

책상 위로 올라갔다가, 가라앉는다. 책상 위로 올라갔다가, 또다시 가라앉는다. 나는 허무한 시도를 반복한다. 끝도 없는 고행처럼.

마침내 나락에서 탈출하는 데 성공한다!

아아, 올라갔다! 겨우 돌아왔다.

나는 책상 위에서 숨을 헐떡이고, 비틀비틀 일어나 자세를 가다듬은 뒤 조용히 달리기 시작한다. 서서히 속도를 높이고 팔을 휘두르며, 맹수로부터 도망치는 토끼처럼 쏜살같이 달린다.

끝이 없는 가혹한 인생의 트라이애슬론. 이번에는 수영이다. 나는 필사적으로 헤엄친다. 물에 빠지지 않기 위해, 살기 위해. 두 손으로 힘껏 물살을 헤치고 수면을 차며 끝없이 헤엄친다.

멈추는 것은 곧 죽음이다. 머무르는 것은 악이다. 계속해서 헤엄쳐야 한다. 아아, 다음은 어떤 종목이지? 뭐? 하늘을 날라고? 새로 진화하라는 건가?

나는 사력을 다해 날갯짓을 한다.

중력이라는 무시무시한 속박에서 벗어나, 엄청난 에너지를 써서 간신히 땅과 멀어진다.

겨우 허공에 떠올라 고생 끝에 날아오른다. 때로는 바람을 타고 제자리 비행을 하고, 또 때로는 추락에 가까운 어설픈 활공을 하면서도 어떻게든 땅에 떨어지지 않고 버틴다.

안 돼, 지금 여기서 이카로스처럼 떨어질 수는 없어. 이를 악물어. 꾹 참고 버텨. 폐 속 공기를 쥐어짜내.

그러나 한계가 왔다. 어딘가에서 뚝, 하는 소리가 들린다. 실이 끊어진 인형처럼 나는 책상 위에 주저앉는다.

섬뜩한 침묵.

하지만 놓아주지는 않는다. 눈감아주지도 않는다. 이번에는 다른 것을 요구한다는 사실을 깨닫는다. 야생동물이 인간의 생활과 규율을 익혔다면, 다음 단계는 무엇인가?

오호, 이번에는 내면을 보여달라고요? 움직임만으로는 안 된다고요? 그렇군요, 감정을, 설렘을, 관능을 원하시나요? 그런 추상적인 것을? 그런 건 먹고사는 데 아무런 쓸모가 없지 않나요? 하아, 그렇다면 기대에 부응해드려야겠군요.

나는 책상 위에 앉아서 천천히 팔을 내민다.

그렇다, 나도 안다. 아주 잠깐의 휴식이, 주위를 둘러볼 여유가 주어지기만 한다면.

눈이 마주친 순간의 전율을, 첫 키스의 떨림을, 긴장된 목덜미에 살며시 맺히는 땀방울의 차가움을, 피부가 맞닿았을 때의 일체감을 떠올리고, 손끝과 젖힌 목으로 그것들을 표현해 보인다.

문득 예전에 췄던 춤이 잔상처럼 손끝에서 되살아난다.

이건 파뉴키스? 아니, 잔 다르크인가. 리라의 요정, 알브레히트, 빨간 망토와 몰리나.

다정한 순간, 사랑스러움, 아니면 자비나 헌신일까.

이것이야말로 인간다움이라고 할 수 있겠지요. 조금은 진화했나요?

질문에 대답하는 목소리를 들을 새도 없이, 다시금 격렬한 투티[•]가 들려와 나는 벌떡 일어나지 않을 수 없었다.

자, 나아가라. 춤춰라. 다음 단계를 향해.

이제 나의 몸은 반사적으로만 움직인다.

무아지경의 순간.

내 안의 냉정한 부분이 그렇게 확인한다.

어느 틈에 무언가가 세차게 모여든다.

• 악보에서 다 같이 부르거나 협력하라는 말.

내 주위로, 나를 둘러싸듯이, 나에게 슬로 모션으로 부딪쳐오듯이.

이렇게나 커다란 스트라빈스키의 음향에 감싸여 있는데도, 한편으로는 무섭도록 고요하다. 존재하는 것의 쓸쓸함이 오싹오싹 피부로 와닿는다.

몸은 오히려 이완된 것처럼 느껴지지만 의식은 엄청나게 명료해서 아플 만큼 긴장하고 있는 상반된 기묘한 감각.

나는 충만한 동시에 텅 비어 있다.

마치 온몸이 얇디얇은 그릇이 된 것 같다.

나의 중심에서 무언가가 내뿜어져 끝없이 퍼져나가는 동시에, 모든 것이 집중선처럼 모여드는 느낌도 든다.

여기에 있는 것은 대체 무엇인가? 인간도 아니고 동물도 아닌 그저 어떤 생명체. 에너지. 물리적인 운동. 사상. 현상. 섭리. 법칙.

존재한다, 그저 존재한다, 공간을 차지하며 존재한다.

이제 나는 그 무엇도 아닌 춤 자체가 되어 있다. 춤추고 있다는 자각조차 사라지고, 몸의 윤곽만 남은 상태로 에너지가 세포막을 넘어 안팎으로 휙휙 눈에 보이지도 않을 만큼 빠르게 자유자재로 오간다 (이것이 완전한 쌍방향인가). 나의 의식도 내 안에 존재하는 동시에 내 바깥의 사방팔방, 드넓은 세계에 두루 퍼져 있다.

어느덧 나는 우뚝 서서 울부짖고 있다. 두 팔을 치켜들고, 무언가를 내쫓고, 무언가를 불러들이고, 무언가를 끌어들이며, 무언가를 나라는 장소로 내려놓으려 하고 있다.

나는 지금, 어떤 얼굴을 하고 있을까?

귀신일까? 꼭두각시일까? 아니면 그저 계속해서 춤추는 멍청이일까?

〈봄의 제전〉은 트랜스 상태의 광란과 조용한 명상 부분이 교대로 등장한다.

명상 부분에서 숨을 고를 수 있는 것은 고마운 일이다. 아니, 사실 이것은 그야말로 제물을 죽이지도 살리지도 않는 절묘한 시간 배분이다. 스트라빈스키여, 혹은 장로들이여, 당신들은 과연 노회하구나, 교활하구나, 하며 웃음이 나올 정도다.

그렇다. 매일매일 정신없이 계속 달리고 있어도 알지 못하는 사이에 무언가를 잃어버리고, 포기하고, 소모한다. 가슴을 욱죄는 순간을, 쓰린 고통과 절망과 견디기 힘든 마음을 외면하며 지내고 있다. 돌아오지 않는 미소와 입술의 감촉, 흐슬부슬 벗겨져 떨어져내리는 감정으로부터 고개를 돌리며 그것들을 떨쳐내고 있다는 사실을 자각하는 건 몸이 찢기는 듯한 고통이다.

하지만 고통도 조바심도 인생의 일부다. 충만과 성숙이라는 열매를 얇은 껍질처럼 감싸는 인생 수확의 일부.

조금만 더 힘내자. 그런데 대체 누가 누구를 격려하는 것인가?

제물은 빠른 속도로 계속 진화해나가고 있다.

자리에서 일어나, 어울리는 제물로 거듭나기 위한 질주를 시작해야 한다.

검은 옷을 입은 사람들이 나타난다.

책상 사이를 재빠르게 누비며 내가 춤추는 책상 주위로 모여들더니, 같은 힘과 속도로 주변의 책상 여덟 개를 중앙 쪽으로 민다.

책상 둘레에는 특수한 벨크로가 붙어 있다. 책상들은 서로 딱 붙어서 틀어지지 않는다.

아홉 개의 책상. 한층 넓어진 공간에서 나는 춤을 춘다.

다시 한번 그 공간이 넓어진다.

검은 옷의 사람들은 열여섯 개의 책상을 또다시 같은 속도로 조용히 밀어놓는다.

책상이 내 주위로, 나를 중심으로 모여들고 스물다섯 개의 책상이 연결되어 하나의 큰 무대를 이룬다.

이제 크레바스도, 불안도 망설임도 사라진다. 나를 가로막는 것은 아무것도 없다.

나는 무대 전체를 사용해 뛰어오르고, 팔을 휘두르고, 바닥을 두들기고, 발로 차고, 회전한다. 무릎을 꿇고 간청하고, 비웃고, 울부짖고, 변덕스럽게 주위를 선동하고, 부추기고, 혐오하게 만들고, 두려움에 떨게 하고, 매료시킨다.

피로 같은 건 느껴지지 않는다. 피로라는 말은 나에게 없다. 피로? 이 지루한 글자는 뭐지?

오케스트라의 격렬한 투티와 나의 심장 박동, 세계의 리듬이 완전히 일치한다. 나는 발을 구르고, 기도하듯이 입 앞에서 양 손가락을 깍지 끼고, 리듬에 맞춰 두 팔꿈치를 몇 번이나 맞부딪친다.

둥, 둥, 둥, 둥, 섬뜩한 타악기의 강렬한 울림이 나를, 무대를, 세계를 진동시킨다.

하하하, 멋지구나, 스트라빈스키. 당신이 쓴 악센트와 쉼표의 위치는 최고야! 정말 짜릿해!

나는 제물이 된다. 기도가 된다. 환희가 된다.

심장이 움직임을 멈출 때가 이제 곧 다가온다. 심장 박동이 멈춘 순간, 나는 다른 무언가로 모습을 바꾼다.

울부짖고, 열광하고, 황홀하게 무아지경이 된 사람들의 얼굴이, 목소리가, 움직임이 내 주위를 둘러싸고 있는 것이 느껴진다. 그렇게나 컸던 악의가 지금은 도취와 희열로 완전히 바뀌었다. 봐라, 이 자리를 지배하는 것은 바로 제물인 나다.

꼴좋다, 하고 쾌재를 부르고픈 마음과 너희들은 언제나 안전지대에만 있으니 이 짜릿한 감각을 영원히 맛보지 못할걸, 하는 통증을 닮은 연민. 그것이 혼연일체가 되어 가슴을 찌른다.

이제 곧이다.

나는 무릎을 꿇고, 무언가에 홀린 것처럼 두 손으로 땅을 두드리고, 그다음에는 양손으로 하늘을 떠받드는 동작을 반복한다.

하늘을 올려다보고, 땅에 엎드려 그 이름을 부른다. 내가 연모하는 누군가, 증오로 착각할 정도로 끝없이 뒤쫓아온 누군가의 이름을.

정수리가 무언가에 찌르르 반응한다.

아득히 높은 곳에서 느껴지는 어떤 존재의 기척.

올려다보자 먼 곳으로부터 똑바로 빛이 떨어져내려온다.

뻗은 손끝으로, 날카로운 빛을 사방팔방 내뿜는 차갑고 불길한 구체가 내려온다.

이제 곧이다.

환희가 절정에 이른다. 나는 환한 미소로 그것을 움켜쥔다.

어마어마한 에너지를 품은 데스 스타. 하늘에서 내려온 전령은 나를 붙잡고 스르륵 위로 올라간다.

의식은 완성되어간다. 나는 바쳐진다. 나는 문자 그대로 승천한다. 머나먼 빛 속, 아득히 높은 하늘로 올라간다.

눈이 부셔서 뜨고 있을 수가 없다.

나는 녹아든다, 빛 속으로 녹아든다, 이 세계의 형태도, 의식도, 세상도, 모든 게 녹아들어 눈부신 하얀 빛 속에서 하나가 된다.

형태는 있었다. 그리고, 없었다. 같은 것이었다. 보이는 동시에 보이지 않는 것이었다. 나는 그 일부였다. 전부였다.

가득찬 그릇은 무無로 보인다. 빛이 비치는 어둠. 죽음 속의 삶. 그 모든 것이, 마찬가지로 같은 것이다.

마지막 음, 막이 내린다.

다시 막이 오르고, 고함과도 같은 커다란 환호성과 박수 소리가 날아드는 무대에 나는 내려섰다.

비명처럼 들리는 "브라보"와 함께, 관객들이 파도치듯 극장을 흔들며 차례로 일어서는 것을 느낀다.

장이, 미노루 삼촌이, 쓰카사 선생님이, 세르게이가, 부모님이, 유리에가 박수를 쳐주는 것이 보이는 듯했다.

모두가 나를 부르는 소리가 들린다.

하루はる, 하루ハル, 하루春, 알, 할, 할!

나는 세계를 전율케 하고 있는가?
그건 아직 모르겠다.
하지만 한 가지 확실한 것이 있다.
아직 만나지 못한 수많은 계절을 맞이하기 위해, 나는 앞으로도 생명이 다하는 날까지 어떤 형태로든 계속 춤출 것이다.
불안은 없다.
나는 이 이름에 만 개의 봄을 품고 있으니까.

참고 문헌

- 노자키 마사토시, 『상세 해석 오페라 명작 127 보급판』, 한나
- 다다 교코, 『오페라 감상 사전』, 지쓰교노니혼샤
- 존 워랙·유언 웨스트 편저, 오사키 시게미·니시하라 미노루 감역, 『옥스
  퍼드 오페라 대사전』, 헤이본샤
- 이노우에 야치요, 『교마이 쓰레즈레』, 이와나미쇼텐
- 가메이 다카요시·미카미 쓰기오·하야시 겐타로·호리고메 요조 편저, 『세
  계사 연표·지도』, 요시카와코분칸
- 조지 오웰 지음, 다카하시 가즈히사 옮김, 『신역판 1984』, 하야카와쇼보
- 가나자와 마사카타 감수, 『신편 음악 소사전』, 온가쿠노토모샤

봄은 죽음의 계절, 그럼에도 춤은 계속된다

온다 리쿠 하면 가장 먼저 떠오르는 것은 방대한 저작이다. 그는 1992년 『여섯 번째 사요코』로 데뷔한 이래 미스터리, 호러, 판타지, SF, 학원물 등 다양한 장르를 넘나들며 오랜 세월 독자들을 매료시켜왔고, 특히 2017년에는 『꿀벌과 천둥』으로 나오키상과 서점대상을 사상 최초로 동시 수상해 저력을 과시했다. 한마디로 이 작가는 지치지 않는 에너지를 가진 탁월한 이야기꾼인 것이다.

그런 온다 리쿠의 다채로운 세계 중에서도 이 작품 『스프링』은 피아니스트가 주인공인 『꿀벌과 천둥』과 연극 소녀들이 등장하는 『초콜릿 코스모스』의 DNA를 이어받았다고 할 수 있다. 그렇다. 이번에도 온다 리쿠의 주인공은 무대 위에 서는 사람이다. 이것은 발레에 어마어마한 재능을 가진 소년 요로즈 하루가 어떤 식으로 세상과 접촉하고 성장하면서 자신의 예술을 꽃피워나가는가에 관한 이야기다.

소설은 네 개의 장으로 구성되어 있으며 각 장별로 화자가 달라진다. 첫 번째는 하루의 발레 학교 친구이자 '첫사랑' 후카쓰 준, 두 번째는 하루의 '교양 담당' 미노루 삼촌, 세 번째는 하루의 '뮤즈' 나나세, 네 번째는 하루 본인인데, 1장부터 3장까지는 각 화자들이 자신의 시선으로 본 하루를 말하고 4장에서는 하루가 직접 자기 이야기를 한다. 네 시점을 관통하는 굵은 세로축에는 하루가 발레를 배우는 학생에서 프로 안무가가 되어가는 성장 스토리가 놓여 있고, 가로축에는 하루가 만드는 발레 작품을 둘러싼 각종 에피소드가 놓여 씨실과 날실을 엮어나가듯이 이야기가 진행된다.

그러나 이러한 에피소드들이 시간의 순서대로 정확히 나열되는 것은 아니다. 예컨대 후카쓰 준의 장에서는 중학생 하루와 준이 발레 워크숍에서 만난 순간부터 하루가 프로 안무가가 되어 〈야누스〉를 발표할 때까지가, 미노루의 장에서는 하루의 어린 시절부터 안무가로 자리 잡은 이후까지가 서술되는 식으로 서로 겹치는 시간축과 에피소드가 존재한다. 또 마지막 하루의 장에 이르면 앞서 나왔던 일화가 하루의 시각으로 한 번 더 서술되기도 하는데, 그런 부분은 신기하게도 완전히 다른 느낌으로 다가와 마치 아쿠타가와 류노스케의 『덤불 속』(의 청춘물 버전)을 보는 듯한 재미를 준다.

무대 위의 예술가가 스포트라이트를 받으며 빛나는 순간을 볼 때, 관객은 그의 고독하고 지난했을 연습 과정 정도만 조금이나마 그려볼 수 있다. 하지만 그 예술가의 내면에서 어떤 일이 일어나 바로 그런 형태의 꽃을 피우기에 이르렀는지는 결코 상상하지 못한다. 온다

461

리쿠도 그렇게 생각했는지, 처음 세 장에서는 하루가 '속을 알 수 없는 천재 발레 소년' 정도로 묘사되어 독자 입장에서는 조금 애가 탔다(심지어 화자들이 하루와 가장 가까운 사람들인데!). 하지만 하루의 속내를 본격적으로 보여주는 마지막 장에서는 그런 부분이 적잖이 해소되어 하루라는 인물에 보다 입체적으로 접근할 수 있게 해준다. 그렇게 하루의 이야기를 다 읽은 후에 다시 첫 번째 장으로 돌아가면 처음에는 안 보였던 설정이 눈에 보이고, 처음에는 와닿지 않았던 대목이 가슴을 울린다. 그러므로 이 책은 한 번 읽을 때보다 두 번, 세 번 읽을 때 훨씬 더 재미있으리라는 것은 역자인 내가 보장할 수 있다. 시간이 되시는 분들은 꼭 첫 페이지로 되돌아가 다시 한번 읽어주시기 바란다.

한편 이 책에는 여러 가지 가상의 발레 작품이 나온다. 〈겨울나무〉부터 시작해 〈세 개의 오렌지에 대한 사랑〉 〈야누스〉 〈어새신〉 등등 일일이 열거하기 힘들 정도인데, 그 작품들 하나하나가 무척 세밀하게 묘사되어 있어서 실제 무용수들이 이 안무로 춤춰줬으면 좋겠다는 생각이 절로 들 정도다. 하지만 정작 내 마음을 가장 뭉클하게 만든 춤 장면은 시카고 교향악단의 연주를 듣고 돌아오는 길에 하루가 캄캄한 광장에서 즉흥적으로 몸을 움직이는 대목이었다.

감동적인 공연을 본 적이 있다면 누구나 그런 순간을 가져보았을 것이다. "곧장 기숙사(집)로 돌아갈 마음이 들지 않아" "오랫동안 같은 장소를 빙글빙글 맴돌며" 함께 공연을 본 사람과 감상을 나누거나 달뜬 마음을 천천히 아껴가며 음미해보는 밤. 이 장면에서 하루는 버르토크의 음악을 환희에 찬 몸짓으로 표현하는데, 그 어마어마한 창조의 에너지와 곁에서 그 모습을 지켜보는 후카쓰의 기쁘면서도 분한 시선이 중첩되어 더없이 인상적이었다.

공연 예술이 다 그렇겠지만 발레 역시 추고 나면 사라진다. 그 덧없음이 작중에서는 장과 유리에의 죽음과 겹치며 강조되고, 사이교 법사의 시로 하루(봄) 자신도 언젠가는 사라지리라는 것이 암시된다. 봄은 죽음의 계절, 그럼에도 춤은 계속된다. 공연이 끝나면 무대는 텅 비지만 '만찬의 맛'과 '잔향'은 무용수와 스태프뿐만 아니라 그 공연을 보고 집으로 돌아가는 관객의 마음속에도 남는다. 운이 좋으면 그 맛과 잔향은 다른 형태의 예술로, 다른 방식의 이야기로 이어질 수도 있을 것이다.

나나세의 말처럼 "무언가를 만드는 과정은 똑같은 형태가 이 세상에 단 하나도 존재하지 않고, 언제나 다르며, 늘 매우 흥미롭다". 그러한 창작의 과정은 나 같은 평범한 관객이 감히 상상할 수 없을 만큼 고통스러울 테고, 그래서 예술가들은 "그 소용돌이 속에 있을 때는 그런 여유를 부릴 틈이 없어서 그저 필사적으로 맞붙어 헐떡이며 악전고투"를 하겠지만, 그들의 악전고투가 고되면 고될수록 어째서인지 우리 앞에 떠오르는 형태는 아름답다. 객석의 나는 그 역설을 공연을 보는 내내 머릿속 어딘가에 넣어두고 싶기도 하고, 속 편하게 찬양과 경탄만 퍼붓고 싶기도 하다. 예술가들이 어떤 마음으로 그들의 '꽃'을 바라봐주기를 원하는지는 끝내 알 수 없겠지만 말이다. 나는 이 책이 이런 식으로 발레뿐만 아니라 예술 전반, 창작 전반에 관한 이야기로도 읽을 수 있다는 점이 좋았다. 나뿐만 아니라 독자 여러분께도 그렇게 다가갈 수 있다면 더 바랄 것이 없겠다.

번역 작업을 하며 많은 무용수의 영상을 찾아보았다. 실비 기엠 버전의 〈볼레로〉, 다양한 무용수들이 춘 〈봄의 제전〉, 김기민, 전민철 발레리노의 수많은 영상(내 마음속 하루의 이미지는 전민철 발레리노와 외적인 면에서 상당 부분 겹친다), 작년에 방영했던 무용 서바이벌 프로그램 〈스테이지 파이터〉 출연자들의 각종 콩쿠르 영상 등등. 이제 몇 개월에 걸친 번역 작업이 끝났으니 나도 '라이브 무대를 보는 행운, 같은 공기를 마시며 지금 여기서 이 사람이 춤추는 모습을 목격하는 기적'을 맛보려 한다. 마침 아름다운 것을 보기 좋은 계절이다.

2025년 이른 봄
이지수

464